Robert Jordan
Der Pfad der Dolche

Zu diesem Buch

Die Amyrlin Egwene, Herrscherin über die abtrünnigen Aes Sedai, läßt nach der Schale der Winde suchen. Dieses Ter'angreal, ein geheimes Artefakt aus dem Zeitalter der Legenden, kann die Eine Macht heraufbeschwören und soll das immer düsterer werdende Wetter beruhigen – doch eine neue Gefahr ist den Frauen dicht auf den Fersen: Die Seanchaner sind zurückgekehrt. Eine blutige Spur hinterlassend, fallen sie in das Land ein und töten alles, was sich ihnen in den Weg stellt …

Robert Jordan, geboren 1948 in Charleston, US-Bundesstaat South Carolina, begeisterte sich seit seiner Jugend für die phantastische Literatur und schrieb zunächst erfolgreiche »Conan«-Romane. In den neunziger Jahren begann er seinen weltberühmten Zyklus »Das Rad der Zeit«, ein in der Fantasy einzigartiges Werk epischer Breite, das inzwischen knapp dreißig Bände umfaßt und Millionen Fans in der ganzen Welt gefunden hat.

Robert Jordan

Der Pfad der Dolche

DAS RAD DER ZEIT 21

Aus dem Amerikanischen von
Karin König

Piper München Zürich

FSC

Dieses Taschenbuch wurde auf FSC-zertifiziertem Papier gedruckt. FSC (Forest Stewardship Council) ist eine nichtstaatliche, gemeinnützige Organisation, die sich für eine ökologische und sozialverantwortliche Nutzung der Wälder unserer Erde einsetzt (vgl. Logo auf der Umschlagrückseite).

Deutsche Erstausgabe
Januar 2006
Erstmals erschienen:
Wilhelm Heyne Verlag GmbH & Co. KG, München 1999

Titel der amerikanischen Originalausgabe:
»The Path of Daggers 1«, Tom Doherty Associates, TOR Books, New York 1998

Umschlagkonzept: Büro Hamburg
Umschlaggestaltung: Nele Schütz Design, München
Umschlagabbildung: Geoff Taylor
Innenillustrationen: Johann Peterka
Karte: Erhard Ringer
Autorenfoto: Jack Alterman
Satz: C. Schaber Datentechnik, Wels
Papier: Munken Print von Arctic Paper Munkedals AB, Schweden
Druck und Bindung: Clausen & Bosse, Leck
Printed in Germany
ISBN-13: 978-3-492-28571-1
ISBN-10: 3-492-28571-6

www.piper.de

Für Harriet

Meine Liebe, mein Leben, mein Herz,

ewiglich

Inhalt

Aryth Meer
Maradon
Aile Daschar
Bandar Eban
Dhagon
Arad Doman
Akuum
Katar
Arinelle
Toman Halbinsel
Ebene von
Almoth
Falme
Graswald
Baerlon
Ver-
schleierte
Berge
Jehannah
Andahar
Tanchico
Tarbon
Ghealdan
Elmora
Eldar
Aryth Meer
Amador
Die Schattenküste
Amadicia
Scharia
Die Sturmklaue
Ebou Dar
Tremalking
Qaim
zu den Inse

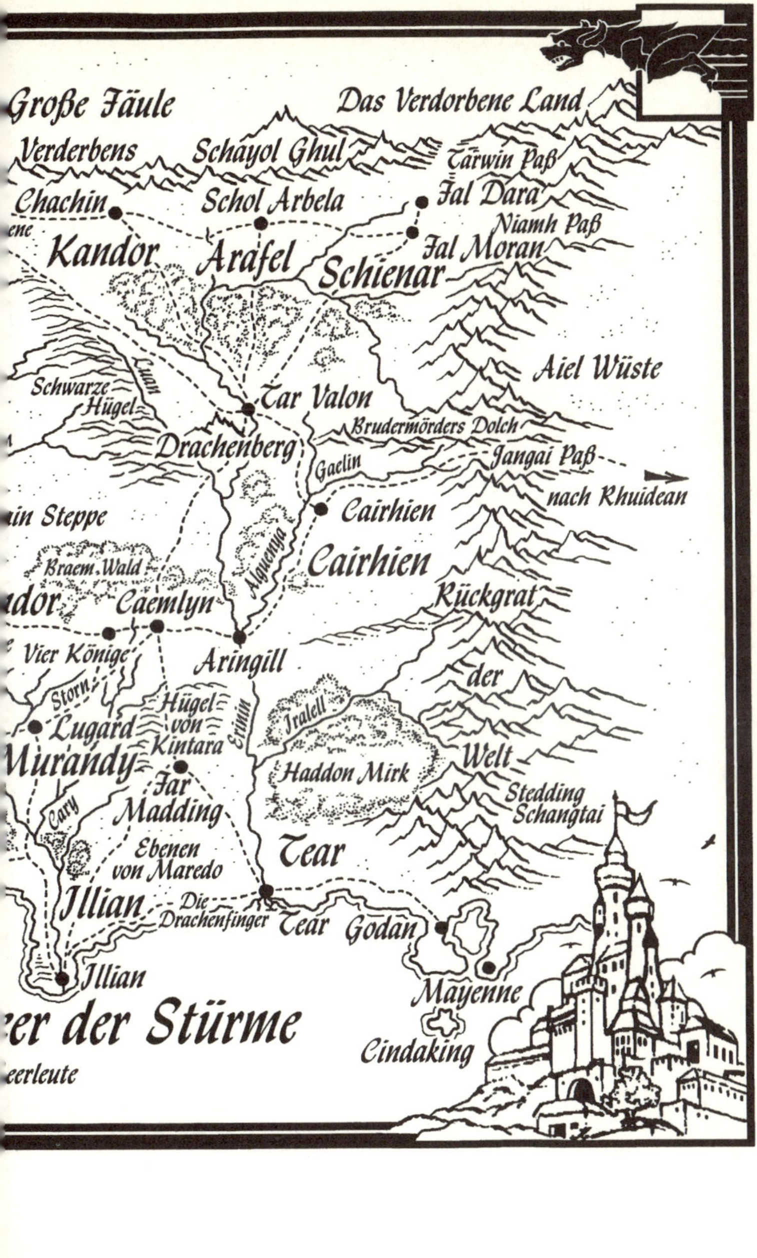

Große Fäule
Das Verdorbene Land
Verderbens
Schayol Ghul
Tarwin Paß
Chachin
Schol Arbela
Fal Dara
Niamh Paß
ene
Kandor
Arafel
Fal Moran
Schienar
Luan
Aiel Wüste
Schwarze Hügel
Tar Valon
Brudermörders Dolch
Drachenberg
Jangai Paß
Gaelin
nach Rhuidean
Cairhien
ain Steppe
Alguenya
Braem Wald
Cairhien
Rückgrat
ndor
Caemlyn
Aringill
Vier Könige
der
Storn
Hügel von Kintara
Erinin
Iralell
Lugard
Murandy
Welt
Haddon Mirk
Far Madding
Stedding Schangtai
Cary
Ebenen von Maredo
Tear
Illian
Die Drachenfinger
Tear
Godan
Illian
Mayenne
er der Stürme
Cindaking
eerleute

Wer mit den Mächtigen speisen will, muß den Pfad der Dolche erklimmen.

– Randbemerkung von
unbekannter Hand in einer Aufzeichnung
(die vermutlich aus der Zeit Artur Falkenflügels
stammt) über die letzten Tage
der geheimen Zusammenkünfte in Tovan.

Zu den Gipfeln sind alle Pfade mit Dolchen gepflastert.

– Altes seanchanisches Sprichwort

Ein Vorwort von Andreas Decker

Das Rad der Zeit dreht sich, Zeitalter kommen und vergehen und lassen Erinnerungen zurück, die zu Legenden werden. Legenden verblassen zu Mythen, und sogar der Mythos ist lange vergessen, wenn das Zeitalter ihres Ursprungs wiederkehrt.

Mit diesen Worten beginnt jede Chronik aus der Welt des Rades, eines Universums, in dem das Rad der Zeit und das Große Muster, das es webt, das oberste Prinzip sind.

Am Anfang steht eine Prophezeiung, die Prophezeiung des Drachen. Sie verkündet die Befreiung des Dunklen Königs, des Bösen schlechthin, und die Wiedergeburt Lews Therin Telamons, des Drachen, der einst vor Jahrtausenden sein Gefängnis versiegelte und dafür den höchsten Preis bezahlen mußte. Sie berichtet von einem Mann, der sowohl der Vernichter als auch der Erlöser der Welt sein soll. Er kann die *Eine Macht* lenken, und er ist der Wiedergeborene Drache, der *Tarmon Gai'don* schlagen soll, die Letzte Schlacht gegen den Dunklen König.

Rand al'Thor ist der Wiedergeborene Drache.

Man schreibt das Dritte Zeitalter seit der Zerstörung der Welt. Wieder strecken der Dunkle König und seine Vertrauten, die dreizehn Verlorenen, die ihm schon in tiefer Vergangenheit zur Seite standen, die Hand nach der Welt aus. Horden nichtmenschlicher Trollocs und Myrddraals überziehen das Land mit Verwüstung, gelenkt von den Verlorenen, die nahezu unerkannt unter

den Menschen wandeln, wo sie Unruhe schüren und Kriege auslösen.

Allein Rand al'Thor ist laut den Prophezeiungen dazu bestimmt, die Letzte Schlacht zu schlagen. Und aus dem jungen Schafhirten ist ein entschlossener Mann geworden. Er beherrscht die *Eine Macht,* kann die Welt nach seinen Wünschen formen, und die Welt fürchtet ihn. Er hat treue Freunde um sich geschart, Nationen besiegt und Throne gestürzt. Er hat mächtige Feinde und zweifelhafte Verbündete, aber die größte Bedrohung ist die *Eine Macht.* Denn wie alle Männer, die sich der Macht bedienen, kämpft er gegen den Makel des Wahnsinns an, der die mystische Energie beschmutzt.

Wie die Eingeweihten wissen, besteht sowohl die *Eine Macht* als auch die Wahre Quelle, der sie entspringt, aus zwei widerstreitenden und sich dennoch ergänzenden Teilen: *Saidin,* der männlichen Hälfte, und *Saidar,* der weiblichen Hälfte. Die Energie versetzt einige wenige Menschen in die Lage, die Elemente Erde, Wind, Feuer, Wasser und Geist nach ihrem Willen zu beeinflussen und Heldentaten zu vollbringen. Im untergegangenen Zeitalter der Legenden nannte man diese Männer und Frauen Aes Sedai, was in der Alten Sprache ›Diener aller‹ bedeutet.

Als der Dunkle König, der im Augenblick der Schöpfung von dem Schöpfer des Universums außerhalb von Zeit und Schöpfung gefangengesetzt wurde, aus seinem Gefängnis auszubrechen drohte und von Lews Therin Telamon, dem stärksten Aes Sedai seiner Zeit, besiegt wurde, geriet der triumphale Sieg zugleich zur verheerenden Niederlage. Im Augenblick der Versiegelung kam es zu einer Reaktion, die *Saidin,* die männliche Quelle der *Einen Macht,* mit einem Makel versah. Jeder Mann, der nach der Macht griff – was für ihn so natürlich war wie das Atemholen –, wurde wahnsinnig. Das hat sich bis auf den heutigen Tag nicht geändert.

Bei den meisten vollzieht sich das als schleichender Prozeß. Bei Lews Therin Telamon, dem Drachen, war dies anders. Blindwütig in seinem Wahn, wandten er und seine Helfer sich mit der Macht gegen alle und jeden und schließlich gegen die Welt selbst. Erdbeben erschütterten das Land, Stürme fegten darüber hinweg, Vulkane brachen aus, der Ozean überschwemmte das Land. Reiche gingen unter, und ganze Völker starben.

Nach dem Neubeginn hat sich das Antlitz der Welt verändert. Nun benutzen nur noch die weiblichen Aes Sedai die *Eine Macht*. Sie haben die Weiße Burg gegründet, und seit jenen dunklen Tagen wachen sie unerbittlich darüber, daß sich kein Mann der *Einen Macht* bedient. Sie spüren sie auf und ›dämpfen‹ sie, schneiden sie vom Zugang zur Wahren Quelle ab, um Unheil zu verhindern.

Rand al'Thor hatte schon immer ein zwiespältiges Verhältnis zu den Aes Sedai. Aber er ist der Wiedergeborene Drache, der wie kein zweiter über die *Eine Macht* gebietet; er ist der *Car'a'carn* der Aiel, der Wüstennomaden, deren Stämme ihm fast alle bis in den Tod ergeben sind; er ist der Begründer der Schwarzen Burg und der *Asha'man*, der Männer, die ungeachtet aller gegenteiligen Bemühungen gelernt haben, mit der Macht umzugehen und sich gegen den schleichenden Wahnsinn zu wappnen.

Aber je länger er kämpft, desto unübersichtlicher wird die Lage; er kann immer weniger Menschen vertrauen, denn jeder scheint seine eigenen Ziele zu verfolgen. Er hat allen Grund zum Mißtrauen.

Nachdem die Aes Sedai Elaida sich mit einer umstrittenen Aktion zur Amyrlin der Weißen Burg und damit zur faktischen Alleinherrscherin der Aes Sedai gemacht hat, ist es zum ersten Mal in der Geschichte der Weißen Burg zur Spaltung gekommen. Elaida wollte den Drachen gefangennehmen und an ihren Marionettenschnüren tanzen lassen, aber bei der Schlacht an den Quellen von Dumai wurde der Drache von seinem Freund Perrin, dem Wolfsbruder, und einem Kontingent Asha'man befreit. Rand al'Thor nimmt die Aes Sedai gefangen und läßt sie von den Aiel bewachen, eine unerhörte Tat.

Ihm bleibt keine Zeit zum Ruhen. In Cairhien muß er die Usurpatorin Lady Colavaere vom Thron vertreiben, den diese an sich gerissen hat; großmütig schickt er sie ins Exil. Aber wieder zahlen sich seine guten Absichten nicht aus. Denn Colavaere begeht Selbstmord – eine erneute Last auf seinem Gewissen. Daran ändert auch die Tatsache nichts, daß ihm das Meervolk Treue schwört.

Ungeachtet dieser Ereignisse marschiert das Heer Lord Brynes weiter auf die Weiße Burg zu, geleitet von den abtrünnigen Aes Sedai, die Egwene, Rands Freundin aus Kindertagen, zu ihrer Amyrlin machten. Die junge Frau hat es nicht leicht; ihr unterlaufen viele Fehler. So entkommt ihr Moghedien, eine der Verlorenen, die ihre Gefangene war. Aber noch andere Umstände bereiten ihr Sorgen. Sie schickte Nynaeve und Elayne, die Tochter-Erbin des Königreichs Andor, zusammen mit Birgitte und Aviendha nach Ebou Dar, damit die Frauen dort nach der Schale der Winde suchen sollen. Dieses *Ter'angreal,* ein Artefakt aus dem Zeitalter der Legenden, das die *Eine Macht* verstärken oder sie heraufbeschwören kann, soll das Wetter wieder in Ordnung bringen, das der Dunkle König negativ beeinflußt. Es ist eine gefahrvolle Mission, denn auch andere Kräfte suchen die Schale der Winde. Aber die Frauen haben Hilfe, denn Mat Cauthon ist ebenfalls in der Stadt und steht ihnen trotz vieler Hindernisse zur Seite.

Gerade als die Freunde die Schale der Winde finden, überfallen die besiegt geglaubten Seanchaner die Stadt. Auf der Flucht wird Mat unter einer einstürzenden Mauer begraben.

Doch von allen diesen Ereignissen weiß Rand al'Thor nichts. Er lernt in Cairhien Cadsuane kennen, die angeblich älteste lebende Aes Sedai, die ihre eigenen Pläne mit dem Drachen verfolgt. Kaum genesen von der Verletzung durch einen Schattenfreund, begibt sich der Drache nach Illian. Dort ist Sammael aufgetaucht, einer der mächtigsten Verlorenen. Er kann ihm nach Shadar Logoth folgen und ihn vernichten.

Am Ende bietet man ihm die Schwerterkrone Illians an, und er hat einen neuen Verbündeten gefunden.

Aber die Lage bleibt bedrohlich. Da ist Moridin, über den nichts bekannt ist, außer daß sein Name Tod bedeutet und er so mächtig ist, daß er Moghedien, der er die Flucht ermöglichte, zu seiner Sklavin machen konnte. Da ist die Amyrlin Elaida, die trotz aller Rückschläge ihren Plan, sich den Drachen gefügig zu machen, noch längst nicht aufgegeben hat. Da sind die Invasoren aus Seanchan, die Ebou Dar erobern. Da sind die abtrünnigen Shaido-Aiel unter ihrer Anführerin Sevanna, die unter den Einfluß der Verlorenen gerieten. Da ist Egwenes Heer, das auf die Stadt Tar Valon und die Weiße Burg zumarschiert, um die Amyrlin zu vertreiben. Und da sind die Schwarzen Ajah – allen voran Alviarin, die Behüterin der Chronik –, die im Herzen der Aes Sedai dem Dunklen König dienen.

Das Rad dreht sich, und die Letzte Schlacht rückt immer näher. Die Heere sammeln sich, und der Wiedergeborene Drache muß kämpfen, wenn die Welt kein zweites Mal untergehen soll.

PROLOG

Trugbilder

Ethenielle hatte niedrigere Berge gesehen als diese unzutreffend Schwarze Hügel genannten gewaltigen Haufen halbwegs vergrabener Felsblöcke, die mit steilen, gewundenen Wegen überzogen waren. Einige dieser Wege hätten sogar einer Ziege Schwierigkeiten bereitet. Man konnte drei Tage durch von der Dürre ausgetrocknete Wälder und über Wiesen mit braunem Gras reiten, ohne auch nur ein Anzeichen menschlicher Besiedelung zu sehen, um sich dann unvermittelt eine halbe Tagesreise von sieben oder acht kleinen Dörfern entfernt wiederzufinden, die nichts von der Welt wußten. Die Schwarzen Hügel waren für Bauern eine rauhe Gegend, weitab von den Handelsrouten, und jetzt noch rauher als gewöhnlich. Ein magerer Leopard, der beim Anblick von Menschen hätte fliehen sollen, beobachtete sie von einem steilen Hang aus, keine vierzig Schritte entfernt, während sie mit ihrer bewaffneten Eskorte vorüberritt. Westwärts drehten Geier unheilverkündend ihre Kreise. Keine Wolke verunstaltete die blutrote Sonne, doch wenn der warme Wind blies, wirbelte er Staubwände auf.

Ethenielle ritt mit fünfzig ihrer besten Männer im Gefolge unbesorgt und gemächlich dahin. Anders als ihre fast legendäre Vorfahrin Surasa hegte sie nicht die Illusion, daß sich das Wetter nach ihren Wünschen richten würde, nur weil sie den Wolkenthron innehatte. Eile mit Weile … Ihre sorgfältig verschlüsselten, gut verwahrten Briefe enthielten genaue

Anweisungen über die Marschordnung, um dem Bedürfnis aller Beteiligten zu entsprechen, auf ihrer Reise keinerlei Aufmerksamkeit auf sich zu ziehen. Keine leichte Aufgabe. Einige hatten es für unmöglich gehalten.

Sie dachte stirnrunzelnd darüber nach, daß sie sich glücklich schätzen konnte, so weit gelangt zu sein, ohne jemanden töten zu müssen, indem sie jene kleinen Dörfer gemieden hatte, selbst wenn es zusätzliche Reisetage bedeutete. Die wenigen Ogier-*Stedding* stellten keinen Grund zur Sorge dar – Ogier kümmerten sich meist wenig darum, was unter Menschen geschah, und in letzter Zeit anscheinend noch weniger als gewöhnlich –, aber die Dörfer ... Sie waren zu klein, als daß sich dort Augen-und-Ohren der Weißen Burg aufhielten, oder dieser Bursche, welcher der Wiedergeborene Drache zu sein behauptete – vielleicht war er es; sie konnte nicht entscheiden, was schlimmer wäre –, und doch zogen möglicherweise Händler hindurch, die ebenso viel Gerede mit sich brachten wie Waren und die sich mit Menschen unterhielten, die wiederum mit anderen Menschen sprachen, so daß sich Gerüchte wie ein immer weiter anschwellender Fluß durch die Schwarzen Hügel und in die Außenwelt verbreiteten. Ein einziger Schafhirte, welcher der Aufmerksamkeit entging, konnte mit wenigen Signalen noch fünfhundert Meilen entfernt sichtbare Leuchtfeuer in Gang setzen. Die Art Leuchtfeuer, die Wälder und Wiesen in Flammen aufgehen ließen. Und vielleicht Städte. Nationen.

»Habe ich die richtige Wahl getroffen, Serailla?« Ethenielle grinste, obwohl sie sich über sich selbst ärgerte. Sie war vielleicht kein Mädchen mehr, aber ihre wenigen grauen Haare ließen auf ihre noch unzureichende Erfahrung schließen. Die Entscheidung war getroffen. Sie hatte jedoch daran gedacht. Beim Licht, in Wahrheit war sie keineswegs so unbesorgt, wie sie es gern gewesen wäre.

Ethenielles Erste Beraterin brachte ihre graue Stute näher an den glänzend schwarzen Wallach der Königin heran. Mit ihrem Gelassenheit ausstrahlenden runden Gesicht und den nachdenklichen dunklen Augen hätte Lady Serailla eine Bäuerin sein können, die jäh in das Reitgewand einer Adligen gesteckt wurde, aber der Verstand hinter dieser glatten, verschwitzten Stirn war ebenso scharf wie der jeder beliebigen Aes Sedai. »Die zweite Wahlmöglichkeit enthielt lediglich andere Risiken, nicht jedoch geringere«, sagte sie ruhig. Untersetzt und im Sattel dennoch genauso anmutig wie als Tänzerin, war Serailla stets bedächtig. Nicht schmeichlerisch oder unaufrichtig, nur einfach unerschütterlich. »Was auch immer die Wahrheit ist, Majestät – die Weiße Burg ist anscheinend handlungsunfähig und auch zerschlagen. Ihr hättet vielleicht die Große Fäule bemerkt, während die Welt hinter Euch zerfiel. Das hättet Ihr tun können, wenn Ihr jemand anders wärt.«

Die einfache Notwendigkeit zu handeln. Hatte sie das hierher gebracht? Nun, wenn die Weiße Burg nicht tun wollte oder konnte, was getan werden mußte, dann mußte es ein anderer tun. Was nützte es, die Große Fäule zu bewachen, wenn die Welt hinter ihr tatsächlich zerfiel?

Ethenielle schaute zu dem schlanken Mann, der an ihrer anderen Seite ritt. Weiße Streifen an seinen Schläfen verliehen ihm ein würdiges Aussehen. Das in einer verzierten Scheide steckende Schwert von Kirukan ruhte in seiner Armbeuge. Es wurde zumindest das Schwert von Kirukan genannt. Die sagenhafte Kriegerkönigin von Aramaelle hatte es angeblich getragen. Die Klinge war uralt, und einige behaupteten, sie sei mit Macht gestaltet worden. Das beidhändige Heft zeigte auf sie, wie es die Tradition erforderte, obwohl sie kein Schwert wie ein hitzköpfiger Saldaeaner führen würde. Eine Königin sollte nachdenken, anführen und befehlen, was sie jedoch nicht bewerkstelligen konnte, wenn sie zu tun versuchte, was jeder Soldat in ihrem Heer besser konnte. »Und Ihr, Schwertträger?« fragte sie. »Habt Ihr zu dieser späten Stunde noch irgendwelche Bedenken?«

Lord Baldhere wandte sich auf seinem goldverzierten Sattel um und schaute zu den nachfolgenden Reitern mit den Bannern zurück, die in bearbeitetem Leder und besticktem Samt aufbewahrt wurden. »Ich verberge nicht gern, wer ich bin, Majestät«, sagte er mißmutig und wandte sich wieder um. »Die Welt wird uns nur allzubald kennenlernen und erfahren, was wir getan haben. Oder was wir zu tun versucht haben. Wir werden sterben oder in die Geschichte eingehen oder beides, so daß sie ebensogut wissen können, welche Namen sie vermerken müssen.« Baldhere besaß eine scharfe Zunge, und er kümmerte sich lieber um Musik und seine Kleidung als um alles andere – diese gut geschnittene blaue Jacke war bereits die dritte, die er heute trug –, aber wie auch bei Serailla trog die Erscheinung. Die Verantwortung, die auf dem Schwertträger des Wolkenthrons lastete, wog weitaus schwerer als das Schwert in seiner edelsteinbesetzten Scheide. Seit dem Tod von Ethenielles Ehemann vor gut zwanzig Jahren hatte Baldhere die Truppen Kandors an ihrer Stelle im Felde befehligt, und die meisten ihrer Soldaten wären ihm sogar nach Shayol Ghul gefolgt. Er zählte nicht zu den größten Befehlshabern, aber er wußte, wann es zu kämpfen galt und wie er einen Sieg erringen konnte.

»Der Treffpunkt muß unmittelbar vor uns liegen«, sagte Serailla unvermittelt, gerade als Ethenielle auf dem Gipfel des vor ihnen liegenden Passes den Kundschafter sein Pferd verhalten sah, den Baldhere vorausgeschickt hatte, ein durchtriebener Bursche namens Lomas, der einen Helmschmuck mit einem Fuchskopf trug. Seinen langen Speer schräg geneigt, vollführte er mit dem Arm die Geste, die ›Treffpunkt in Sicht‹ bedeutete.

Baldhere wandte seinen stämmigen Wallach um, befahl der Eskorte mit donnernder Stimme anzuhalten – er konnte brüllen, wenn er wollte – und gab dem Kastanienbraunen dann die Sporen, um Ethenielle und Serailla wieder einzuholen. Es stand ein Treffen langjähriger Verbündeter bevor, aber als sie an Lomas vorüberritten, gab Baldhere dem Mann mit dem hageren Gesicht den knappen Befehl »zu wachen und Bescheid zu geben«. Falls etwas mißlänge, würde Lomas der Eskorte ein Zeichen geben, vorzurücken und die Königin in Sicherheit zu bringen.

Ethenielle seufzte, als Serailla bei dem Befehl zustimmend nickte. Langjährige Verbündete, und doch schürte die Zeit das Mißtrauen. Ihr Vorhaben beunruhigte sie. Zu viele Regenten des Südens waren im letzten Jahr gestorben oder verschwunden, als daß sie sich beim Tragen der Krone noch wohl gefühlt hätte. Zu viele Länder waren so gründlich vernichtet worden, wie es nur ein Heer Trollocs bewerkstelligen konnte. Wer auch immer er war – dieser al'Thor hatte viele Fragen zu beantworten. Sehr viele.

Hinter Lomas weitete sich der Paß zu einem ebenen Kessel, der fast zu klein war, um als Tal bezeichnet zu werden, und in dem die Bäume zu weit auseinander standen, um als Wald zu gelten. Lederblattbäume, Blautannen und Kiefern sowie einige wenige Eichen zeigten noch ein wenig Grün, aber die übrigen Bäume trugen braunes Laub oder wiesen nur noch kahle Zweige auf. Im Süden lag jedoch das, was diesen Ort zu einem guten Treffpunkt machte. Eine Turmspitze, schlank wie eine schimmernde, golden durchbrochene

Säule, lag schräg geneigt und halbwegs verborgen an einem Hang, und die Spitze ragte gut siebzig Schritt über den Bäumen auf. Jedermann in den Schwarzen Hügeln wußte davon, aber das nächste Dorf war noch eine Reise von vier Tagen entfernt, und niemand würde sich der Spitze freiwillig auf mehr als zehn Meilen nähern. Die Geschichten um diesen Ort erzählten von Visionen des Wahnsinns, von umhergehenden Toten und der tödlichen Wirkung bei Berührung der Spitze.

Ethenielle hielt sich nicht für abergläubisch, und doch erschauderte sie leicht. Nianh hatte erzählt, die Spitze sei aus dem Zeitalter der Legenden übriggeblieben und harmlos. Mit etwas Glück hatten die Aes Sedai keinen Grund, sich der vor Jahren geführten Unterhaltung zu entsinnen. Schade, daß die Toten nicht dazu gebracht werden konnten, hier umherzugehen. Eine Legende besagte, daß Kirukan einen falschen Drachen eigenhändig enthauptet und einem anderen Mann, der die Macht lenken konnte, zwei Söhne geboren hatte. Oder vielleicht dem gleichen Mann. Sie hatte sicherlich gewußt, wie man seine Ziele erreicht und überlebt.

Wie erwartet, waren die ersten beiden jener Männer bereits angekommen, die Ethenielle treffen wollte, beide mit jeweils zwei Begleitern. Paitar Nachiman hatte mehr Falten in seinem länglichen Gesicht als der erstaunlich gutaussehende ältere Mann, den sie als Mädchen bewundert hatte, obwohl er kaum noch Haare aufwies und diese überwiegend grau waren. Er hatte glücklicherweise von der Mode der Arafeller, Zöpfe zu tragen, Abstand genommen und trug sein Haar kurz geschnitten. Er saß aufrecht in seinem Sattel, die Schultern der bestickten grünen Seidenjacke ungepolstert, und sie vermutete, daß er das Schwert an seiner Hüfte noch immer kraftvoll und geschickt führen konnte. Easar Togita, mit kantigem Gesicht und bis auf einen weißen Haarschopf geschorenem Schädel, die einfache Jacke in der Farbe alter Bronze, war einen Kopf kleiner und schlanker als der König von Arafel, und doch ließ er Paitar fast sanft erscheinen. Easar von Shienar runzelte nicht die Stirn – lediglich in seinen Augen schien ständig eine Spur Traurigkeit zu liegen –, aber er war vielleicht ebenso hart wie der Stahl des Langschwerts auf seinem Rücken. Sie vertraute beiden Männern – und hoffte, daß ihre Familienverbindung hilfreich wäre, dieses Vertrauen zu bewahren. Durch Heirat erzielte Bündnisse hatten die Grenzlande stets ebenso zusammengeschweißt, wie es ihr gemeinsamer Krieg gegen die Große Fäule getan hatte, und sie hatte eine Tochter mit Easars drittältestem Sohn und einen Sohn mit Paitars Lieblingsenkelin verehelicht, wie auch ein Bruder und zwei Schwestern in ihre Häuser eingeheiratet hatten.

Ihre Begleiter waren genauso unterschiedlich wie ihre Könige. Ishigari Terasian sah stets so aus, als sei er gerade aus der Benommenheit nach einer durchzechten Nacht erwacht. Er war der dickste Mann, den Ethenielle jemals auf einem Pferd gesehen hatte. Seine edle rote Jacke war zerknittert, seine Augen trüb, die Wangen unrasiert. Kyril Shianri dagegen war groß und schlank und trotz des Staubs und Schweißes auf seinem Gesicht fast ebenso gepflegt wie Baldhere, mit Silberglöckchen an seinen Stiefelspitzen und Handschuhen sowie in seinen Zöpfen. Er trug seine übliche unzufriedene Miene zur Schau und hatte die Angewohnheit, stets an seiner Hakennase entlang auf jedermann außer Paitar kühl herabzusehen. Shianri war auf vielerlei Arten wirklich ein Narr – arafellische Könige gaben kaum jemals vor, auf ihre Berater zu hören, sondern verließen sich statt dessen auf ihre Königinnen –, aber er war mehr, als er auf den ersten Blick zu sein schien.

Agelmar Jagad hätte eine größere Ausgabe Easars sein können, ein einfacher, schlicht gekleideter, stahlharter Mann mit mehr Waffen am Körper als Baldhere – er schien nur auf eine Gelegenheit zu lauern, seine todbringenden Waffen einzusetzen –, während Alesune Chulin ebenso schlank wie Serailla beleibt, ebenso hübsch wie Serailla nichtssagend und ebenso temperamentvoll wie diese zurückhaltend war. Alesune schien für ihre edlen blauen Seidengewänder geboren. Man tat gut daran, sich in Erinnerung zu rufen, daß es auch bei Serailla ein Fehler war, nur nach dem Äußeren zu urteilen.

»Friede und Licht mögen Euch gewogen sein, Ethenielle von Kandor«, sagte Easar verdrießlich, als Ethenielle ihr Pferd vor den Männern verhielt. Und Paitar hob im selben Moment an: »Das Licht umarme Euch, Ethenielle von Kandor.« Paitars Stimme konnte Frauenherzen noch immer schneller schlagen lassen. Auch das Herz einer Frau, die wußte, daß er ganz und gar ihr gehörte. Ethenielle bezweifelte, daß Menuki jemals in ihrem Leben eifersüchtig gewesen war oder Grund dazu gehabt hatte.

Sie begrüßte die Männer ebenso knapp und endete schroff: »Ich hoffe, Ihr seid hierher gelangt, ohne entdeckt zu werden.«

Easar schnaubte, lehnte sich in seinem Sattel zurück und betrachtete sie grimmig. Er war ein harter Mann, der aber seit elf Jahren verwitwet war und noch immer trauerte. Er hatte für seine Frau Gedichte geschrieben – hinter dem äußeren Anschein verbarg sich stets mehr. »Wenn wir bemerkt worden wären, Ethenielle«, grollte er, »könnten wir jetzt ebensogut umkehren.«

»Ihr sprecht bereits von Umkehr?« Shianri gelang es, seine Verachtung mit kaum ausreichender Höflichkeit zu verbinden, um einer Herausforderung vorzubeugen. Dennoch betrachtete Agelmar ihn kalt, wobei er sich leicht im Sattel vorbeugte, ein Mann, der genau wußte, wo sich jede seiner Waffen befand. Sie waren in vielen Kämpfen entlang der Großen Fäule Verbündete gewesen, aber jetzt begegneten sie sich mit neuem Mißtrauen.

Alesune brachte ihr Pferd, eine graue Stute so groß wie ein Streitroß, zum Tänzeln. Die schmalen weißen Streifen in Alesunes langem schwarzen Haar erschienen plötzlich wie ein Helmschmuck, und ihre Augen ließen jedermann rasch vergessen, daß shienarische Frauen niemals Waffen gebrauchten und auch keine Duelle ausfochten. Ihr Titel lautete einfach *Shatayan* des Königshofs, und doch beging jedermann einen schweren Fehler, der glaubte, der Einfluß der Shatayan ende bei der Beaufsichtigung der Köche, Dienerinnen und Lieferanten. »Tollkühnheit hat nichts mit Mut zu tun, Lord Shianri. Wir verlassen die Große Fäule fast ungeschützt, und wenn wir scheitern – und vielleicht sogar wenn wir erfolgreich sind –, könnten einige von uns ihre Köpfe auf Spießen wiederfinden. Vielleicht sogar wir alle. Die Weiße Burg könnte sehr wohl dafür sorgen, wenn dieser al'Thor es nicht tut.«

»Die Große Fäule scheint zu schlafen«, murrte Terasian, der sich das fleischige Kinn rieb. »Ich habe sie noch nie so ruhig erlebt.«

»Der Schatten schläft niemals«, wandte Jagad gelassen ein, und Terasian nickte, als wäre auch das erwägenswert. Agelmar war der beste Befehlshaber unter ihnen, einer der besten überhaupt, aber Terasians Platz zu Paitars Rechten war beileibe nicht dadurch bedingt, daß er ein guter Trinkkumpan war.

»Ich habe genügend Soldaten zurückgelassen, die das Land beschützen, solange nicht wieder Trolloc-Kriege stattfinden«, sagte Ethenielle mit fester Stimme. »Ich vertraue darauf, daß Ihr alle ebenso klug gehandelt habt. Aber das ist bedeutungslos. Glaubt jemand, daß wir jetzt wirklich noch umkehren können?« Sie äußerte diese letzte Frage nüchtern, ohne eine Antwort zu erwarten, aber sie erhielt dennoch eine.

»Umkehren?« fragte eine Frau mit hoher Stimme hinter ihr. Tenobia von Saldaea galoppierte in die Versammlung und zügelte ihren weißen Wallach dann so ruckartig, daß er sich heftig aufbäumte. Dichte Perlenreihen zogen sich die dunkelgrauen Ärmel ihres Reitgewandes mit engen Röcken hinab, während üppige, rot-goldene Stickerei ihre schlanke Taille und den wohlgerundeten Busen betonte. Sie war für eine Frau groß, und sie war trotz einer bestenfalls verwegenen Nase hübsch, wenn nicht sogar schön. Große schrägstehende Augen von einem tiefen Dunkelblau verstärkten diesen Eindruck gewiß noch, aber ebenso ihre außergewöhnliche Selbstsicherheit. Wie erwartet, wurde die Königin von Saldaea nur von Kalyan Ramsin begleitet, einem ihrer zahlreichen Onkel, ein grauhaariger Mann mit einem pockennarbigen Adlergesicht und einem dichten, um seinen Mund abwärts gebogenen Schnurrbart. Tenobia Kazadi duldete den Rat der Soldaten, aber von niemand sonst. »Ich werde nicht umkehren«, fuhr sie zornig fort, »ungeachtet dessen, was Ihr anderen zu tun gedenkt. Ich habe meinen *lieben* Onkel Davram ausgesandt, mir den Kopf des falschen Drachen Mazrim Taim zu bringen, und nun folgen sowohl er als auch Taim diesem al'Thor, wenn ich auch nur die Hälfte dessen glauben darf, was ich gehört habe. Ich habe fast fünftausend Männer hinter mir, und was auch immer Ihr beschließen mögt – *ich* werde nicht umkehren, bis mein Onkel und al'Thor begriffen haben, wer Saldaea regiert.«

Ethenielle wechselte Blicke mit Serailla und Baldhere, während Paitar und Easar Tenobia versicherten, daß sie ebenfalls weiterziehen wollten. Serailla schüttelte kaum merklich den Kopf und zuckte mit den

Achseln. Baldhere verdrehte ungehalten die Augen. Ethenielle hatte nicht wirklich gehofft, Tenobia würde letztendlich beschließen fernzubleiben, aber das Mädchen würde gewiß Schwierigkeiten machen.

Die Saldaeaner waren ein seltsamer Menschenschlag – Ethenielle hatte sich oftmals gefragt, wie ihre Schwester Einone es schaffte, eine solch gute Ehe mit einem weiteren Onkel Tenobias zu führen –, aber Tenobia trieb diese Seltsamkeit auf die Spitze. Man erwartete von jedem Saldaeaner auffälliges Verhalten, aber Tenobia genoß es, Domani vor den Kopf zu stoßen und Altarener langweilig erscheinen zu lassen. Das Temperament der Saldaeaner war legendär, aber ihres glich einem verheerenden Feuer bei Sturm, und man konnte niemals vorhersagen, was den Funken auslöste. Ethenielle mochte nicht einmal daran denken, die Frau gegen ihren Willen Vernunftgründen zugänglich machen zu wollen. Nur Davram Bashere hatte dies bisher erreichen können. Und dann war da noch die Frage der Heirat.

Tenobia war noch jung, wenn auch Jahre über das Alter hinaus, in dem sie hätte heiraten sollen – die Eheschließung war für jedes Mitglied eines Herrscherhauses eine Pflicht und um so mehr für den Herrscher selbst, da Bündnisse geschlossen und Erben hervorgebracht werden mußten –, aber Ethenielle hatte das Mädchen niemals für einen ihrer eigenen Söhne in Erwägung gezogen. Tenobias Ansprüche an einen Ehemann umfaßten sämtliche Erwartungen an alle anderen um sie herum. Er mußte in der Lage sein, sich einem Dutzend Myrddraal zu stellen und sie zu töten – während er gleichzeitig die Harfe spielte *und* Gedichte schrieb. Er mußte in der Lage sein, Gelehrte zu verwirren – während er auf einem Pferd eine steile Klippe hinabritt. Oder vielleicht hinauf. Natürlich würde er sich ihr beugen müssen – sie war immerhin eine Königin –, nur daß Tenobia hin und wieder von ihm erwarten würde, daß er ignorierte, was auch immer sie sagte, und sie sich gefügig machte. Das Mädchen wollte *genau* das! Und das Licht helfe ihm, wenn er sie bezwingen wollte, wenn sie Ergebenheit verlangte, oder sich ihr beugte, wenn sie es wiederum anders haben wollte. Sie äußerte nichts von alledem jemals offen, aber jede Frau mit Verstand, die sie über Männer reden hörte, konnte es sich bald zusammenreimen. Tenobia würde als Jungfrau sterben. Was bedeutete, daß ihr Onkel Davram den Thron erben würde, wenn sie ihn nach alledem am Leben ließe, oder ansonsten Davrams Erbe.

Ein Wort erweckte Etheniellès Aufmerksamkeit und ließ sie sich jäh im Sattel aufrichten. Sie hätte aufpassen sollen. Zuviel stand auf dem Spiel. »Aes Sedai?« fragte sie scharf. »Was ist mit den Aes Sedai?« Bis auf Paitars Ratgeber waren alle Berater aus der Weißen Burg bei der Nachricht über die Zerwürfnisse in der Burg gegangen, wobei ihre eigene Nianh und Easars Aisling sogar spurlos verschwanden. Wenn Aes Sedai einen Hinweis auf ihre Pläne erhalten hatten … Nun, Aes Sedai hatten stets eigene Pläne. Stets. Sie würde nicht gern feststellen müssen, daß sie ihre Hände in zwei Hornissennester steckte anstatt nur in eines.

Paitar zuckte mit den Achseln und schien ein wenig verwirrt. Das war bei ihm erstaunlich, denn er ließ sich, ebenso wie Serailla, durch nichts erschüttern. »Ihr habt doch wohl kaum von mir erwartet, daß ich Coladara zurücklasse, Ethenielle«, sagte er besänftigend. »Selbst wenn ich die Vorbereitungen vor ihr hätte geheimhalten können.« Das hatte sie tatsächlich nicht erwartet. Seine Lieblingsschwester war eine Aes Sedai, und Kiruna hatte ihn zutiefst für die Burg eingenommen. Ethenielle hatte es nicht erwartet, aber sie hatte es zumindest gehofft. »Coladara hatte Besucher«, fuhr er fort. »Sieben Besucher. Es schien mir vernünftig, sie unter den gegebenen Umständen mitzubringen. Glücklicherweise mußte ich sie nicht lange überzeugen. Tatsächlich überhaupt nicht.«

»Das Licht bescheine und bewahre unsere Seelen«, keuchte Ethenielle und hörte Serailla und Baldhere das gleiche äußern. »Acht Schwestern, Paitar? Acht?« Die Weiße Burg kannte inzwischen gewiß jeden ihrer beabsichtigten Schritte.

»Und ich habe noch fünf weitere bei mir«, warf Tenobia beiläufig ein. »Sie begegneten mir, unmittelbar bevor ich Saldaea verließ. Zufällig, dessen bin ich mir sicher. Sie schienen genauso überrascht darüber zu sein wie ich. Als sie erfuhren, was ich vorhatte – ich weiß noch immer nicht, wie sie es erfuhren, aber sie wußten es –, war ich überzeugt, sie würden eiligst Memara aufsuchen.« Sie furchte finster die Stirn. Elaida hatte sich schwer verrechnet, als sie eine Schwester sandte, um Tenobia einzuschüchtern. »Statt dessen«, endete sie, »waren Illeisien und die übrigen mehr auf Geheimhaltung bedacht als ich.«

»Dennoch«, beharrte Ethenielle. »Dreizehn Schwestern. Es muß nur eine von ihnen eine Möglichkeit finden, eine Nachricht zu übermitteln. Nur wenige Zeilen. Glaubt irgend jemand von Euch, er könne sie aufhalten?«

»Die Würfel sind gefallen«, stellte Paitar schlicht fest. Was geschehen war, war geschehen. Arafeller waren für Ethenielle fast ebenso seltsam wie Saldaeaner.

»Weiter südlich«, fügte Easar hinzu, »wird es vielleicht von Nutzen sein, dreizehn Aes Sedai unter uns zu haben.« Schweigen folgte, während greifbar war, was die Worte bedeuteten. Aber niemand wollte es aussprechen. Dies war etwas vollkommen anderes, als sich der Großen Fäule entgegenzustellen.

Tenobia lachte jäh unheimlich. Ihr Wallach begann zu tänzeln, aber sie beruhigte ihn. »Ich will so schnell wie möglich südwärts gelangen, aber ich lade Euch alle ein, heute abend mit mir in meinem Zelt zu speisen. Ihr habt Gelegenheit, mit Illeisien und ihren Freunden zu sprechen, um festzustellen, ob Euer Urteil dem meinen entspricht. Und vielleicht könnten wir uns anschließend morgen abend alle in Paitars Lager versammeln und die Freundinnen seiner Schwester Coladara befragen.« Der Vorschlag war so vernünftig, so offensichtlich notwendig, daß ihm sofort zugestimmt wurde. Und dann fügte Tenobia wie als Nachgedanken hinzu: »Mein Onkel Kalyan wäre geehrt, wenn Ihr ihm erlaubtet, heute abend neben Euch zu sitzen, Ethenielle. Er bewundert Euch sehr.«

Ethenielle schaute zu Kalyan Ramsin – der Bursche, der hinter Tenobia schweigend auf seinem Pferd gesessen hatte, der niemals sprach und kaum jemals zu atmen schien –, sie sah ihn nur an, und einen Augenblick lang lüftete der grauhaarige Adler den Schleier vor seinen Augen. Einen Augenblick lang sah sie etwas, was sie, seit ihr Bry gestorben war, nicht mehr gesehen hatte, einen Mann, der nicht eine Königin, sondern eine Frau ansah. Diese Erkenntnis traf sie völlig unerwartet und raubte ihr den Atem. Tenobia blickte von ihrem Onkel zu Ethenielle und lächelte zufrieden.

Zorn flammte in Ethenielle auf. Dieses Lächeln ließ alles so klar erscheinen wie Quellwasser, wenn Kalyans Blick dies nicht schon bewirkt hatte. Dieses junge Ding wollte den Burschen mit *ihr* verheiraten? Dieses Kind nahm an …? Plötzlich überschattete Traurigkeit ihren Zorn. Sie selbst war noch jünger gewesen, als sie die Heirat ihrer verwitweten Schwester Nazelle angeordnet hatte. Eine Staatsangelegenheit – und doch hatte Nazelle Lord Ismic, trotz all ihrer anfänglichen

Proteste, lieben gelernt. Sie sah Kalyan erneut und länger an. Sein ledriges Gesicht zeigte wieder angemessenen Respekt, und doch sah sie seine Augen, wie sie einstmals gewesen waren. Der Gemahl, den sie erwählte, würde ein harter Mann sein müssen, aber sie war bei den Ehen ihrer Kinder stets darauf bedacht gewesen, daß die Liebe zu ihrem Recht kam, und sie würde bei sich selbst keine niedrigeren Maßstäbe anlegen.

»Anstatt Tageslicht mit Reden zu verschwenden«, sagte sie atemloser, als ihr lieb war, »sollten wir das tun, weshalb wir hergekommen sind.« Das Licht versenge ihre Seele – sie war eine erwachsene Frau, kein Mädchen, das zum ersten Mal einem Freier begegnete. »Nun?« fragte sie. Dieses Mal klang ihre Stimme angemessen fest.

Alle Vereinbarungen waren in jenen sorgfältig formulierten Briefen getroffen worden, aber alle Pläne würden auf dem Weg nach Süden unter veränderten Umständen angepaßt werden müssen. Dieses Treffen hatte nur einen wahren Zweck, eine einfache, uralte Zeremonie der Grenzlande, über die in all den Jahren seit der Zerstörung nur sieben Mal berichtet wurde. Eine schlichte Zeremonie, die sie über alle Worte hinaus, wie aussagekräftig auch immer sie sein mochten, binden würde. Die Herrscher führten ihre Pferde näher zueinander, während sich die Gefolgsleute zurückzogen.

Ethenielle stieß einen Zischlaut aus, als sie mit dem Dolch über ihre linke Handfläche schnitt. Tenobia lachte, während sie ihre Hand einritzte. Paitar und Easar hätten genausogut nur Splitter aus ihrer Haut ziehen können. Vier Hände wurden ausgestreckt und verschränkt, das Herzblut vermischte sich, tropfte zu Boden, wurde von der steinharten Erde aufgesogen. »Wir sind eins, bis in den Tod«, sagte Easar, und sie alle sprachen die Worte mit ihm. »Wir sind eins, bis in den Tod.« Sie waren durch Blut und Erde verbunden. Jetzt mußten sie Rand al'Thor finden und tun, was getan werden mußte. Ungeachtet, was es kostete.

* * * *

Als sie sich überzeugt hatte, daß Turanna sich ohne Hilfe auf dem Kissen aufsetzen konnte, erhob sich Verin und ließ die zusammengesunkene Weiße Schwester zurück, die aus einem Becher trank. Oder zumindest versuchte sie, Wasser zu trinken. Turannas Zähne klapperten an den Silberbecher, was wenig verwunderlich war. Der Eingang des Zeltes war so niedrig, daß Verin sich ducken mußte, um den Kopf hinauszustrecken. Schwäche vereinnahmte ihr Rückgrat, wenn sie sich bückte. Sie hatte keine Angst vor der Frau, die hinter ihr in einem rauhen schwarzen Gewand zitterte. Verin hielt den vor ihr aufgebauten Schild fest, und sie bezweifelte, daß Turanna im Moment genug Kraft in den Beinen hatte, sie von hinten anzuspringen, selbst wenn ihr solch ein unglaublicher Gedanke käme. Weiße dachten einfach nicht auf diese Art. Zudem war es angesichts Turannas Zustand zweifelhaft, daß sie in den nächsten Stunden schon wieder die Macht lenken könnte, selbst wenn sie nicht abgeschirmt wäre.

Das Aiel-Lager bedeckte die Hügel, hinter denen Cairhien lag. Niedrige, erdfarbene Zelte füllten den Raum zwischen den wenigen Bäumen aus, die so nahe der Stadt belassen worden waren. Staubwolken hingen in der Luft, aber weder Staub noch Hitze noch der grelle Glanz einer zornigen Sonne kümmerten die Aiel. Geschäftigkeit und Zweckmäßigkeit ließen das Lager einer Stadt ähneln. In Verins Sichtfeld zerlegten Männer Wild und flickten Zelte, schärften Dolche oder verfertigten die weichen Stiefel, die alle trugen.

Frauen kochten über offenen Feuern, buken Brot, arbeiteten an kleinen Webstühlen oder kümmerten sich um die wenigen Kinder im Lager. Überall eilten weiß gekleidete *Gai'schain* mit Lasten umher, klopften Teppiche aus oder kümmerten sich um Packpferde und Maultiere. Es waren keine Straßenhändler oder Verkaufsstände zu sehen. Und natürlich keine Karren und Wagen. Keine Stadt – es waren eher tausend an einem Ort versammelte Dörfer, obwohl weitaus mehr Männer als Frauen zu sehen waren und fast jeder Mann mit Ausnahme der Schmiede und jener, die weiß gekleidet waren, Waffen trug. Für die meisten Frauen galt dies ebenfalls.

Die Anzahl der Menschen entsprach gewiß der Einwohnerschaft großer Städte, mehr als genug Menschen, um einige wenige Aes Sedai-Gefangene vollkommen einzuschließen, und doch sah Verin eine schwarz gewandete Frau keine fünfzig Schritte entfernt, die einen hüfthohen Stapel Steine auf einer Kuhhaut hinter sich herzog. Eine große Kapuze verdeckte ihr Gesicht, aber außer den gefangenen Schwestern trug niemand im Lager diese schwarzen Gewänder. Eine Weise Frau schlenderte dicht an der Kuhhaut vorbei und erglühte vor Macht, während sie die Gefangene abschirmte. Unterdessen flankierten zwei Töchter des Speers die Schwester und benutzten Gerten, um sie voranzudrängen, wann immer sie taumelte. Verin fragte sich, ob sie das hatte sehen sollen. Erst heute morgen war sie an einer wild dreinblickenden Coiren Saeldain vorübergegangen, welcher der Schweiß das Gesicht herablief. Sie wurde von einer Weisen Frau und zwei Aiel-Männern begleitet, und ein großer, mit Sand gefüllter Korb beugte ihren Rücken, während sie einen Hang hinaufstolperte. Und gestern war es Sarene Nemdahl gewesen. Sie hatten ihr die Aufgabe zugewiesen, mit den Händen Wasser aus einem Ledereimer in einen anderen zu schöpfen, sie schlugen sie mit der Gerte, damit sie schneller arbeitete, und schlugen sie dann für jeden dadurch vergossenen Tropfen, daß sie geschlagen wurde, um schneller zu arbeiten. Sarene hatte Verin nach dem Warum gefragt, aber nicht so, als erwarte sie eine Antwort. Verin hatte natürlich auch keine Antwort geben können, bevor die Töchter des Speers Sarene wieder an ihre sinnlose Arbeit trieben.

Sie unterdrückte ein Seufzen. Einerseits konnte sie nicht wirklich Gefallen daran finden, wenn Schwestern, aus welchen Gründen oder Notwendigkeiten auch immer, so behandelt wurden, und andererseits war es nicht zu übersehen, daß gewisse Weise Frauen wollten ... Was eigentlich? Daß sie wußte, daß es hier nichts zählte, eine Aes Sedai zu sein? Lächerlich. Das war schon vor Tagen überaus offensichtlich gewesen. Oder vielleicht, daß sie auch in ein schwarzes Gewand gesteckt werden könnte? Im Moment glaubte sie, zumindest davor sicher zu sein, aber die Weisen Frauen verbargen zahlreiche Geheimnisse, die sie noch aufdecken mußte und deren geringstes der Aufbau ihrer Hierarchie war. Das allergeringste Geheimnis, und doch beinhaltete dies das Überleben und eine heile Haut. Frauen, die Befehle gaben, nahmen manchmal auch Befehle von gerade jenen Frauen entgegen, denen sie zuvor Befehle erteilt hatten, und später wechselte dies dann wiederum ohne ersichtlichen Grund. Niemand befehligte jedoch jemals Sorilea – und darin lag vielleicht ein gewisses Maß an Sicherheit.

Sie konnte nicht umhin, Zufriedenheit zu verspüren. Heute morgen im Sonnenpalast hatte Sorilea zu wissen verlangt, was Feuchtländer am meisten beschämte. Kiruna und die übrigen Schwestern verstanden nicht. Sie bemühten sich nicht wirklich zu verstehen, was hier draußen vor sich ging, vielleicht weil sie sich vor dem fürchteten, was sie erfahren könnten und daß solches Wissen ihre Eide beeinträchtigen könnte. Sie bemühten sich allenfalls, den Weg für sich selbst zu rechtfertigen, auf den das Schicksal sie verschlagen hatte, aber Verin hatte für den von ihr verfolgten Weg bereits Sinn und Zweck gefunden. Sie hatte außerdem eine Liste in der Tasche, die sie Sorilea übergeben wollte, wenn sie allein wären. Die anderen brauchten nichts davon zu wissen. Einigen der Gefangenen war sie noch niemals begegnet, aber sie glaubte, daß ihre Liste die Schwächen der meisten aufzeigte, nach denen Sorilea suchte. Das Leben würde für die Frauen in Schwarz noch weitaus schwieriger werden. Und ihre eigenen Bemühungen würden ihr mit etwas Glück weiterhin nützen.

Zwei große Aiel-Männer saßen unmittelbar vor dem Zelt und schienen in ein Fadenspiel vertieft, aber sie blickten sich sofort um, als ihr Kopf im Zelteingang erschien. Coram erhob sich trotz seiner Statur geschmeidig wie eine Schlange, und Mendan zögerte nur solange, bis er den Faden eingesteckt hatte. In aufrechter Haltung hätte ihr Kopf kaum bis zur Brust der Männer gereicht. Aber sie hätte sie natürlich dennoch beide züchtigen können, wenn sie es gewagt hätte. Sie war hin und wieder versucht gewesen. Sie waren ihre bestellten Berater, die sie vor Mißverständnissen im Lager bewahren sollten. Und sie gaben zweifellos alles, was sie sagte oder tat, weiter. Sie hätte es vorgezogen, Tomas bei sich zu haben, aber nur auf mancherlei Art. Es war weitaus schwieriger, Geheimnisse vor seinem Behüter als vor Fremden zu bewahren.

»Bitte sagt Colinda, daß ich mit Turanna Norill fertig bin«, wandte sie sich an Coram, »und ersucht sie, Katerine Alruddin zu mir zu schicken.« Sie wollte sich zunächst um die Schwestern kümmern, die keine Behüter besaßen. Er nickte einmal, bevor er wortlos davontrottete. Diese Aiel-Männer waren nicht sehr höflich.

Mendan kauerte sich wieder hin und beobachtete sie mit erschreckend blauen Augen. Einer von ihnen blieb, ungeachtet ihrer Befehle, stets bei ihr. Ein Streifen roten Tuchs war um Mendans Schläfen gebunden, der mit dem uralten Symbol der Aes Sedai gekennzeichnet war. Wie die anderen Männer, die dieses Abzeichen trugen, und wie die Töchter des Speers schien er darauf zu warten, daß ihr ein Fehler unterlief. Nun, sie waren nicht die ersten, und bei weitem nicht die gefährlichsten. Einundsiebzig Jahre waren vergangen, seit sie zuletzt einen ernsthaften Fehler begangen hatte.

Sie lächelte Mendan unbestimmt zu und wollte sich wieder ins Zelt zurückziehen, als plötzlich etwas ihren Blick auf sich zog. Wenn der Aiel in dem Moment versucht hätte, ihr die Kehle durchzuschneiden, hätte sie es vielleicht nicht einmal bemerkt.

Nicht weit von der Stelle entfernt, wo sie gebeugt im Zelteingang stand, knieten neun oder zehn Frauen in einer Reihe und rollten die Mühlsteine flacher Handmühlen ähnlich denen auf abgeschiedenen Bauernhöfen. Andere Frauen brachten in Körben Korn heran und trugen das grobe Mehl fort. Die Frauen in dunklen Röcken und hellen Blusen hatten ihre Haare mit gefalteten Tüchern zurückgebunden. Eine Frau, die deutlich kleiner war als die übrigen, diejenige, deren Haar nicht bis zur Taille reichte, trug weder eine Halskette noch ein Armband. Sie schaute auf, und der Groll vertiefte sich auf ihrem sonnengeröteten Gesicht, als sie Verins Blick begegnete. Jedoch nur einen Moment, bevor sie sich hastig wieder über ihre Arbeit beugte.

Verin zog sich rasch ins Zelt zurück, während ihr Magen rebellierte. Irgain gehörte der Grünen Ajah an. Oder vielmehr hatte sie der Grünen Ajah angehört, bevor Rand al'Thor sie dämpfte. Abgeschirmt zu sein, schwächte den Bund mit einem Behüter und machte ihn verschwommen, aber gedämpft zu sein, trennte ihn so sicher wie der Tod. Einer von Irgains beiden Behütern war offensichtlich vor Schreck tot umgefallen, und der andere war bei dem Versuch gestorben, Tausende von Aiel zu töten, ohne daß er zu entkommen versucht hätte. Irgain wünschte sich höchstwahrscheinlich, sie wäre ebenfalls tot. Gedämpft. Verin preßte beide Hände auf ihren Magen. Sie würde sich *nicht* übergeben. Sie hatte schon Schlimmeres als eine gedämpfte Frau gesehen. Viel Schlimmeres.

»Es gibt wohl keine Hoffnung mehr?« murmelte Turanna mit belegter Stimme. Sie weinte lautlos und starrte den Silberbecher in ihren zitternden Händen wie einen entfernten und erschreckenden Gegenstand an. »Keine Hoffnung.«

»Es gibt immer einen Ausweg, wenn man nur danach sucht«, erklärte Verin und tätschelte der Frau beiläufig die Schulter. »Ihr müßt stets danach suchen.«

Ihre Gedanken rasten, doch keiner berührte Turanna. Das Licht wußte, daß Irgains Dämpfung ihr Inneres sich umkehren ließ. Aber warum mahlte die Frau Korn? Und weshalb war sie wie eine Aiel-Frau gekleidet? Mußte sie genau an dieser Stelle arbeiten, damit Verin sie sehen konnte? Eine törichte Frage. Selbst bei so starkem *Ta'veren* wie Rand al'Thors in nur wenigen Meilen Entfernung gab es Grenzen der Anzahl an Zufällen, die sie akzeptieren würde. Hatte sie sich verrechnet? Aber es konnte schlimmstenfalls kein allzu großer Fehler sein. Allerdings erwiesen sich kleine Fehler manchmal als ebenso tödlich wie große. Wie lange konnte sie aushalten, wenn Sorilea sie zu brechen beschloß? Vermutlich nur beunruhigend kurze Zeit. Sorilea war auf vielerlei Weise härter als jeder andere Mensch, dem sie jemals begegnet war. Und sie konnte nichts vorbringen, um ihr Einhalt zu gebieten. Aber darum würde sie sich ein anderes Mal sorgen. Es hatte keinen Zweck, gedanklich vorauszueilen.

Sie kniete sich hin und bemühte sich ein wenig, Turanna zu beruhigen, aber nicht allzu sehr. Ihre tröstenden Worte klangen für Turanna wohl ebenso hohl wie für sie selbst, wenn man die Leere in ihren Augen betrachtete. Nichts konnte Turannas Lage ändern außer Turanna, und das mußte sie selbst vollbringen. Die Weiße Schwester weinte nur noch heftiger, wenn auch lautlos, während ihre Schultern bebten und Tränen ihr Gesicht herabströmten. Das Eintreten zweier Weiser Frauen und zweier junger Aiel-Männer, die sich im Zelt nicht aufrichten konnten, bedeutete eine gewisse Erleichterung, jedenfalls für Verin. Sie erhob sich und vollführte einen geschmeidigen Hofknicks, aber keiner der vier schenkte ihr auch nur die geringste Aufmerksamkeit.

Daviena war eine Frau mit grünen Augen und rotblondem Haar, und Losaine hatte graue Augen und dunkles Haar, das nur in der Sonne ein wenig Rot zeigte. Beide waren über einen Kopf größer als Verin und machten ein Gesicht, als sei ihnen eine unangenehme Aufgabe zugedacht worden, die sie jemand anderem wünschten. Keine konnte die Macht ausreichend stark lenken, um Turanna allein halten zu können, aber sie verbanden sich, als hätten sie schon ihr ganzes Leben lang Zirkel gebildet, wobei das Licht *Saidars* um die Frauen zu verschmelzen schien, obwohl sie ein Stück voneinander entfernt standen. Verin zwang sich zu einem Lächeln, um nicht grimmig zu erscheinen. Wo *hatten* sie das gelernt? Sie hätte ihren ganzen Besitz darauf verwettet, daß sie es noch vor wenigen Tagen nicht gekonnt hatten.

Dann ging alles schnell und reibungslos vonstatten. Als die beiden Männer Turanna an den Armen hochzogen, ließ sie den Silberbecher fallen, der zu ihrem Glück leer war. Sie wehrte sich nicht, was ebensogut war, weil sie bedachte, daß jeder der Männer sie wie einen Sack Mehl unter einem Arm hätte davontragen können, aber ihr Mund stand offen, und sie stieß lautlos Verwünschungen aus. Die Aiel kümmerten sich nicht darum. Daviena in der Mitte des Zirkels übernahm den Schild, und Verin ließ die Quelle vollkommen los. Keine von ihnen vertraute ihr, ungeachtet der Eide, die sie geschworen hatte, in ausreichendem Maße, um sie *Saidar* ohne ersichtlichen Grund festhalten zu lassen. Niemand schien es zu bemerken, aber sie hätten es gewiß gemerkt, wenn sie an der Macht festgehalten hätte. Die Männer zerrten Turanna davon, wobei ihre bloßen Füße über die auf dem Boden des Zeltes ausgelegten Teppiche schleiften, und die Weisen Frauen folgten ihnen hinaus. Dann war alles vorbei. Was mit Turanna getan werden konnte, war getan worden.

Verin atmete tief aus und sank auf eines der bunten, mit Quasten versehenen Kissen. Ein edles, goldenes, mit einem Rankenmuster verziertes Tablett stand auf den Teppichen neben ihr. Sie füllte einen der Silberbecher aus einem Zinnkrug und trank in großen Schlucken. Dies war eine schweißtreibende und ermüdende Arbeit. Es blieben noch Stunden Tageslicht, und doch fühlte sie sich bereits jetzt, als hätte sie eine schwere Kiste zwanzig Meilen weit getragen. Sie stellte den Becher wieder auf das Tablett und zog ihr kleines, ledergebundenes Büchlein aus ihrem Gürtel hervor. Es dauerte stets eine Weile, bis jene gebracht wurden, nach denen sie schickte. Einige Augenblicke, in denen sie ihre Aufzeichnungen durchgehen und neue Notizen machen konnte, wären keine vergeudete Zeit.

Es war nicht nötig, Notizen über die Gefangenen zu machen, aber das plötzliche Erscheinen Cadsuane Melaidhrins vor mittlerweile drei Tagen gab Anlaß zur Sorge. Hinter was *war* Cadsuane her? Ihre Begleiter konnte man außer acht lassen, aber Cadsuane selbst war eine Legende, und allein schon die glaubhaften Erzählungen machten sie in der Tat gefährlich. Gefährlich und unberechenbar. Verin nahm eine Feder aus dem kleinen hölzernen Schreibkästchen, das sie stets bei sich trug, und griff nach der verschlossenen Tintenflasche in ihrer Hülle, als erneut eine Weise Frau das Zelt betrat.

Verin sprang so rasch auf, daß ihr Büchlein herabfiel. Aeron konnte die Macht überhaupt nicht lenken, und doch vollführte Verin vor der bereits ergrauenden Frau einen weitaus tieferen Hofknicks, als sie es vor Daviena und Losaine getan hatte. Als ihr Gesicht fast den Boden berührte, ließ sie ihre Röcke los, um nach dem Büchlein zu greifen, aber Aerons Finger erreichten es zuerst. Verin richtete sich auf und beobachtete gelassen, wie die größere Frau die Seiten durchblätterte.

Himmelblaue Augen begegneten ihren. Ein Winterhimmel. »Einige hübsche Zeichnungen und sehr vieles über Pflanzen und Blumen«, sagte Aeron kalt. »Ich kann nichts über die Untersuchung entdecken, derentwegen Ihr gesandt wurdet.« Sie drückte Verin das Buch barsch in die Hand.

»Danke, Weise Frau«, sagte Verin demütig und verstaute das Büchlein wieder sicher in ihrem Gürtel. Sie vollführte sogar vorsichtshalber noch einen weiteren, ebenso tiefen Hofknicks wie den ersten. »Ich habe die Angewohnheit zu notieren, was ich sehe.« Eines Tages würde sie die Geheimschrift, die sie für ihre Aufzeichnungen benutzte, in entschlüsselter Form niederschreiben müssen. Eines Tages, aber hoffentlich nicht allzu bald. Die Schränke und Kisten in ihren Räumen über der Bibliothek der Weißen Burg waren voll mit solchen Büchern. »Was die … ehm … Gefangenen betrifft, so berichten sie bisher denselben Sachverhalt alle unterschiedlich. Der *Car'a'carn* sollte bis zur Letzten Schlacht in der Burg aufgenommen werden. Seine … ehm … Mißhandlung begann nach einem Fluchtversuch. Aber das wißt Ihr natürlich bereits. Aber seid unbesorgt – ich werde gewiß noch mehr erfahren.« Das war nur zu wahr, wenn auch nicht die ganze Wahrheit. Sie hatte zu viele Schwestern sterben sehen, um es zu riskieren, die anderen ohne einen sehr guten Grund ins Grab zu schicken. Schwierig war jedoch zu entscheiden, was dieses Risiko auslösen könnte. Die Umstände der Entführung des jungen al'Thor durch eine Abordnung erweckte in den Aiel Mordlust, aber was sie seine ›Mißhandlung‹ nannten, erzürnte sie kaum, soweit sie es beurteilen konnte.

Gold- und Elfenbeinarmbänder klapperten leise, als Aeron ihre dunkle Stola richtete. Sie betrachtete Verin, als versuche sie, deren Gedanken zu lesen. Aeron nahm unter den Weisen Frauen anscheinend einen hohen Rang ein, und obwohl Verin gelegentlich ein Lächeln jene tief gebräunten Wangen hatte kräuseln sehen, ein herzliches und unbeschwertes Lächeln, galt es jedoch niemals einer Aes Sedai. *Wir hätten niemals vermutet, daß* Ihr *diejenigen wärt, die versagen,* hatte sie Verin recht niedergeschlagen eröffnet. Ihre weiteren Worte hatten jedoch keinen Zweifel mehr gelassen. *Aes Sedai besitzen keine Ehre. Gebt mir nur den geringsten Grund, Euch zu mißtrauen, und ich werde Euch eigenhändig züchtigen, bis Ihr nicht mehr stehen könnt. Gebt mir einen zweifachen Grund, Euch zu mißtrauen, und ich werde Euch für die Geier und Ameisen pfählen.* Verin sah blinzelnd zu ihr hoch und bemühte sich, aufrichtig zu wirken. Und demütig. Sie durfte nicht vergessen, demütig zu wirken. Fügsam und willfährig. Sie empfand keine Angst. Sie hatte in ihrem Leben schon härteren Blicken standgehalten, von Frauen – und Männern –, die nicht

Aerons wenn auch geringe Bedenken teilten, wenn es darum ging, ihr Leben zu beenden. Aber es hatte sie erhebliche Mühe gekostet, zu dieser Befragung geschickt zu werden. Sie konnte es sich nicht leisten, diese Mühe vergeblich aufgewendet zu haben. Wenn man diesen Aiel nur mehr an den Gesichtern ablesen könnte!

Sie wurde sich jäh der Tatsache bewußt, daß sie nicht mehr allein im Zelt waren. Zwei flachshaarige Mädchen waren mit einer schwarz gewandeten Frau eingetreten, die eine Handbreit kleiner als die beiden war und die sie halbwegs stützen mußten. Eines der Mädchen war Tialin, eine dünne Rothaarige, die hinter dem Licht *Saidars* grimmig dreinblickte und die schwarz gewandete Gefangene abschirmte. Das Haar der Schwester hing in schweißfeuchten Locken bis auf ihre Schultern herab, und einzelne Strähnen klebten an ihrem Gesicht, das so verschmutzt war, daß Verin sie zunächst nicht erkannte. Das andere Mädchen hatte hohe Wangenknochen, wenn auch nicht *sehr* hoch angesetzt, eine Nase mit einer leicht hakenförmigen Krümmung und kaum merklich schrägstehende braune Augen … Beldeine. Beldeine Nyram. Sie hatte das Mädchen in einigen Novizinnenkursen unterrichtet.

»Dürfte ich fragen«, begann sie vorsichtig, »warum sie gebracht wurde? Ich habe nach jemand anderem geschickt.« Beldeine hatte keinen Behüter, obwohl sie eine Grüne war – sie war erst vor knapp drei Jahren zur Stola erhoben worden, und Grüne waren häufig besonders wählerisch bezüglich ihres ersten Behüters –, aber wenn sie damit begannen, wen immer sie wollten herzubringen, könnte die nächste Gefangene vielleicht zwei oder drei Behüter besitzen. Verin glaubte, heute noch zwei weitere Befragungen bewältigen zu können, aber nicht, wenn die Frauen auch nur einen Behüter hätten. Und sie bezweifelte, daß sie ihr bei irgendeiner Gefangenen eine zweite Chance gäben.

»Katerine Alruddin ist gestern abend entkommen«, spie Tialin fast hervor. Verin keuchte.

»Ihr habt sie *entkommen* lassen?« platzte sie ohne nachzudenken heraus. Ihre Müdigkeit war keine Entschuldigung, aber die Worte lösten sich von ihrer Zunge, bevor sie sich dessen bewußt wurde. »Wie konntet Ihr so töricht sein? Sie ist eine Rote und weder ein Feigling noch schwach in der Handhabung der Macht! Der *Car'a'carn* könnte in Gefahr sein! Warum haben wir nicht unverzüglich davon erfahren?«

»Ihre Flucht wurde erst heute morgen entdeckt«, grollte eine der Töchter des Speers. Ihre Augen hätten polierte Saphire sein können. »Eine Weise Frau und zwei *Cor Darei* wurden vergiftet, und der *Gai'schain*, der ihnen etwas zu trinken bringen wollte, wurde mit durchgeschnittener Kehle aufgefunden.«

Aeron sah die Tochter des Speers kalt und mit gewölbten Augenbrauen an. »Hat sie mit Euch gesprochen, Carahuin?« Plötzlich mußten beide Schwestern Beldeine stützen. Aeron sah Tialin nur an, aber die rothaarige Weise Frau senkte den Blick. Verin wurden die nächsten Aufmerksamkeiten zugedacht. »Eure Sorge um al'Thor … ehrt Euch«, sagte Aeron widerwillig. »Er wird bewacht werden. Mehr braucht Ihr nicht zu wissen.« Plötzlich wurde ihre Stimme härter. »Aber Neulinge sprechen mit Weisen Frauen nicht in diesem Ton, Verin Mathwin *Aes Sedai*.« Die letzten Worte klangen höhnisch.

Verin unterdrückte ein Seufzen und verfiel in einen weiteren tiefen Hofknicks, wobei sie sich fast wünschte, sie wäre noch genauso schlank wie bei ihrer Ankunft in der Weißen Burg. Sie war wirklich nicht für all diese Verbeugungen gemacht. »Vergebt mir, Weise Frau«, sagte sie demütig. Entkommen! Die Umstände machten für sie, wenn nicht für die Aiel, alles nur allzu offensichtlich. »Die Sorge muß meinen Verstand verwirrt haben.« Schade, daß sie nicht dafür sorgen konnte, daß Katerine einen tödlichen Unfall erlitt. »Ich werde mein Bestes tun, in Zukunft daran zu denken.« Nicht einmal ein Wimpernschlag deutete an, ob Aeron ihre Entschuldigung annahm. »Darf ich ihren Schild übernehmen, Weise Frau?«

Aeron nickte, ohne Tialin anzusehen, und Verin umarmte schnell die Quelle und übernahm den Schild, den Tialin losließ. Es erstaunte sie immer wieder, daß Frauen, die nicht die Macht lenken konnten, Machtlenkerinnen so bereitwillig befehligten. Tialin war in der Handhabung der Macht nicht wesentlich schwächer als Verin, und doch beobachtete sie Aeron fast ebenso wachsam, wie die Töchter des Speers es taten, und als die Töchter des Speers das Zelt auf eine Geste von Aeron hin eilig verließen und Beldeine schwankend stehenließen, folgte Tialin nur einen Schritt hinter ihnen.

Aeron ging nicht, zumindest nicht sofort. »Ihr werdet Katerine Alruddin gegenüber dem *Car'a'carn* nicht erwähnen«, sagte sie. »Er hat genug zu bedenken, auch ohne sich um Nichtigkeiten sorgen zu müssen.«

»Ich werde ihm nichts von ihr sagen«, bestätigte Verin rasch. Nichtigkeiten? Eine Rote mit Katerines Stärke war keine Nichtigkeit. Vielleicht sollte sie dies vermerken. Sie mußte darüber nachdenken.

»Ihr solltet füglich schweigen, Verin Mathwin, sonst werdet Ihr schreien müssen.«

Darauf ließ sich nichts erwidern, so daß sich Verin auf Demut und Fügsamkeit besann und noch einen Hofknicks vollführte. Ihre Knie wollten jedoch protestieren.

Als Aeron gegangen war, erlaubte sich Verin ein erleichtertes Seufzen. Sie hatte befürchtet, daß Aeron bleiben würde. Die Erlaubnis zu erhalten, mit den Gefangenen allein zu sein, hatte fast ebensoviel Mühe gekostet, wie Sorilea und Amys zu dem Entschluß zu bringen, *daß* sie befragt werden müßten, und zwar durch jemanden, der mit der Weißen Burg auf vertrautem Fuße stand. Wenn sie jemals erführen, daß sie zu dieser Entscheidung hingeführt worden waren … Aber darum würde sie sich ein anderes Mal sorgen. Es gab anscheinend viele ›andere Male‹.

»Es ist genug Wasser da, daß Ihr Euch zumindest Gesicht und Hände waschen könnt«, bot sie Beldeine freundlich an. »Und wenn Ihr wollt, werde ich Euch Heilen.« Jede von ihr befragte Schwester hatte zumindest einige Striemen aufgewiesen. Die Aiel schlugen die Gefangenen bereits für das Verschütten von Wasser oder wenn sie eine andere Aufgabe verdarben – und auch die stolzesten Gegenworte ernteten, wenn überhaupt, nur höhnisches Gelächter. Die schwarz gewandeten Frauen wurden wie Tiere zusammengepfercht, durch einen Schlag mit der Gerte zum Gehen oder Umwenden oder Stehenbleiben gebracht, und sie wurden noch härter geschlagen, wenn sie nicht schnell genug gehorchten. Das Heilen erleichterte auch andere Dinge.

Schmutzig, verschwitzt und wie Schilf im Wind schwankend, verzog Beldeine die Lippen. »Ich würde lieber verbluten, als von Euch Geheilt zu werden!« spie sie hervor. »Vielleicht hätte ich erwarten sollen, Euch vor diesen Wilden, diesen Unmenschen, kriechen zu sehen, aber ich hätte niemals gedacht, daß Ihr Euch jemals so weit erniedrigen würdet, die Geheimnisse der Burg preiszugeben! Das kommt Verrat gleich, Verin! Aufruhr!« Sie stieß einen verächtlichen Laut aus. »Wenn Ihr davor nicht zurückschreckt, werdet Ihr vermutlich vor nichts haltmachen! Was habt Ihr und die übrigen sie außer dem Verbinden sonst noch gelehrt?«

Verin schnalzte verärgert mit der Zunge, machte sich aber nicht die Mühe, der jungen Frau den Kopf zurechtzurücken. Ihr Nacken schmerzte davon, zu den Aiel hochzusehen – auch Beldeine war ungefähr eine Handbreit größer als sie –, ihre Knie taten weh von den Hofknicksen, und entschieden zu viele Frauen, die es besser wissen sollten, hatten sie heute mit blinder Verachtung und törichtem Stolz bedacht. Wer sollte es besser als eine Aes Sedai wissen, daß eine Schwester der Welt viele Gesichter zeigen mußte? Man konnte Menschen nicht immer einschüchtern oder zu etwas zwingen. Zudem war es weitaus besser, sich wie eine Novizin zu verhalten denn als eine solche bestraft zu werden, besonders wenn es einem nur Schmerz und Erniedrigung einbrachte. Selbst Kiruna mußte den Sinn dessen schließlich einsehen.

»Setzt Euch, bevor Ihr zusammenbrecht«, sagte sie und ließ sich auf einem Kissen nieder. »Laßt mich raten, was Ihr heute getan habt. Bei all diesem Schmutz würde ich sagen, daß Ihr ein Loch gegraben habt. Mit Euren bloßen Händen, oder haben sie Euch einen Löffel gegeben? Wenn sie beschließen, daß es fertig ist, werden sie es Euch einfach wieder zuschütten lassen. Nun, laßt mich sehen. Ihr seid überall schmutzig, aber Euer Gewand ist sauber, also vermute ich, daß sie Euch nackt graben ließen. Wollt Ihr bestimmt nicht Geheilt werden? Sonnenbrand kann sehr schmerzhaft sein.« Sie füllte einen weiteren Becher mit Wasser und ließ ihn auf einem Strang Luft durch das Zelt schweben, bis er vor Beldeine verharrte. »Eure Kehle muß ausgedörrt sein.«

Die junge Grüne betrachtete den Becher einen Moment unsicher, und dann gaben ihre Beine plötzlich nach; mit einem bitteren Lachen brach sie auf einem Kissen zusammen. »Sie … *tränken* mich häufig.« Sie lachte erneut, obwohl Verin nichts Belustigendes daran erkennen konnte. »Soviel ich will, solange ich alles schlucke.« Sie betrachtete Verin zornig, hielt inne und fuhr dann mit gepreßter Stimme fort. »Dieses Gewand steht Euch sehr gut. Meines haben sie verbrannt. Ich habe sie dabei beobachtet. Sie haben mir alles außer dem gestohlen.« Sie berührte den goldenen Schlangenring um ihren linken Zeigefinger, ein breites goldenes Schimmern zwischen all dem Schmutz. »Sie fanden vermutlich nicht den Mut, mir auch den Ring zu nehmen. Ich weiß, was sie beabsichtigen, Verin, aber es wird ihnen nicht gelingen. Nicht bei mir – bei keiner von uns!«

Sie war noch immer vorsichtig. Verin stellte den Becher auf den Blumenteppich neben Beldeine, nahm dann ihren eigenen Becher hoch und trank, bevor sie sprach. »So? Was ist denn ihre Absicht?«

Dieses Mal klang das Lachen der anderen Frau sowohl brüchig als auch hart. »Brecht uns, und Ihr wißt es! Laßt uns al'Thor gegenüber Eide sprechen, wie Ihr es getan habt. Oh, Verin, wie konntet Ihr? Treue zu schwören! Und noch schlimmer – einem *Mann* gegenüber, *ihm* gegenüber! Auch wenn Ihr Euch dazu überwinden konntet, gegen den Amyrlin-Sitz zu rebellieren, gegen die Weiße Burg ...« Bei ihr klang beides sehr ähnlich. »... wie konntet Ihr *das* nur tun?«

Verin fragte sich einen Moment, ob die Dinge besser stünden, wenn die Frauen, die jetzt im Aiel-Lager gefangengehalten wurden, wie sie selbst aufgehalten worden wären, ein Holzsplitter in den Fluten von al'Thors *Ta'veren*-Strudel. Die Worte waren aus ihrem Munde gedrungen, bevor sie darüber hatte nachdenken können. Keine Worte, die sie niemals selbst hätte aussprechen können – so beeinflußte einen das *Ta'veren* nicht –, sondern Worte, die sie unter diesen Umständen vielleicht einmal unter tausend Malen gesagt hätte, einmal unter zehntausend Malen. Nein, es war lange und heftig darüber gestritten worden, ob die auf diese Weise geleisteten Eide gehalten werden müßten, und der Streit darüber, wie sie zu halten seien, wurde auch jetzt noch fortgeführt. Es war weitaus besser so. Sie betastete gedankenverloren einen harten Gegenstand in ihrer Gürteltasche, eine kleine Brosche, ein durchscheinender Stein, zu einem Gebilde geschnitten, das wie eine Lilie mit zu vielen Blättern aussah. Sie trug sie niemals, aber sie befand sich seit fast fünfzig Jahren in ihrer Reichweite.

»Ihr seid *Da'tsang*, Beldeine. Das müßt Ihr doch schon gehört haben.« Sie brauchte Beldeines knappes Nicken nicht. Eine Geschmähte zu benennen war genauso Teil der Aiel-Gesetze, wie ein Urteil zu verkünden. So viel wußte sie, wenn auch kaum mehr. »Eure Kleidung wurde verbrannt, weil kein Aiel etwas besitzen möchte, was einst einer *Da'tsang* gehört hat. Alles übrige wurde zerhackt oder zerschlagen und unter einer für eine Latrine ausgehobenen Grube vergraben.«

»Auch mein … mein Pferd?« fragte Beldeine angstvoll.

»Die Pferde haben sie nicht getötet, aber ich weiß nicht, wo Eures ist.« Es wurde wahrscheinlich an einen Städter verkauft oder war vielleicht einem Asha'man überlassen worden. Ihr das zu sagen, könnte vielleicht mehr schaden als nützen. Verin erinnerte sich daran, daß Beldeine eine jener jungen Frauen war, die sehr tief für ihre Pferde empfanden. »Sie lassen Euch den Ring behalten, um Euch daran zu erinnern, wer Ihr wart, und um Eure Scham zu verstärken. Ich weiß nicht, ob sie Euch al'Thor Treue schwören lassen würden, wenn Ihr darum bätet. Es würde wohl etwas Unglaubliches von Eurer Seite erfordern.«

»Das würde ich ohnehin nicht tun! Niemals!« Die Worte klangen jedoch hohl, und Beldeines Schultern sackten herab. Sie war erschüttert, aber noch nicht in ausreichendem Maße.

Verin setzte ein herzliches Lächeln auf. Jemand hatte ihr einmal gesagt, dieses Lächeln erinnere ihn an seine geliebte Mutter. Sie hoffte, daß er zumindest in diesem Punkt nicht gelogen hatte. Er hatte kurz darauf versucht, ihr einen Dolch zwischen die Rippen zu stoßen, und ihr Lächeln war das letzte gewesen, was er jemals gesehen hatte. »Ich kann mir keinen Grund denken, warum Ihr es tun würdet. Nein, ich fürchte, Ihr habt nur sinnlose Arbeit vor Euch. Das halten sie für beschämend. Zutiefst beschämend. Wenn sie natürlich erkennen, daß Ihr es nicht so seht ... Oje. Ich wette, es hat Euch nicht gefallen, nackt zu graben, selbst wenn Töchter des Speers Euch bewachten, aber stellt Euch einmal vor, so in einem Zelt voller Männer zu stehen.« Beldeine zuckte zusammen. Verin plauderte weiter. Sie hatte das Plaudern zu einem Talent entwickelt. »Sie würden Euch natürlich nur dort stehen lassen. *Da'tsang* ist es nicht erlaubt, etwas Nützliches zu tun, wenn es nicht unbedingt erforderlich ist, und ein Aiel-Mann würde genauso bereitwillig einen Arm um einen verwesenden Kadaver legen wie ... Nun, das ist wohl kein erfreulicher Gedanke. Auf jeden Fall steht Euch genau das bevor. Ich weiß, daß Ihr so lange widerstehen werdet wie möglich, obwohl ich mir nicht sicher bin, wogegen es zu widerstehen gilt. Sie werden sich nicht die Mühe machen, Informationen aus Euch herauszubekommen, oder etwas anderes versuchen, was Menschen gewöhnlich mit Gefangenen tun. Aber sie werden Euch auch nicht gehen lassen, niemals, bis sie sicher sind, daß Ihr die Scham so tief empfindet, daß nichts sonst übrigbleibt. Auch nicht, wenn dies Euer restliches Leben lang dauert.«

Beldeines Lippen bewegten sich lautlos, aber sie

hätte die Worte ebensogut aussprechen können. *Mein restliches Leben lang*. Sie regte sich unbehaglich auf ihrem Kissen und verzog schmerzvoll das Gesicht, vielleicht aufgrund des Sonnenbrandes oder der Striemen oder einfach wegen der ungewohnten Arbeit. »Wir werden gerettet werden«, sagte sie schließlich. »Die Amyrlin wird uns nicht im Stich … Wir werden gerettet werden, oder wir werden … Wir *werden* gerettet werden.« Sie ergriff jäh den neben ihr stehenden Silberbecher, legte den Kopf zurück, trank ihn leer und streckte ihn dann Verin entgegen, um mehr zu bekommen. Diese ließ den Zinnkrug hinüberschweben und stellte ihn ab, so daß die junge Frau sich selbst etwas eingießen konnte.

»Oder Ihr werdet entkommen?« fragte Verin, und Beldeines schmutzige Hände zuckten, so daß Wasser über den Becherrand schwappte. »Seid doch vernünftig – Ihr werdet ebensowenig entkommen, wie Ihr gerettet werdet. Ihr seid von einem Heer von Aiel umgeben. Und al'Thor kann offensichtlich einige hundert dieser Asha'man ausheben, wann immer er will, um Euch zu verfolgen.« Die andere Frau erschauderte bei diesen Worten, und Verin fast ebenfalls. Dieses nichtige Durcheinander hätte beendet werden müssen, sobald es begonnen hatte. »Nein, ich fürchte, Ihr müßt irgendwie Euren eigenen Weg gehen. Nehmt die Dinge, wie sie sind. Ihr seid hierbei ganz allein. Ich weiß, daß sie Euch nicht mit anderen sprechen lassen. Ihr seid ganz allein«, sagte sie seufzend. Weite Augen starrten sie an, wie sie vielleicht eine rote Viper angestarrt hätten. »Wir müssen es nicht schlimmer machen, als es ist. Laßt mich Euch Heilen.«

Sie wartete kaum, bis die andere Frau jämmerlich nickte, bevor sie sich neben sie kniete und beide Hände um Beldeines Kopf legte. Die junge Frau war überaus bereit. Verin öffnete sich für weiteres *Saidar* und wob die Stränge des Heilens, und die Grüne keuchte und zitterte. Der halb gefüllte Becher entglitt ihren Händen, und ihr um sich schlagender Arm stieß den Krug um. Jetzt war sie *vollkommen* bereit.

In den Augenblicken der Verwirrung, die jedermann ergriffen, der Geheilt worden war, während Beldeine noch blinzelte und wieder zu sich zu kommen versuchte, öffnete sich Verin durch das wie eine Blume gestaltete *Angreal* in ihrer Tasche noch weiter. Es war kein sehr mächtiges *Angreal*, aber sie brauchte hierfür jedes bißchen zusätzlicher Macht, die es ihr gewähren konnte. Die Stränge, die sie nun zu weben begann, ähnelten nicht den Strängen des Heilens. Geist überwog bei weitem, aber da waren auch Wind und Wasser, Feuer und Erde, wobei letzteres ihr einige Schwierigkeiten bereitete, und selbst die mit Geist gewobenen Stränge mußten immer wieder geteilt und so kompliziert angeordnet werden, daß ein Weber edler Teppiche als Stümper dagestanden hätte. Selbst wenn eine Weise Frau den Kopf ins Zelt streckte, würde sie wohl kaum das seltene Talent besitzen, das notwendig war, um zu erkennen, was Verin tat. Es würde vielleicht dennoch Schwierigkeiten geben, schmerzliche Schwierigkeiten der einen oder anderen Art, aber sie konnte mit allem leben, was nicht die tatsächliche Entdeckung bedeutete.

»Was …?« fragte Beldeine benommen. Sie hätte geschwankt, wenn Verin sie nicht festgehalten hätte, und ihre Lider waren halbwegs geschlossen. »Was habt Ihr …? Was geht hier vor?«

»Ihr werdet keinen Schaden erleiden«, sagte Verin beruhigend. Die Frau könnte als Ergebnis dieser Behandlung innerhalb eines Jahres sterben oder in zehn Jahren, aber das Gewebe selbst würde ihr keinen Schaden zufügen. »Ich verspreche Euch, daß dies keine Gefahr darstellt, daß es sogar bei einem Kind angewandt

werden kann.« Natürlich hing es davon ab, was man damit tat.

Sie mußte die Stränge Faden für Faden anordnen, und zu reden schien dabei eher hilfreich als hinderlich. Zudem könnte ein zu langes Schweigen Mißtrauen wecken, wenn ihre beiden Wächter lauschten. Ihr Blick schweifte häufig zum Zelteingang. Sie wollte einige Antworten in Erfahrung bringen, die sie nicht zu teilen beabsichtigte. Antworten, die keine der Frauen, die sie befragte, bereitwillig gaben, selbst wenn sie etwas wußten. Eine der geringeren Wirkungen dieses Gewebes war, daß es ebensogut die Zunge löste und den Geist öffnete wie jedes narkotische Kraut, eine Wirkung, die schnell eintrat.

Sie senkte ihre Stimme fast zu einem Flüstern und fuhr fort. »Rand al'Thor scheint zu glauben, er habe in der Weißen Burg Unterstützung irgendwelcher Art, Beldeine. Das ist natürlich ein Geheimnis. Die Helfer müssen im verborgenen bleiben.« Selbst ein Lauscher hätte nur hören können, daß sie sich unterhielten. »Sagt mir alles, was Ihr über sie wißt.«

»Unterstützung?« murmelte Beldeine und runzelte die Stirn. Sie regte sich schwach, obwohl man es kaum als Bewegung bezeichnen konnte. »Für ihn? Unter den Schwestern? Das kann nicht sein. Bis auf jene von Euch, die … Wie konntet Ihr, Verin? Warum habt Ihr nicht dagegen angekämpft?«

Verin schnalzte verärgert mit der Zunge. Aber nicht wegen des törichten Vorschlags, gegen einen *Ta'veren* anzukämpfen. Der Junge schien so siegesgewiß. Warum? Sie flüsterte weiterhin. »Habt Ihr keinen Verdacht, Beldeine? Habt Ihr keine Gerüchte gehört, bevor Ihr Tar Valon verließt? Kein Tuscheln? Niemand, der andeutete, sich ihm anders nähern zu wollen? Erzählt es mir.«

»Niemand. Wie konntet …? Niemand würde … Ich

habe Kiruna so bewundert.« Beldeines schläfrige Stimme zeugte von Verlust, und die über ihre Wangen strömenden Tränen hinterließen Spuren im Schmutz. Nur Verins Hände hielten sie noch aufrecht.

Verin fuhr fort, die Stränge ihres Gewebes anzuordnen, wobei ihr Blick immer wieder zum Zelteingang huschte. Sie hatte das Gefühl, auch selbst ein wenig zu schwitzen. Sorilea könnte beschließen, daß sie bei der Befragung Hilfe benötigte. Sie könnte eine der Schwestern aus dem Sonnenpalast mit hierherbringen. Sollte irgendeine Schwester hiervon erfahren, war es sehr gut möglich, daß Verin gedämpft wurde. »Also wolltet Ihr ihn sauber gewaschen und wohlbehalten Elaida übergeben«, sagte sie mit etwas lauterer Stimme. Das Schweigen hatte zu lange gedauert. Sie wollte nicht, daß die beiden dort draußen berichteten, sie flüstere mit den Gefangenen.

»Ich konnte nichts ... gegen ... Galinas Entscheidung einwenden. Sie führte ... auf Befehl der Amyrlin.« Beldeine regte sich erneut schwach. Ihre Stimme klang noch immer verschwommen, wurde dann aber erregter. Ihre Augenlider flatterten. »Er mußte ... gezwungen werden ... zu gehorchen! Es mußte sein! Er hätte nicht so ... grob behandelt werden dürfen. Wie ihn ... zu foltern. Das war falsch.«

Verin schnaubte. Falsch? Unheilvoll traf eher zu. Vom ersten Augenblick an ein Unheil. Jetzt betrachtete der Mann jede Aes Sedai fast so, wie Aeron es tat. Und wenn es ihnen gelungen wäre, ihn nach Tar Valon zu bringen? Ein *Ta'veren* wie Rand al'Thor leibhaftig in der Weißen Burg? Ein Gedanke, der einen Stein erzittern lassen konnte. Was auch immer sich herausstellen mochte – Unheil wäre gewiß eine zu milde Bezeichnung. Der Preis, der bei den Brunnen von Dumai bezahlt wurde, um das zu verhindern, war nur allzu gering.

Sie stellte ihre Fragen weiterhin so, daß sie von jedem Lauscher deutlich verstanden werden konnten. Sie stellte Fragen, auf die sie bereits Antworten bekommen hatte, um jene zu vermeiden, die zu gefährlich waren, um beantwortet zu werden. Sie kümmerte sich kaum um die aus Beldeines Mund strömenden Worte. Sie konzentrierte sich hauptsächlich auf ihr Gewebe.

Im Laufe der Jahre hatten sehr viele Dinge ihr Interesse erweckt, die nicht alle von der Burg gutgeheißen wurden. Fast jede Wilde, die zur Ausbildung in die Weiße Burg kam – sowohl wahre Wilde, die bereits selbst zu lernen begonnen hatten, als auch Mädchen, die kaum begonnen hatten, die Quelle zu berühren, weil der in ihnen geborene Funke von allein belebt worden war; einige Schwestern sahen darin keinen wirklichen Unterschied –, fast jede dieser Wilden hatte zumindest eine Fertigkeit selbst gestaltet, und jene Fertigkeiten waren nahezu unwandelbar: entweder die Gabe, Unterhaltungen von Menschen zu belauschen, oder das Talent, Menschen dazu zu bringen, daß sie taten, was man wollte.

Um ersteres kümmerte sich die Burg kaum. Selbst eine Wilde, die allein beachtliche Kontrolle erlangt hatte, lernte schnell, daß sie, solange sie Novizinnen-Weiß trug, *Saidar* nicht einmal berühren durfte, ohne daß eine Schwester oder eine der Aufgenommenen sie beaufsichtigten. Was die Gelegenheiten zum Lauschen zumeist erheblich beschnitt. Die andere Fertigkeit ähnelte jedoch zu sehr verbotenem Zwang. Oh, es war nur eine Möglichkeit, Vater dazu zu bringen, ihr Kleider und Schmuck zu schenken, die er nicht kaufen wollte, oder Mutter dazu zu bewegen, junge Männer gutzuheißen, die sie für gewöhnlich aus dem Haus jagte, Dinge dieser Art, aber die Burg machte diese Fertigkeit höchst wirkungsvoll ausfindig. Viele der Mädchen und Frauen, mit denen Verin im Laufe der Jahre gesprochen hatte, konnten sich nicht dazu überwinden, die Gewebe zu gestalten, und noch viel weniger, sie zu benutzen, und einige wollten sich nicht einmal mehr daran erinnern, wie man es tat. Aus Bruchstücken und Überresten halb erinnerter Gewebe, die von unausgebildeten Mädchen für sehr beschränkte Zwecke gestaltet wurden, hatte Verin etwas rekonstruiert, das die Burg seit ihrer Gründung verboten hatte. Zu Anfang war es von ihrer Seite reine Neugier gewesen. *Die Neugier,* dachte sie verzerrt, während sie an dem Gewebe um Beldeine arbeitete, *hat mich in mehr als ein Fettnäpfchen geführt*. Die Nützlichkeit zeigte sich erst später.

»Ich vermute, daß Elaida ihn unten in den offenen Zellen belassen wollte«, sagte sie im Plauderton. Die mit Gitterwänden versehenen Zellen waren für Männer gedacht, welche die Macht lenken konnten, wie auch für streng bewachte Neulinge in der Burg und Wilde, die Aes Sedai zu sein behauptet hatten, sowie für jedermann sonst, der sowohl eingesperrt als auch von der Quelle abgeschnitten werden mußte. »Kein behaglicher Ort für den Wiedergeborenen Drachen. Ohne Ungestörtheit. Glaubt Ihr, daß er der Wiedergeborene Drache ist, Beldeine?« Dieses Mal hielt sie inne, um der Antwort zu lauschen.

»Ja«, stieß Beldeine mühsam hervor und sah Verin mit erschreckt rollenden Augen an. »Ja … aber er muß … sicher … verwahrt werden. Die Welt … muß … vor ihm … beschützt werden.«

Interessant. Sie hatten alle gesagt, daß die Welt vor ihm beschützt werden müsse. Aber bemerkenswert waren auch jene, die glaubten, er brauche auch Schutz. Einige, die dies äußerten, hatten sie damit überrascht.

Für Verin ähnelte das Gewebe, das sie gestaltet hatte, nichts so sehr wie einem zufälligen Gewirr schwach leuchtender, durchscheinender Fäden, die sich um Beldeines Kopf bündelten, wobei sich vier Fäden Geist aus der Masse erhoben. Sie zog an zweien jener Fäden, die einander gegenüber lagen, und das Gewirr brach leicht ein, fiel nach innen, wurde zu etwas nur vage Geordnetem. Beldeine öffnete ruckartig die Augen und starrte in weite Ferne.

Verin gab mit fester, leiser Stimme ihre Anweisungen. Eigentlich waren es eher Vorschläge, obwohl sie diese wie Befehle äußerte. Beldeine würde in sich selbst Gründe finden müssen zu gehorchen. Tat sie es nicht, dann war all dies vergebliche Mühe gewesen.

Bei ihren letzten Worten zog Verin auch an den beiden anderen Fäden Geist, und das Gewirr brach noch weiter ein. Dieses Mal wurde es jedoch zu etwas anscheinend perfekt Geordnetem, ein genaueres und verschlungeneres Gewebe als die komplizierteste Spitze und mit derselben Bewegung abgebunden, mit der es zu schrumpfen begann. Dieses Mal fiel es ganz in sich zusammen, in Beldeines Kopf hinein. Jene schwach leuchtenden Fäden versanken in ihr, bis sie gänzlich verschwanden. Sie rollte erneut die Augen und schlug mit zitternden Gliedern um sich. Verin hielt sie so sanft wie möglich fest, aber Beldeines Kopf zuckte dennoch hin und her, und ihre bloßen Fersen trommelten auf die Teppiche. Bald würde nur noch das sorgfältigste Schürfen zeigen, daß etwas getan worden war, und nicht einmal das würde die Beschaffenheit des Gewebes erkennen lassen. Verin hatte es sorgfältig überprüft, und niemand war besser im Schürfen als sie.

Natürlich war es nicht wirklich Zwang gewesen, wie ihn die alten Texte beschrieben. Das Gewebe schwand qualvoll langsam, zusammengeflickt wie es war, und es mußte ein Grund gegeben sein. Es half sehr, wenn derjenige, bei dem das Gewebe angewandt wurde, gefühlsmäßig verletzbar war, aber Vertrauen war absolut unumgänglich. Selbst jemanden überraschend zu erwischen, nützte nichts, wenn er mißtrauisch war. Diese Tatsache schränkte die Brauchbarkeit bei Männern erheblich ein. Nur *sehr* wenige empfanden in Gegenwart von Aes Sedai kein Mißtrauen.

Doch selbst wenn man vom Mißtrauen einmal absah, waren Männer leider sehr schlechte Versuchsobjekte. Verin konnte nicht verstehen, warum das so war. Die meisten der Gewebe jener Mädchen waren für ihre Väter oder andere Männer bestimmt gewesen. Jede starke Persönlichkeit könnte ihre eigenen Handlungen irgendwann in Frage stellen – oder auch vergessen, sie auszuführen, was zu weiteren Verwicklungen führte –, aber unter den gleichen Umständen neigten Männer weitaus eher dazu. Weitaus eher. Vielleicht war erneut das Mißtrauen der Grund. Nun, einmal hatte sich ein Mann sogar an die bei ihm angewandten Gewebe erinnert, wenn auch nicht an die Anweisungen, die sie ihm gegeben hatte. *Das* hatte erst Aufregung verursacht! Das wollte sie nicht wieder riskieren.

Zumindest ließen Beldeines Zuckungen jetzt nach und hörten dann ganz auf. Sie hob eine schmutzige Hand an den Kopf. »Was …? Was ist passiert?« fragte sie fast unhörbar. »War ich ohnmächtig?« Vergeßlichkeit war ein weiterer Vorteil des Gewebes und kam nicht unerwartet. Vater durfte sich schließlich nicht daran erinnern, daß man ihn irgendwie dazu gebracht hatte, dieses teure Gewand zu kaufen.

»Es ist sehr heiß«, sagte Verin und half ihr, sich wieder aufzusetzen. »Mir ist heute selbst einmal schwindlig geworden.« Aber vor Müdigkeit, nicht durch die Hitze. Soviel *Saidar* zu handhaben, laugte einen aus, besonders wenn man es bereits viermal an einem Tag getan hatte. Das *Angreal* konnte die Wirkung nicht abmildern, wenn man es nicht mehr benutzte. Sie hätte selbst eine stützende Hand gebrauchen können. »Ich glaube, das genügt. Wenn Ihr ohnmächtig werdet, finden sie für Euch vielleicht eine Arbeit im Schatten.« Diese Aussicht schien Beldeine überhaupt nicht aufzuheitern.

Verin rieb sich den Rücken und streckte den Kopf aus dem Zelt. Coram und Mendan hielten erneut in ihrem Spiel inne. Es war nicht erkennbar, daß sie gelauscht hatten, aber sie hätte nicht ihr Leben darauf verwettet. Sie sagte ihnen, sie sei fertig mit Beldeine, und fügte nach kurzem Nachdenken hinzu, daß sie einen weiteren Krug Wasser brauche, da Beldeine den ihren umgestoßen habe. Die Gesichter beider Männer verdüsterten sich unter ihrer Bräune. Das würde den Weisen Frauen zugetragen werden, wenn sie Beldeine abholten. Es wäre eine weitere Hilfe, ihre Entscheidung zu treffen.

Die Sonne stand noch hoch am Himmel, aber ihre Rückenschmerzen machten ihr deutlich, daß es für heute Zeit war aufzuhören. Sie konnte noch eine Schwester befragen, aber wenn sie es tat, würde sie es morgen früh in jedem Muskel spüren. Ihr Blick fiel auf Irgain, die jetzt bei den Frauen war, welche Körbe zu den Handmühlen trugen. Wie wäre ihr Leben verlaufen, wenn sie nicht so neugierig gewesen wäre, fragte sich Verin. Vielleicht hätte sie Eadwin geheiratet und wäre in Far Madding geblieben, anstatt zur Weißen Burg zu gehen. Vielleicht wäre sie aber auch schon lange tot, und die Kinder und Enkelkinder, die sie niemals gehabt hatte, ebenfalls.

Verin wandte sich seufzend wieder Coram zu. »Würdet Ihr nach Mendans Rückkehr Colinda ausrichten, daß ich Irgain Fatamed sehen möchte?« Die morgigen Schmerzen in ihren Muskeln wären eine kleine Strafe für Beldeines Leiden wegen des vergossenen Wassers, aber sie tat es nicht deswegen und auch nicht wirklich aus Neugier. Sie hatte noch immer eine Aufgabe zu erfüllen. Sie mußte den jungen Rand irgendwie am Leben erhalten – bis es an der Zeit war, daß er starb.

Der Raum hätte sich in einem großen Palast befinden können, nur daß er weder Fenster noch Türen aufwies. Das Feuer in einem reichverzierten Marmorkamin verbreitete keine Wärme, und die Flammen leckten nur an wenigen Scheiten. Der Mann, der an einem mitten auf einem mit glitzernden Gold- und Silberfäden durchwirkten Teppich stehenden Tisch saß, kümmerte sich wenig um den Prunk seines Zeitalters. Er war notwendig, um beeindrucken zu können, nicht mehr. Nicht daß er wirklich mehr als nur sich selbst gebraucht hätte, um auch den stolzesten Widersacher zutiefst einzuschüchtern. Er nannte sich Moridin, und sicherlich hatte niemals jemand ein größeres Recht gehabt, sich Tod zu nennen.

Manchmal strich er müßig über eine der beiden Geistfallen, die an einfachen Seidenschnüren um seinen Hals hingen. Bei seiner Berührung pulsierte der blutrote Kristall des *Cour'souvra* – Wirbel, die sich wie ein Herzschlag in unendliche Tiefen bewegten. Aber seine wahre Aufmerksamkeit galt dem vor ihm auf dem Tisch aufgestellten Spiel, dreiunddreißig rote und dreiunddreißig grüne Figuren, über ein Spielbrett von dreizehn Mal dreizehn Quadraten verteilt. Die Nachbildung einer frühen Entwicklungsstufe eines berühmten Spiels. Die wichtigste Figur, der Fischer, schwarzweiß wie das Spielbrett, wartete noch auf seinem angestammten Platz auf dem mittleren Quadrat. *Sha'rah* war ein schwieriges Spiel, das schon lange vor dem Krieg der Macht entstand. *Sha'rah, Tcheran* und *No'ri* – das Spiel, das jetzt einfach ›Steine‹ genannt wurde – hatten alle ihre Anhänger, die behaupteten, sie beinhalteten sämtliche Feinheiten des Lebens, aber Moridin hatte *Sha'rah* stets bevorzugt. Nur neun jemals lebende Menschen erinnerten sich noch an das Spiel. Er war ein Meister darin gewesen. Es war viel komplizierter als *Tcheran* oder *No'ri*. Das erste Ziel war die Gefangennahme des Fischers. Erst dann begann das eigentliche Spiel.

Ein Diener näherte sich Moridin, ein schlanker, anmutiger junger Mann in Weiß, unglaublich gutaussehend, und verbeugte sich, bevor er einen Kristallbecher auf einem Silbertablett darreichte. Er lächelte, aber das Lächeln schloß seine Augen nicht mit ein, die eher leblos als einfach tot wirkten. Die meisten Menschen hätten sich unter diesem Blick unbehaglich gefühlt. Moridin nahm nur den Becher entgegen und winkte den Diener fort. Die Lieferanten dieser Zeit boten ausgezeichnete Weine an. Aber er trank nicht.

Der Fischer hielt seine Aufmerksamkeit gefangen, lockte ihn. Mehrere Figuren konnten verschiedene Züge ausführen, nur die Eigenschaften des Fischers veränderten sich, je nachdem, wo er stand. Auf einem weißen Quadrat war er im Angriff schwach, aber beweglich, und er konnte weit ausweichen. Auf einem schwarzen Quadrat war er im Angriff stark, aber langsam und verwundbar. Wenn Meister spielten, wechselte der Fischer vor Beendigung des Spiels viele Male die Seiten. Die grün-rote Ziellinie, die das Spielbrett umgab, konnte mit jeder Figur erreicht werden, aber nur der Fischer durfte sie überschreiten. Nicht daß er dort ungefährdet gewesen wäre. Der Fischer war niemals in Sicherheit. Wenn er einem selbst gehörte, versuchte man, ihn auf ein Quadrat der eigenen Farbe hinter dem gegnerischen Spielbrettende zu bekommen. Das war die leichteste Art zu siegen, aber nicht die einzige. Wenn der Gegner den Fischer besaß, versuchte man, dem Fischer keine andere Wahl zu lassen, als auf ein Feld der eigenen Farbe zu wechseln. Dafür wäre jedes Feld entlang der Ziellinie geeignet. Es konnte sich eher als bedrohlicher erweisen, den Fischer zu besitzen, als daß es ungefährlich war. Natürlich gab es beim *Sha'rah* noch einen dritten Weg zum Ziel, wenn man ihn einschlug, bevor man sich selbst fangen ließ. Das Spiel artete stets zu einem verworrenen Hin und Her aus, woraufhin der Sieg mit der vollständigen Vernichtung des Gegners erfolgte. Er hatte das einmal verzweifelt versucht, aber der Versuch war fehlgeschlagen. Schmerzlich.

Zorn wallte jäh in Moridins Kopf auf, und schwarze Flecke tanzten vor seinen Augen, als er die Wahre Macht ergriff. Sich zu Schmerz steigernde Raserei toste in ihm. Seine Hand umfaßte die beiden Geistfallen, und die Wahre Macht schloß sich um den Fischer, riß ihn hoch und zermahlte ihn fast zu Pulver, zermahlte das Pulver beinahe zu Nichts. Der Becher barst in Moridins Hand. Er hätte beinahe auch den *Cour'souvra* zerdrückt. Die *Saa* waren ein schwarzer Blizzard, aber sie behinderten seine Sicht nicht. Der Fischer war stets als Mann gearbeitet. Eine Augenbinde machte ihn blind, und er preßte eine Hand auf die Seite, wo einige Tropfen Blut durch seine Finger rannen. Die Gründe dafür, wie auch der Ursprung des Namens, waren im Dunst der Zeit verloren. Manchmal erzürnte es ihn, welches Wissen bei den Umdrehungen des Rades verlorenging, Wissen, das er brauchte, Wissen, auf das er ein Recht hatte. Ein Recht!

Er stellte den Fischer langsam wieder aufs Spielbrett zurück. Seine Finger lösten sich allmählich vom *Cour'souvra*. Die Vernichtung war noch nicht notwendig. Noch nicht. Eisige Ruhe ersetzte im Handumdrehen den Zorn. Blut und Wein tropften unbemerkt von seiner zerschnittenen Hand. Vielleicht kam der Fischer aus irgendeinem verschwommenen Erinnerungsrest

Rand al'Thors, der Schatten eines Schattens. Es war unwichtig. Er bemerkte, daß er lachte, und bemühte sich nicht innezuhalten. Der Fischer stand noch abwartend auf dem Spielbrett, aber in dem größeren Spiel bewegte sich al'Thor bereits nach seinen Wünschen. Und bald … Es war sehr schwer, ein Spiel zu verlieren, wenn man beide Gegner führte. Moridin lachte so sehr, daß Tränen seine Wangen hinabliefen, aber er war sich ihrer nicht bewußt.

KAPITEL 1

Den Vertrag einhalten

Das Rad der Zeit dreht sich, Zeitalter kommen und vergehen und hinterlassen Erinnerungen, die zu Legenden werden. Legenden verblassen zu Mythen, und selbst der Mythos ist schon lange vergessen, wenn das Zeitalter, das ihn geboren hat, wiederkehrt. In einem Zeitalter, das von einigen das Dritte Zeitalter genannt wird, ein Zeitalter, das noch kommen wird und ein lange vergangenes Zeitalter, erhob sich ein Wind über der großen, gebirgigen Insel Tremalking. Der Wind war nicht der Anfang. Es gibt weder einen Anfang noch ein Ende bei der Drehung des Rades der Zeit. Aber es war *ein* Anfang.

Der Wind wehte von Osten über Tremalking, wo die hellhäutigen Amayar ihre Felder bestellten, edles Glas und Porzellan verfertigten und dem friedlichen Wasserweg folgten. Die Amayar beachteten die Welt jenseits der weit verstreuten Inseln nicht, weil der Wasserweg lehrte, daß diese Welt nur eine Illusion war, ein gespiegeltes Bild des Glaubens, und doch beobachteten einige, wie der Wind Staub und schwüle Sommerhitze herantrug, wo kalter Winterregen fallen sollte, und sie erinnerten sich an Geschichten, die sie von den Atha'an Miere gehört hatten. Geschichten von der jenseitigen Welt und was die Prophezeiung verkündete. Einige schauten zu einem Berg, wo eine wuchtige Felshand aus der Erde ragte, die eine klare Kristallkugel hielt, größer als viele Häuser. Die Amayar hatten ihre eigenen Prophezeiungen, und einige davon sprachen von der Hand und der Kugel. Und vom Ende der Illusionen.

Der Wind blies ostwärts ins Meer der Stürme, unter einer sengenden Sonne an einem wolkenlosen Himmel, peitschte die Kämme grüner Meereswogen, tosende Winde von Süden und Westen, verheerend und wild, während das Wasser anstieg. Es waren noch nicht die Stürme, die im tiefsten Winter hereinbrachen, obwohl der Winter bereits halbwegs vorüber sein sollte, und auch nicht die noch stärkeren Stürme eines vergehenden Sommers, sondern Winde und Strömungen, die vom seefahrenden Volk genutzt wurden, um den Kontinent an der Küste entlang vom Ende der Welt bis Mayene und darüber hinaus und auch wieder zurück zu umfahren. Der Wind heulte ostwärts, über das wogende Meer, wo die großen Wale aufstiegen und sangen und fliegende Fische auf ausgestreckten Flossen von zwei und mehr Schritt Spannweite zu sehen waren, ostwärts und nordwärts wirbelnd, über kleine Flotten von Fischerbooten hinweg, die ihre Netze durch flachere Gewässer zogen. Einige jener Fischer standen mit offenem Mund da, die Hände müßig auf den Seilen ruhend, und betrachteten das gewaltige Aufgebot von großen und kleineren Schiffen, die zielbewußt hart vor dem Wind fuhren und die Wogen mit ihrem breiten Bug brachen oder sie mit schmaleren durchschnitten, ihr Banner ein goldener Falke mit einem Blitz in den Klauen, eine Vielfalt wehender Banner wie Vorzeichen des Sturms. Ostwärts und nordwärts und weiter, bis der Wind den weiten, von Schiffen bevölkerten Hafen Ebou Dars erreichte, in dem wie in vielen anderen Häfen Hunderte von Meervolk-Schiffen lagen und auf Nachricht des Coramoor, des Auserwählten, warteten.

Der Wind heulte über den Hafen, erschütterte kleine und große Schiffe, fegte über die Stadt selbst, die unter der gleißenden Sonne weiß leuchtete, über Erker und Mauern und Kuppeln hinweg und durch die von den berühmten Gewerben des Südens geschäftigen Straßen und Kanäle. Der Wind wirbelte rund um die schimmernden Kuppeln und die schlanken Türme des Tarasin-Palasts, trug den Geruch von Salz heran, erfaßte die Flagge von Altara, zwei goldene Leoparden auf rot-blauem Feld, und die Banner des regierenden Hauses Mitsobar, das Schwert und der Anker, Grün auf Weiß. Noch nicht der Sturm, aber ein Vorbote von Stürmen.

Aviendha verspürte ein Kribbeln zwischen den Schulterblättern, als sie vor ihren Begleitern her durch die in Dutzenden freundlich heller Schattierungen gefliesten Gänge des Palasts schritt. Ein Gefühl, beobachtet zu werden, das sie zuletzt empfunden hatte, als sie noch mit dem Speer verbunden war. *Einbildung*, sagte sie sich. *Einbildung und das Wissen, daß Feinde in der Nähe sind, denen ich nicht die Stirn bieten kann!* Vor noch gar nicht allzu langer Zeit hatte dieses Kribbeln bedeutet, daß jemand sie vielleicht zu töten beabsichtigte. Der Tod war nichts, was man fürchten mußte – jedermann starb, heute oder an einem anderen Tag –, aber sie wollte nicht wie ein in der Falle gefangenes Kaninchen sterben. Sie mußte ihrem *Toh* begegnen.

Diener hasteten dicht an den Wänden vorüber, verbeugten sich, vollführten Hofknickse und senkten die Blicke, fast als verstünden sie das Beschämende ihrer Lebensführung, obwohl gewiß nicht *sie* die Ursache dafür sein konnten, daß Aviendha am liebsten mit den Achseln gezuckt hätte. Sie hatte sich Mühe gegeben, Diener anzusehen, aber selbst jetzt, wo die Haut zwischen ihren Schulterblättern kribbelte, wich ihr Blick ihnen noch aus. Es mußte Einbildung sein – und die Nerven. Dies war ein Tag für Einbildungen und schlechte Nerven.

Die üppigen Seidentapeten wie auch die vergoldeten Lampen und Kandelaber, welche die Gänge säumten, zogen ihren Blick an. Hauchdünnes Porzellan in Rot-, Gelb-, Grün- und Blautönen stand in Wandnischen und hohen, durchbrochenen Schränken, Seite an Seite mit Gold- und Silberschmiedearbeiten sowie Elfenbein und Kristall, eine Vielzahl von Schalen und Vasen und Schatullen und Statuetten. Nur die Wunderschönsten zogen ihren Blick wirklich an. Was auch immer Feuchtländer glaubten – Schönheit war mehr wert als Gold. Hier war so viel Schönes zu sehen. Sie hätte nichts dagegen gehabt, am Fünften dieses Ortes beteiligt zu werden.

Verärgert über sich selbst runzelte sie die Stirn. Das war kein ehrenhafter Gedanke unter einem Dach, das ihr bereitwillig Schatten und Wasser gespendet hatte. Zugegebenermaßen unzeremoniell, aber auch ohne Schuld oder Blut, Stahl oder Not. Aber immer noch besser das, als über einen kleinen Jungen nachdenken zu müssen, der irgendwo dort draußen in dieser ruchlosen Stadt allein unterwegs war. Jede Stadt war ruchlos – dessen war sie sich inzwischen sicher, nachdem sie vier Städte kennengelernt hatte –, aber Ebou Dar war die letzte Stadt, in der sie ein Kind hätte allein herumlaufen lassen. Sie konnte nicht verstehen, warum die Gedanken an Olver kamen, wenn sie sich nicht bemühte, sie zu verdrängen. Er war kein Teil des *Toh*, das sie Elayne und Rand al'Thor gegenüber verpflichtete. Ein Shaido-Speer hatte ihm den Vater genommen und Hunger und Not die Mutter, aber selbst wenn es ihr eigener Speer gewesen wäre, der beide genommen hätte, war der Junge noch immer ein Cairhiener, ein Baummörder. Warum sollte sie sich wegen eines Kindes dieser Abstammung quälen? Warum? Sie versuchte, sich auf das zu gestaltende Gewebe zu konzentrieren, aber obwohl sie unter Elaynes Aufsicht geübt hatte, bis sie es im Schlaf hätte gestalten können, drängte sich Olvers Gesicht mit dem breiten Mund dazwischen. Birgitte sorgte sich noch mehr um ihn als sie selbst, aber in Birgittes Brust schlug ein ohnehin eigenartig weiches Herz für kleine – und besonders garstige – Jungen.

Aviendha gab es seufzend auf, die Unterhaltung ihrer Begleiter hinter ihr weiterhin ignorieren zu wollen, obwohl deren Verärgerung deutlich hörbar war. Selbst das war besser, als sich um den Sohn von Baummördern zu sorgen. Eidbrecher. Verachtetes Blut, ohne das die Welt besser dran wäre. Sie würde sich nicht um Olver sorgen oder kümmern. Keinesfalls. Mat Cauthon würde den Jungen auf jeden Fall finden. Er konnte anscheinend alles finden. Das Zuhören beruhigte sie irgendwie. Das Kribbeln schwand.

»Es gefällt mir überhaupt nicht!« murrte Nynaeve, womit sie eine Erörterung fortführte, die in ihren Räumen begonnen hatte. »Überhaupt nicht, Lan, hörst du?« Sie hatte ihr Mißfallen bereits mindestens zwanzigmal bekundet, aber Nynaeve gab niemals auf, nur weil sie verloren hatte. Klein und dunkeläugig schritt sie wild auf und ab, so daß ihre geteilten blauen Röcke flogen; eine Hand hatte sie in die Nähe ihres dicken, hüftlangen Zopfes gehoben und dann entschlossen wieder gesenkt, bevor sie die Hand erneut anhob. Nynaeve hielt starr an Zorn und Verärgerung fest, solange Lan in der Nähe war. Oder sie versuchte es zumindest. Sie war von übermäßigem Stolz erfüllt, weil sie ihn geheiratet hatte. Die eng anliegende, bestickte blaue Jacke über ihrem mit gelben Schlitzen versehenen, seidenen Reitgewand stand offen und zeigte für Feuchtländer weitaus zuviel Busen, nur damit sie den schweren goldenen Ring zeigen konnte, der an einer schmalen Kette um ihren Hals hing. »Du hast kein Recht, dich so um mich zu *sorgen*, Lan Mandragoran«, fuhr sie mit fester Stimme fort. »Ich bin keine Porzellanfigur.«

Lan trat neben sie, ein großer Mann, der mit Kopf und Schultern über ihr aufragte; der Umhang eines Behüters hing von seinem Rücken herab. Sein Gesicht schien wie aus Stein gemeißelt, und sein Blick wog die Bedrohung ab, die jeder vorübereilende Diener darstellen mochte. Er überprüfte jeden Quergang und jede Wandnische auf verborgene Angreifer. Er strahlte Angespanntheit aus, ein sprungbereiter Löwe. Aviendha war in der Nähe gefährlicher Männer aufgewachsen, aber niemand hatte es jemals mit *Aan'allein* aufnehmen können.

»Du bist eine Aes Sedai, und ich bin dein Behüter«, sagte er mit tiefer, ruhiger Stimme. »Es ist meine Pflicht, mich um dich zu sorgen.« Sein Tonfall wurde weicher, was in starkem Widerspruch zu seinem kantigen Gesicht mit den scharfen, sich niemals verändernden Augen stand. »Außerdem ist es mir ein Herzensanliegen, mich um dich zu sorgen, Nynaeve. Du kannst alles von mir erbitten oder fordern, aber niemals, daß ich tatenlos zusehe, wenn dir etwas zustößt. An dem Tag, an dem du stirbst, werde auch ich sterben.«

Letzteres hatte er zuvor noch nicht gesagt, jedenfalls nicht in Aviendhas Gegenwart, und es traf Nynaeve wie ein Schlag in die Magengrube. Ihr fielen fast die Augen aus dem Kopf, und sie bewegte lautlos die Lippen. Sie schien sich jedoch, wie immer, schnell wieder zu fassen. Sie gab vor, ihren mit blauen Federn geschmückten Hut zu richten, ein lächerliches Gebilde, das wie ein seltsamer Vogel auf ihrem Kopf hockte, und warf ihm unter der breiten Krempe einen raschen Blick zu.

Aviendha argwöhnte, daß die andere Frau häufig Schweigen und vermutlich bedeutsame Blicke benutzte, um Unkenntnis zu verbergen. Sie vermutete, daß Nynaeve kaum mehr über Männer – oder über den Umgang mit einem Mann – wußte als sie selbst. Ihnen mit Dolchen und Speeren gegenüberzutreten, war weitaus leichter, als einen Mann zu lieben. Weitaus leichter. Wie schafften es Frauen, mit ihnen verheiratet zu sein? Aviendha wollte es verzweifelt wissen und hatte keine Ahnung, wie sie es in Erfahrung bringen sollte. Erst einen Tag mit *Aan'allein* verheiratet, hatte sich Nynaeve in weitaus mehr Hinsichten verändert, als daß sie lediglich versuchte, ihr Temperament zu zügeln. Sie schien rasch von Bestürzung in Schrecken zu geraten, wie sehr sie es auch zu verbergen versuchte. Sie verfiel in merkwürdigen Augenblicken in Träumereien, errötete bei harmlosen Fragen und – sie leugnete es heftig, obwohl Aviendha es selbst miterlebt hatte – kicherte grundlos. Von Nynaeve würde sie nichts erfahren.

»Vermutlich wirst *du* mir auch wieder etwas über Behüter und Aes Sedai erzählen«, sagte Elayne kühl zu Birgitte. »Nun, wir beide sind nicht verheiratet. Ich erwarte von dir, daß du meinen Rücken *deckst*, aber ich möchte nicht, daß du dahinter Versprechen abgibst, die mich betreffen.« Elayne trug ebenso unpassende Kleidung wie Nynaeve, ein goldbesticktes Ebou Dari-Reitgewand aus grüner Seide, schicklich hoch geschlossen, aber mit einer ovalen Öffnung in der Mitte, welche die Wölbungen ihrer Brüste freigab. Feuchtländer wurden bei Erwähnung eines Schwitzzelts oder bei der Vorstellung, vor *Gai'schain* entkleidet zu werden und halb nackt umherzulaufen, wo jeder Fremde einen sehen konnte, verlegen. Aviendha kümmerten Nynaeves Empfindungen nicht, aber Elayne war ihre Nächstschwester. Und würde hoffentlich noch mehr werden.

Birgittes hohe Stiefelabsätze machten sie fast eine Handbreit größer als Nynaeve, wenn sie auch dann noch kleiner blieb als Elayne oder Aviendha. In der dunkelblauen Jacke und der weiten grünen Hose strahlte sie eine ähnlich zuversichtliche Bereitschaft wie Lan aus, obwohl sie bei ihr beiläufiger schien: Ein auf einem Fels ausgestreckter Leopard – nicht annähernd so träge, wie sie vorgab. Es war kein Pfeil in den Bogen eingelegt, den Birgitte mit sich trug, aber sie konnte trotz ihrer scheinbaren Unbekümmertheit einen Pfeil aus dem Köcher an ihrer Hüfte reißen, bevor jemand auch nur blinzeln konnte, und bereits den dritten Pfeil abschießen, bevor jemand anderer einen zweiten in die Sehne eingelegt hatte.

Sie lächelte Elayne grimmig zu und schüttelte den Kopf, wobei ihr goldener Zopf schwang, der so lang und dicht wie Nynaeves Haar dunkel war. »Ich habe dir etwas ins Gesicht versprochen, nicht hinter deinem Rücken«, sagte sie trocken. »Wenn du ein wenig mehr Erfahrung hast, brauche ich dir nichts mehr über Behüter und Aes Sedai zu erzählen.« Elayne schnaubte, hob hochmütig das Kinn an und beschäftigte sich mit den Bändern ihres Hutes, der mit langen grünen Federn geschmückt und noch schlimmer als Nynaeves Hut war. »Vielleicht viel mehr«, fügte Birgitte hinzu. »Du versuchst schon wieder, alles unnötig aufzubauschen.«

Wäre Elayne nicht ihre Nächstschwester gewesen, hätte Aviendha über ihr Erröten gelacht. Jemanden zum Stolpern zu bringen, der hochmütig einherstolzierte, war stets ein Vergnügen, wie auch zuzusehen, wie jemand anderer dies tat, und selbst ein kleiner Sturz war ein Lachen wert. Nun richtete sie lediglich einen festen Blick auf Birgitte, ein Versprechen, daß mehr geahndet werden könnte. Sie mochte die Frau trotz all ihrer Geheimnisse, aber der Unterschied zwischen einer Freundin und einer Nächstschwester war etwas, was diese Feuchtländer anscheinend niemals verstehen würden. Birgitte lächelte nur, schaute von ihr zu Elayne und murmelte leise vor sich hin. Aviendha schnappte das Wort »Kätzchen« auf. Schlimmer noch – es klang *liebevoll*. Jedermann mußte es gehört haben. Jedermann!

»Was ist in dich gefahren, Aviendha?« fragte Nynaeve und stieß sie mit einem durchgedrückten Finger an. »Willst du den ganzen Tag mit geröteten Wangen dastehen? Wir *sind* in Eile.«

Erst jetzt erkannte Aviendha an der Hitze ihres Gesichts, daß sie ebenso errötet sein mußte wie Elayne. Außerdem stand sie stocksteif da, obwohl sie sich beeilen mußten. Von Worten getroffen – wie ein frisch mit dem Speer verheiratetes Mädchen, das die Neckerei unter den Töchtern des Speers nicht gewohnt ist. Sie war es bereits seit fast zwanzig Jahren gewohnt und benahm sich wie ein Kind, das mit seinem ersten Bogen spielt. Dieser Gedanke ließ sie noch stärker erröten. Was der Grund dafür war, daß sie die nächste Biegung zu hastig nahm und beinahe mit Teslyn Baradon zusammengestoßen wäre.

Aviendha glitt auf den rot-grünen Bodenfliesen aus und hielt sich nur an Elayne und Nynaeve aufrecht. Dieses Mal gelang es ihr, nicht zutiefst zu erröten, aber sie hätte es gern getan. Sie beschämte ihre Nächstschwester ebenso wie sich selbst. Elayne bewahrte stets Haltung, egal was geschah. Glücklicherweise verkraftete Teslyn Baradon das Zusammentreffen kaum besser.

Die Frau mit dem scharfgeschnittenen Gesicht schrak zurück, keuchte wider Willen und straffte dann verärgert die schmalen Schultern. Die hageren Wangen und die schmale Nase verbargen die Alterslosigkeit der Züge der Roten Schwester, und ihr rotes, mit dunkelblauem, fast schwarzem Brokat besetztes Gewand ließ sie nur noch knochiger erscheinen, obwohl sie schnell wieder die Selbstbeherrschung der Dachherrin eines Clans annahm, die dunkelbraunen Augen so kühl wie tiefe Schatten. Sie glitt mißbilligend an Aviendha vorbei, würdigte Lan keines Blickes und funkelte Birgitte einen Moment an. Den meisten Aes Sedai mißfiel, daß Birgitte eine Behüterin war, obwohl niemand einen anderen Grund dafür nennen konnte, als etwas über Traditionen zu murren. Elayne und Nynaeve jedoch sah sie nacheinander forschend an. Aviendha hätte eher dem gestrigen Wind nachspüren als etwas auf Teslyn Baradons Gesicht lesen können.

»Ich habe es Merilille bereits gesagt«, äußerte sie in breitem illianischem Akzent, »aber ich kann Euch ebensogut auch beruhigen. Welches … Mißgeschick … auch immer Ihr begehen werdet – Joline und ich mischen uns nicht ein. Dafür habe ich gesorgt. Elaida muß niemals davon erfahren, wenn Ihr vorsichtig seid. Hört auf, mich wie Karpfen anzustarren, Kinder«, fügte sie mit angewidertem Gesichtsausdruck hinzu. »Ich bin weder blind noch taub. Ich weiß, daß sich Windsucherinnen des Meervolks im Palast aufhalten und geheime Treffen mit Königin Tylin stattfinden. Wie auch andere Dinge.« Sie preßte die schmalen Lippen zusammen, und obwohl ihr Tonfall ruhig blieb, flammte ihr dunkler Blick vor Zorn. »Für jene anderen Dinge werdet Ihr jedoch bitter bezahlen müssen, Ihr und jene, die Euch erlauben, Aes Sedai zu spielen, aber im Moment werde ich darüber hinwegsehen. Sühne kann warten.«

Nynaeve zog fest an ihrem Zopf, den Rücken starr aufgerichtet, den Kopf hoch erhoben, und ihre Augen loderten. Unter anderen Umständen hätte Aviendha vielleicht Mitleid mit dem Opfer von Nynaeves Spitzzüngigkeit empfunden, die eindeutig bald explodieren würde. Nynaeves Zunge besaß mehr und schärfere Nadeln als ein *Segade*-Kaktus. Aviendha dachte emotionslos über diese Frau nach, die glaubte, sie könne durch sie hindurchsehen. Eine Weise Frau ließ sich nicht dazu herab, jemanden mit Fäusten zu traktieren, aber sie war noch ein Neuling. Vielleicht würde es nicht ihr *Ji* kosten, wenn sie Teslyn Baradon nur ein wenig verletzte. Sie öffnete im selben Moment den Mund, um der Roten Schwester Gelegenheit zur Verteidigung zu geben, als Nynaeve den Mund öffnete, aber Elayne sprach als erste.

»Was wir vorhaben, Teslyn«, sagte sie mit eisiger Stimme, »geht Euch nichts an.« Auch sie stand starr aufrecht, ihre blauen Augen funkelten kalt. Ein zufälliger Lichtstrahl von einem hohen Fenster fing sich in ihren rotgoldenen Locken und schien sie zu entflammen. In diesem Moment hätte Elayne eine Dachherrin wie eine Ziegenhirtin mit zuviel *Oosquai* im Bauch erscheinen lassen können. Es war eine gut geschulte Fähigkeit. Sie äußerte jedes Wort mit kristallkalter Würde. »Ihr habt kein Recht, Euch in unsere Belange einzumischen, in irgend etwas, was *irgendeine* Schwester tut. Überhaupt kein Recht. Also nehmt Eure Nase aus unseren Jacken, Ihr Stümperin, und seid froh, daß wir nicht mit *Euch* uneins über die Unterstützung eines Eindringlings auf dem Amyrlin-Sitz sind.«

Aviendha schaute verwirrt zu ihrer Nächstschwester. Ihre *Nase* aus ihren *Jacken* nehmen? Zumindest sie und Elayne trugen keine Jacken. Eine Stümperin? Was sollte *das* bedeuten? Feuchtländer sagten oft merkwürdige Dinge, und die anderen Frauen schienen alle ebenso verwirrt wie sie. Nur Lan, der Elayne fragend ansah, schien zu verstehen, und er musterte sie ... erstaunt. Und vielleicht belustigt. Es war schwer zu sagen. *Aan'allein* hatte seine Züge gut unter Kontrolle.

Teslyn Baradon schnaubte und kniff die Lippen noch fester zusammen. Aviendha bemühte sich sehr, diese Menschen nur mit einem Teil ihres Namens anzusprechen, so wie sie es auch taten – wenn sie einen vollständigen Namen benutzte, glaubten sie, sie sei aufgebracht! –, aber sie konnte sich nicht vorstellen, mit Teslyn Baradon so vertraut umzugehen. »Ich werde Euch törichte Kinder Euch selbst überlassen«, grollte die Frau. »Versichert Euch, daß Ihr Eure Nasen nicht mehr gefährdet, als dies bereits der Fall ist.«

Als sie würdevoll ihre Röcke raffte und sich zum Gehen wandte, ergriff Nynaeve ihren Arm. Feuchtländer zeigten ihre Empfindungen offen, und Nynaeve war ein Abbild des Konflikts, während Zorn die feste Entschlossenheit zu durchbrechen versuchte. »Wartet, Teslyn«, sagte sie widerwillig. »Ihr und Joline seid möglicherweise in Gefahr. Ich habe es Tylin gesagt, aber ich denke, sie fürchtet sich vielleicht, es sonst jemandem zu sagen. Zumindest tut sie es nicht gern. Niemand spricht darüber wirklich unbefangen.« Sie atmete tief durch, und wenn sie in diesem Augenblick an ihre eigenen Ängste dachte, hatte sie auch allen Grund dazu. Es war keine Schande, Angst zu empfinden, nur ihr nachzugeben oder sie zu zeigen. Aviendha spürte ein Flattern in der Magengrube, während Nynaeve fortfuhr. »Moghedien war hier in Ebou Dar. Sie könnte noch immer in der Stadt sein. Und vielleicht auch andere Verlorene. Mit einem *Gholam*, einem Schattengezücht, dem die Macht nichts anhaben kann. Er sieht aus wie ein Mensch, wurde aber dazu erschaffen, Aes Sedai zu töten. Auch Stahl scheint ihn nicht zu verletzen, und er kann sich sogar durch ein Mauseloch zwängen. Die Schwarze Ajah befindet sich ebenfalls hier. Zudem kommt ein Sturm auf, ein schlimmer Sturm. Nur daß es kein wirklicher Sturm ist, jedenfalls kein wetterbedingter Sturm. Ich kann ihn spüren. Das ist eine Fähigkeit, die ich besitze, vielleicht ein Talent. Ebou Dar droht Gefahr und schlimmeres Ungemach, als Wind oder Regen oder Blitze sonst darstellen.«

»Ich habe niemals zuvor von den Verlorenen, einem Sturm, der kein Sturm ist, *und* irgendwelchem Schattengezücht gehört«, sagte Teslyn Baradon angespannt. »Ganz zu schweigen von der Schwarzen Ajah. Licht! Die Schwarze Ajah! Und vielleicht auch noch der Dunkle König selbst?« Sie lächelte spöttisch und pflückte verächtlich Nynaeves Hand von ihrem Ärmel. »Wenn Ihr wieder in der Weißen Burg seid, wo Ihr hingehört, in Weiß, das Euch wahrhaftig allen gebührt, werdet Ihr lernen, Eure Zeit nicht mehr mit Hirngespinsten zu vergeuden. Und Eure Geschichten nicht Schwestern zuzutragen.« Sie sah sie alle an, wobei sie Aviendha erneut ausließ, schnaubte geräuschvoll und marschierte dann so energisch den Gang hinab, daß die Diener ihr aus dem Weg springen mußten.

»Diese Frau besitzt die Unverfrorenheit ...!« platzte Nynaeve heraus, während sie der davoneilenden Frau nachblickte und mit beiden Händen ihren Zopf traktierte. »Nachdem ich mich dazu *gezwungen* habe ...!« Sie erstickte fast an ihrer Wut. »Nun, ich habe es versucht.« Was sie, ihrer Stimme nach zu urteilen, jetzt zutiefst bedauerte.

»Das hast du«, bestätigte Elayne mit nachdrücklichem Nicken, »und mehr, als sie verdient. Zu leugnen, daß wir Aes Sedai sind! Ich werde das nicht mehr dulden! Bestimmt nicht!« Ihre Stimme hatte vorher nur kalt *geklungen*. Jetzt *war* sie kalt und grimmig.

»Kann man solch einem Menschen trauen?« murrte Aviendha. »Vielleicht sollten wir dafür Sorge tragen, daß sie sich nicht einmischen kann.« Sie betrachtete ihre Faust. Teslyn Baradon würde *sie* zu sehen bekommen. Die Frau verdiente es, von den Schattenseelen, Moghedien oder anderen, erwischt zu werden. Narren verdienten, was immer ihnen ihre Torheit einbrachte.

Nynaeve überdachte den Vorschlag anscheinend, aber sie sagte nur: »Wenn ich es nicht besser wüßte, würde ich glauben, sie sei bereit, sich gegen Elaida zu wenden.« Sie schnalzte verärgert mit der Zunge.

»Man kann daran verzweifeln, wenn man versuchen will, die politischen Strömungen der Aes Sedai zu ergründen.« Elayne sagte nicht, daß Nynaeve das inzwischen wissen müßte, aber ihr Tonfall drückte genau das aus. »Selbst eine Rote *könnte* sich aus einem unbestimmten Grund, den wir nicht erahnen, gegen Elaida wenden. Oder sie könnte uns dazu bewegen wollen, in unserer Wachsamkeit nachzulassen, damit sie uns durch irgendeine List veranlassen kann, uns in Elaidas Hände zu begeben, oder ...«

Lan räusperte sich. »Wenn einer der Verlorenen kommt«, sagte er mit vollkommen glatter Stimme, »könnte er jeden Moment hier eintreffen. Oder dieser *Gholam* könnte hierherkommen. In beiden Fällen wäre es ratsam, sich woanders aufzuhalten.«

»Mit Aes Sedai muß man stets ein wenig Geduld üben«, murrte Birgitte, als zitiere sie ein Sprichwort. »Aber die Windsucherinnen haben anscheinend keine Geduld«, fuhr sie fort, »so daß es vielleicht besser wäre, Teslyn zu vergessen und sich an Renaile zu erinnern.«

Elayne und Nynaeve sahen die Behüter mit eisigem Blick an. Sie liefen nicht gern vor den Schattenseelen und diesem *Gholam* davon, auch wenn sie diejenigen waren, die beschlossen hatten, daß ihnen keine andere Wahl blieb. Und sicherlich wurden sie auch nicht gern daran erinnert, daß sie fast ebenso dringend die Windsucherinnen finden wie den Verlorenen entkommen mußten. Aviendha wollte jene Blicke genauer betrachten – Weisen Frauen genügte ein Blick oder wenige Worte, wofür sie stets die Bedrohung durch einen Speer oder eine Faust gebraucht hatte, und sie taten es üblicherweise schneller und erfolgreicher –, nur daß Elaynes und Nynaeves Blicke absolut keine sichtbare

Wirkung auf die beiden hatten. Birgitte grinste und schaute zu Lan, der nachsichtig mit den Achseln zuckte.

Elayne und Nynaeve gaben auf. Sie richteten gemächlich und unnötigerweise ihre Röcke und ergriffen je einen Arm Aviendhas, bevor sie weitergingen, ohne sich auch nur mit einem Blick zu versichern, ob die Behüter ihnen folgten. Nicht daß Elayne es durch den Bund hätte tun müssen. Oder Nynaeve, wenn auch nicht aus demselben Grund. *Aan'Allein* war vielleicht mit jemand anderem verbunden, aber sein Ring hing an dieser Kette um ihren Hals. Sie bemühten sich sehr, gemächlich vorwärts zu schlendern, wollten Birgitte und Lan nicht glauben machen, sie würden sich zur Eile antreiben lassen, aber tatsächlich gingen sie schneller als zuvor.

Wie um davon abzulenken, schwatzten sie eifrig über die nichtigsten Themen. Elayne bedauerte es, keine Gelegenheit gehabt zu haben, das Vogelfest vor zwei Tagen wirklich mitzuerleben. Sie war nicht einmal wegen der spärlichen Bekleidung errötet, welche viele Leute getragen hatten. Nynaeve war ebenfalls nicht errötet, aber sie begann jetzt eilig über das Fest der glühenden Kohlen zu sprechen, das heute nacht stattfinden sollte. Einige der Diener behaupteten, es gäbe ein Feuerwerk. Mehrere Wanderzirkusse mit seltenen Tieren und Akrobaten waren in der Stadt eingetroffen, die sowohl Elayne als auch Nynaeve interessierten, da sie einige Zeit bei solchen Zirkussen verbracht hatten. Sie sprachen über Näherinnen und die Vielzahl von in Ebou Dar erhältlicher Spitze sowie die verschiedenen Qualitäten von Seide und Leinen, die man kaufen konnte, und Aviendha genoß die Bemerkungen darüber, wie gut ihr das graue Seidenreitgewand und die anderen Kleidungsstücke aus edlem Tuch und Seidenstoffen standen, die Tylin Quintara ihr geschenkt hatte, wie auch die dazu passenden Strümpfe und Kleider zum Wechseln und den Schmuck. Elayne und Nynaeve hatten ebenfalls verschwenderische Geschenke erhalten. Insgesamt füllten ihre Geschenke eine Anzahl Kisten und Bündel, die zusammen mit ihren Satteltaschen von den Dienern zu den Ställen hinabgetragen worden waren.

»Warum blickst du so finster drein, Aviendha?« fragte Elayne, tätschelte deren Arm und lächelte ihr zu. »Sorge dich nicht. Du kennst das Gewebe. Du wirst es hervorragend machen.«

Nynaeve beugte sich gleichfalls zu ihr und flüsterte: »Ich werde dir einen Tee zubereiten, wenn ich die Gelegenheit dazu habe. Ich kenne mehrere Teesorten, die deinen Magen beruhigen werden, und auch jegliche andere Sorgen einer Frau.« Sie tätschelte Aviendhas Arm ebenfalls.

Sie verstanden nicht. Keine tröstenden Worte oder Tees konnten heilen, was sie plagte. Sie *genoß* Gespräche über *Spitze* und *Stickerei*! Sie wußte nicht, ob sie angewidert murren oder verzweifelt aufheulen sollte. Sie verweichlichte. Sie hatte niemals zuvor in ihrem Leben das Kleid einer Frau unter einem anderen Aspekt betrachtet als dem, wo sich darin vielleicht eine Waffe verbarg, niemals aber, um die Farbe oder den Schnitt zu bewundern oder darüber nachzudenken, wie es ihr stehen würde. Es war höchste Zeit, diese Stadt zu verlassen und aus den Feuchtländer-Palästen herauszugelangen. Sie würde bald noch einfältig zu lächeln beginnen. Sie hatte Elayne und Nynaeve dies nie tun sehen, aber jedermann wußte, daß Feuchtländer-Frauen einfältig lächelten. Arm in Arm dahinzuschlendern und über *Spitze* zu plaudern! Wie sollte sie ihren Gürteldolch erreichen, wenn jemand sie angriff? Ein Dolch war gegen die bedrohlichsten Angreifer vielleicht nutzlos, aber sie hatte schon Vertrauen in Stahl gehabt, als sie noch nicht wußte, daß sie die Macht lenken konnte. Sollte jemand Elayne oder Nynaeve zu verletzen versuchen – besonders Elayne, aber sie hatte Mat Cauthon versprochen, sie beide ebenso sicher zu beschützen, wie Birgitte und *Aan'allein* es getan hatten –, sollte es also jemand versuchen, würde sie Stahl in deren Herzen pflanzen! Während sie vorangingen, beklagte sie ihre Verweichlichung insgeheim weiterhin.

Hohe Doppeltore reihten sich an drei Seiten des größten Stallhofs des Palasts; die Eingänge waren von Dienern in grün-weißer Livree bevölkert. In den weißen, aus Stein erbauten Ställen hinter ihnen warteten gesattelte oder mit Weidenkörben beladene Pferde. Meeresvögel kreisten und schrien über ihnen, eine unerfreuliche Erinnerung daran, wieviel Wasser sich in der Nähe befand. Hitze strahlte von den hellen Pflastersteinen ab, und die Luft war schwer vor Anspannung. Aviendha hatte schon Blutvergießen gesehen, wo weniger Anspannung geherrscht hatte.

Renaile din Calon, gekleidet in roter und gelber Seide, die Arme überheblich unter den Brüsten verschränkt, stand vor neunzehn weiteren barfüßigen Frauen mit tätowierten Händen und bunten Blusen, die meisten mit ebenso bunten Hosen und Schärpen. Der auf ihren dunklen Gesichtern glänzende Schweiß tat ihrer ernsten Würde keinen Abbruch. Einige schnupperten an durchbrochenen Golddosen, die um ihren Hals hingen und mit einem schweren Duft gefüllt waren. Renaile din Calon trug fünf breite goldene Ohrringe, und an einer Kette, die von einem dieser Ringe über die linke Wange bis zur Nase verlief, hingen Medaillons. Jede der drei dicht hinter ihr befindlichen Frauen trug acht Ohrringe und nur geringfügig weniger Medaillons. So kennzeichnete das Meervolk untereinander die Ränge, zumindest bei den Frauen. Alle beugten sich Renaile din Calon, der Windsucherin der Herrin der Schiffe der Atha'an Miere, aber selbst die beiden Neulinge im Hintergrund in ihren dunklen Hosen und leinenen anstatt seidenen Blusen trugen eigenes Gold. Als Aviendha und die übrigen erschienen, schaute Renaile din Calon betont zur Sonne, die den Zenit bereits überschritten hatte. Sie wölbte die Augenbrauen, während sie ihren Blick dann auf sie richtete, die Augen so schwarz wie ihr von einer weißen Strähne gezeichnetes Haar, ein fordernder Blick voller Ungeduld, der herrisch wirkte.

Elayne und Nynaeve blieben jäh stehen und zwangen so auch Aviendha zu einem abrupten Halt. Sie wechselten an ihr vorbei besorgte Blicke und seufzten tief. Aviendha sah nicht, wie sie entkommen sollten. Die Verpflichtung band ihrer Nächstschwester und Nynaeve Hand und Fuß, und sie selbst hatten die Knoten festgezurrt.

»Ich werde mich um den Frauenzirkel kümmern«, murrte Nynaeve leise, und Elayne sagte ein wenig beherzter: »Ich werde sicherstellen, daß die Schwestern bereit sind.«

Sie ließen Aviendhas Arme los und gingen in entgegengesetzte Richtungen davon, wobei sie die Röcke rafften, um mit Birgitte und Lan im Gefolge rasch ausschreiten zu können. So mußte sich Aviendha dem Blick der Windsucherin der Herrin der Schiffe allein stellen, dem Adlerblick einer Frau, die um ihre Stellung wußte, aus der sie nicht vertrieben werden konnte. Glücklicherweise wandte sich Renaile din Calon rasch an ihre Begleiter, so rasch, daß die Enden ihrer langen gelben Schärpe weit schwangen. Die anderen Windsucherinnen versammelten sich um sie, bestrebt, ihre eindringlichen Worte zu hören. Sie auch nur einmal zu schlagen, würde gewiß alles verderben. Aviendha versuchte, nicht zu ihnen zu schauen, aber ihr Blick kehrte doch immer wieder zu ihnen zurück.

Niemand hatte das Recht, ihre Nächstschwester in eine schwierige Lage zu bringen. Nasenringe! Ein kräftiger Zug an dieser Kette, und Renaile din Calon Blauer Stern würde eine andere Miene zeigen.

An einem Ende des Stallhofs standen die kleine Merilille Ceandevin und vier weitere Aes Sedai dicht beisammen und beobachteten die Windsucherinnen ebenfalls, überwiegend mit hinter kühler Gelassenheit schlecht verhülltem Verdruß. Selbst die schlanke weißhaarige Vandene Namelle und ihre wie ihr Spiegelbild aussehende Erstschwester Adeleas, die sonst am unerschütterlichsten von allen wirkte. Die eine oder andere richtete hin und wieder einen dünnen Leinenstaubmantel oder strich über geteilte Seidenröcke. Plötzliche Windstöße wirbelten ein wenig Staub auf und bewegten die farbverändernden Umhänge auf den Rücken der fünf Behüter, aber auch ihre Bewegungen zeugten eindeutig von Verdrossenheit. Nur Sareitha, die ein scheibenförmiges weißes Bündel bewachte, regte sich nicht, sondern runzelte nur die Stirn. Die Aes Sedai mißbilligten den Vertrag heftig, der die Atha'an Miere von ihren Schiffen hierher gebracht hatte und ihnen das Recht verlieh, Aes Sedai mit fordernder Ungeduld zu betrachten, aber dieser Vertrag band auch die Zungen der Schwestern und ließ sie an ihrer eigenen Verärgerung fast ersticken, was sie jedoch zu verbergen versuchten. Den Feuchtländern gegenüber hätte ihnen das vielleicht auch gelingen können. Die dritte Gruppe Frauen, die am entgegengesetzten Ende des Hofes eng zusammenstanden, wurde fast ebenso mißtrauisch betrachtet.

Reanne Corly und die anderen zehn Überlebenden des Frauenzirkels der Schwesternschaft regten sich unter diesen mißbilligenden und forschenden Blicken unbehaglich, betupften ihre Gesichter mit bestickten Taschentüchern, richteten ihre breiten, farbenfrohen

Strohhüte und glätteten schlichte, an einer Seite hochgenähte Tuchröcke, die Schichten von ebenso farbenfrohen Unterröcken freigaben, wie es die Kleidung des Meervolks war. Es waren teilweise die Blicke der Aes Sedai, die bewirkten, daß sie von einem Fuß auf den anderen traten. Aber Angst vor den Verlorenen und dem *Gholam* wie auch vor anderen Dingen verstärkten dieses Unbehagen noch. Die schmalen, tiefen Ausschnitte jener Gewänder hätten genügen sollen. Die meisten dieser Frauen wiesen zumindest einige wenige Falten auf den Wangen auf, und doch wirkten sie wie Mädchen mit Händen voller gestohlenem Nußbrot. Alle bis auf die gedrungene Sumeko, die mit in die breiten Hüften gestemmten Fäusten die Blicke der Aes Sedai nacheinander erwiderte. Das helle Schimmern *Saidars* umgab eine von ihnen, Kirstian, die ständig über die Schulter blickte. Ungefähr zehn Jahre älter als Nynaeve, schien sie mit ihrem blassen Gesicht nicht zu den anderen zu passen. Und das Gesicht wurde noch blasser, wann immer ihre schwarzen Augen dem Blick einer Aes Sedai begegneten.

Nynaeve eilte zu den Frauen, welche die Schwesternschaft anführten, ihr Gesicht pure Aufmunterung, und Reanne und die anderen lächelten sichtlich erleichtert. Zugegebenermaßen auch ein wenig befangen, wenn man nach den Seitenblicken zu Lan urteilen wollte. Sie sahen in ihm den Wolf, an den er sie erinnerte. Jedoch war Nynaeve der Grund, warum Sumeko nicht wie die übrigen niedergeschlagen wirkte, wann immer eine Aes Sedai in ihre Richtung blickte. Sie hatte geschworen, jede dieser Frauen zu lehren, daß sie ein Rückgrat besaßen, obwohl Aviendha ihre Beweggründe nicht vollständig verstand. Nynaeve war selbst eine Aes Sedai. Keine Weise Frau würde jemals jemandem raten, er solle sich gegen Weise Frauen erheben.

Wie gut auch immer das bei den anderen Aes Sedai

Wirkung zeigen mochte – sogar Sumeko sah Nynaeve ein wenig unterwürfig an. Der Frauenzirkel empfand es zumindest als seltsam, daß Frauen, die so jung wie Elayne und Nynaeve waren, den anderen Aes Sedai Befehle gaben und man ihnen gehorchte. Aviendha selbst fand es auch merkwürdig. Wie konnte Stärke in der Macht – etwas, womit man so sicher geboren wurde wie mit zwei Augen – schwerer wiegen als in Jahren erworbene Ehre? Und doch gehorchten die älteren Aes Sedai, und das genügte den Frauen der Schwesternschaft. Ieine, fast so groß wie Aviendha selbst und fast so dunkel wie die Frauen des Meervolks, erwiderte jeden Blick Nynaeves mit einem willfährigen Lächeln, während Dimana, deren hellrotes Haar von weißen Strähnen durchzogen wurde, unter Nynaeves Blicken ständig den Kopf beugte und die blonde Sibella ein nervöses Kichern hinter vorgehaltener Hand verbarg. Trotz ihrer Ebou Dari-Kleidung war nur die hagere Tamarla mit ihrer olivfarbenen Haut Altarenerin und stammte nicht einmal aus der Stadt.

Sie wichen auseinander, sobald Nynaeve sich näherte, und gaben eine auf dem Boden kniende Frau mit hinter dem Rücken gefesselten Händen frei, über deren Kopf ein Ledersack gestülpt war und deren Kleider zerrissen und staubig waren. Sie war ebensosehr der Grund für ihr Unbehagen wie Merililles gerunzelte Stirn oder die Verlorenen. Vielleicht sogar noch mehr.

Tamarla zog den Ledersack fort, so daß die dünnen, mit Perlen geschmückten Zöpfe der Frau herabbaumelten. Ispan Shefar versuchte aufzustehen, aber sie taumelte und sank blinzelnd und albern kichernd wieder zurück. Schweiß rann ihre Wangen hinab, und einige wenige blaue Flecke von ihrer Gefangennahme entstellten ihre alterslosen Züge. Aviendha war der Ansicht, daß sie gemessen an ihren Verbrechen noch zu milde behandelt worden war.

Die Kräuter, die Nynaeve der Frau eingeflößt hatte, umnebelten ihre Sinne ebenso, wie sie ihre Knie schwächten, aber Kirstian schirmte sie dennoch mit aller Macht ab, die sie heraufbeschwören konnte. Für die Schattenläuferin bestand keinerlei Aussicht zu entkommen – selbst wenn sie die Kräuter nicht hätte schlucken müssen, war Kirstian doch ebenso stark in der Macht wie Reanne, stärker als die meisten Aes Sedai, denen Aviendha jemals begegnet war –, und doch zupfte selbst Sumeko nervös an ihren Röcken und vermied es, die kniende Frau anzusehen.

»Die Schwestern sollten sie jetzt übernehmen.« Reannes hohe Stimme klang so unsicher, daß sie der von Kirstian abgeschirmten Schwarzen Schwester hätte gehören können. »Nynaeve Sedai, wir ... wir sollten nicht bewach... ehm ... unter den Augen ... einer Aes Sedai.«

»Das ist richtig«, warf Sumeko schnell und beinahe ängstlich ein. »Die Aes Sedai sollten sie jetzt übernehmen.« Sibella wiederholte ihre Worte, und Nicken und zustimmendes Murmeln lief durch die Schwesternschaft. Sie glaubten zutiefst, weit unter den Aes Sedai zu stehen, und hätten es höchstwahrscheinlich vorgezogen, Trollocs zu bewachen, statt eine Aes Sedai festhalten zu müssen.

Die mißbilligenden Blicke von Merilille und den anderen Schwestern wandelten sich, als Ispan Shefars Gesicht enthüllt wurde. Sareitha Tomares, die ihre mit braunen Fransen versehene Stola erst wenige Jahre trug und noch nicht die alterslose Erscheinung besaß, starrte die Schattenläuferin höchst angewidert an. Adeleas und Vandene, die Hände in die Röcke verkrampft, schienen mit dem Haß gegenüber der Frau zu kämpfen, die ihre Schwester gewesen war und sie verraten hatte. Und doch sahen sie den Frauenzirkel nicht wesentlich freundlicher an. Auch sie wußten in ihren Herzen, daß die Schwesternschaft weit unter ihnen stand. Aber die Verräterin war eine von ihnen gewesen, und niemand außer ihnen hatte das Recht, sie zu richten. Aviendha stimmte zu. Eine Tochter des Speers, die ihre Speerschwestern verriet, starb weder schnell noch ehrenvoll.

Nynaeve zog den Sack nachdrücklich wieder über Ispan Shefars Kopf. »Ihr habt sie bisher gut bewacht, und Ihr werdet sie weiterhin gut bewachen«, belehrte sie die Schwesternschaft bestimmt. »Wenn sie Anzeichen zeigt, sich zu erholen, zwingt ihr ein wenig von der Kräutermischung die Kehle hinab. Das wird sie wieder trunken machen. Haltet ihr die Nase zu, wenn sie nicht schlucken will. Selbst eine Aes Sedai wird schlucken, wenn man ihr die Nase zuhält und ihr droht, sie zu ohrfeigen.«

Reannes Kinn sank herab, und ihre Augen weiteten sich wie auch die Augen der meisten ihrer Begleiterinnen. Sumeko nickte zögerlich und blickte fast genauso starr wie die anderen. Wenn Frauen der Schwesternschaft den Namen Aes Sedai aussprachen, könnten sie ebensogut den Schöpfer benennen. Der Gedanke daran, einer Aes Sedai die Nase zuzuhalten, selbst einer Schattenläuferin, zeichnete ihre Gesichter mit Entsetzen.

Den geweiteten Augen der Aes Sedai nach zu urteilen, gefiel ihnen die Vorstellung noch weniger. Merilille öffnete den Mund, wobei sie Nynaeve ansah, aber genau in diesem Moment erreichte Elayne sie, und die Graue Schwester wandte sich statt dessen ihr zu, wobei sie für Birgitte kaum ein mißbilligendes Stirnrunzeln übrig hatte. An ihrer eher lauter als leiser werdenden Stimme konnte man das Maß ihrer Erschütterung erkennen. Merilille war für gewöhnlich sehr besonnen. »Elayne, Ihr müßt mit Nynaeve sprechen. Diese Frauen sind bereits verwirrt und zutiefst verängstigt. Es wird nicht sehr hilfreich sein, wenn Nynaeve sie noch weiter aufregt. Wenn der Amyrlin-Sitz ihnen wirklich die Erlaubnis geben will, zur Burg zu gehen«, sie schüttelte zögernd den Kopf, um den Gedanken weit von sich zu weisen, »wenn sie das beabsichtigt, müssen sie eine klare Vorstellung von ihrem Platz bekommen und …«

»Das beabsichtigt die Amyrlin tatsächlich«, unterbrach Elayne sie. Bei Nynaeve wirkte ein bestimmter Tonfall wie eine unter der Nase geschüttelte Faust. Bei Elayne vermittelte er ruhige Gelassenheit. »Sie werden eine zweite Chance bekommen, und wenn sie versagen, werden sie dennoch nicht fortgeschickt werden. Keine Frau, welche die Macht lenken kann, wird wieder von der Burg abgeschnitten werden. Sie werden alle Teil der Weißen Burg bleiben.«

Aviendha betastete müßig ihren Gürteldolch und wunderte sich über Elaynes Worte. Egwene, Elaynes Amyrlin-Sitz, dachte ungefähr dasselbe. Sie war auch eine Freundin, aber sie hielt ihr Herz in der Nähe von Aes Sedai verhüllt. Aviendha selbst wollte kein Teil der Weißen Burg sein, und sie bezweifelte stark, daß Sorilea oder eine andere Weise Frau dies wollte.

Merilille seufzte und faltete die Hände, senkte ihre Stimme aber trotz ihrer nach außen gezeigten Billigung nicht. »Wie Ihr meint, Elayne. Aber wegen Ispan – wir können einfach nicht zulassen …«

Elayne hob jäh eine Hand und gebot gebieterisch Schweigen. »Hört auf, Merilille. Ihr müßt die Schale der Winde bewachen. Das genügt jedermann. Es wird auch Euch genügen.«

Merilille öffnete den Mund, schloß ihn dann wieder und beugte nachgiebig ein wenig den Kopf. Die anderen Aes Sedai beugten ihre Köpfe unter Elaynes stetem Blick ebenfalls. Wenn einige Widerwillen zeigten – wie schwach auch immer –, so galt das doch nicht für alle.

Sareitha nahm rasch das scheibenförmige Bündel auf, das zu ihren Füßen gelegen hatte und mit Schichten weißer Seide umwickelt war. Ihre Arme reichten kaum darum herum, als sie die Schale der Winde an ihren Busen drückte und Elayne besorgt anlächelte, als wolle sie zeigen, daß sie die Schale wirklich gut bewachte.

Die Meervolk-Frauen betrachteten das Bündel begierig und beugten sich beinahe vor. Aviendha wäre nicht überrascht gewesen, wenn sie über die Steine gesprungen wären, um die Schale zu ergreifen. Die Aes Sedai sahen eindeutig das gleiche. Sareitha umklammerte das weiße Bündel noch fester, und Merilille trat tatsächlich zwischen sie und die Atha'an Miere. Glatte Aes Sedai-Gesichter spannten sich an, vergeblich um Ausdruckslosigkeit bemüht. Sie waren der Meinung, die Schale sollte ihnen gehören. Alle Dinge, welche die Eine Macht benutzten oder beeinflußten, gehörten ihrer Meinung nach der Weißen Burg, ungeachtet dessen, wer sie im Moment besaß. Aber da war der Vertrag.

»Die Sonne steigt, Aes Sedai«, verkündete Renaile din Calon laut, »und Gefahr droht. Also bewahrt sie. Wenn Ihr Euch irgendwie herauswinden wollt, indem ihr Zeit schindet, überlegt es Euch lieber zweimal. Versucht, den Vertrag zu brechen, und ich werde beim Herzen meines Vaters die Schiffe sofort zurückkehren lassen und die Schale zurückfordern. Sie hat von der Zerstörung an uns gehört.«

»Hütet in Gegenwart von Aes Sedai Eure Zunge«, stieß Reanne barsch hervor, von ihrem blauen Strohhut bis zu den unter grün-weißen Rocksäumen hervorsehenden, festen Schuhen empörte Entrüstung.

Renaile din Calon verzog höhnisch den Mund. »Die Medusen haben anscheinend Zungen. Es überrascht mich jedoch, daß sie diese auch benutzen können, wenn keine Aes Sedai es erlaubt hat.«

Der Stallhof war im Handumdrehen von zwischen der Schwesternschaft und den Atha'an Miere hin und her fliegenden Beleidigungen erfüllt: »Wilde«, »Barbaren« und Schlimmeres; schrille Schreie übertönten Merililles Versuche, Reanne und ihre Begleiterinnen mit der einen und das Meervolk mit der anderen Hand zu beruhigen. Mehrere Windsucherinnen hörten auf, nach den hinter ihren Schärpen steckenden Dolchen zu tasten, statt dessen ergriffen sie die Hefte. Das Schimmern *Saidars* sprang um die erste und dann eine weitere der farbenfroh gekleideten Frauen auf. Die Frauen der Schwesternschaft wirkten bestürzt, obwohl es ihren Redefluß nicht behinderte, aber dann umarmte auch Sumeko die Quelle, dann Tamarla, schließlich die geschmeidige, rehäugige Chilares, und bald schimmerte jede einzelne von ihnen und von den Windsucherinnen, während Worte flogen und Temperamente überschäumten.

Aviendha hätte am liebsten gestöhnt. Jeden Moment würde Blut fließen. Sie würde Elaynes Führung folgen, aber ihre Nächstschwester starrte die Windsucherinnen und den Frauenzirkel gleichermaßen mit kaltem Zorn an. Elayne hatte wenig Geduld mit Einfältigkeit, weder bei sich selbst noch bei anderen, und Beleidigungen herauszuschreien, wenn vielleicht ein Feind nahte, war das schlimmste von allem. Aviendha umfaßte entschlossen ihren Gürteldolch und umarmte kurz darauf *Saidar*. Leben und Freude erfüllten sie so stark, daß sie am liebsten geweint hätte. Weise Frauen benutzten die Macht nur, wenn Worte versagten, aber hier würden weder Worte noch Stahl genügen. Sie wünschte, sie hätte eine Ahnung, wen sie zuerst töten sollte.

»Das reicht!« Nynaeves durchdringender Schrei schnitt jedermann jäh das Wort ab. Erstaunte Gesichter wirbelten zu ihr herum. Sie wandte drohend den Kopf und streckte einen Finger in Richtung des Frauenkreises aus. »Hört auf, Euch wie Kinder zu benehmen!« Ihre Stimme klang kaum weniger schneidend. »Oder wollt Ihr Euch zanken, bis die Verlorenen kommen, um die Schale *und* uns zu holen? Und Ihr«, fuhr sie mit zu den Windsucherinnen ausgestrecktem Finger fort, »hört auf, Euch aus der Vereinbarung zu stehlen! Ihr werdet die Schale erst bekommen, wenn Ihr jedes Wort des Vertrags erfüllt habt! Glaubt nicht, daß es anders sein wird!« Dann fuhr Nynaeve zu den Aes Sedai herum. »Und Ihr …!« Die kühle Überraschung, der sie sich jäh gegenübersah, ließ ihren Wortfluß zu einem verärgerten Brummen versiegen. Die Aes Sedai hatten sich nur an dem Geschrei beteiligt, um zu versuchen, es zu unterbinden. Um keine Aes Sedai schimmerte *Saidar*.

Aber das genügte natürlich nicht, um Nynaeve vollständig zu besänftigen. Sie zog heftig an ihrem Hut, offensichtlich noch immer voller Zorn, den sie abreagieren wollte. Aber die Frauen der Schwesternschaft starrten mit vor Kummer geröteten Gesichtern auf die Pflastersteine, und selbst die Windsucherinnen schienen ein wenig beschämt – ein wenig – und murrten in sich hinein, mieden aber Nynaeves Blick ebenfalls. Das Schimmern verblaßte nacheinander um alle Frauen, bis nur noch Aviendha die Quelle festhielt.

Sie zuckte zusammen, als Elayne ihren Arm berührte. Sie verweichlichte. Menschen an sich heranschleichen zu lassen und bei einer Berührung zusammenzuzucken!

»Der Streit scheint gebannt«, murmelte Elayne. »Vielleicht sollten wir gehen, bevor der nächste ausbricht.« Leichte Röte auf ihren Wangen war das einzige Anzeichen dafür, daß sie noch kurz zuvor zornig gewesen war. Auch Birgittes Wangen waren ein wenig gerötet. Die beiden Frauen spiegelten einander seit Bestehen des Bundes auf mancherlei Art wider.

»Das sollten wir allerdings«, stimmte Aviendha ihr zu. Wenn sie noch länger hier verweilte, *wäre* sie tatsächlich ein weichherziger Feuchtländer.

Aller Augen folgten ihr, als sie in die Mitte des Stallhofs trat und zu dem Fleck ging, den sie geprüft und erspürt hatte, bis sie ihn mit geschlossenen Augen kannte. Es erfüllte sie mit einer Freude, *Saidar* zu benutzen, die sie nicht in Worte fassen konnte. *Saidar* zu umarmen, davon umarmt zu werden, ließ einen lebendiger erscheinen als alles andere. Eine Täuschung, sagten die Weisen Frauen, so trügerisch und gefährlich wie eine Luftspiegelung im Termool, und doch schien es realer als die Pflastersteine unter ihren Füßen. Sie bekämpfte den Drang, noch mehr *Saidar* heranzuziehen. Sie hielt bereits beinahe so viel fest, wie sie aufnehmen konnte. Alle drängten sich nahe an sie heran, als sie die Stränge zu weben begann.

Es erstaunte Aviendha nach allem, was sie erlebt hatte, noch immer, daß es Dinge gab, welche die Aes Sedai nicht tun konnten. Mehrere der Frauen des Zirkels waren ausreichend stark, aber nur Sumeko und überraschenderweise Reanne beobachteten offen, was sie tat. Sumeko ging sogar so weit, Nynaeves Versuche, sie aufmunternd zu tätscheln, abzuwehren – was einen bestürzten und entrüsteten Blick von Nynaeve bewirkte, den Sumeko jedoch nicht bemerkte, da sie sich auf Aviendha konzentrierte. Alle Windsucherinnen waren ausreichend stark. Sie beobachteten die Vorgänge genauso begierig, wie sie die Schale betrachtet hatten. Der Vertrag gab ihnen jegliches Recht dazu.

Aviendha konzentrierte sich, und die Stränge flossen ineinander und schufen Gleichheit zwischen diesem Ort und jenem, den sie und Elayne und Nynaeve auf einer Karte erwählt hatten. Sie vollführte eine Geste, als öffne sie einen Zelteingang. Es war kein Teil des Gewebes, das Elayne ihr gezeigt hatte, aber es war fast alles, woran sie sich erinnern konnte, etwas, das sie selbst vollbracht hatte, lange bevor Elayne ihr erstes Wegetor eröffnete. Die Stränge verschmolzen zu einem silbrigen, senkrechten Schlitz, der sich drehte und zu einer Öffnung in der Luft wurde, die größer als ein Mensch und ebenso breit war. Jenseits lag eine große Lichtung, von zwanzig oder dreißig Fuß hohen Bäumen umgeben, mehrere Meilen nördlich der Stadt auf der entgegengesetzten Flußseite. Kniehohes braunes Gras reichte bis zum Wegetor und neigte sich in einem leichten Wind hindurch. Das Tor hatte sich nicht wirklich gedreht, sondern es vermittelte nur den Eindruck. Einige der Halme waren jedoch sauber durchschnitten, einige sogar der Länge nach. Die Ränder eines sich eröffnenden Wegetors ließen eine Rasierklinge stumpf erscheinen.

Aviendha war über das Wegetor unzufrieden. Elayne konnte dieses Gewebe mit nur einem Teil ihrer Stärke gestalten, aber es erforderte aus einem unbestimmten Grund fast Aviendhas ganze Kraft. Sie war sich sicher, daß sie ein größeres Wegetor hätte weben können, so groß, wie Elayne es vermochte, welche die Gewebe gestaltet und benutzt hatte, ohne nachzudenken, als sie Rand al'Thor vor anscheinend sehr langer Zeit zu entkommen versuchte, aber ungeachtet dessen, wie oft Aviendha sich abmühte, erreichte sie nur Bruchstücke. Sie verspürte keinen Neid – sie war eher stolz auf die Fertigkeiten ihrer Nächstschwester –, aber ihr Versagen beschämte sie innerlich. Sorilea oder Amys würden sie hart angehen, wenn sie davon erfuhren. Von der Scham. Zuviel Stolz, würden sie es nennen. Amys sollte es verstehen. Sie war einst eine Tochter des Speers gewesen. Es *war* beschämend, bei etwas zu versagen, wozu man befähigt sein sollte. Hätte sie nicht das Gewebe festhalten müssen, wäre sie davongerannt, damit niemand sie sehen konnte.

Der Aufbruch war sorgfältig geplant worden, und der ganze Stallhof geriet abrupt in Bewegung, sobald sich das Wegetor vollständig eröffnet hatte. Zwei Frauen des Zirkels zogen die Schattenläuferin auf die Füße, und die Windsucherinnen bildeten hinter Renaile din Calon eilig eine Reihe. Die Diener begannen Pferde aus den Ställen heranzuführen. Lan, Birgitte und einer der Behüter Careanes, ein schlanker Mann namens Cieryl Arjuna, sprangen sogleich einer nach dem anderen durch das Wegetor. Wie die *Far Dareis Mai* beanspruchten auch die Behüter stets das Recht, als Kundschafter tätig zu werden. Aviendha wollte ihnen folgen, aber das war nicht möglich. Anders als Elayne konnte sie keine fünf oder sechs Schritte weit gehen, ohne daß ihr Gewebe schwächer wurde, und dasselbe geschah, wenn sie es abbinden wollte. Es war sehr enttäuschend.

Dieses Mal drohte keine erkennbare Gefahr, so daß die Aes Sedai unmittelbar folgten, auch Elayne und Nynaeve. Bauernhöfe standen in dem bewaldeten Gebiet dicht an dicht, und ein wandernder Schafhirte oder ein junges Paar, das Ungestörtheit suchte, müßten vielleicht daran gehindert werden, zuviel zu sehen, aber keine Schattenseelen oder Schattenläufer konnten diese Lichtung kennen. Nur sie, Elayne und Nynaeve kannten sie, und sie hatten bei ihrer Wahl des Ortes aus Angst vor Lauschern nicht darüber gesprochen. Auf der Lichtung sah Elayne Aviendha fragend an, aber Aviendha bedeutete ihr weiterzugehen. Pläne wurden gemacht, um befolgt zu werden, es sei denn, es gab einen Grund, sie zu ändern.

Die Windsucherinnen betraten nacheinander die Lichtung, alle plötzlich unschlüssig, als sie sich diesem

Wegetor näherten, von dem sie niemals auch nur geträumt hatten. Sie atmeten tief durch, bevor sie hindurchtraten. Das Kribbeln kehrte jäh zurück.

Aviendha hob den Blick zu den auf den Stallhof hinausführenden Fenstern. Jedermann könnte sich hinter den weißen schmiedeeisernen oder holzgeschnitzten Sichtblenden verbergen. Tylin hatte den Dienern befohlen, diesen Fenstern fernzubleiben, aber wer würde Teslyn aufhalten oder Joline oder … Etwas zog ihren Blick höher hinauf, zu den Kuppeln und Türmen. Schmale Gänge umgaben einige der schlanken Türme, und auf einem sehr hoch aufragenden Turm war eine schwarze Gestalt zu sehen, von dem in ihrem Rücken befindlichen Strahlenkranz der Sonne scharf abgezeichnet. Ein Mann.

Ihr stockte der Atem. Nichts an seiner Haltung mit den Händen auf der Steinbrüstung zeugte von Gefahr, und doch wußte sie, daß er derjenige war, der das Kribbeln zwischen ihren Schulterblättern verursachte. Eine der Schattenseelen würde nicht einfach dort stehenbleiben und beobachten, aber dieses Wesen, dieser *Gholam* … Eis bildete sich in ihrer Magengrube. Er war vielleicht einfach nur ein Palastdiener. Vielleicht, aber sie glaubte es nicht. Man mußte sich nicht schämen, Angst zu empfinden.

Sie schaute besorgt zu den noch immer mit quälender Langsamkeit durch das Wegetor ziehenden Frauen. Die Hälfte der Meervolk-Frauen war hindurch gelangt, und der Frauenkreis wartete hinter den übrigen, die Schattenläuferin fest im Griff, während ihr Unbehagen, dort hindurchgehen zu müssen, von Unmut überlagert wurde, weil es den Meervolk-Frauen erlaubt war, zuerst zu gehen. Wenn sie ihren Verdacht äußerte, würden sich die Frauen der Schwesternschaft gewiß beeilen – die bloße Erwähnung der Schattenseelen versetzte sie in Angst und Schrecken –, während die Windsucherinnen durchaus versuchen könnten, die Schale sofort für sich zu beanspruchen. Für sie war die Schale wichtiger als alles andere. Aber nur eine blinde Närrin blieb gemächlich stehen, während sich ein Löwe an die Herde anschlich, die sie bewachen sollte. Sie ergriff eine der Atha'an Miere an einem roten Seidenärmel.

»Sagt Elayne …« Ein Gesicht wie glatter schwarzer Stein wandte sich ihr zu. Irgendwie gelang es der Frau, ihre vollen Lippen dünn erscheinen zu lassen. Ihre Augen waren schwarze Kieselsteine, flach und hart. Welche Botschaft konnte sie schicken, die nicht all die Schwierigkeiten heraufbeschwor, die sie von diesen Frauen fürchtete? »Sagt Elayne und Nynaeve, sie sollen vorsichtig sein. Sagt ihnen, Feinde kämen stets dann, wenn man sie am wenigsten erwartet. Ihr müßt ihnen dies wörtlich ausrichten.« Die Windsucherin nickte mit kaum verhaltener Ungeduld, wartete aber überraschenderweise, bis Aviendha sie losließ, bevor sie zögernd durch das Wegetor trat.

Der Gang oben um den Turm war nun verlassen. Aviendha verspürte keine Erleichterung. Er konnte überall sein. Vielleicht auf dem Weg zum Stallhof hinab. Wer auch immer er war, was auch immer er vorhatte – er *war* gefährlich. Die Gefahr existierte nicht nur in ihrer Einbildung. Die letzten vier Behüter hatten ein Viereck um das Wegetor gebildet, eine Wache, die als letzte gehen würde, und so sehr sie ihre Schwerter auch verachtete, war sie doch dankbar, daß noch jemand außer ihr mit dem scharfen Metall umgehen konnte. Nicht daß die Behüter gegen einen *Gholam* – oder, noch schlimmer, gegen eine der Schattenseelen – eine größere Chance als die bei den Pferden wartenden Diener gehabt hätten. Oder eine größere Chance als sie selbst.

Sie zog grimmig die Macht heran, bis die Süße *Sai-*

dars fast schmerzhaft wurde. Ein Quentchen mehr, und der Schmerz würde während der zum Sterben oder der dafür nötigen Zeit, die Fähigkeit vollkommen zu verlieren, blendende Marter werden. Wenn diese Frauen sich doch nur beeilen würden! Man mußte sich nicht schämen, Angst zu empfinden, aber sie fürchtete doch sehr, daß ihr die Angst ins Gesicht geschrieben stand.

KAPITEL 2

Auflösung

Elayne trat zur Seite, sobald sie das Wegetor passiert hatte, aber Nynaeve stapfte über die Lichtung, scheuchte braune Grashüpfer aus dem verdorrten Gras auf und sah sich überall nach den Behütern um. Zumindest nach einem der Behüter. Ein hellroter Vogel schoß über die Lichtung und verschwand dann wieder. Sonst regte sich nichts. Ein Eichhörnchen keckerte irgendwo in den überwiegend unbelaubten Bäumen, und dann herrschte Stille. Es schien Elayne unmöglich, daß die drei Behüter hier entlang gekommen sein konnten, ohne solch breite Spuren zu hinterlassen wie Nynaeve, und doch vermochte sie kein Zeichen dafür zu erkennen, daß sie überhaupt hiergewesen waren.

Sie spürte Birgitte irgendwo weitab zu ihrer Linken, ungefähr südwestlich, wie sie glaubte, und erkannte zufrieden, daß keine unmittelbare Gefahr drohte. Careane, die mit anderen Frauen einen Schutzkreis um Sareitha und die Schale bildete, neigte den Kopf fast so, als lausche sie auf etwas. Ihr Cieryl war offensichtlich nach Südosten gegangen, was bedeutete, daß Lan sich nördlich befand. Seltsamerweise blickte Nynaeve auch gen Norden, während sie unentwegt leise vor sich hin murmelte. Vielleicht hatte ihre Ehe ein Gespür für ihn erweckt. Aber wahrscheinlicher war, daß sie eine Spur entdeckt hatte, die Elayne entgangen war. Nynaeve wußte genausoviel über den Wald wie über Kräuter.

Von Elaynes erstem Standort aus war Aviendha durch das Wegetor deutlich zu sehen, während sie die Dächer des Palasts betrachtete, als erwarte sie einen Hinterhalt. Ihrer Haltung nach hätte sie einen Speer in Händen halten und bereit sein können, in ihrem Reitgewand einen Kampf anzutreten. Es entlockte Elayne ein Lächeln, daß sie so tapfer verbarg, wie enttäuscht sie über ihre Unzulänglichkeit war, wenn es darum ging, ein Wegetor zu eröffnen. Aber Elayne konnte gleichzeitig nicht umhin, sich Sorgen zu machen. Aviendha *war* tapfer, und niemand, den Elayne kannte, bewahrte einen kühleren Kopf. Aber sie könnte vielleicht beschließen, daß das *Ji'e'toh* von ihr zu kämpfen verlangte, auch wenn keine andere Möglichkeit bestand als davonzulaufen. Das Licht um sie herum schimmerte so hell, daß sie offensichtlich nicht viel mehr *Saidar* heranziehen konnte. Wenn einer der Verlorenen erschien …

Ich hätte bei ihr bleiben sollen. Aber Elayne verwarf den Gedanken sofort wieder. Welche Entschuldigung sie auch ersann – Aviendha würde die Wahrheit kennen, und sie war manchmal reizbar wie ein Mann. Meistens. Besonders wenn es um ihre Ehre ging. Elayne ließ sich seufzend von den aus dem Wegetor strömenden Atha'an Miere fortdrängen. Sie blieb jedoch ausreichend nahe, um jeglichen Schrei auf der anderen Seite hören zu können. Ausreichend nahe, um Aviendha im Handumdrehen zu Hilfe zu eilen. Und noch aus einem anderen Grund.

Die Windsucherinnen kamen in der Reihenfolge ihrer Rangordnung durch das Wegetor und bemühten sich um unbewegte Mienen, aber selbst Renaile lockerte ihre angespannten Schultern, als ihre bloßen Füße auf das hohe braune Gras traten. Einige erschauderten leicht, was sie aber rasch unterdrückten, oder schauten mit geweiteten Augen zu der in der Luft hängenden Öffnung zurück. Alle sahen Elayne mißtrauisch an, während sie an ihr vorübergingen, und zwei oder drei öffneten den Mund, vielleicht um zu fragen, was sie tat, vielleicht um sie zu bitten – oder ihr zu befehlen – weiterzugehen. Elayne war durchaus froh, daß sie auf Renailes knappes Drängen hin gehorsam weitereilten. Sie würden nur allzu bald eine Gelegenheit erhalten, den Aes Sedai zu sagen, was sie tun sollten. Es mußte nicht mit ihr beginnen.

Dieser Gedanke verursachte ihr Übelkeit, und die Anzahl der Windsucherinnen ließ sie den Kopf schütteln. Sie besaßen das Wissen über das Wetter, wodurch sie die Schale angemessen benutzen konnten, und doch stimmte sogar Renaile – wenn auch widerwillig – zu, daß die Aussichten, das Wetter heilen zu können, um so besser waren, je mehr Macht durch die Schale gelenkt würde. Sie mußte mit unglaublicher Genauigkeit gelenkt werden, die nur einer Frau allein oder einem Kreis möglich war. Es mußte ein voller Kreis von Dreizehn sein. Diese Dreizehn würden Nynaeve und Aviendha und Elayne selbst sicherlich einschließen, und wahrscheinlich auch einige Frauen der Schwesternschaft, aber Renaile beabsichtigte eindeutig auf dem Teil des Vertrags zu bestehen, der besagte, daß sie ein Anrecht darauf hätten, jegliche Fähigkeiten zu erlernen, welche die Aes Sedai lehren konnten. Das Wegetor zu gestalten, war die erste Lektion gewesen, und die zweite würde die Bildung eines Kreises sein. Es war ein Wunder, daß sie nicht jede Windsucherin im Hafen mitgebracht hatten. Man stelle sich vor, mit drei- oder vierhundert dieser Frauen umzugehen! Elayne stieß ein kleines Dankgebet aus, daß nur zwanzig Windsucherinnen mitgekommen waren.

Sie war jedoch nicht hier, um sie zu zählen. Während die einzelnen Windsucherinnen nahe an ihr vorübergingen, erlaubte sie sich, die Stärke der Frauen im Gebrauch der Macht zu erspüren. Zuvor war lediglich genug Zeit gewesen, in die Nähe einer Handvoll von ihnen zu gelangen, und das vor dem Hintergrund all der Schwierigkeiten, Renaile davon zu überzeugen, überhaupt mitzukommen. Offensichtlich hatte das Erringen eines Ranges unter den Windsucherinnen weder etwas mit dem Alter noch mit der Stärke zu tun. Renaile war selbst bei den ersten drei oder vier Frauen bei weitem nicht die Stärkste, während eine der letzten Windsucherinnen, Senine, wettergegerbte Wangen und dichtes graues Haar aufwies. Seltsamerweise schien es, den Durchstichen an ihren Ohren nach zu urteilen, als hätte Senine einst mehr als sechs und dickere Ohrringe getragen als heute.

Elayne ordnete Gesichter ein und merkte sie sich zusammen mit den ihr bekannten Namen mit einem zunehmenden Gefühl der Zufriedenheit. Die Windsucherinnen hatten sich vielleicht in gewisser Weise die Oberhand gesichert, und sie und Nynaeve waren möglicherweise in großen Schwierigkeiten, in sehr großen Schwierigkeiten, wenn die Bedingungen des Vertrags Egwene und dem Saal der Burg bekannt wurden, aber keine dieser Frauen würde unter den Aes Sedai einen besonders hohen Rang bekleiden. Allerdings auch keinen niedrigen Rang. Sie sagte sich, daß sie nicht selbstgefällig sein durfte – das änderte nichts an dem, was sie vereinbart hatten –, und doch war es sehr schwer, nicht selbstgefällig zu werden. Dies waren immerhin die besten der Atha'an Miere. Zumindest hier in Ebou Dar. Und wenn sie Aes Sedai gewesen wären, jede einzelne von ihnen, von Kurin mit dem harten schwarzen Blick bis zu Renaile selbst, hätten sie ihr zugehört, wenn sie sprach, und hätten sich erhoben, wenn sie den Raum betrat. Wenn sie Aes Sedai gewesen wären und sich so verhalten hätten, wie sie es sollten.

Und dann erschienen die letzten der Reihe, und Elayne zuckte unwillkürlich zusammen, als eine junge Windsucherin von einem der kleineren Schiffe an ihr vorüberging, eine Frau mit rundlichen Wangen namens Rainyn in schlichter blauer Seide und mit kaum einem halben Dutzend Medaillons an ihrer Nasenkette. Die beiden Neulinge, die jungenhaft schmale Talaan und Metarra mit den großen Augen, eilten mit verstörten Mienen heran. Sie hatten sich den Nasenring noch nicht verdient und noch viel weniger die Kette, und nur ein einziger dünner Goldring im linken Ohr kennzeichnete die drei als gleichgestellt. Elaynes Blick folgte ihnen angespannt.

Die Atha'an Miere scharten sich erneut um Renaile, wobei die meisten begierig zu den Aes Sedai und der Schale blickten. Die letzten drei Frauen blieben im Hintergrund, Neulinge mit dem Gesichtsausdruck jener, die sich nicht sicher waren, ob sie überhaupt ein Recht hatten hierzusein, wobei Rainyn in Nachahmung Renailes die Arme kreuzte und doch kaum selbstbewußter wirkte als die anderen beiden. Die Windsucherin eines Springers, dem kleinsten der Meervolk-Schiffe, befand sich wahrscheinlich selten in Gesellschaft der Windsucherin der Wogenherrin ihres Clans, ganz zu schweigen von der Windsucherin der Herrin der Schiffe. Rainyn war ohne weiteres ebenso stark im Gebrauch der Macht wie Lelaine oder Romanda, und Metarra stand auf gleicher Ebene mit Elayne selbst, während Talaan ... Talaan, die in ihrer roten Leinenbluse so bescheiden wirkte, mit anscheinend ständig gesenkten Lidern, kam Nynaeve sehr nahe. Sehr nahe. Und mehr noch – Elayne wußte, daß sie selbst ihr volles Potential noch nicht erreicht hatte, und Nynaeve ebenfalls nicht. Wie stark würden Metarra und Talaan einst sein? Sie hatte sich an das Wissen gewöhnt, daß nur Nynaeve und die Verlorenen stärker waren als sie. Nun, auch Egwene, aber sie war gezwungen worden, und ihr eigenes und Aviendhas Potential entsprachen dem Egwenes. *Soviel zur Zufriedenheit,* schalt sie sich reumütig. Lini hätte ihr gesagt, sie verdiene dies dafür, daß sie die Dinge als selbstverständlich betrachtete.

Elayne lachte leise in sich hinein und wandte sich dann wieder zu Aviendha um, aber der Frauenzirkel stand wie angewurzelt auf einem Fleck vor dem Wegetor. Sie zuckten unter kalten Blicken von Careane und Sareitha zusammen. Alle außer Sumeko, doch sie trat ebenfalls nicht vor, obwohl sie den Blicken der Schwestern begegnet war. Kirstian schien kurz davor, in Tränen auszubrechen.

Elayne unterdrückte ein Seufzen und scheuchte die Frauen der Schwesternschaft aus dem Weg, da die Stallburschen die Pferde durch das Wegetor bringen wollten. Der Frauenzirkel trottete wie eine Herde Schafe voran – sie war die Hirtin und Merilille und die übrigen die Wölfe –, und sie wären gewiß noch schneller vorangegangen, wenn Ispan nicht gewesen wäre.

Famelle, eine von nur vier Frauen des Kreises, die noch kein Grau oder Weiß im Haar aufwiesen, und Eldase, eine Frau mit kämpferischem Blick, wenn sie nicht gerade eine Aes Sedai betrachtete, hielten Ispan an den Armen fest. Sie konnten sich anscheinend nicht entscheiden, ob sie die Frau fest genug halten sollten, daß sie in aufrechter Haltung blieb, oder ob sie den Griff lockern sollten mit dem Ergebnis, daß die Schwarze Schwester ruckartig vorwärts gelangte, halbwegs in die Knie ging und dann wieder hochgezogen wurde, bevor sie vollständig hinfiel.

»Verzeiht, Aes Sedai«, murmelte Famelle Ispan ständig mit leicht tarabonischem Akzent zu. »Oh, es tut mir leid, Aes Sedai.« Eldase zuckte jedes Mal zusammen und stöhnte leise, wenn Ispan stolperte. Gerade so, als hätte Ispan nicht dabei geholfen, zwei der Ihren – und nur das Licht wußte, wie viele andere noch – zu ermorden. Sie machten Aufhebens um eine Frau, die sterben würde. Die Morde in der Weißen Burg, an denen Ispan beteiligt gewesen war, genügten, um sie zu verurteilen.

»Bringt sie irgendwo dort drüben hin«, befahl Elayne ihnen und winkte sie von dem Wegetor auf die Lichtung. Sie gehorchten, vollführten unbeholfene Hofknickse, ließen Ispan dabei um ein Haar fallen und murmelten an Elayne und die Schwarze Schwester gewandt Entschuldigungen. Reanne und die übrigen eilten voran, während sie die Schwestern um Merilille besorgt im Auge behielten.

Der Kampf der Blicke zwischen den Aes Sedai und den Frauen der Schwesternschaft, dem Frauenzirkel und den Windsucherinnen und den Atha'an Miere und fast allen anderen im Umkreis begann fast augenblicklich von neuem. Elayne biß die Zähne zusammen. Sie würde sie *nicht* anschreien. Nynaeve hatte mit Schreien ohnehin stets mehr Erfolg. Aber sie hätte am liebsten jede einzelne von ihnen geschüttelt, damit sie wieder zur Vernunft kämen, sie geschüttelt, bis ihre Zähne geklappert hätten. Einschließlich Nynaeve, die alle anweisen sollte, anstatt in den Wald zu starren. Aber was war, wenn Rand sterben mußte, wenn sie keine Möglichkeit fand, ihn zu retten?

Plötzlich brannten Tränen in ihren Augen. Rand *würde* sterben, und sie konnte nichts tun, um seinen Tod zu verhindern. *Schäle den Apfel in deiner Hand, Mädchen, nicht den auf dem Baum*, schien Linis leise Stimme ihr ins Ohr zu flüstern. *Weinen kann man hinterher. Vorher sind Tränen nur Zeitverschwendung.*

»Danke, Lini«, murmelte Elayne. Ihre alte Kinderfrau war manchmal lästig, weil sie niemals zugab, daß einer ihrer Schützlinge wirklich erwachsen geworden war, aber sie erteilte stets gute Ratschläge. Daß Nynaeve ihre Pflichten vernachlässigte, war für Elayne kein Grund, es ihr gleichzutun.

Diener führten unmittelbar hinter dem Frauenzirkel Pferde durch das Wegetor, allen voran die Packpferde. Keines dieser vorderen Tiere war mit etwas so Nichtigem wie Kleidung beladen. Wenn die Reitpferde auf der anderen Seite des Wegetors zurückgelassen werden mußten, konnten sie immer noch über den Fluß gebracht werden, aber was die ersten Packpferde trugen, durfte nicht den Verlorenen überlassen werden. Elayne bedeutete der Frau mit dem lederartigen Gesicht, welche die ersten Tiere anführte, mit ihr zur Seite zu treten, um den anderen aus dem Weg zu gehen.

Sie löste die starre Segeltuchabdeckung eines der breiten Weidenkörbe und enthüllte einen Berg scheinbar achtlos hineingestopften Unrats, wovon einiges in Lumpen gehüllt war. Der größte Teil davon *war* vermutlich auch Unrat. Elayne umarmte *Saidar* und begann auszusortieren. Ein verrosteter Brustharnisch landete schnell auf dem Boden, zusammen mit einem zerbrochenen Tischbein, einer gesprungenen Platte, einem stark verbeulten Zinnkrug und einem Beutel aus modrigem Stoff, der beinahe in ihren Händen zerfiel.

Der Lagerraum, in dem sie die Schale der Winde gefunden hatten, war vollgestopft gewesen mit Dingen, die auf einen Abfallhaufen gehört hätten, durcheinandergeworfen mit noch weiteren Artefakten der Macht als nur der Schale, einige in wurmzerfressenen Fässern oder Kisten und einige nur achtlos aufgehäuft. Jahrhundertelang hatte die Schwesternschaft alle mit der Macht verbundenen Gegenstände verborgen, zu ängstlich, sie zu gebrauchen, und zu ängstlich, sie den

Aes Sedai zu überlassen. Bis heute morgen. Dies war die erste Gelegenheit für Elayne, nachzusehen, was der Aufbewahrung wert war. Das Licht gebe, daß die Schattenfreunde nicht mit etwas Bedeutsamem entkommen waren. Sie hatten einiges mitgenommen, aber mit Sicherheit weniger als ein Viertel dessen, was der Raum einschließlich des Unrats enthalten hatte. Das Licht gebe, daß sie etwas fand, was sie gebrauchen konnten. Menschen waren gestorben, um diese Gegenstände aus dem Rahad herauszubringen.

Sie lenkte die Macht nicht, sondern hielt sie nur fest, während sie jeden Gegenstand einzeln heraushob. Ein angeschlagener Tonbecher, drei zerbrochene Teller, ein mottenzerfressenes Kinderkleid und ein alter Stiefel mit einem Loch in der Seite fielen zu Boden. Dann nahm sie eine Steinskulptur hervor, ein wenig größer als ihre Hand – es *fühlte* sich *an* wie Stein, *könnte* eine Skulptur sein, obwohl es aus einem unbestimmten Grund nicht wirklich gemeißelt aussah –, mit tiefblauen Kurvenlinien, annähernd wie Wurzeln geformt. Sie schien sich bei ihrer Berührung leicht zu erwärmen. Sie … schwang … mit *Saidar* mit. Eine bessere Beschreibung fiel Elayne nicht ein. Sie hatte keine Ahnung, wozu sie gedacht war, aber sie war ohne jeden Zweifel ein *Ter'angreal*. Sie legte die Skulptur auf die andere Seite, abseits des Berges aussortierter Sachen.

Dieser Berg wuchs weiterhin, aber auch auf dem anderen Stapel häuften sich – wenn auch langsamer – Dinge, die außer schwacher Wärme und dem Vermitteln der Empfindung, daß die Macht in ihnen widerhallte, nichts gemeinsam hatten. So beispielsweise ein kleines Kästchen, dessen Oberfläche sich wie Elfenbein anfühlte und mit gewundenen roten und grünen Streifen bedeckt war – sie stellte es vorsichtig ab, ohne den mit Scharnieren befestigten Deckel anzuheben,

denn man konnte niemals wissen, was ein *Ter'angreal* vielleicht auslöste -; eine schwarze Rute, nicht dicker als ihr Finger und einen Schritt lang, fest, aber doch so biegsam, daß sie diese zu einem Kreis würde formen können; eine kleine, mit einem Stöpsel verschlossene Glasflasche, vielleicht aus Kristall, mit einer dunkelroten Flüssigkeit darin; die zwei Fuß hohe Figur eines gedrungenen, bärtigen Mannes mit vergnügtem Lächeln und einem Buch in der Hand, die aus vom Alter patinierter Bronze zu bestehen schien – Elayne brauchte beide Hände, um sie anzuheben –, und andere Dinge. Das meiste war jedoch Unrat. Und nichts davon war das, was sie wirklich wollte. Noch nicht.

»Ist das der richtige Zeitpunkt dafür?« fragte Nynaeve. Sie richtete sich hastig von der kleinen Ansammlung von *Ter'angrealen* auf, verzog das Gesicht und rieb sich die Hand an ihrem Rock ab. »Diese Rute fühlt sich an wie … Kummer«, murrte sie. Die Frau mit dem harten Gesicht, die den Kopf des Packpferdes festhielt, betrachtete blinzelnd die Rute und wich zurück.

Elayne betrachtete die Rute ebenfalls – Nynaeves spontane Eindrücke über Gegenstände, die sie berührte, konnten nützlich sein –, aber sie hielt nicht in ihrer Tätigkeit inne. Es hatte in letzter Zeit gewiß zu viel Kummer gegeben, als daß sie noch mehr gebraucht hätten. Nicht daß Nynaeve ihre Eindrücke immer so deutlich in Worte fassen konnte. Die Rute war vielleicht an einem Ort gewesen, wo viel Leid zugefügt worden war, ohne selbst die Ursache dafür zu sein. Der Weidenkorb war fast leer. Einiges von dem, was sich auf der Seite anhäufte, würde aus Gründen des Gleichgewichts verteilt werden müssen. »Wenn sich irgendwo hier drinnen ein *Angreal* befindet, Nynaeve, würde ich es gerne finden, bevor Moghedien uns auf die Schultern tippt.«

Nynaeve brummte verstimmt, spähte aber auch in den Weidenkorb.

Während Elayne ein weiteres Tischbein fallen ließ – nun waren es *drei*, die nicht zueinander paßten –, warf sie einen Blick auf die Lichtung. Alle Packpferde hatten das Wegetor passiert, und jetzt wurden die Reittiere hindurchgeführt und füllten den freien Raum zwischen den Bäumen mit Geschäftigkeit und Lärm. Merilille und die übrigen Aes Sedai saßen bereits im Sattel und verbargen kaum ihre Ungeduld, endlich aufzubrechen, während Pol hastig die Satteltaschen ihrer Herrin festzurrte, aber die Windsucherinnen …

Zu Fuß und auf ihren Schiffen bewegten sie sich höchst anmutig, sie waren jedoch nicht an Pferde gewöhnt. Renaile wollte von der falschen Seite aus aufsteigen, und die für sie auserwählte sanfte Kastanienbraune tänzelte langsam im Kreis um den livrierten Diener herum, der mit einer Hand das Zaumzeug ergriff, während er sich mit der anderen verzweifelt die Haare raufte und vergeblich versuchte, die Windsucherin zu korrigieren. Zwei der Stalldienerinnen gaben sich alle Mühe, Dorile in den Sattel zu helfen, die der Wogenherrin des Clans Somarin diente, während eine dritte, die den Kopf des Grauen hielt, die angespannte Miene eines Menschen zeigte, der sich ein Lachen verkniff. Rainyn saß auf dem Rücken eines langbeinigen braunen Wallachs, hatte aber weder die Füße in die Steigbügel gestellt, noch hielt sie die Zügel in Händen; auch hatte sie erhebliche Schwierigkeiten, beides zu finden. Und diese drei taten sich anscheinend noch am leichtesten. Pferde wieherten, tänzelten und rollten mit den Augen, und Windsucherinnen stießen dermaßen laut Flüche aus, daß sie noch über einen Sturm hinweg hätten gehört werden können. Eine von ihnen schlug einen Diener mit der Faust nieder, und drei weitere Stallburschen versuchten, die Pferde wieder einzufangen, die sich losgerissen hatten.

Dann sah Elayne das, was sie zu sehen erwartet hatte, wenn Nynaeve in ihrer Aufmerksamkeit nachließ. Lan stand bei seinem schwarzen Schlachtroß Mandarb und blickte abwechselnd von den Bäumen zum Wegetor und zu Nynaeve. Birgitte kam kopfschüttelnd aus dem Wald, gefolgt von Cieryl, der sich aber Zeit ließ. Es gab dort draußen nichts, was sie hätte bedrohen oder ihnen Unannehmlichkeiten bereiten können.

Nynaeve beobachtete sie mit gewölbten Augenbrauen.

»Ich habe nichts gesagt«, bemerkte Elayne. Sie umfaßte einen kleinen Gegenstand, der in Stoffetzen eingewickelt war. Sie wußte sofort, was sich darin befand.

»Gut für dich«, grollte Nynaeve nicht allzu leise. »Ich kann Frauen nicht ausstehen, die ihre Nase in die Angelegenheiten anderer Leute stecken.« Elayne schwieg dazu und war stolz, sich nicht auf die Zunge beißen zu müssen.

Sie wickelte die Stoffetzen ab, und eine kleine Bernsteinbrosche in der Form einer Schildkröte kam zum Vorschein. Es sah zumindest wie Bernstein aus, was es vielleicht einstmals gewesen war, aber als sie sich durch die Brosche der Quelle öffnete, strömte *Saidar* in sie, ein Strom vergleichbar mit dem, was sie selbst mühelos heraufbeschwören konnte. Es war kein starkes *Angreal*, aber weitaus besser als nichts. Damit sollte sie doppelt soviel Macht handhaben können wie Nynaeve, und Nynaeve selbst würde es auch besser gelingen. Sie ließ den zusätzlichen Strom *Saidar* los, steckte die Brosche mit einem erfreuten Lächeln in ihre Gürteltasche und suchte weiter. Wenn ein *Angreal* darin war, könnten vielleicht noch mehr darin enthalten sein. Und jetzt, wo sie eines zur Erforschung besaß, könnte sie vielleicht herausfinden, wie man ein *Angreal gestaltete*. Das hatte sie sich schon immer gewünscht. Es kostete sie Mühe, die Brosche nicht erneut hervorzunehmen und auf der Stelle mit der Erforschung zu beginnen.

Vandene hatte Nynaeve und Elayne schon einige Zeit beobachtet, und jetzt trieb sie ihren schlanken Wallach zu ihnen herüber und stieg ab. Die Dienerin am Kopf des Packpferdes vollführte einen angemesseneren, wenn auch unbeholfenen Hofknicks, als sie Elayne und Nynaeve gewährt hatte. »Ihr geht sorgfältig vor«, sagte Vandene zu Elayne, »und das ist sehr gut. Aber es wäre vielleicht noch besser, diese Dinge so zu belassen, bis sie sich in der Burg befinden.«

Elayne preßte die Lippen zusammen. In der Burg? Sie meinte damit zweifellos, bis sie von jemand anders erforscht werden könnten. Von jemandem, der älter und vermutlich erfahrener war. »Ich weiß *sehr wohl*, was ich tue, Vandene. Ich habe immerhin *Ter'angreale gestaltet*. Keine andere lebende Aes Sedai hat *das* vollbracht.« Sie hatte einige Schwestern das Grundwissen gelehrt, aber keine hatte die Feinheiten beherrscht, bis sie nach Ebou Dar aufgebrochen war.

Die ältere Grüne nickte, während sie müßig mit den Zügeln spielte. »Martine Janata wußte, soweit ich gehört habe, ebenfalls, was sie tat«, sagte sie beiläufig. »Sie war die letzte Schwester, die sich ernsthaft mit der Erforschung der *Ter'angreale* beschäftigt hat. Sie hat es über vierzig Jahre lang getan, fast von dem Tag an, als sie die Stola erhielt. Sie war auch vorsichtig, wie man mir sagte. Dann fand Martines Dienerin sie eines Tages bewußtlos auf dem Boden ihres Wohnraums vor. Ausgebrannt.« Selbst im Plauderton geäußert waren diese Worte wie ein Schlag ins Gesicht. Vandenes Stimme hatte sich jedoch keinen Deut verändert. »Ihr Behüter starb vor Schreck. Das ist in solchen Fällen nicht unüblich. Als Martine nach drei Tagen wieder zu sich kam, konnte sie sich nicht mehr erinnern, woran sie gearbeitet hatte. Sie konnte sich an die ganze vorangegangene Woche nicht mehr erinnern. Das war vor über fünfundzwanzig Jahren, und niemand hat seitdem den Mut besessen, eines der *Ter'angreale* in ihrem Raum zu berühren. Ihre Aufzeichnungen befassen sich mit jedem einzelnen, und alles, was sie entdeckt hatte, war ungefährlich, harmlos, sogar wertlos, aber …« Vandene zuckte mit den Achseln. »Sie fand etwas Unerwartetes.«

Elayne spähte zu Birgitte und stellte fest, daß diese sie ebenfalls ansah. Sie brauchte das Stirnrunzeln auf ihrem Gesicht nicht zu sehen. Es wurde in ihrem Geist widergespiegelt, vor allem in dem kleinen Bereich ihres Geistes, der Birgitte *war*. Birgitte empfand ihre und sie Birgittes Besorgnis, bis manchmal schwer feststellbar war, wessen Besorgnis es war. Sie gefährdete nicht nur sich selbst. Aber sie wußte *tatsächlich*, was sie tat. Zumindest besser als alle anderen. Und selbst wenn keiner der Verlorenen auftauchte, *brauchten* sie alle *Angreale*, die sie finden konnte.

»Was ist mit Martine geschehen?« fragte Nynaeve ruhig. »Ich meine, hinterher.« Sie wollte stets Heilen, wenn sie hörte, daß jemand verletzt wurde. Sie wollte alles Heilen.

Vandene verzog das Gesicht. Sie war vielleicht diejenige, die Martine zur Sprache gebracht hatte, aber Aes Sedai redeten nicht gern über Frauen, die ausgebrannt oder gedämpft worden waren. Sie erinnerten sich nicht gern an sie. »Sie verschwand, nachdem sie sich ausreichend erholt hatte, um aus der Burg zu entkommen«, sagte sie hastig. »Wichtig ist, sich in Erinnerung zu rufen, daß sie vorsichtig war. Ich bin ihr niemals begegnet, aber man hat mir erzählt, sie habe jedes *Ter'angreal* behandelt, als habe sie keine Ahnung, was es als nächstes tun könnte, selbst dasjenige, das den Stoff für die Umhänge der Behüter gestaltet, und niemand hat dieses jemals dazu bringen können, etwas anderes zu tun. Sie war vorsichtig, doch es hat ihr nichts genützt.«

Nynaeve legte einen Arm über den fast leeren Tragkorb. »Vielleicht solltest du wirklich warten…«, begann sie.

»*Neieieiein!*« schrie Merilille.

Elayne fuhr herum und öffnete sich durch das *Angreal* instinktiv erneut, sich nur halbwegs der Tatsache bewußt, daß *Saidar* in Nynaeve und Vandene floß. Das Schimmern der Macht flammte um alle Frauen auf der Lichtung auf, welche die Quelle umarmen konnten. Merilille beugte sich mit geweiteten Augen im Sattel vor, eine Hand zum Wegetor ausgestreckt. Elayne runzelte die Stirn. Außer Aviendha und den letzten vier Wächtern, die mitten im Aufbruch gestört worden waren und mit gezogenen Schwertern nach der Bedrohung suchten, war dort nichts zu sehen. Dann erkannte sie, was Aviendha tat, und verlor *Saidar* beinahe vor Entsetzen.

Das Wegetor zitterte, als Aviendha das Gewebe, das es gestaltet hatte, vorsichtig zerriß. Es erbebte und bog sich mit zitternden Rändern. Die letzten Stränge lösten sich, und anstatt zu erlöschen, schimmerte die Öffnung, und die Ansicht des Hofes durch sie hindurch verblaßte, bis sie wie Nebel in der Sonne verdunstete.

»Das ist unmöglich!« sagte Renaile ungläubig. Zustimmendes, erstauntes Murmeln erhob sich von den Windsucherinnen. Die Frauen der Schwesternschaft starrten Aviendha an, wobei sie lautlos die Lippen bewegten.

Elayne nickte wider Willen leicht. Es *war* eindeutig

möglich, aber eines der ersten Dinge, die sie als Novizin gelernt hatte, war, daß sie niemals, niemals, egal unter welchen Umständen, das versuchen durfte, was Aviendha gerade getan hatte. Man konnte ein Gewebe, jegliches Gewebe, nicht zerreißen, anstatt es einfach verlöschen zu lassen, so hatte man ihr gesagt, ohne unvermeidlich Unglück auf sich zu ziehen. Unvermeidlich.

»Törichtes Mädchen!« fauchte Vandene mit wutverzerrtem Gesicht. Sie schritt auf Aviendha zu und zog ihren Wallach hinter sich her. »Erkennt Ihr, was Ihr fast getan hättet? Ein Fehler – nur einer! –, und niemand weiß, was das Gewebe tun wird! Ihr hättet alles in hundert Schritt Umkreis vollständig zerstören können! In fünfhundert Schritt! Alles! Ihr hättet Euch selbst ausbrennen können und …«

»Es mußte sein«, unterbrach Aviendha sie. Gemurmel erklang von den berittenen Aes Sedai, die sich um sie und Vandene scharten, aber Aviendha sah sie an und übertönte es. »Ich kenne die Gefahren, Vandene Namelle, aber es mußte sein. Ist dies noch etwas, was Ihr Aes Sedai nicht tun könnt? Die Weisen Frauen sagen, jede Frau könne es lernen, wenn man es sie lehrt, einige Frauen besser und andere schlechter, aber jede Frau könne es lernen, wenn sie Stickerei zerpflücken kann.« Es war kein Hohn. Nicht ganz.

»Hier geht es *nicht* um Stickerei, Mädchen!« Merililles Stimme klang eiskalt. »Welche sogenannte Ausbildung Ihr auch immer bei Eurem Volk erhalten habt, so wißt Ihr wahrscheinlich dennoch nicht, womit Ihr *spielt*! Ihr werdet mir versprechen – schwören! –, daß Ihr dies niemals wieder tun werdet!«

»Ihr Name sollte im Novizinnen-Buch stehen«, sagte Sareitha über die Schale hinweg blickend, die sie noch immer fest an ihren Busen drückte. »Ich habe es schon immer gesagt. Sie sollte in das Buch eingetragen werden.« Careane nickte, und ihr strenger Blick paßte Aviendha bereits das Novizinnengewand an.

»Das ist im Moment vielleicht noch nicht notwendig«, sagte Adeleas zu Aviendha, während sie sich im Sattel vorbeugte, »aber Ihr müßt Euch von uns anleiten lassen.« Der Tonfall der Braunen Schwester klang weitaus sanfter, als der Tonfall der anderen Frauen geklungen hatte, und dennoch waren ihre Worte nicht als Vorschlag gedacht.

Vor ungefähr einem Monat hätte Aviendha unter all der Mißbilligung der Aes Sedai vielleicht den Mut verloren, aber jetzt nicht mehr. Elayne zwängte sich hastig zwischen den Pferden hindurch, bevor ihre Freundin den Dolch zu ziehen beschloß, den sie liebkoste, oder etwas noch Schlimmeres tat. »Vielleicht sollte einmal jemand fragen, *warum* sie es für nötig gehalten hat«, sagte sie und legte schützend einen Arm um Aviendhas Schultern.

Aviendha schloß sie in den gereizten Blick nicht mit ein, den sie den anderen Schwestern zuwarf. »Nach dem, was ich getan habe, bleibt nichts von dem Wegetor übrig«, sagte sie geduldig. Zu geduldig. »Andernfalls könnten die Überreste eines solch großen Gewebes noch in zwei Tagen erkannt werden.«

Merilille schnaubte vernehmlich. »Es ist ein seltenes Talent, Mädchen. Weder Teslyn noch Joline besitzen es. Oder wird es Aiel-Wilden beigebracht?«

»Nur wenige besitzen dieses Talent«, räumte Aviendha gelassen ein. »Ich aber schon.« Nun wurde sie anders angesehen, auch von Elayne. Es war ein *sehr* seltenes Talent. Sie schien es nicht zu bemerken. »Wollt *Ihr* behaupten, daß keine der Schattenseelen es besitzt?« fuhr sie fort. Die Anspannung ihrer Schultern unter Elaynes Hand zeigte, daß sie nicht so gelassen war, wie sie vorgab. »Seid Ihr solche Narren, daß Ihr Spuren hinterlaßt, denen Eure Feinde folgen können?

Jedermann, der die Überreste erkennen kann, könnte ein Wegetor zu diesem Ort eröffnen.«

Das hätte normalerweise ihre Redegewandtheit, ihre sehr große Redegewandtheit, herausgefordert, aber die Behauptung genügte, Merilille nur schweigend blinzeln zu lassen. Adeleas öffnete den Mund und schloß ihn dann lautlos wieder, und Vandene runzelte nachdenklich die Stirn, während Sareitha einfach nur besorgt wirkte. Wer wußte schon, welche Talente die Verlorenen besaßen?

Seltsamerweise wich alle Wut aus Aviendha. Sie senkte den Blick und lockerte ihre Schultern. »Vielleicht hätte ich das Wagnis nicht auf mich nehmen sollen«, murrte sie. »Ich konnte nicht klar denken, weil mich dieser Mann beobachtet hat, und als er verschwand …« Ein kleiner Teil ihrer Entschlossenheit kehrte zurück. »Ich glaube nicht, daß ein Mann meine Gewebe erkennen könnte«, sagte sie zu Elayne, »aber wenn er eine der Schattenseelen war, oder sogar der *Gholam* … Die Schattenseelen wissen mehr als wir alle. Wenn ich mich geirrt habe, dann habe ich großes *Toh*. Aber ich glaube nicht, daß ich mich geirrt habe. Ich glaube es einfach nicht.«

»Welcher Mann?« fragte Nynaeve. Ihr Hut war verrutscht, als sie sich zwischen den Pferden hindurchgezwängt hatte, und diese Tatsache wie auch das angespannte Stirnrunzeln, mit dem sie jedermann gleichermaßen bedachte, ließ sie kampfbereit aussehen. Vielleicht war sie es auch. Careanes Wallach stieß sie versehentlich mit der Schulter an, und sie schlug dem Grauen auf die Nase.

»Ein Diener«, sagte Merilille beiläufig. »Welche Befehle Tylin auch immer erteilt hat – altarenische Diener sind unabhängige Leute. Oder vielleicht war es ihr Sohn. Dieser Junge ist viel zu neugierig.«

Die sie umgebenden Schwestern nickten, und Careane bemerkte: »Einer der Verlorenen wäre kaum dort stehengeblieben und hätte abgewartet. Das habt Ihr selbst gesagt.« Sie tätschelte den Hals ihres Wallachs und sah Nynaeve vorwurfsvoll an – Careane war eine derjenigen, die ihrem Pferd die Zuneigung zukommen ließen, welche die meisten Menschen ihren Kindern zugedachten.

»Vielleicht war es ein Diener, vielleicht war es auch Beslan. Vielleicht.« Nynaeves Schnauben verdeutlichte, daß sie es nicht glaubte – oder daß sie die übrigen glauben machen wollte, daß sie es nicht glaubte. Sie konnte jemandem ins Gesicht sagen, er sei ein Dummkopf, aber wenn irgend jemand sonst es sagte, würde sie denjenigen verteidigen, bis sie heiser wäre. Natürlich schien sie nicht bereit zu entscheiden, ob sie Aviendha mochte, aber die ältere Aes Sedai mochte sie unzweifelhaft nicht. Sie zog ihren Hut fast gerade, bedachte sie erneut mit ihrem finsteren Gesichtsausdruck und fuhr dann fort: »Gleichgültig, ob es Beslan oder der Dunkle König war – es ist kein Grund, den ganzen Tag hier herumzustehen. Wir müssen uns bereitmachen und zum Bauernhof weiterziehen. Nun? Auf geht's!« Sie klatschte laut in die Hände, und sogar Vandene zuckte leicht zusammen.

Es war nur noch wenig vorzubereiten, als die Schwestern ihre Pferde davonführten. Lan und die anderen Behüter hatten sich nicht ausgeruht, nachdem sie erkannt hatten, daß keine Gefahr bestand. Einige der Diener waren wieder durch das Wegetor zurückgekehrt, bevor Aviendha es losließ, aber die übrigen standen mit den ungefähr drei Dutzend Packpferden da und schauten gelegentlich zu den Aes Sedai, wobei sie sich offenbar fragten, welches Wunder sie als nächstes herbeizaubern würden. Die Windsucherinnen waren alle auf ihre Pferde gestiegen, wenn auch unbeholfen, und hielten die Zügel so fest, als erwarteten sie, daß ihre Pferde jeden Moment davongaloppieren oder vielleicht Schwingen ausbreiten und losfliegen würden. Das gleiche galt für den Zirkel, auch wenn die Frauen anmutiger wirkten, unbesorgt, daß ihre Röcke und Unterröcke über die Knie rutschten. Ispan war noch immer mit verhülltem Kopf und wie ein Sack auf einen Sattel gebunden. Sie hätte auf einem Pferd wahrscheinlich auch nicht aufrecht sitzen können, aber selbst Sumekos Augen traten hervor, wann immer ihr Blick auf sie fiel.

Nynaeve sah sich um und schien bereit, jedermann mit Worten dazu anzutreiben, das zu tun, was bereits getan worden war, aber nur bis Lan ihr die Zügel ihrer rundlichen braunen Stute reichte. Sie hatte ein besseres Pferd als Geschenk von Tylin standhaft abgelehnt. Ihre Hand zitterte leicht, als sie Lans Hand berührte, und ihr Gesicht wechselte die Farbe, während sie den Zorn hinunterschluckte, den sie hatte entfesseln wollen. Als er ihr in den Sattel helfen wollte, sah sie ihn einen Moment an, als frage sie sich, was er vorhätte, aber dann errötete sie erneut, als er sie tatsächlich in den Sattel hob. Elayne konnte nur den Kopf schütteln. Sie hoffte, daß sie nicht einfältig wurde, wenn sie heiratete. *Wenn* sie heiratete.

Birgitte brachte Elaynes silbergraue Stute und den Graubraunen heran, den Aviendha ritt, aber sie verstand anscheinend, daß Elayne mit Aviendha unter vier Augen sprechen wollte. Sie nickte, fast als ob Elayne ihren Wunsch ausgesprochen hätte, schwang sich auf ihren mausgrauen Wallach und ritt zu den anderen Behütern. Sie begrüßten sie mit einem Nicken und besprachen dann leise etwas. Den Blicken nach zu urteilen, die sie den Schwestern zuwarfen, hatte dieses »Etwas« damit zu tun, sich vor den Aes Sedai in acht zu nehmen, ob die Aes Sedai dies wollten oder nicht. Einschließlich ihr selbst, bemerkte Elayne grimmig.

Aber jetzt war dafür keine Zeit. Aviendha stand da, spielte mit den Zügeln ihres Pferdes und betrachtete das Tier, wie eine Novizin eine Küche voller fettiger Töpfe betrachtet. Für Aviendha machte es höchstwahrscheinlich kaum einen Unterschied, Töpfe schrubben oder reiten zu müssen.

Elayne glättete ihre grünen Reithandschuhe, wendete ihre Stute Löwin leicht, um sie vor den Blicken der übrigen abzuschirmen, und berührte dann Aviendhas Arm. »Es wäre vielleicht hilfreich, mit Adeleas oder Vandene zu sprechen«, sagte sie sanft. Sie mußte hier sehr behutsam vorgehen, so vorsichtig wie bei jedem *Ter'angreal*. »Sie sind alt genug, um mehr zu wissen, als du vielleicht vermutest. Es muß einen Grund dafür geben, warum du ... Schwierigkeiten mit ... dem Schnellen Reisen hast.« Das war milde ausgedrückt. Aviendha konnte das Gewebe anfangs fast überhaupt nicht mehr gestalten. Vorsichtig. Aviendha war weitaus wichtiger, als jegliches *Ter'angreal* jemals sein konnte. »Sie könnten dir vielleicht helfen.«

»Wie?« Aviendha starrte auf den Sattel ihres Wallachs. »Sie können nicht Schnell Reisen. Wie sollte mir irgendeine von ihnen helfen können?« Ihre Schultern sackten jäh herab, und sie wandte Elayne ihr Gesicht zu. Unvergossene Tränen schimmerten in ihren Augen. »Das ist nicht die Wahrheit, Elayne. Nicht die ganze Wahrheit. Sie könnten nicht helfen, aber ... Du bist meine Nächstschwester. Du hast das Recht, die ganze Wahrheit zu erfahren. Sie glauben, ich hätte beim Anblick eines Dieners den Kopf verloren. Wenn ich um Hilfe bitte, kommt alles heraus. Daß ich einst Schnell Gereist bin, um einem Mann zu entkommen, und doch in der Seele hoffte, er würde mich einfangen. Ich bin wie ein Hase davongerannt in der Hoffnung, eingefangen zu werden. Wie soll ich ihnen eine solche Schande gestehen? Selbst wenn sie wirklich helfen könnten – wie soll ich es ihnen erklären?«

Elayne wünschte, sie hätte die Wahrheit nicht erfahren. Zumindest nicht den Teil über das Einfangen. Darüber, daß Rand sie *tatsächlich* eingefangen hatte. Sie verdrängte die sie plötzlich überkommende Eifersucht. *Wenn eine Frau die Närrin spielt, dann sieh dir den Mann an*. Das war einer von Linis Lieblingssätzen. Ein weiterer lautete: *Kätzchen verwirren dein Garn, Männer verwirren deinen Verstand, und es ist für beide so einfach wie das Atmen*. Sie holte tief Luft. »Von mir wird niemand ein Wort erfahren, Aviendha. Ich werde dir so gut helfen, wie ich kann.« Nicht daß sich viele Möglichkeiten boten. Aviendha erkannte bemerkenswert schnell, wie Gewebe gestaltet wurden, viel schneller als sie selbst.

Aviendha nickte nur und kletterte unbeholfen in den Sattel, wobei sie sich nur unwesentlich anmutiger anstellte als die Meervolk-Frauen. »Ein Mann hat uns beobachtet, Elayne, und er war kein Diener.« Sie sah Elayne direkt an und fügte hinzu: »Er hat mich erschreckt.« Ein Eingeständnis, das sie wahrscheinlich niemandem sonst auf der Welt gemacht hätte.

»Jetzt sind wir vor ihm sicher, wer auch immer er war«, sagte Elayne, während sie Löwin wendete, um Nynaeve und Lan aus der Lichtung zu folgen. Nüchtern betrachtet war es höchstwahrscheinlich ein Diener gewesen, aber das würde sie niemals jemandem sagen – Aviendha am allerwenigsten. »Wir sind in Sicherheit, und in wenigen Stunden werden wir den Bauernhof der Schwesternschaft erreichen und die Schale benutzen, und die Welt wird wieder heil sein.« Nun, etwas heiler. Die Sonne schien niedriger zu stehen als über dem Stallhof, aber sie wußte, daß das nur Einbildung war.

Moridin beobachtete hinter einem weißen schmiedeeisernen Sichtschutz, wie die letzten Pferde und dann die große junge Frau und die vier Behüter durch das Wegetor verschwanden. Möglicherweise trugen sie einen Gegenstand davon, den er vielleicht gebrauchen konnte – vielleicht ein auf Menschen abgestimmtes *Angreal* –, aber das war eher unwahrscheinlich. Was den Rest der *Ter'angreale* betraf, würden sie sich höchstwahrscheinlich bei dem Versuch umbringen, ihren Verwendungszweck herausfinden zu wollen. Sammael war ein Narr, daß er soviel riskiert hatte, um eine Ansammlung dessen in Besitz zu bekommen, wovon niemand wußte, was es war. Aber andererseits war Sammael niemals auch nur halb so klug gewesen, wie er gedacht hatte. Er selbst würde seine Pläne nicht einfach über den Haufen werfen, um zu sehen, welche Bruchstücke der Zivilisation er finden könnte. Nur müßige Neugier hatte ihn hierhergeführt. Er wollte gern wissen, was andere für wichtig hielten. Aber es war wertloses Zeug.

Er wollte sich gerade abwenden, als die Umrisse des Wegetors sich plötzlich zu dehnen und zu zittern begannen. Er sah gebannt hin, bis die Öffnung einfach – dahinschmolz. Er hatte niemals dazu geneigt, Verwünschungen von sich zu geben, aber jetzt kamen ihm einige in den Sinn. Was hatte die Frau getan? Diese barbarischen Provinzler bereiteten zu viele Überraschungen. Eine Art zu Heilen wurde abgetrennt, wie unvollkommen auch immer. Das war unmöglich! Nur daß sie es getan hatten. Unfreiwillige Zirkel. Jene Behüter und der Bund, den sie mit den Aes Sedai teilten. Er hatte schon lange, lange Zeit davon gewußt, aber wann immer er sie zu verstehen meinte, offenbarten diese *Primitiven* eine neue Fertigkeit, taten etwas, wovon niemand in seinem Zeitalter jemals geträumt hätte. Etwas, das die Zivilisation nicht einmal auf ihrem Höhepunkt gekannt hatte! Was hatte das Mädchen getan?

»Großer Meister?«

Moridin wandte kaum den Kopf vom Fenster ab. »Ja, Madic?« Verdammt sei seine Seele – was hatte das Mädchen getan?

Der kahl werdende Mann in grün-weißer Kleidung, der den kleinen Raum betreten hatte, verbeugte sich tief, bevor er auf die Knie fiel. Madic, einer der höheren Diener im Palast mit länglichem Gesicht, besaß eine prahlerische Würde, die er selbst jetzt zu bewahren versuchte. Moridin hatte Männer, die weitaus höher standen, sich weitaus schlechter präsentieren sehen. »Großer Meister, ich habe erfahren, was die Aes Sedai heute morgen in den Palast geführt hat. Es heißt, sie hätten einen großen, in alten Zeiten verborgenen Schatz gefunden, Gold und Juwelen und Herzstein, Gegenstände von Shiota und Eharon und sogar vom Zeitalter der Legenden. Es sollen Dinge darunter sein, welche die Eine Macht benutzen. Es heißt, eines könnte das Wetter beherrschen. Niemand weiß, wohin sie gehen, Großer Meister. Der Palast erbebt vor Gerede, aber zehn Zungen nennen zehn verschiedene Ziele.«

Moridin betrachtete erneut den Stallhof unter sich, noch während Madic sprach. Lächerliche Geschichten von Gold und *Cuendillar* interessierten ihn nicht. Nichts würde ein Wegetor so dahinschmelzen lassen. Es sei denn … Konnte sie das Gewebe tatsächlich aufgelöst haben? Der Tod ängstigte ihn nicht. Er erwog kaltblütig die Möglichkeit, in Sichtweite eines sich auflösenden Gewebes gewesen zu sein. Eines Gewebes, das erfolgreich vernichtet worden war. Durch diese Unmöglichkeit wurde noch eine weitere eröffnet …

Eine Bemerkung Madics errang seine Aufmerksamkeit. »Das Wetter, Madic?« Die Palasttürme warfen kurze Schatten, und keine Wolke schirmte die brütende Stadt ab.

»Ja, Großer Meister. Der Gegenstand wird die Schale der Winde genannt.«

Der Name sagte ihm nichts. Aber ... ein *Ter'angreal* zur Beherrschung des Wetters ... In seinem Zeitalter war das Wetter mit Hilfe von *Ter'angrealen* sorgfältig reguliert worden. Eine der Überraschungen dieses Zeitalters – anscheinend eine der geringeren – war gewesen, daß es Menschen gab, die das Wetter in einem Umfang beeinflussen konnten, der eines dieser *Ter'angreale* hätte erfordern sollen. Ein einzelner solcher Gegenstand sollte nicht genügen, auch nur einen großen Teil eines einzelnen Kontinents zu beeinflussen. Aber was konnten diese Frauen damit tun? Was? Wenn sie einen Zirkel benutzten?

Er ergriff die Wahre Macht, ohne nachzudenken, und das *Saa* wogte schwarz über sein Sichtfeld. Seine Finger verkrampften sich um das schmiedeeiserne Gitter vor dem Fenster. Das Metall ächzte und bog sich, aber nicht durch seinen Griff, sondern durch die Ranken der Wahren Macht, vom Großen Herrn selbst heraufbeschworen, die sich um das Gitter wanden und sich beugten, wenn er seine Hand im Zorn beugte. Der Große Herr würde nicht erfreut sein. Er hatte sich aus seinem Gefängnis ausgestreckt, die Welt in hinreichendem Maße berührt, um die Jahreszeiten erstarren zu lassen. Er wartete voller Ungeduld darauf, die Welt weiterhin zu berühren, das Nichts zu zerschmettern, das ihn einschloß, und er würde nicht erfreut sein. Zorn vereinnahmte Moridin, das Blut pochte in seinen Ohren. Noch vor einem Moment hatte es ihn nicht gekümmert, wohin diese Frauen gingen, aber jetzt ... Irgendwohin, weit fort von hier. Menschen, die flohen, liefen so weit und so schnell sie konnten. Irgendwohin, wo sie sich sicher fühlten. Es hatte keinen Zweck, Madic loszuschicken, um Fragen zu stellen oder hier irgend jemanden unter Druck zu setzen. Sie wären nicht töricht genug gewesen, jemanden zurückzulassen, der ihren Bestimmungsort kannte. Nicht in Tar Valon. Bei al'Thor? Bei dieser Bande aufständischer Aes Sedai? Er hatte dort überall Spione, wovon einige nicht einmal wußten, daß sie ihm dienten. Alle würden ihm dienen – vor dem Ende. Er würde nicht zulassen, daß seine Pläne jetzt noch durch törichte Fehler verdorben würden.

Plötzlich hörte er noch etwas anderes als den donnernden Trommelschlag seines eigenen Zorns. Ein brodelndes Geräusch. Er blickte neugierig zu Madic – und trat von der sich auf dem Boden ausbreitenden Lache zurück. Anscheinend hatte er in seinem Zorn mehr als nur das schmiedeeiserne Gitter mit der Wahren Macht umklammert. Bemerkenswert, wieviel Blut man aus einem menschlichen Körper pressen konnte.

Er ließ das, was von dem Mann übriggeblieben war, ohne Bedauern fallen. Sein einziger Gedanke war, daß gewiß die Aes Sedai dafür verantwortlich gemacht würden, wenn Madic gefunden wurde. Ein weiterer kleiner Beitrag zu dem zunehmenden Chaos in der Welt. Er riß ein Loch in das Gewebe des Musters und Reiste mit der Wahren Macht. Er mußte diese Frauen finden, bevor sie die Schale der Winde benutzten. Und wenn das mißlang ... Er mochte Menschen nicht, die seine sorgfältig erdachten Pläne störten. Jene, die es taten und noch am Leben waren, lebten nur, um dafür zu bezahlen.

Der *Gholam* betrat vorsichtig den Raum, die Nasenflügel beim Geruch noch immer warmen Blutes bereits bebend. Die bleifarbene Verbrennung auf seiner Wange glühte wie ein Kohlestück. Der *Gholam* schien einfach ein schlanker Mensch zu sein, ein wenig größer als der Durchschnitt seiner Zeit, und doch war er niemals etwas begegnet, das ihm Schaden zufügen konnte. Bis er auf diesen Mann mit dem Medaillon traf. Er entblößte die Zähne in einem höhnischen Lächeln. Er sah sich neugierig im Raum um, aber da war nur der zerquetschte Körper auf dem Boden. Und ein … Gefühl von … etwas. Nicht die Eine Macht, aber etwas, was ihm … ein Kribbeln verursachte, wenn auch nicht ganz auf dieselbe Art. Neugier hatte ihn hierher geführt. Das Gitter vor dem Fenster war teilweise verbogen, und es war an den Seiten herausgebrochen. Der *Gholam* erinnerte sich anscheinend an etwas, das ihm ein ähnliches Kribbeln verursacht hatte, aber vieles von dem, woran er sich erinnerte, war undeutlich und verschwommen. Die Welt hatte sich offenbar im Handumdrehen verändert. Es hatte eine Welt der Kriege und des Tötens in großem Umfang gegeben, mit Waffen, die über Meilen reichten, über Tausende von Meilen, und dann war da … dies. Doch der *Gholam* hatte sich nicht verändert. Er war noch immer die gefährlichste Waffe von allen.

Seine Nasenflügel bebten erneut, obwohl er jene, welche die Macht lenken konnten, nicht durch den Geruch aufspürte. Die Eine Macht war unterhalb und Meilen entfernt im Norden benutzt worden. Sollte er den Frauen folgen oder nicht? Der Mann, der ihn verwundet hatte, war nicht bei ihnen. Dessen hatte er sich vergewissert, bevor er seinen äußerst günstigen Standort verlassen hatte. Derjenige, der ihn befehligte, wollte den Mann, der ihn verwundet hatte, vielleicht ebensosehr tot sehen wie die Frauen, aber die Frauen waren ein leichteres Ziel. Die Frauen waren ebenfalls genannt worden, und im Moment war er unter Kontrolle. Er war in seinem ganzen Dasein gezwungen worden, dem einen oder anderen Menschen zu dienen, aber sein Geist wollte nicht unterjocht werden. Er mußte den Frauen folgen. Er wollte ihnen folgen. Der Moment des Todes, wenn er die Fähigkeit, die Macht zu lenken, mit dem Leben schwinden spürte, bewirkte eine Ekstase. Verzückung. Aber er hatte auch Hunger, und er hatte Zeit. Wohin auch immer sie fliehen würden – er konnte ihnen dorthin folgen. Er ließ sich mit einer fließenden Bewegung neben dem entstellten Körper nieder und begann sich zu nähren. Frisches Blut, warmes Blut, war eine Notwendigkeit, aber menschliches Blut hatte stets den lieblichsten Wohlgeschmack.

KAPITEL 3

Ein erfreulicher Ritt

Bauernhöfe, Weideland und Olivenhaine bedeckten den größten Teil des Landes um Ebou Dar. Vereinzelte kleine Wälder erstreckten sich über wenige Meilen, und obwohl das Land weitaus flacher war als die Rhiannon-Berge im Süden, hob und senkte es sich doch um hundert Fuß oder mehr, was genügte, um in der Nachmittagssonne tiefe Schatten zu werfen. Alles in allem bot das Land mehr als ausreichenden Schutz vor den unerwünschten Blicken anderer Reisender – beispielsweise ein seltsamer Händlerzug, fast fünfzig berittene Leute und ebenso viele zu Fuß, besonders wenn sie Behüter bei sich hatten, die abgelegene Wege durch das Unterholz finden sollten. Elayne entdeckte außer wenigen Ziegen, die auf einigen Hügeln grasten, keine Anzeichen menschlicher Besiedelung.

Sogar die Pflanzen und Bäume, die an Hitze gewöhnt waren, begannen zu verdorren und abzusterben, und doch hätte sie es zu einem anderen Zeitpunkt vielleicht genossen, einfach nur die Landschaft zu betrachten. Diese Landschaft hätte tausend Meilen von dem Land entfernt sein können, das sie gesehen hatte, als sie das andere Ufer des Eldar hinabgeritten war. Die Hügel bildeten seltsame, wulstige Umrisse, als wären sie von großen, unvorsichtigen Händen zusammengepreßt worden. Scharen bunter Vögel flogen bei ihrem Vorüberziehen auf, und ein Dutzend Arten Kolibris schwirrten vor den Pferden davon, schwebende Edelsteine auf vibrierenden Flügeln. Dichte Kletterpflanzen hingen an einigen Stellen wie dicke Seile herab, und es gab Bäume mit Bündeln schmaler Wedel sowie Blätter, die wie grüne Federstaubwedel aussahen und so lang wie ein Mensch waren. Eine Handvoll Pflanzen, von der Hitze betrogen, mühte sich, Blüten zu treiben, hellrot und lebhaft gelb, einige doppelt so groß wie Elaynes Hände. Ihr Duft war üppig und … ›schwül‹ kam ihr in den Sinn. Sie sah einige Steine, die, worauf sie hätte wetten mögen, einst Zehen einer Statue gewesen waren, obwohl sie sich nicht vorstellen konnte, warum jemand eine solch große Statue mit bloßen Füßen gestalten sollte. Ein anderes Mal führte der Weg durch einen Wald mit dicken, geriffelten Steinen unter den Bäumen – die verwitterten Stümpfe von Säulen, viele umgestürzt und alle wegen des Materials schon lange fast bis zum Boden von ortsansässigen Bauern abgebaut. Es war trotz des Staubs, den die Pferdehufe von der verdorrten Erde aufwirbelten, ein erfreulicher Ritt. Die Hitze berührte sie natürlich nicht, und es gab kaum Fliegen. Alle Gefahren lagen hinter ihnen. Sie waren den Verlorenen entkommen, und es war ausgeschlossen, daß diese oder ihre Diener sie jetzt noch einholen konnten. Es *hätte* ein erfreulicher Ritt sein können, wenn nicht …

Zuerst erfuhr Aviendha, daß ihre Nachricht über Feinde, die kommen, wenn man sie am wenigsten erwartet, nicht überbracht worden war. Elayne war zunächst einmal erleichtert, vom Thema Rand ablenken zu können. Es war keine erneute Eifersucht, aber sie merkte immer mehr, daß sie haben wollte, was Aviendha mit ihm geteilt hatte. Keine Eifersucht. Neid. Sie hätte Eifersucht fast vorgezogen. Dann begann sie ihrer Freundin zuzuhören, die in leiser Eintönigkeit vor sich hin murmelte – und die Haare in ihrem Nacken wollten sich aufstellen.

»Das kannst du nicht tun«, protestierte sie und

führte ihr Pferd näher an Aviendhas heran. Sie vermutete, daß Aviendha wirklich nicht viel Mühe hätte, Kurin zu schlagen oder etwas Ähnliches mit ihr zu tun. Das galt ohnehin, wenn die anderen Meervolk-Frauen dabei stillhielten. »Wir dürfen keinen Krieg gegen sie beginnen, sicherlich nicht, bevor wie die Schale benutzt haben. Und auch nicht deswegen«, fügte sie rasch hinzu. »Gewiß nicht.« Sie würden bestimmt keinen Krieg beginnen, weder bevor noch nachdem sie die Schale benutzt hätten, was nicht einfach war, weil sich die Windsucherinnen mit jeder Stunde anmaßender benahmen. Nicht einfach, weil ... Sie atmete tief durch und fuhr eilig fort. »Wenn sie mir deine Botschaft *tatsächlich* übermittelt hätte, dann hätte ich nicht gewußt, was du meintest. Ich verstehe, warum du nicht deutlicher werden konntest, aber das siehst du doch ein, oder?«

Aviendha starrte leeren Blickes voraus und verscheuchte mechanisch Fliegen von ihrem Gesicht. »Ich hatte ihr befohlen, die Nachricht wörtlich zu überbringen«, grollte sie. »Wörtlich! Was wäre gewesen, wenn er eine der Schattenseelen gewesen wäre? Was wäre gewesen, wenn er es geschafft hätte, an mir vorbei durch das Wegetor zu gelangen, ohne daß du gewarnt gewesen wärst? Was wäre gewesen, wenn ...?« Sie warf Elayne einen verzweifelten Blick zu. »Ich werde mich zurückhalten«, sagte sie traurig, »aber ich werde daran zerbrechen.«

Elayne wollte gerade sagen, daß es richtig sei, ihren Zorn zu vergessen, und daß sie sich aufregen könne, soviel sie wolle, solange sie es nicht an den Atha'an Miere ausließe – denn das hatte sie gemeint –, aber bevor sie den Mund öffnen konnte, führte Adeleas ihren schlanken Grauen auf Elaynes andere Seite. Die weißhaarige Schwester hatte in Ebou Dar einen neuen Sattel erworben, ein protziger Sattel mit Silber an

Knauf und Hinterzwiesel. Die Fliegen mieden sie anscheinend aus einem unbestimmten Grund, obwohl sie stark duftete.

»Verzeiht, aber ich konnte nicht umhin, Eure letzten Worte mit anzuhören.« Adeleas klang überhaupt nicht reumütig, und Elayne fragte sich, wieviel sie gehört hatte. Sie spürte, daß sie errötete. Einiges von dem, was Aviendha über Rand gesagt hatte, war bemerkenswert offen gewesen. Und einiges von dem, was sie selbst gesagt hatte, ebenfalls. Es war eine Sache, so mit der besten Freundin zu sprechen, aber eine ganz andere, wenn noch jemand zugehört hatte. Aviendha schien genauso zu empfinden. Sie errötete zwar nicht, aber der verärgerte Blick, den sie der Braunen zuwarf, hätte Nynaeve alle Ehre gemacht.

Adeleas lächelte nur, ein vages, nichtssagendes Lächeln. »Es wäre vielleicht am besten, wenn Ihr Eurer Freundin bei den Atha'an Miere freie Hand ließet.« Sie spähte an Elayne vorbei zu Aviendha, die blinzelte. »Nun, etwas freiere Hand. Es sollte genügen, ihnen Angst vor dem Licht einzuflößen. Sie sind fast soweit, falls Ihr es noch nicht bemerkt habt. Sie nehmen sich vor den ›wilden‹ Aiel weitaus mehr in acht – verzeiht mir, Aviendha – als vor den Aes Sedai. Merilille hätte es sicherlich bald selbst vorgeschlagen.«

Aviendhas Miene verriet selten etwas, aber in diesem Moment wirkte sie ebenso verwirrt, wie Elayne sich fühlte. Elayne drehte sich im Sattel, um stirnrunzelnd hinter sich zu blicken. Merilille ritt neben Vandene und Careane, und Sareitha folgte ihnen dichtauf. Sie betrachteten sehr eifrig alles andere als Elayne. Hinter den Schwestern kam das Meervolk, noch immer in einer Reihe hintereinander, und dahinter folgte der Frauenzirkel, der sich im Moment unmittelbar vor den Packpferden außer Sicht hielt. Sie schlängelten sich durch die lichten Stellen zwischen gestutzten Säulen. Fünfzig oder hundert rot-grüne Vögel mit langen Schwänzen flogen über ihre Köpfe hinweg und erfüllten die Luft mit krächzenden Schreien.

»Warum?« fragte Elayne kurz angebunden. Es schien töricht, noch zu dem Tumult beizutragen, der bereits unmittelbar unter der Oberfläche brodelte – und manchmal auch an der Oberfläche –, aber sie hatte an Adeleas bisher keine törichten Züge bemerkt. Die Braune Schwester wölbte anscheinend überrascht die Augenbrauen. Vielleicht war sie wirklich erstaunt. Adeleas dachte gewöhnlich, daß jedermann erkennen sollte, was sie selbst erkannte. Vielleicht.

»Warum? Um ein wenig Ausgleich wiederherzustellen, darum. Wenn die Atha'an Miere das Bedürfnis verspüren, uns vor den Aiel zu beschützen, ist das vielleicht ein nützlicher Ausgleich für …« Adeleas machte eine kurze Pause, plötzlich von der Aufgabe in Anspruch genommen, ihre hellgrauen Röcke zu richten. »… andere Dinge.«

Elaynes Miene verzerrte sich. Andere Dinge. Adeleas meinte unzweifelhaft den Vertrag mit dem Meervolk. »Ihr könnt mit den anderen reiten«, sagte sie kühl.

Adeleas widersprach nicht und beharrte auch nicht auf ihrem Standpunkt. Sie neigte nur den Kopf und ließ ihr Pferd zurückfallen. Ihr kaum wahrnehmbares Lächeln veränderte sich nicht im geringsten. Die älteren Aes Sedai nahmen es hin, daß Nynaeve und Elayne über ihnen standen und Egwenes Autorität hinter sich hatten, aber in Wahrheit änderte das wenig. Vielleicht gar nichts. Sie verhielten sich äußerlich respektvoll und gehorchten, und doch …

Elayne war bereits in einem Alter eine Aes Sedai, in dem die meisten Neulinge in der Burg noch immer Novizinnen-Weiß trugen und nur sehr wenige den Grad der Aufgenommenen erreicht hatten. Und sie und Nynaeve hatten diesem Vertrag zugestimmt, was wohl kaum eine Zurschaustellung von Weisheit und Scharfsinn gewesen war. Nicht nur, daß das Meervolk die Schale bekäme, sondern zusätzlich mußten zwanzig Schwestern zu den Atha'an Miere gehen und die Windsucherinnen ihren Vereinbarungen gemäß alles lehren, was sie lernen wollten, und sie durften erst dann wieder gehen, wenn andere zu ihrer Ablösung kamen. Den Windsucherinnen wurde erlaubt, die Burg als Gäste zu betreten. Es wurde ihnen erlaubt, zu lernen, was immer sie lernen wollten, und zu gehen, wann immer sie es wünschten. Das allein würde den Saal schon zum Schreien veranlassen und Egwene wahrscheinlich ebenfalls, aber das übrige … Jede einzelne der älteren Schwestern glaubte, daß sie diesen Vertrag hätte vermeiden können. Vielleicht hätten sie es wirklich gekonnt. Elayne glaubte es nicht, aber sie war sich nicht sicher.

Sie sagte nichts zu Aviendha, aber nach einigen Augenblicken bemerkte die andere Frau: »Wenn ich der Ehre dienen und Euch gleichzeitig helfen kann, kümmert es mich nicht, ob es auch dem Ziel einiger Aes Sedai dient.« Sie schien niemals zu begreifen, daß Elayne ebenfalls eine Aes Sedai war – zumindest nicht vollkommen.

Elayne zögerte und nickte schließlich. Etwas mußte unternommen werden, um das Meervolk zu beruhigen. Merilille und die übrigen hatten bisher bemerkenswerte Geduld bewiesen, aber wie lange noch? Nynaeve könnte explodieren, wenn sie ihre Aufmerksamkeit tatsächlich den Windsucherinnen zuwandte. Sie mußte baldmöglichst einen Ausgleich herbeiführen, aber wenn die Atha'an Miere weiterhin glaubten, sie könnten auf eine Aes Sedai herabsehen, würde es Ärger geben. Das Leben war komplizierter, als sie es sich in Caemlyn vorgestellt hatte, ungeachtet dessen, wie viele Lektionen man ihr als Tochter-Erbin erteilt hatte. Und es war noch weitaus komplizierter, seit sie die Burg betreten hatte.

»Sei doch nicht so ... beharrlich«, sagte sie leise. »Und bitte gib auf dich acht. Sie sind immerhin zwanzig, und du bist allein. Ich möchte nicht, daß etwas passiert, bevor ich dir helfen kann.« Aviendha sah sie grimmig an und trieb ihre Stute dann zum Rand der Steine, um auf die Atha'an Miere zu warten.

Elayne schaute hin und wieder zurück, aber sie konnte durch die Bäume lediglich erkennen, daß Aviendha neben Kurin ritt, recht unaufgeregt sprach und die Meervolk-Frauen nicht einmal ansah. Und sie gewiß nicht anstarrte, obwohl Kurin sie anscheinend überaus erstaunt betrachtete. Als Aviendha ihr Pferd mit den Zügeln antrieb, um wieder zu Elayne zu gelangen, ritt Kurin voraus, um mit Renaile zu sprechen, und kurz darauf sandte Renaile verärgert Rainyn zur Spitze der Kolonne.

Die jüngste der Windsucherinnen saß noch unbeholfener auf ihrem Pferd als Aviendha, die sie an Elaynes anderer Seite ebenso zu ignorieren versuchte wie die kleinen grünen, um ihr dunkles Gesicht schwirrenden Fliegen. »Renaile din Calon Blauer Stern«, begann sie steif, »verlangt, daß Ihr die Aiel-Frauen zurechtweist, Elayne Aes Sedai.« Aviendha grinste sie offen an, und Rainyn mußte sie zumindest heimlich beobachtet haben, da sich ihre Wangen unter dem Schweißfilm röteten.

»Sagt Renaile, daß Aviendha keine Aes Sedai ist«, erwiderte Elayne. »Ich werde sie bitten, vorsichtig zu sein« – das war keine Lüge; sie hatte es bereits getan und würde es wieder tun –, »aber ich kann sie zu nichts *zwingen*.« Und sie fügte lächelnd hinzu: »Ihr wißt, wie Aiel sind.« Das Meervolk hatte sehr genaue Vorstellungen davon, wie Aiel waren. Rainyn starrte die noch immer grinsende Aviendha mit geweiteten Augen an, wobei ihr Gesicht grau wurde, dann riß sie ihr Pferd herum und galoppierte zu Renaile zurück.

Aviendha kicherte erfreut, aber Elayne fragte sich, ob diese ganze Idee ein Fehler gewesen war. Obwohl gute dreißig Schritt zwischen ihnen lagen, konnte sie Renailes Gesicht bei Rainyns Bericht zornrot anlaufen sehen, und die anderen flüsterten erregt. Sie wirkten nicht verängstigt, sie schienen verärgert, und sie warfen den Aes Sedai vor ihnen zunehmend unheilvolle Blicke zu. Nicht Aviendha, sondern den Schwestern. Adeleas nickte nachdenklich, als sie es bemerkte, und Merilille konnte ein Lächeln nicht unterdrücken. Zumindest sie waren erfreut.

Wäre das der einzige Zwischenfall während des Ritts gewesen, hätte man sich noch an den Blumen und Vögeln erfreuen können, aber es war nicht einmal der erste. Es begann kurz nach Verlassen der Lichtung, als sich alle Frauen des Zirkels außer Kirstian – die zweifellos auch gekommen wäre, wenn sie nicht den Befehl erhalten hätte, Ispan abzuschirmen –, eine nach der anderen zu Elayne vortasteten. Eine nach der anderen kamen sie, jede zögerlich und verzagt lächelnd, bis Elayne ihnen am liebsten gesagt hätte, sie sollten sich ihrem Alter entsprechend verhalten. Sie stellten gewiß keine Forderungen, und sie waren zu klug, um offen um das zu bitten, was ihnen bereits verweigert worden war, aber sie fanden andere Wege.

»Es kam mir in den Sinn«, sagte Reanne heiter, »daß Ihr Ispan doch gewiß recht dringend befragen wollt. Wer weiß, was sie in der Stadt noch vorhatte, außer den Lagerraum zu finden?« Sie sprach im Plauderton, aber sie warf Elayne hin und wieder rasche Blicke zu, um zu sehen, wie sie ihren Vorschlag aufnahm. »Wir brauchen gewiß noch über eine Stunde, um den Bauernhof zu erreichen, in unserem Tempo vielleicht sogar zwei Stunden, und Ihr wollt doch sicher keine zwei Stunden verschwenden. Die Kräuter, die Nynaeve Sedai ihr gegeben hat, haben sie recht gesprächig gemacht.«

Das heitere Lächeln schwand, als Elayne erwiderte, die Befragung Ispans könne noch warten. Licht, dachten sie wirklich, daß jemand eine Befragung durchführte, während er durch Wälder auf Wegen ritt, die kaum diese Bezeichnung verdienten? Reanne kehrte vor sich hin murrend zu den übrigen Frauen der Schwesternschaft zurück.

»Verzeiht, Elayne Sedai«, murmelte Chilares kurz darauf mit ihrem murandianischen Akzent. Ihr grüner Strohhut paßte genau zu einigen ihrer übereinandergeschichteten Unterröcke. »Verzeiht, wenn ich Euch störe.« Sie trug nicht den roten Gürtel einer Weisen Frau. Die wenigsten Frauen des Zirkels trugen ihn. Famelle war Goldschmiedin, und Eldase lieferte den Händlern Lackwaren zur Ausfuhr. Chilares war Teppichhändlerin, während Reanne selbst die Verschiffungen der kleinen Händler regelte. Einige führten einfache Aufgaben aus – Kirstian leitete einen kleinen Weberladen, und Dimana war eine erfolgreiche Näherin –, aber andererseits waren sie im Verlauf ihres Lebens alle vielen Gewerben nachgegangen und hatten viele Namen benutzt. »Ispan Sedai scheint es nicht gutzugehen«, sagte Chilares, während sie sich unbehaglich im Sattel regte. »Vielleicht beeinträchtigen die Kräuter sie mehr, als Nynaeve Sedai gedacht hat. Es wäre schrecklich, wenn ihr etwas zustieße. Ich meine, bevor sie befragt werden kann. Vielleicht könnten die Schwestern sie sich ansehen? Um sie zu Heilen, wißt Ihr ...« Sie brach ab und blinzelte nervös mit ihren großen braunen Augen. Was berechtigt war, da Sumeko zu ihren Begleiterinnen gehörte.

Ein Blick über die Schulter zeigte Elayne, daß sich

die beleibte Frau in den Steigbügeln aufgestellt hatte, um an den Windsucherinnen vorbeizuschauen, bis sie Elayne ihren Blick erwidern sah und sich eilig wieder hinsetzte. Sumeko, die mehr vom Heilen verstand als jede andere Schwester außer Nynaeve. Vielleicht sogar *mehr* als Nynaeve. Elayne deutete nur zum Ende der Kolonne, bis Chilares errötete und ihr Pferd wendete.

Merilille schloß sich Elayne nur wenige Augenblicke später an, und die Graue Schwester beherrschte den einfachen Plauderton weitaus besser als die Frauen der Schwesternschaft. Sie war zumindest in ihrer Art zu sprechen vollkommen ausgeglichen. Eine andere Sache war, was sie zu sagen hatte. »Ich frage mich, wie vertrauenswürdig diese Frauen sind, Elayne.« Sie schürzte angewidert die Lippen, während sie mit einer behandschuhten Hand Staub von ihren geteilten blauen Röcken wischte. »Sie sagen, sie nähmen keine Wilden auf, aber vielleicht ist Reanne selbst eine Wilde, wie nachdrücklich auch immer sie behauptet, sie habe den Test zur Aufgenommenen nicht bestanden. Für Sumeko gilt gewiß das gleiche und für Kirstian mit Sicherheit.« Es folgten ein kritischer Blick zu Kirstian und ein ablehnendes Kopfschütteln. »Ihr müßt doch bemerkt haben, wie sie bei jeder Erwähnung der Burg zusammenzuckt. Sie weiß nicht mehr, als sie vielleicht in Unterhaltungen mit jemandem aufgeschnappt hat, der wirklich aus der Burg gewiesen wurde.« Merilille seufzte und gab vor zu bedauern, was sie sagen mußte. Sie war wirklich sehr gut. »Habt Ihr einmal darüber nachgedacht, daß sie vielleicht auch bei anderen Dingen lügen? Sie könnten nach allem, was wir wissen, Schattenfreunde sein, oder Opfer von Schattenfreunden. Vielleicht auch nicht, aber man kann ihnen kaum über den Weg trauen. Ich glaube, daß es den Bauernhof gibt, ob sie ihn nun als Unterschlupf verwenden oder nicht, sonst hätte ich dem hier nicht zugestimmt, aber ich wäre nicht überrascht, dort einige wenige baufällige Gebäude und ungefähr ein Dutzend Wilde vorzufinden. Nein, sie sind einfach nicht vertrauenswürdig.«

Elayne wurde allmählich zornig, sobald sie erkannte, welche Richtung Merilille einschlug, und es wurde noch schlimmer. All dieses Herumgerede, all dies ›wäre vielleicht‹ und ›könnte‹, so daß die Frau sogar Dinge andeutete, die sie selbst nicht glaubte. Schattenfreunde? Der Frauenzirkel hatte Schattenfreunde *bekämpft*. Zwei waren dabei gestorben. Ohne Sumeko und Ieine wäre Nynaeve vielleicht tot, und Ispan wäre nicht gefangengenommen worden. Nein, der Grund, warum sie nicht vertrauenswürdig waren, lag nicht darin, daß Merilille befürchtete, sie wären dem Schatten verschworen, sonst hätte sie das gesagt. Sie waren nicht vertrauenswürdig, weil man ihnen, wenn sie nicht vertrauenswürdig waren, nicht gestatten konnte, Ispan zu behalten.

Elayne zerquetschte eine große grüne Fliege, die sich auf den Hals von Löwin gesetzt hatte; sie unterstrich Merililles letzte Worte mit diesem lauten Geräusch, und die Graue Schwester zuckte überrascht zusammen. »Wie könnt Ihr es wagen?« flüsterte Elayne. »Sie haben sich Ispan und Falion im Rahad entgegengestellt, und dem *Gholam* ebenfalls, ganz zu schweigen von ungefähr zwei Dutzend Rüpeln mit Schwertern. *Ihr* wart nicht dort.« Das war kaum fair. Merilille und die übrigen waren wegen den Aes Sedai im Rahad zurückgelassen worden, offensichtlich Aes Sedai, die große Aufmerksamkeit auf sich gezogen hatten. Es kümmerte sie nicht. Ihr Zorn wuchs mit jedem Moment mehr, und ihre Stimme wurde mit jedem Wort lauter. »Ihr werdet mir gegenüber *niemals* wieder solche Andeutungen machen. *Niemals!* Nicht ohne unumstößliche Gewißheit! Nicht ohne *Beweise*! Wenn Ihr es doch tut, werde ich Euch eine Strafe auferlegen, daß Euch die Augen aus dem Kopf fallen!« Ungeachtet dessen, wie hoch sie über der anderen Frau stand, besaß sie nicht die Autorität, ihr überhaupt eine Strafe aufzuerlegen, aber auch das kümmerte sie nicht. »Ich werde Euch den restlichen Weg nach Tar Valon zu Fuß gehen lassen! Mit nur Brot und Wasser auf dem ganzen Weg! Ich werde *Euch* unter ihre Obhut stellen und ihnen sagen, sie sollen Euch niederschlagen, wenn Ihr Widerstand leistet!«

Sie erkannte allmählich, daß sie schrie. Grau-weiße Vögel schwirrten in einem breiten Band über ihre Köpfe, doch sie übertönte deren Schreie. Sie atmete tief ein und versuchte, sich zu beruhigen. Sie konnte nicht gut schreien. Es drang stets als Kreischen hervor. Alle sahen sie an, die meisten erstaunt. Aviendha nickte anerkennend. Aber sie hätte natürlich ebenso reagiert, wenn Elayne ein Messer in Merililles Herz versenkt hätte. Aviendha hielt zu ihren Freundinnen, was auch immer geschah. Merililles cairhienische Hellhäutigkeit war zu Totenblässe geworden.

»Ich meine, was ich sage«, belehrte Elayne sie in weitaus kühlerem Tonfall, was noch tiefere Totenblässe bei Merilille zu bewirken schien. Sie meinte *jedes* Wort ernst. Sie konnten es sich nicht leisten, daß solche Gerüchte unter ihnen in Umlauf waren. Sie würde sie auf die eine oder andere Art beenden, obwohl der Frauenzirkel höchstwahrscheinlich in Ohnmacht fallen würde.

Sie hoffte, daß dies das Ende war. Es hätte das Ende sein sollen. Aber als Merilille ging, nahm Sareitha ihren Platz ein, und auch sie nannte einen Grund, warum man den Frauen der Schwesternschaft nicht trauen könnte. Ihr Alter. Selbst Kirstian behauptete, älter zu sein als jede andere lebende Aes Sedai, während Reanne noch gut einhundert Jahre älter und nicht einmal die Älteste der Schwesternschaft war. Ihr Titel ›Älteste‹ wurde den ältesten von ihnen in Ebou Dar verliehen, und die strenge Anordnung, der sie folgten, um Aufmerksamkeit zu vermeiden, beinhaltete eine Anzahl noch älterer Frauen an anderen Orten.

Elayne schrie nicht mehr. Sie achtete sehr darauf, nicht zu schreien. »Wir werden die Wahrheit letztendlich erfahren«, belehrte sie Sareitha. Sie bezweifelte die Worte der Frauen der Schwesternschaft nicht, aber es mußte einen Grund dafür geben, warum sie weder alterslos wirkten noch so alt aussahen, wie sie zu sein behaupteten. Wenn sie es nur herausfinden könnte. Etwas sagte ihr, daß die Lösung auf der Hand lag, aber nichts Offensichtliches beantwortete ihre Frage. »Letztendlich«, wiederholte sie bestimmt, als die Braune erneut den Mund öffnete. »Das wird genügen, Sareitha.« Die Braune nickte unsicher und blieb zurück. Keine zehn Minuten später nahm Sibella ihren Platz ein.

Jedesmal, wenn eine der Frauen der Schwesternschaft herankam, um reihum die Bitte vorzutragen, von Ispan entlastet zu werden, kam bald darauf auch eine der Schwestern heran, um dieselbe Bitte auszusprechen. Alle außer Merilille, die noch immer blinzelte, wann immer Elayne sie ansah. Vielleicht hatte Schreien doch einen Nutzen. Es versuchte gewiß niemand sonst, die Schwesternschaft so unmittelbar anzugreifen.

Vandene begann beispielsweise damit, über das Meervolk zu sprechen, darüber, wie man die Auswirkungen des mit ihnen abgeschlossenen Vertrages umkehren könnte und warum es notwendig sei, sie so weitgehend wie möglich umzukehren. Sie sprach recht sachlich, ohne ein Wort oder eine Geste des Vorwurfs. Nicht daß es nötig gewesen wäre. Das Thema an sich genügte, wie vorsichtig auch immer es behandelt wurde. Die Weiße Burg, so sagte sie, behielt ihren Einfluß auf die Welt nicht durch Waffengewalt oder Überzeugungskraft bei und auch nicht durch Ränkeschmieden oder Intrigen, obwohl sie letzteres nur nebenbei erwähnte. Die Weiße Burg beeinflußte Ereignisse eher im üblichen Maße, weil jedermann sie als abgesondert und überragend ansah, höhergestellt als Könige oder Königinnen. Das wiederum hing von jeder Aes Sedai ab, die auf diese Art betrachtet wurde, als geheimnisvoll und abgesondert und anders als alle anderen. Eine andere Natur. In der bisherigen Geschichte der Burg wurden Aes Sedai, denen das nicht gelang – und es gab nur wenige – der Öffentlichkeit so weit wie möglich vorenthalten.

Es dauerte eine Weile, bis Elayne erkannte, daß es bei der Unterhaltung nicht mehr um Angriffe auf das Meervolk ging, sondern worauf sie in Wirklichkeit abzielte. Eine andere Natur, geheimnisvoll und abgesondert, war zu ungenau. Jedenfalls für Nicht-Aes Sedai. In Wahrheit würden die Schwestern rauher mit Ispan umgehen, als der Frauenzirkel sich überwinden könnte, nur nicht in der Öffentlichkeit. Der Streit hätte vielleicht mehr Gewicht gehabt, wenn er weitergeführt worden wäre, aber so schickte Elayne Vandene ebenso rasch fort wie alle anderen. Adeleas ersetzte sie, unmittelbar nachdem Sibella belehrt worden war, daß wahrscheinlich keine der Schwestern verstehen würde, was Ispan murmelte, wenn niemand vom Frauenzirkel es verstand. Was sie murmelte! Licht! Die Aes Sedai wechselten sich noch wiederholt ab, und obwohl Elayne wußte, was sie wollten, war es manchmal schwer, den Zusammenhang gleich zu erkennen. Als Careane ihr zu erzählen begann, daß jene Steine in Wahrheit einst Zehen gewesen waren, vermutlich Zehen einer Statue irgendeiner kriegerischen Königin, die fast zweihundert Fuß hoch gewesen war …

»Ispan bleibt, wo sie ist«, belehrte sie Careane kühl, ohne auf mehr zu warten. »Nun, falls Ihr mir nicht wirklich erzählen wollt, warum die Shiotaner daran dachten, eine solche Statue aufzustellen …« Die Grüne hatte gesagt, alte Berichte behaupteten, sie hätte kaum mehr als eine Rüstung getragen, die noch dazu äußerst knapp gewesen sei! Eine Königin! »Nein? Also, wenn es Euch nichts ausmacht, würde ich mit Aviendha gern unter vier Augen sprechen. Vielen Dank.« Aber selbst ihre Wortkargheit hielt die Frau natürlich nicht auf. Elayne war überrascht, daß sie jetzt nicht noch Merililles Dienerin schickten.

Nichts von alledem wäre geschehen, wenn Nynaeve dort gewesen wäre, wo sie sein sollte. Elayne war zumindest sicher, daß Nynaeve den Frauenzirkel und die Schwestern kurz nacheinander gleichermaßen hätte bezwingen können. Sie war gut im Bezwingen. Dem stand nur entgegen, daß Nynaeve sich fest an Lans Seite geheftet hatte, noch bevor sie die erste Lichtung verließen. Die Behüter kundschafteten voraus, an beiden Seiten des Weges und manchmal auch als Nachhut, und ritten nur so lange zur Kolonne zurück, um über das zu berichten, was sie gesehen hatten, oder um Anweisungen zu geben, wie ein Bauernhof oder eine Schafherde zu umgehen war. Birgitte entfernte sich weit und verbrachte niemals mehr als wenige Augenblicke mit Elayne. Lan entfernte sich noch weiter. Und wo Lan hinging, ging auch Nynaeve hin.

»Es macht doch niemand Schwierigkeiten, oder?« fragte sie mit düsterem Blick zum Meervolk, als sie Lan das erstemal zurückfolgte. »Nun, dann ist es gut«, fuhr sie fort, bevor Elayne Gelegenheit zu einer Antwort bekam. Sie riß ihre rundbäuchige Stute wie eine Rennreiterin herum, ließ die Zügel knallen, galoppierte hinter Lan her, wobei sie ihren Hut mit einer Hand festhielt, und holte ihn in dem Moment ein, als er gerade um die Flanke des Hügels vor ihnen verschwand. Danach kehrte tatsächlich Ruhe ein. Reanne hatte ihren Besuch abgestattet und Merilille den ihren, und alles schien geregelt.

Als Nynaeve das nächstemal auftauchte, hatte Elayne erfolgreich eine Reihe verschleierter Versuche abgewehrt, Ispan den Schwestern zu übergeben. Aviendha hatte mit Kurin gesprochen, und die Windsucherinnen wurden allmählich zornig, aber als Elayne ihr die Vorfälle erklärte, sah Nynaeve sich nur stirnrunzelnd um. Natürlich war im Moment jedermann an seinem Platz. Die Atha'an Miere blickten tatsächlich finster drein, aber der Frauenzirkel blieb hinter ihnen, und was die Schwestern betraf, so hätte keine Gruppe von Novizinnen wohlerzogener und unschuldiger aussehen können. Elayne hätte am liebsten geschrien!

»Du kommst gewiß mit allem zurecht«, sagte Nynaeve. »Du *hattest* die entsprechende Ausbildung zur Königin. Dies kann nicht annähernd so … Der Teufel hole den Mann! Er verschwindet schon wieder! Du kommst zurecht.« Fort war sie und galoppierte auf dieser armseligen Stute davon, als sei sie ein Schlachtroß.

Zu dem Zeitpunkt begann Aviendha zu erzählen, wie sehr Rand es anscheinend mochte, ihren Hals zu küssen. Beiläufig erwähnte sie, wie sehr es ihr auch gefallen hatte. Es hatte Elayne ebenfalls gefallen, als er es bei ihr getan hatte, aber wie sehr sie sich auch daran gewöhnt hatte, über solche Dinge zu sprechen – sich mit einem unguten Gefühl daran gewöhnt hatte –, sie wollte in diesem Moment nicht darüber reden. Sie war verärgert über Rand. Es war unfair, aber wenn er nicht gewesen wäre, hätte sie Nynaeve sagen können, sie solle aufhören, Lan wie ein Kind zu behandeln, das über seine eigenen Füße stolpern könnte, und solle sich um ihre eigenen Pflichten kümmern. Sie hätte ihn beinahe auch für das Verhalten des Frauenzirkels und das der anderen Schwestern und der Windsucherinnen verantwortlich gemacht. *Schuld zu übernehmen, ist eines der Dinge, für die Männer da sind,* erinnerte sie sich an einen Ausspruch von Lin, wobei sie gelacht hatte. *Sie verdienen es in aller Regel, selbst wenn du nicht genau weißt, wieso.* Es war nicht fair, und dennoch wünschte sie, Rand befände sich ausreichend lange in ihrer Nähe, daß sie ihn ohrfeigen könnte, nur einmal. Ausreichend lange, daß sie ihn küssen könnte, ihn sanft ihren Hals küssen lassen könnte. Ausreichend lange …

»Er wird einen Rat befolgen, selbst wenn er ihn nicht gern hört«, sagte sie jäh mit errötendem Gesicht. Licht, trotz all ihres Geredes über Schamgefühl besaß Aviendha auf manchen Gebieten keines. Und anscheinend galt das für sie inzwischen ebenfalls! »Aber wenn ich ihn zu drängen versuchte, blieb er stur, selbst wenn ich eindeutig recht hatte. Hat er sich bei dir genauso verhalten?«

Aviendha sah sie an und verstand anscheinend. Elayne war sich nicht sicher, ob ihr das gefiel oder nicht. Zumindest wurde nicht mehr von Rand und seinen Küssen gesprochen. Zumindest eine Zeitlang. Aviendha wußte einiges über Männer – sie war als Tochter des Speers mit ihnen gereist und hatte an ihrer Seite gekämpft –, aber sie hatte niemals etwas anderes als eine *Far Dareis Mai* sein wollen, und es gab … Widersprüche. Selbst als Kind hatte sie mit ihren Puppen stets Speerkampf und Angriff gespielt. Sie hatte niemals geflirtet, verstand es gar nicht, und sie verstand auch nicht, warum sie diese Empfindung hatte, als Rands Blick auf sie fiel, oder hundert andere Dinge, die Elayne zu lernen begonnen hatte, als sie zum ersten

Mal merkte, daß ein Junge sie anders ansah als die anderen Jungen. Aviendha erwartete von Elayne, daß sie ihr alles beibrachte, und Elayne versuchte es. Sie konnte mit Aviendha wirklich über alles sprechen. Wenn nur nicht Rand das so häufig angeführte Beispiel gewesen wäre. Wäre er dagewesen, *hätte* sie ihn geohrfeigt. Und geküßt. Und ihn dann erneut geohrfeigt.

Es war überhaupt kein erfreulicher Ritt. Es war ein elender Ritt.

Nynaeve stattete noch einige weitere kurze Besuche ab, bevor sie schließlich kam und verkündete, daß der Bauernhof der Schwesternschaft unmittelbar voraus läge, hinter einem niedrigen, abgerundeten Hügel. Reanne hatte die Reisezeit zu pessimistisch eingeschätzt. Nach dem Stand der Sonne war es erst zwei Uhr.

»Wir werden sehr bald dort ankommen«, belehrte Nynaeve Elayne und schien den mürrischen Blick nicht zu bemerken, den diese ihr zuwarf. »Lan, bitte bring Reanne hierher. Es wird wohl am besten sein, wenn man auf dem Hof als erstes ein vertrautes Gesicht sieht.« Lan riß sein Pferd herum, und Nynaeve wandte sich kurz im Sattel um und sah die Schwestern festen Blickes an. »Ich möchte nicht, daß Ihr sie erschreckt. Haltet den Mund, bis wir eine Gelegenheit bekommen, unser Kommen zu erläutern. Und verbergt Eure Gesichter. Zieht die Kapuzen Eurer Umhänge über den Kopf.« Sie drehte sich wieder um, ohne auf eine Antwort zu warten, und nickte zufrieden. »So. Alles ist geregelt und in bester Ordnung. Ich schwöre dir, Elayne, ich weiß nicht, worüber du so stöhnst. Jedermann tut genau das, was er tun soll, soweit ich es erkennen kann.«

Elayne knirschte mit den Zähnen. Sie wünschte, sie wären bereits in Caemlyn, wo sie hinwollten, wenn dies hier vorüber war. Sie hatte dort schon lange überfällige Pflichten zu erfüllen. Hauptsächlich mußte sie sich darum kümmern, die stärkeren Häuser davon zu überzeugen, daß der Löwenthron trotz ihrer langen Abwesenheit ihr gehörte – das und einen oder zwei Mitbewerber aus dem Feld zu schlagen. Es hätte vielleicht keine Mitbewerber gegeben, wenn sie dagewesen wäre, als ihre Mutter verschwand, als sie starb, aber die Geschichte Andors besagte, daß es inzwischen welche gäbe. Irgendwie erschien diese Aufgabe soviel leichter als dies hier.

KAPITEL 4

Ein stiller Ort

Der Bauernhof der Schwesternschaft lag in einer breiten, von drei niedrigen Hügeln umgebenen Mulde, eine Ansammlung von mehr als einem Dutzend großer, weiß getünchter Gebäude mit Flachdächern, die in der Sonne leuchteten. Vier große Scheunen waren an den Hang des höchsten Hügels gebaut, der oben abgeflacht war und auf der Seite jenseits der Scheunen in steilen Klippen abfiel. Einige wenige hohe Bäume, die nicht ihr ganzes Laub verloren hatten, spendeten im Hof etwas Schatten. Nördlich und östlich führten Olivenhaine von dem Hof fort und sogar die Hänge der Hügel hinauf. Eine gemächliche Geschäftigkeit umgab den Bauernhof, auf dem trotz der Nachmittagshitze weit über hundert Menschen zu sehen waren, welche die alltäglichen Aufgaben ausführten, wenn auch in aller Ruhe.

Die Örtlichkeit hätte fast als kleines Dorf denn als Bauernhof gelten können, nur daß keine Männer oder Kinder zu sehen waren. Das hatte Elayne auch nicht erwartet. Dies war eine Zwischenstation für Frauen der Schwesternschaft, die Ebou Dar verlassen wollten, damit sich nicht zu viele gleichzeitig in der Stadt aufhielten, was aber geheim war, so geheim wie die Schwesternschaft selbst. In der Öffentlichkeit war dieser Bauernhof im Umkreis von zweihundert oder mehr Meilen als Zufluchtsort für Frauen bekannt, als ein Ort der Besinnung und für eine gewisse Zeit – wenige Tage, eine Woche, manchmal länger –, als Zufluchtsstätte vor den Sorgen der Welt. Elayne konnte die Heiterkeit in der Luft fast spüren. Sie hätte vielleicht bedauert, so viele Fremde an diesen ruhigen Ort gebracht zu haben, wenn sie nicht auch neue Hoffnung gebracht hätte.

Das erste Erscheinen der Pferde, als sie um den geneigten Hügel herumritten, bewirkte weitaus weniger Aufsehen, als sie erwartet hatte. Einige der Frauen hielten inne, um sie zu beobachten, aber mehr nicht. Ihre Kleidung war sehr unterschiedlich – Elayne sah sogar hier und dort Seide schimmern –, einige trugen Körbe und andere Eimer oder große weiße Bündel mit Wäsche. Eine Frau hielt zwei gebundene Enten an den Füßen in jeder Hand. Adlige und Handwerkerinnen, Bäuerinnen und Bettlerinnen waren hier alle gleichermaßen willkommen, und jede leistete während ihres Aufenthalts ihren Anteil an der anfallenden Arbeit. Aviendha berührte Elaynes Arm und deutete auf die Kuppe eines der Hügel, die wie ein sich zu einer Seite neigender, umgekehrter Trichter aussah. Elayne beschattete ihre Augen mit einer Hand und sah kurz darauf eine Bewegung. Kein Wunder, daß niemand überrascht war. Wächter konnten von dort oben aus jedermann, der sich näherte, schon auf weite Entfernung sehen.

Eine Frau kam ihnen kurz vor den Gebäuden des Hofes entgegen. Sie war im Stil einer Ebou Dari gekleidet, mit tiefem Halsausschnitt, und ihre dunklen Röcke und die bunten Unterröcke waren ausreichend kurz, daß sie diese wegen des Staubs nicht raffen mußte. Sie trug keinen Hochzeitsdolch. Die Regeln der Schwesternschaft verboten eine Heirat, da jede zu viele Geheimnisse bewahren mußte.

»Das ist Alise«, murmelte Reanne und verhielt ihr Pferd zwischen Nynaeve und Elayne. »Sie führt im Moment den Hof. Sie ist sehr gescheit.« Dann fügte sie wie als Nachgedanken noch leiser hinzu: »Alise erträgt Narren nicht leicht.« Als Alise herankam, richtete sich Reanne im Sattel auf und straffte die Schultern, als stünde ihr eine Prüfung bevor.

Mittelmäßig war der Begriff, der Elayne bei Alises Anblick einfiel, die gewiß nicht dazu bestimmt war, Reanne einzuschüchtern, auch wenn sie nicht die Älteste des Frauenzirkels gewesen wäre. Mit ihrem geraden Rücken schien Alise in mittlerem Alter zu sein, war weder schlank noch beleibt, weder groß noch klein, und ein wenig Grau sprenkelte ihr dunkelbraunes Haar, das auf sehr zweckmäßige Art mit einem Band zurückgebunden war. Ihr Gesicht war wenig bemerkenswert, wenn auch recht ansehnlich, ein sanftes Gesicht mit einem vielleicht etwas langen Kinn. Als sie Reanne sah, wirkte sie einen Moment überrascht und lächelte dann. Das Lächeln veränderte alles. Es machte sie nicht schön oder auch nur hübsch, aber Elayne fühlte sich dadurch gewärmt, getröstet.

»Ich habe kaum erwartet, Euch zu sehen … Reanne«, sagte Alise, die bei dem Namen leicht zögerte. Sie war sich offensichtlich nicht sicher, ob sie vor Nynaeve, Elayne und Aviendha Reannes rechtmäßigen Titel benutzen sollte. Sie betrachtete sie rasch, während sie mit leicht tarabonischem Akzent sprach. »Berowin hat uns die Nachricht über die Unruhen in Ebou Dar natürlich überbracht, aber ich dachte nicht, daß es so schlimm wäre, daß Ihr die Stadt verlassen müßtet. Wer sind all diese …« Sie brach ab, und ihre Augen weiteten sich, als sie an ihnen vorbeischaute.

Elayne blickte zurück und hätte fast einige der ausgewählten Sätze geäußert, die sie verschiedentlich aufgeschnappt hatte – in letzter Zeit hauptsächlich von Mat Cauthon. Sie verstand sie nicht alle, tatsächlich nicht einmal die meisten – niemand wollte ihr jemals erklären, was sie genau bedeuteten –, aber man konnte damit gewisse Gefühle ausdrücken. Die Behüter hatten ihre die Farbe verändernden Umhänge abgelegt, und die Schwestern hatten die Kapuzen ihrer Staubmäntel, wie angewiesen, hochgezogen, sogar Sareitha, die ihr jugendliches Gesicht nicht verbergen mußte, aber Careane hatte ihre nicht weit genug hinaufgezogen. Sie umrahmte nur ihre alterslosen Züge. Nicht jeder würde erkennen, was sie sahen, und doch gewiß jedermann, der in der Weißen Burg gewesen war. Careane zog die Kapuze unter Elaynes Blick hastig tiefer, aber der Schaden war bereits entstanden.

Auch andere auf dem Bauernhof außer Alise besaßen scharfe Augen. »Aes Sedai!« heulte eine Frau in einem Tonfall auf, als verkünde sie das Ende der Welt. Vielleicht war es das auch – für ihre Welt. Schreie verbreiteten sich rasch wie Staub im Wind. Der Bauernhof wurde zu einem aufgestörten Ameisenhaufen. Hier und dort fielen Frauen in Ohnmacht, aber die meisten rannten wild davon, schrien, ließen fallen, was sie in Händen hielten, stießen gegeneinander, fielen hin und rappelten sich wieder auf, um weiterzulaufen. Flatternde Enten, Hühner und schwarze Ziegen mit kurzen Hörnern liefen wild umher, um nicht überrannt zu werden. Inmitten all dieses Chaos standen einige Frauen und schauten verdutzt drein, eindeutig jene, die ohne Wissen über die Schwesternschaft in diese Zuflucht gekommen waren, obwohl sich manche in der allgemeinen Aufregung jetzt ebenfalls hastig fortbewegten.

»Licht!« rief Nynaeve und riß an ihrem Zopf. »Einige von ihnen laufen in die Olivenhaine! Haltet sie auf! Das letzte, was wir wollen, ist eine Panik! Schickt die Behüter aus! Schnell, schnell!« Lan wölbte fragend eine Augenbraue, aber sie vollführte eine unmißverständliche Handbewegung. »Schnell! Bevor sie *alle* davonlaufen!« Mit einem halbherzigen Nicken trieb er

Mandarb zum Galopp an und folgte den anderen Männern, die einen Bogen ritten, um das sich ausbreitende Chaos zwischen den Gebäuden zu meiden.

Elayne zuckte, zu Birgitte blickend, mit den Achseln und bedeutete ihr dann zu folgen. Sie stimmte mit Lan überein. Es schien ein wenig spät, die allgemeine Flucht aufhalten zu wollen, und Behüter zu Pferde, die versuchten, verängstigte Frauen zusammenzutreiben, waren vielleicht nicht die beste Möglichkeit. Aber sie konnte nicht erkennen, wie sie die Dinge jetzt noch ändern sollte, und es hatte keinen Zweck, sie davonlaufen zu lassen. Sie würden die Neuigkeiten, die sie und Nynaeve mitgebracht hatten, alle hören wollen.

Alise machte keine Anstalten, davonzulaufen oder sich auch nur von der Furcht anstecken zu lassen, statt dessen sah sie Reanne mit stetem Blick an. Mit festem Blick. »Warum?« flüsterte sie. »Warum, Reanne? Ich hätte niemals geglaubt, daß Ihr so etwas tut! Haben sie Euch bestochen? Haben sie Euch Vergünstigungen angeboten? Werden sie Euch laufenlassen, während wir den Preis bezahlen? Sie werden es wahrscheinlich nicht gestatten, aber ich schwöre, daß ich sie bitten werde, Euch anklagen zu dürfen. Ja, Euch! Die Regeln gelten auch für Euch, *Älteste*! Wenn ich eine Möglichkeit finden kann, schwöre ich, daß Ihr nicht lächelnd hier herausgelangt!« Ein sehr fester Blick. In der Tat stahlhart.

»Es ist nicht so, wie Ihr denkt«, sagte Reanne hastig, stieg ab und ließ die Zügel los. Sie umfaßte Alises Hände, obwohl die andere Frau sich zu befreien versuchte. »Oh, ich wollte nicht, daß es so kommt. Sie wissen Bescheid, Alise. Über die Schwesternschaft. Die Burg hat schon *immer* darüber Bescheid gewußt. Alles. Fast alles. Aber das ist jetzt nicht wichtig.« Alise wölbte bei diesen Worten stark die Augenbrauen, aber

Reanne fuhr eilig fort und strahlte unter ihrem großen Strohhut regelrecht vor Eifer. »Wir dürfen zurückgehen, Alise. Wir können es erneut versuchen. Sie *sagten,* wir könnten es.« Die Gebäude des Bauernhofs leerten sich anscheinend ebenfalls, da Frauen herauseilten, um nachzusehen, was den Aufruhr verursacht hatte, um sich dann mit gerafften Röcken der allgemeinen Flucht anzuschließen. Schreie aus den Olivenhainen verkündeten, daß die Behüter an der Arbeit waren, aber nicht, wieviel sie erreichten. Vielleicht gar nicht viel. Elayne spürte von Birgitte zunehmende Enttäuschung und Verärgerung. Reanne beobachtete den Tumult und seufzte. »Wir müssen sie zurückholen, Alise. Die Burg nimmt uns wieder auf.«

»Das ist für Euch und einige der übrigen alles schön und gut«, erwiderte Alise zweifelnd. »Wenn es stimmt. Aber was ist mit uns anderen? Die Burg hätte mich nicht so lange bleiben lassen, wenn ich schneller gelernt hätte.« Sie warf einen finsteren Blick zu den jetzt gut verhüllten Schwestern, und als sie Reannes Blick erwiderte, lag nicht wenig Zorn darin. »*Wofür* sollten wir zurückgehen? Um erneut gesagt zu bekommen, wir seien nicht ausreichend stark, und dann fortgeschickt zu werden? Oder werden sie uns einfach unser restliches Leben lang als Novizinnen behalten? Einige wären damit vielleicht einverstanden, aber ich nicht. Wofür, Reanne? Wofür?«

Nynaeve stieg ab und zog ihre Stute an den Zügeln vorwärts. Elayne tat es ihr gleich, obwohl sie Löwin leichter führen konnte. »Um Teil der Burg zu sein, wenn Ihr das wollt«, sagte Nynaeve ungeduldig, bevor sie die beiden Frauen der Schwesternschaft auch nur erreicht hatte. »Und vielleicht, um eine Aes Sedai zu sein. Oder geht nicht zurück. Lauft davon – mir ist es gleich. Wenn ich hier fertig bin, ohnehin.« Sie pflanzte die Beine auf den Boden, nahm ihren Hut ab und stemmte die Fäuste in die Hüften. »Es ist Zeitverschwendung, Reanne, und wir haben hier eine Aufgabe zu erledigen. Seid Ihr sicher, daß es hier jemand Nützliches gibt? Redet. Wenn Ihr nicht sicher seid, dann können wir genausogut weiterziehen. Wir brauchen uns vielleicht nicht mehr zu beeilen, aber jetzt, da wir die Schale haben, wäre es mir lieber, wenn wir unsere Aufgabe bald erfüllen würden.«

Als sie und Elayne als Aes Sedai vorgestellt wurden, die Aes Sedai, welche die Zusagen gegeben hatten, stieß Alise einen erstickten Laut aus und begann ihre wollenen Röcke zu glätten, als hätten ihre Hände andernfalls Reannes Kehle umfassen wollen. Sie öffnete verärgert den Mund – und schloß ihn abrupt wieder, als Merilille sich ihnen zugesellte. Der feste Blick schwand nicht völlig, aber er war jetzt mit Verwunderung gemischt. Und mit erheblicher Wachsamkeit.

»Nynaeve Sedai«, sagte Merilille ruhig, »die Atha'an Miere sind … voller Ungeduld … absteigen zu dürfen. Ich denke, einige möchten vielleicht um Heilung bitten.« Ein Lächeln umspielte kurz ihre Lippen.

Das klärte die Frage, obwohl Nynaeve übertrieben verärgert äußerte, was sie dem nächsten Menschen antun würde, der ihre Worte in Zweifel zog. Elayne hätte vielleicht auch einiges zu sagen gehabt, aber Nynaeve benahm sich tatsächlich ein wenig albern, während sie weiterhin auf diese Weise mit Merilille und Reanne umging, die beide höflich darauf warteten, daß sie zum Ende käme, während Alise alle drei anstarrte. Das klärte manches, oder vielleicht wurde es auch durch die Windsucherinnen geklärt, die zu Fuß herankamen und ihre Pferde ebenfalls hinter sich herzogen. Jeglicher Rest Anmut war während des Ritts verschwunden, von harten Sätteln vertrieben – ihre Beine schienen ebenso starr wie ihre Gesichter –, und doch konnte niemand etwas anderes in ihnen sehen, als sie tatsächlich waren.

»Wenn zwanzig Meervolk-Frauen so weit vom Meer entfernt sind«, murrte Alise, »glaube ich alles.« Nynaeve schnaubte, sie schwieg aber, wofür Elayne ihr dankbar war. Die Frau konnte es anscheinend nur schwer akzeptieren, auch wenn Merilille sie Aes Sedai nannte. Weder ein Wortschwall noch schlechte Laune würden helfen.

»Dann Heilt sie«, forderte Nynaeve Merilille auf. Ihrer beider Blicke richteten sich auf die humpelnden Frauen, und Nynaeve fügte hinzu: »Wenn sie darum bitten. Höflich.« Merilille lächelte erneut, aber Nynaeve hatte bereits vom Meervolk abgelassen und betrachtete jetzt stirnrunzelnd den nahezu verlassenen Bauernhof. Einige wenige Ziegen trotteten noch um den mit fallen gelassener Wäsche und Rechen und Besen, umgestürzten Eimern und Körben sowie den ohnmächtig zusammengesunkenen Frauen der Schwesternschaft übersäten Hof, und eine Handvoll Hühner scharrten und pikten wieder, aber die einzigen bei Bewußtsein befindlichen Frauen, die noch bei den Gebäuden zu sehen waren, gehörten eindeutig nicht der Schwesternschaft an. Einige trugen besticktes Leinen oder Seide und andere rauhe ländliche Tuche, aber die Tatsache, daß sie nicht davongelaufen waren, besagte sehr viel über sie. Reanne vermutete, daß zu jedem beliebigen Zeitpunkt die Hälfte jener auf dem Hof dieser Gruppe zuzurechnen wäre. Die meisten schienen benommen.

Nynaeve verschwendete trotz ihres Murrens keine Zeit damit, sich um Alise zu kümmern. Vielleicht kümmerte sich Alise auch um Nynaeve. Es war schwer zu sagen, da die Frauen der Schwesternschaft den Aes Sedai gegenüber nur wenig der Ehrerbietung des Frauenzirkels zeigten. Vielleicht war sie durch die plötzliche Wendung der Ereignisse einfach noch zu erstarrt. Jedenfalls gingen sie zusammen davon, wobei Nynaeve ihre Stute führte und Alise mit dem Hut in ihrer anderen Hand erklärte, wie sie die verstreuten Frauen zusammenbringen und was sie dann mit ihnen tun sollte. Reanne war überzeugt gewesen, daß sich hier zumindest eine Frau befand, die ausreichend stark war, um sich dem Zirkel anzuschließen – Garenia Rosoinde, und vielleicht zwei weitere. Elayne hoffte in Wahrheit, daß sie alle nicht mehr hier wären. Alise wechselte zwischen Nicken und sehr direkten Blicken zu Nynaeve, die diese anscheinend nicht bemerkte.

Jetzt, während sie darauf warteten, daß die Frauen wieder zurückkehren würden, schien ein guter Zeitpunkt zu sein, die Tragkörbe weiter zu durchsuchen, aber als sich Elayne den Packpferden zuwandte, die gerade auf die Gebäude des Bauernhofs zugeführt werden sollten, bemerkte sie den Frauenzirkel, Reanne und alle übrigen, die sich zu Fuß auf den Weg zum Hof machten, wobei einige auf die am Boden liegenden Frauen zueilten und andere auf jene, die mit offenen Mündern herumstanden. Und kein Zeichen von Ispan, die sie dann jedoch schnell entdeckte – zwischen Adeleas und Vandene, die sie, jeweils einen ihrer Arme umfassend, halbwegs mit sich zogen, während ihre Staubmäntel hinter ihnen herwehten.

Die weißhaarigen Schwestern waren verbunden, denn das Schimmern *Saidars* umgab sie beide, ohne Ispan mit einzuschließen. Man konnte nicht feststellen, welche den kleinen Kreis anführte und den Schild gegen die Schattenfreundin festhielt, aber nicht einmal einer der Verlorenen hätte ihn durchbrechen können. Sie beendeten ihr Gespräch mit einer beleibten Frau in einfachem braunen Tuch, die den Ledersack über Ispans Kopf anstarrte, aber dennoch einen Hofknicks vollführte und dann auf eines der weiß getünchten Gebäude zeigte.

Elayne wechselte verärgerte Blicke mit Aviendha. Nun, sie selbst war zumindest verärgert. Aviendha wirkte manchmal unbewegt wie ein Stein. Sie übergaben ihre Pferde zweien der Stallknechte vom Palast und eilten hinter den anderen drei Frauen her. Einige der Frauen, die nicht der Schwesternschaft angehörten, versuchten, sie nach dem Geschehenen zu befragen, einige auf eher herrische Art, aber Elayne fertigte sie kurz ab und hinterließ damit entrüstetes Naserümpfen und Schnauben. Oh, was würde sie nicht alles darum geben, bereits das alterslose Gesicht zu besitzen! Dieser Gedanke löste in ihrem Unterbewußtsein etwas aus, aber es schwand wieder, sobald sie es genauer betrachten wollte.

Als sie die einfache Holztür aufstieß, durch die das Trio verschwunden war, hatten Adeleas und Vandene Ispan bereits mit entblößtem Kopf auf einen Stuhl mit leiterförmiger Rückenlehne gesetzt. Der Sack lag zusammen mit Adeleas' und Vandenes Leinenumhängen auf einem schmalen Zeichentisch. Der Raum besaß nur ein in die Decke eingelassenes Fenster, aber da die Sonne noch hoch stand, fiel ausreichend Licht herein. Regale säumten die Wände, auf denen sich große Kupferkannen und weiße Schalen stapelten. Nach dem Geruch von gebackenem Brot zu schließen, führte die einzige andere Tür in eine Küche.

Vandene sah sich beim Geräusch der sich öffnenden Tür streng um, aber ihr Gesicht glättete sich zu völliger Ausdruckslosigkeit, als sie Elayne sah. »Sumeko meinte, die Kräuter, die Nynaeve ihr gegeben hat, ließen in ihrer Wirkung nach«, sagte sie, »und es schien das beste, Ispan ein wenig zu befragen, bevor wir ihren Geist erneut verwirren. Wir haben jetzt etwas Zeit. Es wäre gut zu wissen, was die Schwarze

Ajah...«, sie verzog angewidert den Mund, »...in Ebou Dar wollte. Und was sie wissen.«

»Ich bezweifle, daß sie von diesem Bauernhof Kenntnis haben, da auch wir nichts davon wußten«, sagte Adeleas und tippte mit einem Finger nachdenklich an ihre Lippen, während sie die Frau auf dem Stuhl betrachtete. »Aber es ist besser, auf Nummer Sicher zu gehen, als später zu jammern.« Sie hätte ebensogut ein nie zuvor gesehenes Tier prüfend betrachten können, ein Wesen, dessen Existenz sie nicht begreifen konnte.

Ispan schürzte die Lippen. Schweiß lief ihr geschundenes Gesicht herab; ihre dunklen, mit Perlen geschmückten Zöpfe waren aufgelöst und ihre Kleidung vollkommen in Unordnung, aber sie war trotz ihrer trüben Augen nicht mehr annähernd so benommen wie am Vormittag. »Die Schwarze Ajah ist eine drekkige Lüge«, höhnte sie ein wenig heiser. Es mußte unter diesem Ledersack sehr heiß gewesen sein, und sie hatte kein Wasser mehr bekommen, seit sie den Tarasin-Palast verlassen hatten. »Ich bin wahrhaftig überrascht von Eurer Behauptung. Und daß Ihr mir die Verantwortung zuschieben wollt! Was ich getan habe, habe ich auf Befehl des Amyrlin-Sitzes getan.«

»Auf *Elaidas* Befehl?« fauchte Elayne ungläubig. »Ihr besitzt die Unverfrorenheit zu behaupten, *Elaida* habe Euch befohlen, Schwestern zu ermorden und die Burg zu bestehlen? *Elaida* habe befohlen, was Ihr in Tear und Tanchico getan habt? Oder meint Ihr Siuan? Ihr armselige Lügnerin! Ihr habt den Drei Eiden entsagt, und das stempelt Euch zur Schwarzen Ajah.«

»Ich brauche Eure Fragen nicht zu beantworten«, entgegnete Ispan mürrisch und zog die Schultern hoch. »Ihr erhebt Euch gegen den rechtmäßigen Amyrlin-Sitz. Ihr werdet bestraft und vielleicht sogar gedämpft werden. Besonders wenn Ihr mich verletzt.

Ich diene dem wahren Amyrlin-Sitz, und Ihr werdet ernstlich bestraft werden, wenn Ihr mir Schaden zufügt.«

»Ihr werdet alle Fragen beantworten, die meine Nächstschwestern Euch stellen.« Aviendha prüfte mit dem Daumennagel ihren Gürteldolch, aber ihr Blick hielt Ispans fest. »Feuchtländer fürchten Schmerzen. Sie wissen nicht, wie sie damit umgehen sollen. Ihr werdet die Fragen beantworten, die Euch gestellt werden.« Sie drohte und höhnte nicht – sie sprach nur, aber Ispan sank auf ihrem Stuhl zusammen.

»Ich fürchte, das ist gefährlich, selbst wenn sie kein Neuling in der Burg wäre«, bemerkte Adeleas. »Es ist uns verboten, bei einer Befragung Blut zu vergießen oder anderen zu gestatten, es in unserem Namen zu tun.« Sie klang widerstrebend, obwohl Elayne nicht sagen konnte, ob das Verbot oder das Eingeständnis, daß Ispan ein Neuling war, der Grund dafür war. Sie selbst hatte nicht wirklich geglaubt, daß Ispan noch immer als Neuling angesehen werden könnte. Ein Sprichwort besagte, daß keine Frau mit der Burg fertig war, bis die Burg mit ihr fertig war, aber in Wahrheit war es niemals beendet, wenn die Burg einen einmal berührt hatte.

Sie betrachtete die Schwarze Schwester prüfend, die so beschmutzt und doch so selbstsicher war. Ispan setzte sich wieder ein wenig aufrechter hin und warf Aviendha und Elayne amüsiert verächtliche Blicke zu. Sie war vorher nicht so ausgeglichen gewesen, als sie noch dachte, daß Nynaeve und Elayne sie allein in ihrer Gewalt hätten. Sie hatte ihre Haltung mit dem Bewußtsein wiedergewonnen, daß auch ältere Schwestern anwesend waren. Schwestern, die das Gesetz der Weißen Burg verinnerlicht hatten. Das Gesetz verbat nicht nur Blutvergießen, sondern auch das Brechen von Knochen und einige andere Dinge, die jeder

Weißmäntel-Zweifler überaus bereitwillig tat. Aber bevor eine wie auch immer geartete Befragung begann, mußte eine Heilung erfolgen, und wenn die Befragung nach Sonnenaufgang begann, mußte sie vor Sonnenuntergang beendet sein und umgekehrt. Das Gesetz schrieb sogar noch mehr Einschränkungen vor, wenn es sich um Neulinge, Schwestern, Aufgenommene und Novizinnen der Burg handelte, und verbot die Benutzung *Saidars* sowie Bestrafung oder Buße bei der Befragung. Oh, eine Schwester konnte einer Novizin mit der Macht eine Ohrfeige verpassen, wenn sie aufgebracht war, oder ihr sogar eine Tracht Prügel verabreichen, aber nicht wesentlich mehr. Ispan lächelte sie an. Sie lächelte! Elayne atmete tief durch.

»Adeleas, Vandene, ich möchte, daß Ihr Aviendha und mich mit Ispan allein laßt.« Ihr Magen verkrampfte sich. Es mußte eine Möglichkeit geben, die Frau ausreichend einzuschüchtern, um zu erfahren, was nötig war, ohne das Burggesetz zu verletzen. Aber wie? Menschen, die von der Burg befragt werden sollten, begannen üblicherweise bereits zu reden, bevor sie auch nur berührt wurden – jedermann *wußte,* daß sich niemand gegen die Burg behaupten konnte, niemand! –, aber sie waren selten Neulinge. Sie hörte eine Stimme. Dieses Mal nicht Linis Stimme, sondern die ihrer Mutter. *Was du zu tun befiehlst, mußt du auch bereitwillig selbst tun können. Als Königin hast du bereits getan, was du zu tun befiehlst*. Wenn sie das Gesetz brach ... Wieder erklang die Stimme ihrer Mutter. *Selbst eine Königin kann nicht über dem Gesetz stehen, sonst gibt es kein Gesetz*. Und dann Linis Stimme. *Du kannst tun, was immer du willst, Kind. Solange du bereit bist, den Preis zu bezahlen*. Sie nahm ihren Hut ab, ohne die Bänder zu lösen. Es kostete sie Mühe, ihre Stimme ruhig klingen zu lassen. »Wenn wir ... wenn wir mit unserem Gespräch mit ihr fertig sind, könnt Ihr sie wieder zum Frauenzirkel zurückbringen.« Hinterher würde sie sich Merilille fügen. Die fünf Schwestern konnten eine Buße vereinbaren, wenn sie darum gebeten wurden.

Ispan wandte jäh den Kopf; der Blick aus den geschwollenen Augen wanderte von Elayne zu Aviendha und wieder zurück, und die Augen weiteten sich allmählich, bis das Weiße rundum sichtbar war. Sie war jetzt nicht mehr selbstsicher.

Vandene und Adeleas wechselten schweigend Blicke, so wie Menschen es tun, die so viel Zeit miteinander verbracht haben, daß Worte kaum noch nötig sind. Dann nahm Vandene Elayne und Aviendha jeweils bei einem Arm. »Wenn ich Euch einen Moment draußen sprechen dürfte«, murmelte sie. Es klang wie ein Vorschlag, aber sie drängte sie bereits zur Tür.

Draußen auf dem Hof standen ungefähr zwei Dutzend Frauen der Schwesternschaft wie Schafe zusammengepfercht. Nicht alle trugen die Kleidung der Ebou Dari, aber zwei trugen die roten Gürtel Weiser Frauen, und Elayne erkannte Berowin, eine rundliche kleine Frau, die sonst weitaus größeren Stolz zeigte, als ihre Stärke in der Macht gerechtfertigt hätte. Aber jetzt nicht. Ihr Gesicht zeigte Angst, und die Blicke der Frauen irrten umher, obwohl der gesamte Frauenzirkel um sie herumstand und beharrlich auf sie einredete. Ein Stück weiter versuchten Nynaeve und Alise, vielleicht doppelt so viele Frauen in eines der größeren Gebäude zu drängen. ›Versuchten‹ schien die richtige Bezeichnung zu sein.

»... kümmert mich nicht, *welche* Stellung Ihr innehabt«, schrie Nynaeve eine Frau in hellgrüner Seide an, die stolz den Kopf reckte. »Ihr werdet dort hineingehen und dort bleiben. Aus dem Weg, sonst *trete* ich Euch hinein!«

Alise ergriff die grün gekleidete Frau kurzerhand

am Kragen und schob sie trotz zorniger Proteste durch den Eingang. Ein lautes Kreischen erklang, wie von einer großen Gans, die getreten worden war, und dann erschien Alise wieder und klopfte ihre Hände ab. Die anderen machten danach keine Schwierigkeiten mehr.

Vandene entließ sie alle und beobachtete ihre Augen. Das Schimmern umgab sie auch weiterhin, und doch mußte Adeleas ihre vereinten Stränge konzentriert haben. Vandene hätte den Schild aufrechterhalten können, wenn er erst gewoben war, ohne ihn sehen zu können, aber wäre sie diejenige gewesen, hätte weitaus wahrscheinlicher Adeleas sie hinausgebracht. Vandene hätte mehrere hundert Schritte gehen können, bevor die Verbindung nachließ – diese würde selbst dann nicht zerbrechen, wenn sie und Adeleas an entgegengesetzte Punkte der Erde eilten, obwohl sie schon lange vorher nutzlos geworden wäre –, aber sie blieb in der Nähe der Tür. Sie suchte anscheinend nach den richtigen Worten.

»Ich habe es immer für das beste gehalten, wenn Frauen mit Erfahrung diese Dinge regeln«, sagte sie schließlich. »Junge Frauen ereifern sich leicht. Dann tun sie des Guten zuviel. Oder manchmal erkennen sie, daß sie sich nicht dazu überwinden können, genug zu tun, weil sie tatsächlich noch nicht genug erlebt haben. Oder schlimmstenfalls finden sie … Geschmack daran. Ich glaube, Ihr habt beide diesen Makel.« Sie sah Aviendha abschätzend an. Aviendha steckte hastig ihren Gürteldolch zurück in die Scheide. »Adeleas und ich haben genug erlebt, um zu wissen, warum wir tun müssen, was getan werden muß, und wir haben den Eifer schon lange abgelegt. Vielleicht werdet Ihr dies uns überlassen. Das ist sicherlich besser.« Vandene schien die Empfehlung zu akzeptieren. Sie nickte und wandte sich wieder der Tür zu.

Sie war kaum dahinter verschwunden, als Elayne innen den Gebrauch der Macht spürte, ein Gewebe, das den Innenraum überlagert haben mußte. Sicherlich ein Schutz vor Lauschern. Sie würden nicht wollen, daß jemand zufällig aufschnappte, was auch immer Ispan sagte. Dann bemerkte sie weiteren Gebrauch der Macht, und die darauffolgende Stille war unheilvoller als jegliche Schreie.

Sie setzte ihren Hut energisch wieder auf. Sie spürte die Hitze nicht, aber das Flimmern der Luft ließ sie sich plötzlich unwohl fühlen. »Vielleicht hilfst du mir, das Gepäck der Lastpferde durchzusehen«, sagte sie hastig. Sie hatte nicht befohlen, daß es getan werden sollte – was immer *es* war –, aber das änderte anscheinend nichts. Aviendha nickte überraschend schnell. Sie wollte dieser Stille offensichtlich auch entfliehen.

Die Windsucherinnen warteten nicht weit von der Stelle entfernt, wo die Diener die Packpferde hingeführt hatten, warteten ungeduldig und sahen sich gebieterisch um, die Arme in Nachahmung Renailes unter den Brüsten gekreuzt. Alise trat zu ihnen und machte Renaile nach einem raschen Blick als die Anführerin aus. Elayne und Aviendha ignorierte sie.

»Kommt mit«, sagte sie in barschem Ton, der keinen Widerspruch duldete. »Die Aes Sedai meinen, Ihr wolltet sicher den Schatten aufsuchen, bis alles geklärt ist.« Die Worte ›Aes Sedai‹ enthielten ebensoviel Bitterkeit, wie sie Ehrfurcht enthielten, wenn sie von den Frauen der Schwesternschaft ausgesprochen wurden. Vielleicht sogar mehr. Renaile erstarrte, und ihr gebräuntes Gesicht wurde noch dunkler, aber Alise fuhr ungerührt fort. »Ihr Wilden könnt von mir aus dort draußen sitzen und schwitzen, wenn Ihr wollt. Wenn Ihr sitzen *könnt*.« Es war offensichtlich, daß keine der Atha'an Miere Heilung von der Sattelwundheit erhalten hatte. Sie standen da, als wollten sie vergessen, daß sie unterhalb der Taille existierten. »Aber Ihr werdet mich nicht warten lassen.«

»Wißt Ihr, wer ich bin?« fragte Renaile in kaum beherrschtem Zorn, aber Alise ging bereits davon und blickte nicht zurück. Renaile kämpfte sichtlich mit sich, wischte sich mit dem Handrücken den Schweiß von der Stirn und befahl den anderen Windsucherinnen dann verärgert, die verfluchten Pferde zurückzulassen und ihr zu folgen. Sie gingen schwankend und breitbeinig in einer Reihe hinter Alise her, und alle außer den beiden Neulingen murrten vor sich hin – einschließlich Alise.

Elayne überlegte sogleich, wie sie Frieden bewirken und die Schmerzen der Atha'an Miere heilen lassen könnte, ohne daß sie darum bitten müßten. Oder daß eine Schwester es zu eifrig anbieten müßte. Nynaeve mußte ebenso besänftigt werden wie die anderen Schwestern. Elayne erkannte zu ihrer Überraschung plötzlich, daß sie zum ersten Mal in ihrem Leben nicht wirklich den Wunsch hatte, für Ausgleich zu sorgen. Sie beobachtete, wie die Windsucherinnen auf eines der Gebäude des Bauernhofs zuhumpelten, und entschied, daß alles gut war, so wie es war. Aviendha grinste breit, während sie die Atha'an Miere beobachtete. Elayne wurde rasch ernst und wandte sich den Packpferden zu. Sie hatten es jedoch verdient. Es war sehr schwer, ernst zu bleiben.

Die Durchsuchung ging mit Aviendhas Hilfe weitaus rascher vonstatten als zuvor, obwohl Aviendha nicht so schnell wie sie erkannte, wonach sie suchten, was keine große Überraschung war. Einige der Schwestern, die Elayne ausgebildet hatte, zeigten größeres Können hierin als sie selbst, aber die meisten kamen ihr nicht einmal nahe. Dennoch fanden zwei Paar Hände mehr als eines, und es gab vieles zu finden.

Stallburschen in Livree und Frauen brachten den Unrat fort, während sich auf der breiten Steinabdeckung einer quadratischen Zisterne viele *Ter'angreale* anhäuften.

Vier weitere Pferde wurden schnell entladen, und sie stellten eine Sammlung zusammen, die in der Burg gefeiert worden wäre, selbst wenn niemand *Ter'angreale* erforscht hätte. Sie hatten jede erdenkliche Form. Becher und Schalen und Vasen, keine zwei von derselben Größe, mit demselben Muster oder aus dem gleichen Material. Eine flache, wurmstichige Schatulle, die schon auseinanderfiel und deren wie auch immer geartetes Futter längst zu Staub zerfallen war, enthielt Schmuckstücke – eine Halskette und Armbänder, die mit farbigen Steinen besetzt waren, einen schmalen, juwelenbesetzten Gürtel und mehrere Fingerringe –, und es gab Platz für weitere. Jedes einzelne Schmuckstück war ein *Ter'angreal*, und sie paßten alle zueinander, sollten zusammen getragen werden, obwohl sich Elayne nicht vorstellen konnte, warum eine Frau so viel Schmuck auf einmal am Körper tragen wollte. Aviendha fand einen Dolch, um dessen Heft aus grobem Hirschgeweih Golddraht gewickelt war. Die Klinge war stumpf, und sie war es allem Anschein nach auch stets gewesen. Sie drehte den Dolch unentwegt in den Händen – tatsächlich begannen ihre Hände zu zittern –, bis Elayne ihn ihr fortnahm und zu den anderen Gegenständen auf die Zisternenplatte legte. Selbst dann stand Aviendha noch lange Zeit da, betrachtete den Dolch und leckte sich die Lippen, als seien sie ausgetrocknet. Es gab Fingerringe, Ohrringe, Halsketten, Armbänder und Gürtelschnallen, die teilweise sehr eigenartige Muster aufwiesen. Es gab Statuetten und Figuren von Vögeln und Tieren und Menschen, mehrere Dolche mit Ziselierungen, ein halbes Dutzend große Medaillons aus Bronze oder Stahl, die meisten mit merkwürdigen Mustern versehen, aber keines mit einem Bild, das Elayne wirklich verstehen konnte, ferner zwei seltsame Hüte, die anscheinend aus Metall gefertigt waren, zu verziert und zu dünn, um Helme zu sein, und unzählige Gegenstände, die sie nicht einmal annähernd benennen konnte. Darunter eine Rute vom Umfang ihres Handgelenks, hellrot und glatt und abgerundet, eher fest als hart, obwohl sie aus Stein zu sein schien. Sie erwärmte sich in ihren Händen nicht nur leicht – sie fühlte sich fast heiß an! Es war genausowenig wirkliche Hitze, wie die Wärme real war, aber dennoch! Und was war mit den zwei wie Korbgeflecht gearbeiteten Metallkugeln, eine in der anderen? Jede Bewegung verursachte ein schwaches musikalisches Klingen, stets einen anderen Ton, und sie hatte das Gefühl, daß jedes Mal eine noch kleinere Kugel entdeckt werden wollte, gleichgültig wie genau sie hinsah. Und der Gegenstand, der wie das aus Glas gefertigte Geduldsspiel eines Schmieds aussah? Er war so schwer, daß sie ihn fallen ließ, und er brach einen Splitter vom Rand der Zisternenplatte ab. Es war insgesamt eine Ansammlung, die bei jeder Aes Sedai Erstaunen hervorrufen würde. Und noch wichtiger war, daß sie noch zwei weitere *Angreale* gefunden hatten, die Elayne sehr vorsichtig in Reichweite beiseite legte.

Das eine war ein seltsames Schmuckstück, ein goldenes, mit vier flachen Ketten mit Fingerringen verbundenes Armband, das mit einem komplizierten, labyrinthischen Muster ziseliert war. Das war das stärkere der beiden *Angreale*, sogar stärker als die noch immer in ihrer Gürteltasche befindliche Schildkröte. Es war für eine kleinere Hand als Aviendhas oder ihre gemacht. Seltsamerweise besaß das Armband ein kleines Schloß, vollständig mit einem sehr kleinen, röhrenförmigen Schlüssel, der von einer dünnen, offensichtlich abnehmbaren Kette herabhing. Zusammen mit dem Schlüssel abnehmbar! Das andere *Angreal* war eine sitzende Frau aus vom Alter dunkel gewordenem Elfenbein, welche die Beine vor sich gekreuzt hatte, die Knie entblößt, aber mit so langem und üppigem Haar, daß sie auch im schwersten Umhang nicht besser hätte verhüllt sein können. Dieses *Angreal* war nicht einmal so stark wie die Schildkröte, aber sie fand es sehr ansprechend. Eine Hand ruhte auf einem Knie der Frau, die Handfläche nach oben gerichtet und die Finger so gehalten, daß der Daumen die Spitzen der beiden mittleren Finger berührte, während die andere Hand erhoben war, die ersten beiden Finger ausgestreckt und die anderen gebogen. Die ganze Figur vermittelte den Eindruck äußerster Würde, und doch zeigte das genau ausgearbeitete Gesicht Belustigung und Vergnügen. Vielleicht war sie für eine besondere Frau gefertigt worden? Sie schien irgendwie ein Porträt zu sein. Vielleicht hatten sie es im Zeitalter der Legenden geschnitzt. Einige *Ter'angreale* waren sehr groß, so daß Männer und Pferde oder sogar die Macht nötig wären, um sie zu bewegen, aber die meisten *Angreale* waren klein genug, um sie bei sich zu tragen. Nicht alle, aber die meisten.

Sie schlugen gerade die Segeltuchabdeckung zweier weiterer Packtaschen zurück, als Nynaeve heranschritt. Die Atha'an Miere traten aus einem der Gebäude des Bauernhofs und hinkten nicht mehr. Merilille sprach mit Renaile, oder vielmehr sprach die Windsucherin, und Merilille hörte zu. Elayne fragte sich, was dort drinnen geschehen war. Die schlanke Graue wirkte nicht mehr so zufrieden. Die Ansammlung von Frauen der Schwesternschaft war größer geworden, und gerade als Elayne aufsah, betraten drei weitere zögernd den Hof, und zwei andere standen am Rande der Olivenbäume und sahen sich unschlüssig um. Sie konnte Birgitte spüren, irgendwo dort draußen in den Hainen und nur unwesentlich weniger verärgert als zuvor. Nynaeve betrachtete die Ansammlung von *Ter'angrealen* und zog an ihrem Zopf. Ihren Hut hatte sie irgendwo verloren. »Das kann warten«, sagte sie und klang angewidert. »Es wird Zeit.«

KAPITEL 5

Der Sturm bricht los

Die Sonne war erst auf halbem Wege vom Zenit zum Horizont, als sie den gut ausgetretenen, gewundenen Pfad zur Spitze des steilen Hügels über den Scheunen emporstiegen. Renaile hatte diesen Punkt ausgewählt. Es machte nach dem, was Elayne über die Beeinflussung des Wetters wußte und was sie von einer Windsucherin des Meervolks gelernt hatte, um sicher zu sein, durchaus Sinn. Um etwas jenseits der unmittelbaren Umgebung verändern zu können, mußte man über weite Entfernungen arbeiten, was bedeutete, daß man über eine weite Strecke freie Sicht haben mußte, was auf dem Meer viel leichter war als an Land, es sei denn, man befand sich auf einem Berg oder Hügelkamm. Weiterhin mußte man geschickt vorgehen, um wolkenbruchartigen Regen oder Wirbelwinde oder nur das Licht wußte, was sonst, zu verhindern. Was auch immer man tat – die Wirkung verbreitete sich wie Wellen von einem in einen Teich geworfenen Stein. Sie wollte auf keinen Fall den Kreis anführen, der die Schale benutzen würde.

Der Boden auf dem kahlen Hügelkamm war flach, eine rauhe Felsplatte, fünfzig Schritte lang und breit, mit viel Platz für alle, die hiersein sollten, wie auch für einige, die strenggenommen nicht hiersein sollten. Von mindestens fünfzig Schritt oberhalb des Bauernhofs aus hatte man meilenweit eine großartige Aussicht über die von Gehöften, Weiden, Wäldern und Olivenhainen geprägte Landschaft. Viel zu viele Brauntöne und versengte Gelbtöne mischten sich mit wenigen Schattierungen von Grün, schrien ihnen die Notwendigkeit dessen entgegen, was sie zu tun beabsichtigten, und doch berührte Elayne diese Schönheit. Trotz des wie leichter Nebel in der Luft liegenden Staubs konnte sie so *weit* sehen! Das Land war hier bis auf jene wenigen Hügel überwiegend flach. Ebou Dar lag südlich gerade außer Sicht, selbst wenn sie die Macht umarmte, und doch schien es, als sollte sie es sehen können, wenn sie sich nur ein wenig bemühte. Mit ein wenig Anstrengung konnte sie gewiß den Eldar sehen. Eine phantastische Aussicht. Aber nicht alle hatten Gefallen daran.

»Eine Stunde vergeudet«, murrte Nynaeve und sah dabei Reanne von der Seite an. Und auch fast jedermann sonst. Da Lan nicht mitgekommen war, wollte sie die Gelegenheit anscheinend nutzen, ihre Launen an anderen auszulassen. »Fast eine Stunde. Vielleicht sogar mehr. Vollkommen vergeudet. Alise ist vermutlich ausreichend fähig, aber man sollte meinen, Reanne *wüßte*, wer da wäre! Licht! Wenn diese törichte Frau abermals in meiner Gegenwart ohnmächtig wird ...!« Elayne hoffte, daß sie sich noch ein wenig länger beherrschte. Es würde ein gewaltiger Sturm werden, wenn sie ihren Gefühlen freien Lauf ließe.

Reanne versuchte, eine eifrige, heitere Miene beizubehalten, aber sie bewegte unruhig die Hände und zupfte ständig ihre Röcke zurecht oder glättete sie. Kirstian umklammerte ihre Röcke nur, schwitzte und schien sich jeden Moment übergeben zu wollen. Wenn jemand sie ansah, irgend jemand, zitterte sie. Die dritte Frau der Schwesternschaft, Garenia, war eine saldaeanische Händlerin mit breiter Nase und vollen Lippen, eine kleine, schmalhüftige Frau, stärker als die beiden anderen, die nicht viel älter als Nynaeve aussah. Auf ihrem blassen Gesicht glänzte öliger Schweiß, und ihre dunklen Augen weiteten sich, wann immer ihr Blick auf eine Aes Sedai fiel. Elayne dachte, daß sie vielleicht bald erfahren würde, ob einem Menschen *wirklich* die Augen aus dem Kopf fallen konnten. Zumindest hatte Garenia aufgehört zu jammern, was sie den ganzen Weg den Hügel hinauf getan hatte.

Tatsächlich wären vielleicht noch andere stark genug gewesen – möglicherweise; die Schwesternschaft achtete nicht sehr darauf –, aber die letzten beiden waren vor drei Tagen fortgegangen. Niemand sonst auf dem Bauernhof kam ihnen auch nur annähernd nahe, weshalb Nynaeve noch immer angewidert war. Einer der Gründe. Der andere Grund bestand darin, daß Garenia als eine der ersten ohnmächtig im Hof aufgefunden worden war. Und sie war die ersten beiden Male, als sie wieder zu sich kam, erneut ohnmächtig geworden, sobald ihr Blick auf eine der Schwestern fiel. Da Nynaeve Nynaeve war, würde sie natürlich nicht zugeben, daß sie einfach Alise hätte bitten sollen, die sich noch immer auf dem Bauernhof befand. Oder Alise hätte sagen sollen, was sie suchte, bevor die Frau danach fragte. Nynaeve erwartete niemals, daß jemand oben von unten unterscheiden konnte. Außer ihr selbst.

»Wir könnten jetzt schon fertig sein!« grollte Nynaeve. »Wir könnten abgeschlossen haben, was …« Sie zitterte fast unter der Anstrengung, die Meervolk-Frauen nicht grimmig anzustarren, die sich nahe dem östlichen Rand der Felsplatte versammelten. Renaile, die eindringlich gestikulierte, schien Anweisungen zu erteilen. Elayne hätte viel darum gegeben, diese verstehen zu können.

Nynaeves finstere Blicke schlossen Merilille, Careane und Sareitha, welche die seidenumwickelte Schale noch immer fest umklammerte, gewiß mit ein. Adeleas und Vandene waren unten bei Ispan geblieben. Jene drei Schwestern standen schwatzend zusammen und achteten überhaupt nicht auf Nynaeve, bis sie diese direkt ansprach, während Merililles Blick manchmal zu den Windsucherinnen schweifte, sich aber dann wieder losriß. Ihre heitere Maske verzerrte sich leicht, und sie leckte sich mit der Zungenspitze über die Lippen.

Hatte sie dort unten einen Fehler gemacht, als sie sie Geheilt hatte? Merilille hatte Verträge ausgehandelt und bei Streitigkeiten zwischen Nationen vermittelt. Nur wenige in der Weißen Burg waren besser darin als sie. Aber Elayne erinnerte sich, einmal eine Geschichte gehört zu haben, eine Art Witz über eine Domani-Händlerin, einen Lademeister des Meervolks und eine Aes Sedai. Nicht viele Menschen erzählten Witze über Aes Sedai. Es könnte gefährlich sein. Die Händlerin und der Lademeister fanden am Strand einen gewöhnlichen Felsen und verkauften ihn sich gegenseitig immer wieder, wobei sie jedesmal auf unbestimmte Weise einen Gewinn machten. Dann kam eine Aes Sedai vorbei. Die Domani überzeugte die Aes Sedai davon, den schlichten Felsen für den doppelten Preis, den sie zuletzt bezahlt hatte, zu kaufen. Woraufhin der Atha'an Miere die Aes Sedai davon überzeugte, *denselben* Felsen von ihm für noch einmal das Doppelte zu kaufen. Es war nur ein Witz, aber er verdeutlichte, was die Menschen glaubten. Vielleicht hätten die älteren Schwestern *keinen* besseren Vertrag mit dem Meervolk ausgehandelt.

Aviendha ging geradewegs zum Rand der Felswand, sobald sie den Hügelkamm erreicht hatten, und blieb dann dort nach Norden blickend regungslos wie eine Statue stehen. Kurz darauf erkannte Elayne, daß sie keineswegs die Aussicht bewunderte. Aviendha starrte lediglich vor sich hin. Elayne sammelte mit den drei *Angrealen* in Händen ein wenig unbeholfen ihre Röcke und gesellte sich zu ihrer Freundin.

Die Felswand fiel in fünfzig Fuß hohen Stufen zu den Olivenhainen hin ab, steile Reihen welligen grauen Gesteins, die bis auf einige wenige verdorrte Büsche kahl waren. Der Abgrund erschien nicht wirklich bedrohlich, aber es war doch etwas anderes, als von einem Baumwipfel zu Boden zu blicken. Seltsamerweise fühlte Elayne sich ein wenig benommen, als sie hinabblickte. Aviendha schien nicht zu bemerken, daß sich der Rand der Felswand direkt unter ihren Zehen befand.

»Beunruhigt dich etwas?« fragte Elayne leise.

Aviendha blickte weiterhin in die Ferne. »Ich habe dich enttäuscht«, sagte sie schließlich. Ihre Stimme klang tonlos und leer. »Ich konnte das Wegetor nicht angemessen gestalten, und alle haben gesehen, wie ich dich beschämt habe. Ich habe einen Diener für ein Schattenwesen gehalten und mich daraufhin töricht verhalten. Die Atha'an Miere verachten mich und betrachten die Aes Sedai, als wäre ich deren Hund, der auf ihren Befehl bellt. Ich habe behauptet, ich könnte die Schattenläuferin zum Reden bringen, aber keine *Far Dareis Mai* darf Gefangene befragen, ehe sie zwanzig Jahre mit dem Speer verheiratet ist; sie darf nur dabei zusehen, ehe sie zehn Jahre mit dem Speer verheiratet ist. Ich bin schwach und verweichlicht, Elayne. Ich kann es nicht ertragen, dich weiterhin zu beschämen. Wenn ich dich erneut enttäusche, werde ich sterben.«

Elaynes Mund wurde trocken. Das klang zu sehr nach einem Versprechen. Sie ergriff fest Aviendhas Arm und zog sie vom Rand des Abgrunds zurück. Aiel konnten fast so seltsam sein, wie sie vom Meervolk beurteilt wurden. Sie glaubte nicht, daß Aviendha springen würde – nicht wirklich –, aber sie würde kein Risiko eingehen. Zumindest versuchte Aviendha sich ihr nicht zu widersetzen.

Alle übrigen schienen mit sich selbst oder miteinander beschäftigt zu sein. Nynaeve hatte begonnen, zu den Atha'an Miere zu sprechen, beide Hände fest um ihren Zopf geschlossen und das Gesicht von der Anstrengung, nicht zu schreien, beinahe so dunkel wie deren Gesichter, während sie ihr mit geringschätziger Anmaßung zuhörten. Merilille und Sareitha bewachten noch immer die Schale, und Careane versuchte recht erfolglos, mit den Frauen der Schwesternschaft ins Gespräch zu kommen. Reanne antwortete ihr, wenn sie auch unbehaglich blinzelte und ihre Lippen benetzte, aber Kirstian stand zitternd und schweigend da, während Garenia die Augen fest zupreßte. Elayne sprach dennoch leise. Dies ging niemanden sonst etwas an.

»Du hast niemanden enttäuscht, mich am allerwenigsten, Aviendha. Nichts, was du jemals getan hast, hat mich *beschämt*, und nichts, was du tun wirst, könnte mich jemals beschämen.« Aviendha sah sie zweifelnd an. »Und du bist ungefähr so schwach und verweichlicht wie ein Fels.« Das mußte das seltsamste Kompliment sein, das sie jemals jemandem gemacht hatte, und doch wirkte Aviendha aufrichtig erfreut. »Ich wette, daß sich selbst das Meervolk vor dir zu Tode ängstigt.« Noch ein seltsames Kompliment, aber es ließ Aviendha lächeln, wenn auch nur schwach. Elayne atmete tief durch. »Was Ispan betrifft …« Es gefiel ihr nicht, hierüber auch nur nachzudenken. »Ich dachte ebenfalls, ich könnte tun, was nötig ist, aber nur daran zu denken läßt meine Hände schwitzen und meinen Magen rumoren. Ich würde es verderben, selbst wenn ich es versuchte. Das haben wir also gemeinsam.«

Aviendha vollführte die Geste in der Zeichensprache der Töchter des Speers, die ›du erstaunst mich‹ bedeutete. Sie hatte begonnen, Elayne einige Gesten der Zeichensprache beizubringen, obwohl sie sagte, es sei verboten. Anscheinend änderte sich das bei Nächstschwestern, die noch mehr werden wollten. Aber nicht wirklich. Aviendha dachte anscheinend, ihre Erklärung sei vollkommen eindeutig gewesen. »Ich meinte nicht, daß ich es nicht kann«, sagte sie laut, »nur daß ich nicht weiß, wie ich es anstellen soll. Wahrscheinlich hätte ich sie getötet, wenn ich es versucht hätte.« Plötzlich lächelte sie stärker und herzlicher als zuvor und berührte leicht Elaynes Wange. »Wir haben beide unsere Schwächen«, flüsterte sie, »aber das ist keine Schande, solange nur wir beide davon wissen.«

»Nein«, sagte Elayne kraftlos. Sie wußte einfach nicht *wie*! »Natürlich nicht.« Diese Frau barg mehr Überraschungen als jeder fahrende Sänger. »Hier«, sagte sie und drückte Aviendha die von ihrem Haar umhüllte Frauenfigur in die Hand. »Benutze sie im Kreis.« Es war nicht leicht, das *Angreal* aus der Hand zu geben. Sie hatte es selbst benutzen wollen, aber Aviendha, ihre Freundin, ihre Nächstschwester, benötigte trotz ihres Lächelns Ermunterung. Aviendha wandte die kleine Elfenbeinfigur in ihren Händen um. Elayne konnte fast sehen, wie sie zu entscheiden versuchte, auf welchem Wege sie die Figur zurückgeben könnte. »Aviendha, du weißt, wie es sich anfühlt, wenn du soviel *Saidar* festhältst wie möglich? Stell dir vor, doppelt soviel festzuhalten. Stell es dir *wirklich* vor. Ich möchte, daß du sie benutzt. Einverstanden?«

Aiel zeigten vielleicht kaum Empfindungen, aber jetzt weiteten sich Aviendhas grüne Augen. Sie hatte bei ihrer Suche über *Angreale* gesprochen, aber sie hatte zuvor wahrscheinlich niemals daran gedacht, wie es wäre, eines zu benutzen. »Doppelt soviel«, murmelte sie. »Soviel festzuhalten. Das kann ich mir nicht einmal vorstellen. Dies ist ein sehr großes Geschenk, Elayne.« Sie berührte erneut Elaynes Wange und drückte ihre

Fingerspitzen daran. Das war die Aiel-Entsprechung eines Kusses und einer Umarmung.

Was auch immer Nynaeve dem Meervolk zu sagen hatte, es dauerte nicht lange. Sie verließ sie schon bald wieder, wobei sie heftig an ihren Röcken zerrte. Als sie sich Elayne näherte, sah sie Aviendha und den Rand des Abgrunds gleichermaßen grimmig an. Normalerweise leugnete sie, daß sie nicht schwindelfrei war, aber nun achtete sie darauf, daß die beiden anderen Frauen zwischen ihr und dem Abgrund blieben. »Ich muß mit dir reden«, murrte sie und führte Elayne ein kleines Stück auf dem Hügelkamm entlang und weiter vom Rand fort. Nur ein kleines Stück, aber weit genug von allen anderen entfernt, so daß niemand sie belauschen konnte. Sie atmete mehrere Male tief durch, bevor sie leise zu sprechen begann, wobei sie Elayne nicht ansah.

»Ich ... ich habe mich wie eine Närrin benommen. Daran ist dieser verdammte Mann schuld! Wenn er nicht bei mir ist, kann ich an kaum etwas anderes denken, und wenn er da ist, kann ich überhaupt nicht denken! Du ... du mußt mir sagen, wenn ich ... wenn ich mich töricht verhalte. Ich verlasse mich auf dich, Elayne.« Sie sprach weiterhin leise, aber ihr Tonfall wurde fast klagend. »Ich kann es mir nicht leisten, meinen Verstand wegen eines Mannes zu verlieren, nicht jetzt.«

Elayne war so erschrocken, daß sie einen Moment nichts sagen konnte. Nynaeve gab zu, töricht gewesen zu sein? Sie hätte beinahe nachgesehen, ob die Sonne grün geworden war! »Es ist nicht Lans Fehler, und das weißt du, Nynaeve«, sagte sie schließlich. Sie verdrängte die Erinnerungen an ihre eigenen, kürzlich gehegten Gedanken an Rand. Dies war nicht dasselbe. Doch die Gelegenheit war ein Geschenk des Lichts. Morgen würde Nynaeve sie wahrscheinlich ohrfeigen, wenn sie behauptete, Nynaeve sei töricht. »Beherrsche dich, Nynaeve. Hör auf, dich wie ein albernes Kind zu verhalten.« Bestimmt keine Gedanken an Rand! *Sie* hatte Rand nicht *so* sehr angehimmelt! »Du bist eine Aes Sedai, und du sollst uns anführen. Anführen! Und nachdenken!«

Nynaeve faltete die Hände über der Taille und ließ den Kopf hängen. »Ich werde es versuchen«, murmelte sie. »Ich werde es wirklich versuchen. Aber du weißt nicht, wie das ist. Ich … es tut mir leid.«

Elayne hätte fast ihre Zunge verschluckt. Nynaeve *entschuldigte* sich noch zusätzlich? Nynaeve war *beschämt*? Vielleicht war sie krank?

Es hielt natürlich nicht an. Nynaeve betrachtete plötzlich stirnrunzelnd das *Angreal* und räusperte sich. »Du hast Aviendha eines gegeben, nicht wahr?« fragte sie mit Nachdruck. »Nun, sie ist gewiß vertrauenswürdig. Schade, daß wir dem Meervolk eines überlassen müssen. Ich wette, daß sie anschließend versuchen werden, es zu behalten! Nun, sollen sie es versuchen! Welches ist meines?«

Elayne reichte ihr seufzend das Armband mit den damit verbundenen Ringen, und Nynaeve schritt davon, während sie das Schmuckstück an ihre linke Hand anlegte und allen Frauen laut zurief, sie sollten ihre Plätze einnehmen. Manchmal war es schwer, die Anführerin Nynaeve von der Tyrannin Nynaeve zu unterscheiden. Zumindest, solange sie *tatsächlich* anführte.

Die Schale der Winde stand inmitten der Felsplatte auf ihrer abgewickelten weißen Umhüllung, eine nahezu flache, schwere Scheibe aus reinem Kristall von zwei Fuß Durchmesser, auf deren Innenseite dicht umherwirbelnde Wolken eingearbeitet waren. Ein reich verziertes Stück und doch schlicht, wenn man bedachte, was sie – hoffentlich – zu bewirken vermochte.

Nynaeve nahm ihren Platz in der Nähe der Schale ein, das *Angreal* um ihr Handgelenk geschlossen. Sie bewegte die Hand und wirkte überrascht, daß die Ketten ihr anscheinend kein Unbehagen bereiteten. Das *Angreal* schien wie für sie gemacht. Die drei Frauen der Schwesternschaft waren bereits da, Kirstian und Garenia hinter Reanne zusammengedrängt und anscheinend verängstigter denn je, wenn das noch möglich war. Die Windsucherinnen standen fast zwanzig Schritte entfernt hinter Renaile aufgereiht.

Elayne raffte ihre geteilten Röcke, trat zu Aviendha, die nahe der Schale stand, und betrachtete das Meervolk mißtrauisch. Beabsichtigten sie, ein Aufhebens zu machen? Genau das hatte sie befürchtet, seit das erste Mal erwähnt wurde, daß sich Frauen auf dem Bauernhof befänden, die vielleicht ausreichend stark waren, sich der Verbindung anzuschließen. Die Atha'an Miere beharrten so auf ihren Rängen, daß es die Weiße Burg beschämte, und Garenias Anwesenheit bedeutete, daß Renaile din Calon Blauer Stern, Windsucherin der Herrin der Schiffe der Atha'an Miere, nicht Teil des Kreises sein würde. Nicht sein sollte.

Renaile betrachtete forschend die Frauen um die Schale. Sie schien sie abzuschätzen, ihre Fähigkeiten zu beurteilen. »Talaan din Gelyn«, rief sie plötzlich barsch, »nehmt Euren Platz ein!« Es klang wie ein Peitschenhieb! Sogar Nynaeve zuckte zusammen.

Talaan verbeugte sich tief, berührte ihre Brust und lief dann zu der Schale. Sobald sie sich bewegte, rief Renaile erneut barsch: »Metarra din Junalle, nehmt Euren Platz ein!« Metarra, rundlich, aber doch kräftig, eilte hinter Talaan her. Beide waren noch zu jung, um sich den vom Meervolk sogenannten ›Salznamen‹ verdient zu haben.

Einmal begonnen, ratterte Renaile alle Namen rasch herunter; sie setzte auch Rainyn und die beiden anderen Windsucherinnen in Bewegung, die alle schnell reagierten, wenn auch nicht so hastig wie die Neulinge. Der Anzahl ihrer Medaillons nach zu urteilen, standen Naime und Rysael rangmäßig höher als Rainyn, würdevolle Frauen mit einer ruhigen Befehlshaltung, aber merklich schwächer im Gebrauch der Macht. Dann hielt Renaile nur einen Herzschlag lang inne, und doch stach dieser Moment aus der raschen Aufzählung hervor. »Tebreille din Gelyn Südwind, nehmt Euren Platz ein! Caire din Gelyn Fließende Woge, übernehmt das Kommando!«

Elayne empfand einen Moment der Erleichterung, daß Renaile nicht auch sie selbst genannt hatte, aber dieser Moment dauerte nur so lange, wie Renailes Innehalten gedauert hatte. Tebreille und Caire wechselten einen Blick, Tebreille grimmig und Caire selbstgefällig, bevor sie zur Schale traten. Acht Ohrringe und eine Vielzahl von einander überlappenden Medaillons wiesen die Windsucherinnen als Wogenherrinnen der Clans aus. Allein Renaile stand über ihnen. Nur Dorile unter den auf der Felsplatte befindlichen Meervolk-Leuten kam ihnen gleich. In mit Brokat versehene gelbe Seide gehüllt, war Caire ein wenig größer. Tebreille, in ebenfalls mit Brokat verbrämter grüner Seide, hatte das etwas strengere Gesicht, aber beide waren überaus hübsche Frauen, und man mußte nicht ihre Namen wissen, um zu erkennen, daß sie blutsverwandt waren. Sie hatten dieselben großen, fast schwarzen Augen, dieselbe gerade Nase, das gleiche kräftige Kinn. Caire deutete schweigend auf den Platz zu ihrer Rechten. Tebreille sagte ebenfalls nichts; noch zögerte sie, den ihr von ihrer Schwester angewiesenen Platz einzunehmen, aber ihr Gesicht war starr. Mit ihr umgab jetzt ein Kreis von dreizehn Frauen fast Schulter an Schulter die Schale. Caires Augen funkelten beinahe. Tebreilles Augen wirkten trüb. Elayne wurde an ein weiteres Sprichwort Linis erinnert. *Kein Dolch ist schärfer als der Haß einer Schwester.*

Caire sah sich in dem Kreis der Frauen um die Schale um, der noch kein geschlossener Kreis war, als versuche sie, sich jedes Gesicht zu merken. Elayne kam zu sich, übergab Talaan hastig das letzte *Angreal*, die kleine Elfenbeinschildkröte, und erklärte, wie es benutzt wurde. Die Erklärung war einfach, und doch konnte jedermann, der es ohne Erklärung zu benutzen versuchte, Stunden damit vergeuden. Sie konnte jedoch keine fünf Worte äußern.

»Ruhe!« brüllte Caire. Die tätowierten Fäuste in die Hüften gestemmt und die bloßen Füße auseinander stehend, hätte sie an Deck eines in die Schlacht segelnden Schiffes gehört. »Niemand hier wird ohne meine Erlaubnis sprechen. Talaan, Ihr erstattet sofort Bericht, wenn Ihr auf Euer Schiff zurückgekehrt seid.« Nichts an Caires Tonfall ließ vermuten, daß sie zu ihrer eigenen Tochter sprach. Talaan verbeugte sich tief, berührte ihre Brust und murmelte etwas Unhörbares. Caire schnaubte verächtlich – sie funkelte Elayne auf eine Art und Weise an, die ihren Wunsch vermuten ließ, sie könnte sie auch zur Berichterstattung verpflichten –, bevor sie mit einer Stimme fortfuhr, die man sicherlich noch am Fuße des Hügels hören konnte. »Heute werden wir tun, was seit der Zerstörung der Welt nicht mehr getan worden ist, als unsere Vorfahren gegen die entfesselte Natur gekämpft haben. Sie haben durch die Schale der Winde und die Gnade des Lichts überlebt. Heute werden wir die Schale der Winde benutzen, die uns mehr als zweitausend Jahre lang verloren war und uns jetzt zurückgegeben wurde. Ich habe das alte Wissen studiert, die Aufzeichnungen aus der Zeit, als unsere Vorfahren zum erstemal das Meer und das Weben der Winde kennenlernten und unserem Blut das Salz zugeführt wurde. Ich weiß alles, was über die Schale der Winde bekannt ist, mehr als jede andere.« Sie blickte zu ihrer Schwester, ein zufriedener Blick, den Tebreille ignorierte, was Caire noch mehr zufriedenzustellen schien. »Ich werde, wenn es dem Licht gefällt, heute tun, wozu die Aes Sedai nicht imstande sind. Ich erwarte, daß Ihr alle bis zuletzt standhaltet. Ich werde kein Versagen dulden.«

Die übrigen Atha'an Miere hatten diese Ansprache anscheinend erwartet und fanden sie angemessen, aber die Frauen der Schwesternschaft sahen Caire erstaunt an. Elaynes Ansicht nach war Anmaßung nicht annähernd die richtige Bezeichnung. Caire erwartete allen Ernstes, *daß* es dem Licht gefiele, und es *ihr* zutiefst mißfallen würde, wenn dem nicht so wäre! Nynaeve blickte gen Himmel und öffnete den Mund. Caire kam ihr zuvor. »Nynaeve«, verkündete die Windsucherin laut, »Ihr werdet jetzt Eure Fähigkeit im Verbinden unter Beweis stellen. Macht Euch an die Arbeit, Frau, schnell!«

Nynaeve schloß fest die Augen. Ihr Mund ... verzerrte sich. Sie wirkte, als stünde sie vor einem Zusammenbruch. »Vermutlich bedeutet das, daß ich die *Erlaubnis* zu sprechen habe!« murmelte sie – glücklicherweise zu leise, als daß Caire auf der anderen Seite des Kreises es hätte hören können. Sie öffnete die Augen wieder und setzte ein schwaches Lächeln auf, das sich auf grausige Weise von ihrem übrigen Gesichtsausdruck unterschied. Sie war das pure Unbehagen.

»Als erstes muß die Wahre Quelle umarmt werden, Caire.« Das Licht *Saidars* schien plötzlich hell um Nynaeve. Elayne spürte, daß sie das *Angreal* in ihrer Hand bereits benutzte. »Ihr wißt vermutlich, wie man dies tun muß.« Nynaeve ignorierte, daß Caire jäh die Lippen zusammenpreßte, und fuhr fort. »Elayne wird mir jetzt bei der *Demonstration* helfen. Wenn wir Eure *Erlaubnis* haben?«

»Ich bereite mich darauf vor, die Quelle zu umarmen«, warf Elayne schnell ein, bevor Caire sie unterbrechen konnte, »aber ich umarme sie noch nicht wirklich.« Sie hielt inne; die Windsucherinnen beugten sich vor und beobachteten sie, obwohl in Wirklichkeit noch nichts zu sehen war. Selbst Kirstian und Garenia vergaßen ihre Angst soweit, daß sie Interesse zeigten. »Während ich in diesem Stadium verharre, vollführt Nynaeve den Rest.«

»Jetzt werde ich mich nach ihr ausstrecken ...« Nynaeve hielt inne und sah Talaan an. Elayne hatte keine Gelegenheit gehabt, ihr etwas Wesentliches zu sagen. »Es ist genauso wie mit dem *Angreal*«, sagte Nynaeve an den schlanken Neuling gewandt. Caire grollte, und Talaan versuchte, Nynaeve mit gesenktem Kopf zu beobachten. »Ihr öffnet Euch *durch* ein *Angreal* zur Quelle, genauso wie ich mich durch Elayne zur Quelle öffnen werde. Als wolltet Ihr das *Angreal* und die Quelle gleichzeitig umarmen. Es ist wirklich nicht sehr schwer. Seht gut zu, und Ihr werdet es erkennen. Wenn Ihr bereit seid, Euch in den Kreis einzubringen, dann tretet einfach hinzu. Auf diese Weise werde ich die Quelle, wenn ich sie durch Euch umarme, auch durch das *Angreal* umarmen.«

Ob Konzentration oder nicht – Schweißperlen traten auf Elaynes Stirn. Die Hitze hatte nichts damit zu tun. Die Wahre Quelle lockte. Sie pulsierte, und Elayne pulsierte mit ihr. Sie forderte. Je länger sie eine Haaresbreite von der Berührung der Macht trennte, desto stärker würden das Verlangen und die Notwendigkeit. Sie begann leicht zu zittern. Vandene hatte ihr gesagt, daß die Erwartung um so schlimmer wurde, je länger man die Macht lenkte.

»Achtet auf Aviendha«, wies Nynaeve Talaan an. »Sie weiß, wie man ...« Sie gewahrte Elaynes Gesicht und stieß hastig hervor: »Achtet darauf!«

Es war nicht genau das gleiche, als wenn man ein *Angreal* benutzte, wenn es dem auch sehr nahe kam. Es war auch nicht vorgesehen, es eilig zu tun. Nynaeves Berührung war, milde ausgedrückt, nicht sanft. Elayne fühlte sich, als würde sie geschüttelt. Physisch geschah nichts, aber in ihrem Kopf sprang sie scheinbar umher und stürzte dann einen steilen Hang hinab. Schlimmer noch, sie wurde mit quälender Langsamkeit auf die Umarmung *Saidars* zu gedrängt. Es dauerte kürzer als einen Herzschlag und schien doch Stunden, Tage zu dauern. Sie wollte schreien, aber sie konnte nicht atmen. Dann floß die Eine Macht jäh durch sie hindurch, wie ein berstender Damm, ein Ansturm von Leben und Freude, von Entzücken, und der Atem wich in langen Zügen des Vergnügens und einer solch großen Erleichterung aus ihr, daß ihre Beine zitterten. Sie konnte nur mühsam ein Keuchen unterdrücken. Sie zog sich taumelnd hoch und sah Nynaeve finster an, und Nynaeve zuckte entschuldigend die Achseln. Zweimal an einem Tag! Die Sonne *mußte* grün werden.

»Ich kontrolliere jetzt ihren wie auch meinen Strom *Saidar*«, fuhr Nynaeve fort, ohne Elaynes Blick wirklich zu begegnen, »und werde es weiterhin tun, bis ich Elayne loslasse. Befürchtet nun nicht, daß derjenige, der den Kreis anführt«, sie warf Caire einen finsteren Blick zu und schnaubte, »Euch dazu bringen kann, zuviel Macht heranzuziehen. Dies ist einem *Angreal* sehr ähnlich. Das *Angreal* fängt zusätzliche Macht vor Euch ab, und ungefähr auf die gleiche Weise könnt Ihr in einem Kreis nicht dazu gebracht werden, zuviel Macht heranzuziehen. Tatsächlich könnt Ihr in einem Kreis nicht ganz soviel Macht heranziehen wie son…«

»Das ist gefährlich!« unterbrach Renaile sie und drängte sich grob zwischen Caire und Tebreille hindurch. Ihr finsterer Blick schloß auch Nynaeve, Elayne und die Schwestern, die abseits vom Kreis standen, mit ein. »Ihr sagt, daß eine Frau eine andere einfach ergreifen, gefangenhalten, benutzen kann? Wie lange wißt Ihr Aes Sedai das schon? Ich warne Euch – wenn Ihr es bei einer von uns anzuwenden versucht …« Jetzt wurde sie unterbrochen.

»So geht das nicht, Renaile.« Sareitha berührte Garenia, und sie und Kirstian stoben auseinander, um ihr Platz zu machen. Die junge Braune sah Nynaeve unsicher an, faltete dann die Hände und nahm einen belehrenden Tonfall an, als spräche sie zu einer Schulklasse. Damit kehrte auch ihre Haltung zurück. Vielleicht sah sie Renaile in diesem Moment tatsächlich als Schülerin an. »Die Burg hat dies viele Jahre lang, schon lange vor den Trolloc-Kriegen, studiert. Ich habe jede Seite gelesen, die von jener Forschung in der Burg-Bibliothek überdauert hat. Es wurde überzeugend bewiesen, daß sich eine Frau nicht gegen den Willen einer anderen Frau mit ihr verbinden kann. Es kann einfach nicht geschehen. In diesem Fall passiert nichts. Bereitwillige Hingabe ist notwendig, genau wie das eigene Umarmen *Saidars*.« Sie klang vollkommen überzeugt, aber Renaile runzelte noch immer die Stirn. Zu viele Menschen wußten, wie Aes Sedai den Eid, der das Lügen verbot, umgehen konnten.

»Und warum hat die Burg es erforscht?« fragte Renaile. »Warum war die Weiße Burg daran so interessiert? Vielleicht forscht Ihr Aes Sedai noch immer daran?«

»Das ist lächerlich.« Sareithas Stimme klang verärgert. »Wenn Ihr es wissen wollt, hat die Auseinandersetzung mit Männern, die die Macht lenken können, sie dazu geführt. Die Zerstörung der Welt war damals für einige noch eine lebendige Erinnerung. Vermutlich erinnern sich nicht mehr sehr viele Schwestern daran – es gehörte nicht zu der notwendigen Unterweisung seit der Zeit vor den Trolloc-Kriegen –, aber Männer können auch in den Kreis mit eingebracht werden, und da der Kreis nicht bricht, selbst wenn man schläft … Nun, Ihr könnt die Vorteile erkennen. Das war leider ein grundlegendes Versäumnis. Um wieder auf uns zurückzukommen, behaupte ich erneut, daß es unmöglich ist, eine Frau in einen Kreis zu zwingen. Wenn Ihr meine Worte anzweifelt, versucht es selbst. Ihr werdet es sehen.«

Renaile nickte und akzeptierte damit letzteres. Man konnte nur wenig mehr tun, wenn eine Aes Sedai eine einfache Tatsache feststellte. Und doch fragte sich Elayne: Was stand auf jenen Seiten, welche die Zeit nicht überdauert hatten? Sie hatte in einem Moment eine leichte Veränderung an Sareithas Tonfall bemerkt. Sie hatte Fragen. Später, wenn weniger Zuhörer dabei waren.

Als sich Renaile und Sareitha zurückzogen, zupfte Nynaeve ihre geteilten Röcke zurecht; durch die Unterbrechung eindeutig irritiert, öffnete sie erneut den Mund.

»Fahrt mit Eurer Demonstration fort, Nynaeve«, befahl Caire barsch. Ihr dunkles Gesicht war vielleicht so unbewegt wie die Oberfläche eines zugefrorenen Teichs, aber sie war ebenfalls nicht sehr erfreut.

Nynaeve bewegte bereits die Lippen, bevor ein Laut hervordrang, und als sie sprach, geschah es eilig, als befürchte sie, daß sie womöglich abermals unterbrochen würde.

Der nächste Teil der Lektion bestand darin, die Kontrolle über den Kreis weiterzugeben. Das mußte gleichfalls freiwillig geschehen, und selbst als sich Elayne zu Nynaeve ausstreckte, hielt sie den Atem an, bis sie die kaum merkliche Veränderung spürte, die bedeutete, daß jetzt sie die in sie hineinfließende Macht kontrollierte. Und jene, die in Nynaeve hineinfloß, natürlich ebenfalls. Sie war sich nicht sicher gewesen, daß es funktionieren würde. Nynaeve konnte mühelos einen Kreis bilden, wenn auch nicht sehr geschickt, aber die Führung weiterzugeben, schloß auch eine Art Verzicht mit ein. Nynaeve hatte normalerweise *erhebliche* Schwierigkeiten damit, Kontrolle abzugeben oder in einen Kreis eingebracht zu werden, genauso wie es ihr einst schwergefallen war, sich *Saidar* zu überlassen. Dies war auch der Grund dafür, warum Elayne im Moment die Führung beibehielt. Sie würde an Caire weitergegeben werden müssen, und Nynaeve schaffte es vielleicht nicht, sie zweimal loszulassen. Die Entschuldigungen mußten für sie weitaus leichter gewesen sein.

Elayne verband sich als nächstes mit Aviendha, damit Talaan tatsächlich erkennen konnte, wie dies mit einem *Angreal* geschah, soweit man es überhaupt sehen konnte, und es funktionierte einwandfrei. Aviendha lernte sehr schnell und verschmolz auf Anhieb mit der Verbindung. Talaan lernte ebenfalls schnell, wie sich herausstellte, und fügte ohne Zögern ihren noch stärkeren, durch das *Angreal* heraufbeschworenen Machtstrom hinzu. Elayne führte die Frauen eine nach der anderen in den Kreis, und sie selbst erschauderte beinahe unter dem gewaltigen Strom der Macht, die in sie hineinströmte. Niemand zog bisher auch nur annähernd soviel Macht heran wie sie selbst, aber die Machtströme summierten sich, besonders wenn ein *Angreal* im Spiel war. Elaynes Wahrnehmung steigerte sich mit jeder zusätzlichen Menge *Saidar*. Sie konnte die schweren Düfte in den durchbrochenen goldenen Dosen riechen, welche die Windsucherinnen um den Hals trugen, und sie voneinander unterscheiden. Sie konnte jede Falte und jede Naht an jedermanns Kleidung genauso deutlich ausmachen, als würde sie ihre Nase auf den Stoff pressen, wenn nicht noch deutlicher. Sie war sich der geringsten Luftbewegung auf ihrer Haut und in ihrem Haar bewußt, Liebkosungen, die sie ohne die Macht niemals wahrgenommen hätte.

Aber ihre Wahrnehmung beschränkte sich natürlich nicht nur darauf. Die Verbindung ähnelte in gewisser Weise dem Bund mit einem Behüter, war ebenso intensiv und irgendwie noch inniger. Sie wußte, daß eine kleine Blase vom Aufstieg auf den Hügel an Nynaeves rechter Ferse ihr leichte Schmerzen verursachte. Nynaeve sprach stets von robustem Schuhwerk, aber sie hatte eine Schwäche für leichte Schuhe mit viel Stickerei. Nynaeve sah Caire finster an, die Arme verschränkt, die Hand, die das *Angreal* hielt, spielte mit dem über ihre rechte Schulter gezogenen Zopf, ganz starr, und doch brodelte in ihrem Inneren ein Mahlstrom von Gefühlen. Angst, Sorge, Vorahnung, Verärgerung, Wachsamkeit und Ungeduld vermischten sich, und durch all das hindurch und manchmal überlagernd drohten Wärmewellen und Hitzewogen zu entflammen. Nynaeve unterdrückte letztere rasch, besonders die Hitze, aber sie kehrten stets zurück. Elayne glaubte, sie fast erkennen zu können, aber es war wie etwas, das man nur aus dem Augenwinkel sah und fort war, wenn man den Kopf wandte.

Überraschenderweise empfand auch Aviendha Angst, aber nur wenig und gut beherrscht, ansonsten aber war sie von Entschlossenheit erfüllt. Garenia und Kirstian, die sichtbar zitterten, waren reinem Entsetzen nahe in einem Maße, daß es verwunderte, daß sie die Quelle auch nur annähernd hatten umarmen können. Reanne war bis zum Überfluß von Eifer erfüllt, auch wenn sie ihre Röcke glättete. Und was die Atha'an Miere betraf ... Selbst Tebreille strahlte wachsame Vorsicht aus, und Metarras und Rainyns umherschwirrende Blicke waren nicht nötig, um erkennen zu können, daß ihre Aufmerksamkeit Caire galt, die sie alle ungeduldig und herrisch beobachtete.

Elayne hatte sich Caire bis zuletzt aufgespart, und es überraschte sie nicht, daß sie vier Versuche – vier! – benötigte, um die Frau in den Kreis einzubringen. Caire war ebenso unnachgiebig wie Nynaeve. Elayne hoffte verzweifelt, daß die Frau aufgrund ihrer Fähigkeiten und nicht aufgrund ihres Ranges ausgewählt worden war.

»Ich werde den Kreis jetzt Euch übergeben«, belehrte sie die Windsucherin, als es schließlich vollbracht war. »Wenn Ihr Euch in Erinnerung ruft, was ich mit Nynaeve getan ha…« Die Worte blieben ihr jäh in der Kehle stecken, als ihr die Führung des Kreises entrissen wurde, ein Gefühl, als hätte sie ein plötzlicher Windstoß durcheinandergebracht. Sie atmete heftig aus, und es klang fast wie Ausspeien. Nun, dann sollte es wohl so sein.

»Gut«, sagte Caire und rieb sich die Hände. »Gut.« Sie richtete ihre Aufmerksamkeit auf die Schale und wandte den Kopf hierhin und dorthin, während sie das Artefakt betrachtete. Nun, vielleicht nicht ihre ganze Aufmerksamkeit. Reanne wollte sich gerade hinsetzen, als Caire ohne aufzublicken fauchte: »Behaltet Euren Platz bei, Frau! Dies ist kein Spaß! Bleibt stehen, bis man Euch befiehlt, Euch zu rühren!«

Reanne sprang bestürzt wieder auf und murrte leise, aber Caire schenkte ihr keinerlei Beachtung mehr. Der Blick der Windsucherin blieb auf die flache Kristallform gerichtet. Elayne spürte ausreichend große Entschlossenheit, einen Berg zu versetzen. Und noch etwas anderes, schwach und rasch wieder unterdrückt. Unsicherheit. Unsicherheit? Wenn die Frau nach alledem in Wahrheit nicht wußte, was zu tun war …

In diesem Moment streckte sich Caire weit aus. *Saidar* durchströmte Elayne, fast soviel, wie sie festhalten konnte. Ein ungebrochener Lichtring sprang auf, schloß sich den Frauen im Kreis an, wurde heller, wann immer eine der Frauen ein *Angreal* benutzte, war aber auch ohne diese niemals schwach. Sie beobachtete genau, wie Caire die Macht lenkte, ein kompliziertes Gewebe aus allen fünf Mächten gestaltet, ein vierflammiger Stern, den sie mit, wie Elayne anerkennend bemerkte, großartiger Präzision auf die Schale legte. Der Stern berührte die Schale, und Elayne keuchte. Sie hatte einst mit der Macht ein Rinnsal in die Schale gelenkt – in *Tel'aran'rhiod*, um sich zu vergewissern, und nur in ein Spiegelbild der Schale, obwohl das noch immer gefährlich war –, und dieses klare Kristall war hellblau geworden, und die eingearbeiteten Wolken hatten sich bewegt. Jetzt war die Schale der Winde tiefblau, das strahlende Blau eines Sommerhimmels, und weiche, weiße Wolken wogten darüber.

Der vierflammige Stern wurde fünfflammig, die Zusammensetzung des Gewebes veränderte sich leicht, und die Schale war jetzt ein grünes Meer mit hoch aufsteigenden Wogen. Der fünfflammige Stern wurde sechsflammig, und es war ein anderer Himmel zu sehen, ein anderes Blau, dunkler, vielleicht wie im Winter, mit vor Regen oder Schnee schweren purpurfarbenen Wolken. Der sechsflammige Stern wurde siebenflammig, und ein grau-grünes Meer tobte im Sturm. Achtflammiger Stern und Himmel. Neunflammiger Stern und Meer, und plötzlich spürte Elayne, wie die Schale selbst *Saidar* heranzog, ein wilder und weitaus stärkerer Strom, als der ganze Kreis zusammen hätte heraufbeschwören können.

Die Veränderungen in der Schale hielten unvermindert an, von Meer zu Himmel, von Wogen zu Wolken, aber dann schoß eine gewundene, verflochtene Säule *Saidar* von der flachen Kristallscheibe empor, Feuer und Luft, Wasser und Erde und Geist, eine Säule so breit wie die Schale schoß immer höher in den Himmel hinein, bis ihre Spitze außer Sicht geriet. Caire führte ihr Gewebe fort, während Schweiß ihr Gesicht hinabströmte. Sie hielt anscheinend nur inne, um salzige Tropfen von ihren Augen fortzublinzeln, während sie die Bilder in der Schale prüfte, und gestaltete dann ein neues Gewebe. Das Flechtmuster der dicken Säule veränderte sich mit jedem neuen Gewebe, spiegelte flüchtig wieder, was Caire wob.

Elayne erkannte, daß es eine weise Entscheidung gewesen war, daß sie die Ströme für diesen Kreis nicht hatte verweben wollen. Was die Frau tat, erforderte weit mehr *Jahre* des Studiums, als sie selbst bisher absolviert hatte. Viele weitere Jahre. Und plötzlich erkannte sie noch etwas anderes. Diese sich ständig verändernde Spitze *Saidars* wand sich noch um etwas Zusätzliches, etwas Unsichtbares, das der Säule Festigkeit verlieh. Sie schluckte schwer. Die Schale zog sowohl *Saidar* als auch *Saidin* heran.

Ihre Hoffnung, daß niemand sonst es herausgefunden hätte, schwand mit einem Blick auf die anderen Frauen. Die Hälfte von ihnen betrachtete die sich drehende Säule mit einem Abscheu, der dem Dunklen König hätte vorbehalten bleiben sollen. Die Angst wurde unter den in ihren Köpfen vorhandenen Empfindungen stärker. Einige kamen Garenia und Kirstian nahe, und es war ein Wunder, daß diese beiden noch nicht wieder in Ohnmacht gefallen waren. Nynaeve stand kurz davor, sich zu übergeben, auch wenn ihr Gesicht vollkommen ausdruckslos war. Aviendha schien äußerlich ebenso ruhig, aber innerlich bebte und pulsierte ihre kleine Angst und versuchte anzuwachsen.

Caire strahlte nur Entschlossenheit aus, ebenso stahlhart wie ihre Miene. Nichts würde Caire in den Weg treten, gewiß nicht die bloße Gegenwart des mit ihrem Gewebe vermischten, schattenbefleckten *Saidins*. Nichts würde sie aufhalten. Sie lenkte die Ströme, und plötzlich sprangen Spinnweben *Saidar* von der unsichtbaren Spitze der Säule auf wie ungleichmäßige Speichen eines Rads, südlich fast ein stabiler Fächer und sich nach Norden und Nordwesten ausstreckende spärlichere Fächer, sowie einzelne spitzenartige Speichen, die sich in andere Richtungen ausstreckten. Sie veränderten sich, während sie anwuchsen, waren von einem Moment zum nächsten nicht mehr dieselben und breiteten sich weiter und weiter über den Himmel aus, bis die Enden dieses Musters ebenfalls außer Sicht gerieten. Elayne war sich sicher, daß nicht nur *Saidar* im Spiel war. An manchen Stellen schloß und wand sich das Spinnengewebe um etwas, das sie nicht sehen konnte. Caire wob unverdrossen, und die Säule tanzte nach ihren Befehlen, *Saidar* und *Saidin* zusammen, und das Spinnengewebe veränderte sich und schwebte wie ein schillerndes Kaleidoskop, das am Himmel entlang wirbelte und immer weiter in der Ferne verschwand.

Dann richtete sich Caire ohne Vorwarnung auf, rieb sich den Rücken und ließ die Quelle vollkommen los. Säule und Spinnengewebe verschwanden. Caire brach halbwegs zusammen und atmete schwer. Die Schale wurde wieder klar, aber kleine Flecken *Saidar* blitzten und knisterten noch um ihren Rand auf. »Es ist getan, wenn das Licht es will«, sagte sie erschöpft.

Elayne hörte sie kaum. So sollte ein Kreis *nicht* beendet werden. Als Caire auf diese Weise losließ, wich die Macht aus allen Frauen gleichzeitig. Elayne öffnete ruckartig die Augen. Es war einen Moment so, als stünde sie auf dem höchsten Turm der Erde – und plötzlich war der Turm nicht mehr da! Nur ein Moment, aber kaum ein erfreulicher. Sie fühlte sich erschöpft, wenn auch nicht annähernd so, wie sie sich gefühlt hätte, wenn sie etwas anderes getan hätte, als nur als Kanal zu dienen. Aber ein Verlustgefühl herrschte vor. *Saidar* loszulassen war schon schlimm genug. Es einfach aus sich schwinden zu spüren war unvorstellbar schlimm.

Andere litten weitaus schwerer darunter als sie. Als das Schimmern verblaßte, das den Kreis begleitet hatte, setzte sich Nynaeve am Fleck hin, als wären ihre Beine geschmolzen, saß da und strich über das mit den Ringen verbundene Armband, starrte es an und keuchte. Schweiß lief ihr über das Gesicht. »Ich fühle mich wie ein Küchensieb, durch das gerade alle Milch hindurchgegossen wurde«, murmelte sie. Soviel Macht in sich zu bergen forderte seinen Preis, selbst wenn man nichts tat, selbst mit einem *Angreal*.

Talaan schwankte, ein Schilfrohr im Wind, warf ihrer Mutter verstohlene Blicke zu und fürchtete sich eindeutig davor, sich hinzusetzen. Aviendha stand aufrecht da, und ihr starrer Gesichtsausdruck verriet, daß Willenskraft genausoviel damit zu tun hatte wie alles andere. Sie lächelte jedoch zaghaft und vollführte eine Geste in der Zeichensprache der Töchter des Speers – den Preis wert – und dann unmittelbar danach eine weitere – mehr. Mehr als den Preis wert. Alle wirkten erschöpft, wenn auch am meisten diejenigen, die *Angreale* benutzt hatten. Die Schale der Winde kam schließlich zum Stillstand, eben wie eine breite Schale aus klarem Kristall, aber jetzt mit hoch aufragenden Wogen verziert. *Saidar* schien jedoch noch immer vorhanden zu sein, von niemandem gelenkt und nicht anders sichtbar als in schwach aufflammenden Blitzen wie jene, die gegen Ende am Rand der Schale aufgeflammt waren.

Nynaeve hob den Kopf, blickte grollend in den wolkenlosen Himmel und senkte den Blick dann zu Caire. »Und wofür das alles? Haben wir etwas bewirkt oder nicht?« Eine leichte Brise regte sich auf dem Hügelkamm, warm wie Küchenluft.

Die Windsucherin erhob sich mühsam. »Meint Ihr, das Weben der Winde geschähe so schnell, wie man einem Pfeilschützen den Helm überstülpt?« fragte sie verächtlich. »Ich habe gerade mit einem Hebel von der Breite der Welt das Ruder an einem Boot bewegt! Es wird Zeit brauchen, bis es umkehrt, Zeit zu erkennen, daß es umkehren *soll*. Daß es umkehren *muß*. Aber wenn es dies tut, wird nicht einmal der Vater der Stürme selbst ihm in den Weg treten können. Ich habe es getan, Aes Sedai, und die Schale der Winde gehört uns!«

Renaile trat in den Kreis und kniete sich neben die Schale. Vorsichtig wickelte sie die Schale wieder in die weiße Seide. »Ich werde sie der Herrin der Schiffe bringen«, sagte sie zu Nynaeve. »Wir haben unseren Teil des Vertrags eingehalten, jetzt müßt Ihr Aes Sedai den restlichen Vertrag erfüllen.« Merilille stieß einen Laut aus, aber als Elayne sie ansah, schien die Graue ein Vorbild an Gelassenheit.

»Vielleicht habt Ihr Euren Teil erfüllt«, sagte Nynaeve und erhob sich schwankend. »Vielleicht. Das werden wir sehen, wenn dieses … dieses *Boot*, das Ihr erwähntet, umkehrt. Wenn es umkehrt!« Renaile sah sie über die Schale hinweg hart an, aber Nynaeve beachtete sie nicht. »Seltsam«, murmelte sie und rieb sich die Schläfen. Das mit den Ringen verbundene Armband verfing sich in ihren Haaren, und sie zog eine Grimasse. »Ich kann fast ein Echo *Saidars* spüren. Es muß dieses Ding sein!«

»Nein«, sagte Elayne zögernd. »Ich kann es ebenfalls spüren.« Nicht lediglich das schwach wahrnehmbare Knistern in der Luft und nicht wirklich ein Echo. Mehr der Schatten eines Echos, so schwach, als spüre sie, daß jemand *Saidar* benutzte … Sie wandte sich um. Am

Horizont im Süden blitzte es, Dutzende leuchtend silberblauer Blitze vor dem Nachmittagshimmel. Ganz in der Nähe von Ebou Dar.

»Ein Sturmregen?« fragte Sareitha eifrig. »Das Wetter muß sich bereits umgekehrt haben.« Aber es waren keine Wolken am Himmel zu sehen, selbst dort nicht, wo die Blitze herniederprasselten. Sareitha war nicht stark genug in der Macht, um spüren zu können, wenn auf diese Entfernung *Saidar* gelenkt wurde.

Elayne erschauderte. *Sie* war nicht stark genug. Es sei denn, jemand lenkte soviel *Saidar*, wie sie es auf diesem Hügelkamm getan hatten. Fünfzig oder sogar einhundert Aes Sedai, die alle gleichzeitig die Macht lenkten. Oder ... »Keiner der Verlorenen«, murmelte sie. Jemand hinter ihr stöhnte.

»Einer allein könnte das nicht vollbringen«, stimmte Nynaeve ihr leise zu. »Vielleicht haben sie uns nicht so empfunden wie wir sie, aber sie werden es gesehen haben, wenn sie nicht alle blind sind. Das Licht verdamme unser Glück!« Auch wenn sie leise sprach – sie war beunruhigt. Sie rügte Elayne häufig für solche Ausdrucksweisen. »Nimm alle, die nach Andor gehen werden, mit dir, Elayne. Ich werde ... ich werde euch dort treffen. Mat ist in der Stadt. Ich muß zu ihm zurückgehen. Verdammt sei der Junge – er ist wegen mir gekommen, und ich muß zurückkehren.«

Elayne schlang die Arme um sich und atmete tief durch. Sie überließ Königin Tylin der Gnade des Lichts. Tylin würde überleben, wenn es möglich war. Aber Mat Cauthon, ihr sehr seltsamer, sehr aufschlußreicher Untertan, ihr unwahrscheinlichster Retter ... Er war auch wegen ihr gekommen und bot noch mehr an. Und Thom Merrilin, der liebe Thom, von dem sie manchmal wünschte, daß er sich als ihr richtiger Vater erweisen würde, und das Licht verdamme, was das aus ihrer Mutter machte. Und der Junge,

Olver, und Chel Vanin und … Sie mußte wie eine Königin denken. *Die Rosenkrone ist schwerer als ein Berg,* hatte ihre Mutter sie belehrt, *und die Pflicht wird dich erdrücken, aber du mußt ertragen und tun, was getan werden muß.*

»Nein«, sagte sie dann fester. »Nein. Sieh dich an, Nynaeve. Du kannst kaum noch stehen. Selbst wenn wir alle gingen – was könnten wir denn tun? Wie viele der Verlorenen sind dort? Wir würden sterben oder Schlimmeres – und das vollkommen umsonst. Die Verlorenen haben keinen Grund, nach Mat oder anderen zu suchen. Sie werden hinter uns her sein.«

Nynaeve sah sie mit offenem Mund an, die eigensinnige Nynaeve, welcher der Schweiß das Gesicht herablief und deren Beine sie nicht mehr recht trugen. Die wundervolle, tapfere, törichte Nynaeve. »Du meinst also, wir sollten ihn allein lassen, Elayne? Aviendha, redet mit ihr. Erzählt ihr von dieser Ehre, von der Ihr stets sprecht!«

Aviendha zögerte und schüttelte dann den Kopf. Sie war fast so verschwitzt wie Nynaeve und ihren Bewegungen nach zu urteilen auch ebenso erschöpft. »Es gibt Zeiten, in denen man ohne Hoffnung kämpfen muß, Nynaeve, aber Elayne hat recht. Die Schattenseelen werden nicht nach Mat Cauthon suchen. Sie werden hinter uns und der Schale her sein. Mat könnte die Stadt bereits verlassen haben. Wenn wir zurückkehren, riskieren wir, ihnen das zu geben, was unser Werk wieder zunichte machen könnte. Wo auch immer wir die Schale hinschicken – sie werden uns dazu bringen, ihnen zu sagen, wohin wir sie geschickt haben.«

Nynaeves Gesicht verzerrte sich vor Qual. Elayne wollte sie in die Arme nehmen.

»Schattengezücht!« schrie jemand, und plötzlich umarmten Frauen auf dem ganzen Hügelkamm *Saidar.*

Feuerkugeln schossen von Merililles, Careanes und Sareithas Händen auf, so schnell sie die Kugeln werfen konnten. Eine riesige, beflügelte, in Flammen eingehüllte Gestalt stürzte vom Himmel, zog öligen, schwarzen Rauch nach sich und fiel geradewegs in den Abgrund.

»Dort ist noch eines!« rief Kirstian und deutete in die entsprechende Richtung. Ein zweites beflügeltes Wesen, groß wie ein Pferd, stürzte auf den Abgrund zu, die geriffelten Schwingen dreißig Schritte oder noch weiter, den langen Hals vor sich ausgestreckt und der noch längere Schwanz hinter ihm her flatternd. Zwei Gestalten kauerten auf seinem Rücken. Ein Feuersturm regnete hinter ihm herab, am schnellsten von Aviendha und dem Meervolk heraufbeschworen, die ihre Gewebe ohne Wurfbewegung gestalteten. Es war ein solch dichter Feuerhagel, daß es schien, als bilde sich das Feuer aus der Luft. Das Wesen wich hinter den Hügel auf der anderen Seite aus und war verschwunden.

»Haben wir es getötet?« fragte Sareitha. Ihre Augen schimmerten aufgeregt, und sie atmete heftig.

»Haben wir es überhaupt getroffen?« grollte eine der Atha'an Miere angewidert.

»Schattengezücht«, murmelte Merilille erstaunt. »Hier! Das beweist zumindest, daß sich die Verlorenen in Ebou Dar befinden.«

»Kein Schattengezücht«, sagte Elayne mit hohler Stimme. Nynaeves Miene war ein Bild der Qual. Sie hatte es auch erkannt. »Sie nennen es *Raken*. Es sind die Seanchaner. Wir müssen gehen, Nynaeve, und alle Frauen auf dem Bauernhof mit uns nehmen. Ob wir dieses Wesen getötet haben oder nicht – es werden weitere nachfolgen. Jedermann, den wir zurücklassen, wird morgen früh eine *Damane*-Koppel tragen.« Nynaeve nickte zögernd, fast schmerzlich. Elayne glaubte, sie »Oh, Mat« murmeln zu hören.

Renaile kam mit der Schale im Arm heran, die wieder weiß umhüllt war. »Einige unserer Schiffe sind diesen Seanchanern begegnet. Wenn sie sich in Ebou Dar befinden, dann stechen die Schiffe in See. Mein Schiff kämpft um sein Leben, und ich bin nicht an Bord! Wir brechen sofort auf!« Und sie gestaltete genau am Fleck das Gewebe für ein Wegetor.

Es verflocht sich natürlich nutzlos, flammte einen Moment hell auf und brach dann zu Nichts zusammen, aber Elayne schrie wider Willen auf. Direkt hier, mitten unter ihnen! »Ihr werdet von hier aus nirgendwo hingehen, wenn Ihr nicht lange genug zu bleiben beabsichtigt, um diesen Hügelkamm kennenzulernen!« fauchte sie. Sie hoffte, daß keine der Frauen, die dem Kreis angehört hatten, das Gewebe versuchten. *Saidar* festzuhalten war der schnellste Weg, einen Ort kennenzulernen. Sie hätte es hier wirken lassen können, und sie konnten es höchstwahrscheinlich auch. »Ihr werdet auch von *nirgendwo sonst* zu einem Schiff eilen. Ich glaube nicht einmal, daß es *möglich* ist!« Merilille nickte, obwohl das wenig bedeutete. Aes Sedai hielten vieles für wahr, und einige Dinge waren es auch. Zumindest, wenn das Meervolk sie für erwiesen hielt. Nynaeve war im Moment nicht in der Verfassung, die Führung zu übernehmen, so daß Elayne fortfuhr. Sie hoffte, dem Andenken ihrer Mutter würdig zu sein. »Aber vor allem werdet Ihr nirgendwo ohne uns hingehen, weil unser Vertrag noch nicht vollständig erfüllt ist. Die Schale der Winde gehört Euch erst, wenn das Wetter reguliert ist.« Das stimmte nicht ganz, es sei denn, man verdrehte den Wortlaut des Vertrages ein wenig, und Renaile öffnete den Mund, aber Elayne sprach weiter. »*Und* weil Ihr einen Handel mit Matrim Cauthon, meinem Untertan, eingegangen seid. Ihr geht bereitwillig dorthin, wo ich Euch hinschicke, oder Ihr werdet auf einen Packsattel gebunden. Diese Wahlmöglichkeiten habt Ihr akzeptiert. Also verlaßt jetzt diesen Hügel, Renaile din Calon Blauer Stern, bevor die Seanchaner mit einem Heer und einigen hundert Frauen, welche die Macht lenken können und nichts mehr wollen, als uns gekoppelt neben ihnen zu sehen, auf uns herniederstürzen. Lauft jetzt los!«

Zu ihrem Erstaunen lief sie tatsächlich los.

KAPITEL 6

Stränge

Elayne lief ebenfalls mit gerafften Röcken los und übernahm auf dem gut ausgetretenen Pfad schnell die Führung. Nur Aviendha blieb dicht bei ihr, obwohl sie keine Ahnung zu haben schien, wie man in einem, wenn auch geteilten, Kleid rannte. Sonst hätte sie Elayne, müde wie sie war, gewiß überholt. Alle anderen schlängelten sich den schmalen, gewundenen Pfad hinter ihnen entlang. Keine der Atha'an Miere würde an Renaile vorübereilen, und sie konnte sich trotz ihrer Seidenhose nicht sehr schnell vorwärts bewegen, da sie die Schale an ihre Brust gepreßt trug. Nynaeve plagten keine solchen Gewissensbisse. Sie kämpfte sich mit Ellbogen eilig voran und schrie die Frauen an, ihr aus dem Weg zu gehen, wenn sie gegen sie stolperte, gleichgültig ob es Windsucherinnen, Frauen der Schwesternschaft oder Aes Sedai waren.

Elayne verspürte trotz der Dringlichkeit und der Gefahr das Bedürfnis zu lachen, während sie den Hügel hinabeilte, stolperte und sich wieder fing. Lini und ihre Mutter hatten ihre Besessenheit gefürchtet, über Wiesen zu laufen und auf Bäume zu klettern, seit sie zwölf Jahre alt gewesen war, aber es war nicht nur das pure Vergnügen daran, wieder zu laufen, was tief in ihr Freude aufkommen ließ. Sie hatte sich so verhalten, wie sich eine Königin verhalten sollte, und es hatte *genauso* funktioniert, wie es funktionieren sollte! Sie hatte die Verantwortung übernommen, Menschen aus der Gefahr zu führen, und sie *folgten* ihr! Ihr ganzes bisheriges Leben war die Ausbildung für diesen Augenblick gewesen. Es war Zufriedenheit, die sie lachen ließ, und die heiße Glut des Stolzes schien in ihr zu pulsieren wie die Wogen *Saidars*.

Sie umrundete die letzte Kurve und rannte an einer der großen, weiß getünchten Scheunen entlang. Ihr Zeh verfing sich an einem verdeckten Stein. Sie stürzte schwer vornüber, ruderte mit den Armen und schlug plötzlich kopfüber Purzelbäume durch die Luft. Sie hatte nicht einmal Zeit zu schreien. Sie landete mit einem harten Schlag, der ihr alle Luft aus den Lungen preßte, am Fuß des Pfades – unmittelbar vor Birgitte. Einen Moment lang konnte sie nicht einmal nachdenken, und als sie sich wieder gefaßt hatte, war wenig von ihrer Zufriedenheit geblieben. Soviel zu königlicher Würde. Sie strich sich das Haar aus dem Gesicht und versuchte den Atem anzuhalten, während sie auf Birgittes schneidende Bemerkung wartete. Dies war eine Gelegenheit für die andere Frau, gehörig die ältere und weisere Schwester zu spielen, und sie ließ selten eine Gelegenheit ungenutzt verstreichen.

Zu Elaynes Überraschung half Birgitte ihr auf die Beine, noch bevor Aviendha sie mit unbewegtem Gesicht erreicht hatte. Elayne konnte von ihrer Behüterin nur ein Gefühl der … Konzentration spüren. Sie dachte, daß sich vielleicht ein Pfeil auf einer gespannten Bogensehne so anfühlte. »Laufen wir davon oder kämpfen wir?« fragte Birgitte. »Ich habe diese seanchanischen Flugwesen von Falme wiedererkannt, und um ganz ehrlich zu sein, schlage ich vor davonzulaufen. Mein Bogen ist einem solchen Gegner nicht gewachsen.« Aviendha sah sie mit gerunzelter Stirn an, und Elayne seufzte. Birgitte *mußte* lernen, ihre Zunge zu hüten, wenn sie wirklich verbergen wollte, wer sie war.

»Natürlich laufen wir davon«, keuchte Nynaeve, während sie sich die restliche Strecke hinabmühte. »Kämpfen oder davonlaufen! Welch törichte Frage! Glaubt Ihr, wir wären vollkommen …? Licht! Was tun sie?« Ihre Stimme wurde schrill, als sie weitersprach. »Alise! Alise, wo seid Ihr? Alise! Alise!«

Elayne erkannte bestürzt, daß auf dem Bauernhof wieder eine ebenso große Aufregung herrschte wie in dem Moment, als Careanes Gesicht erkannt wurde. Vielleicht eine noch größere Aufregung. Einhundertsiebenundvierzig Frauen der Schwesternschaft wohnten zur Zeit auf dem Hof, wie Alise berichtet hatte, einschließlich vierundfünfzig Weise Frauen mit dem roten Gürtel, die vor Tagen ausgeschickt wurden, und eine Anzahl anderer, die durch die Stadt gekommen waren. Jetzt sah es so aus, als liefen alle kreuz und quer. Die meisten der Diener des Tarasin-Palasts in ihren grün-weißen Livreen liefen mit Lasten hierhin und dorthin. Enten und Hühner schossen mit Flügelflattern und Schreien durch den Tumult und trugen noch zu der allgemeinen Verwirrung bei. Elayne sah auch einen *Behüter,* Vandenes bereits ergrauenden Jaem, vorbeilaufen, die drahtigen Arme um einen großen Jutesack geschlungen!

Alise wirkte trotz des Schweißes auf ihrem Gesicht ausgeglichen und gefaßt. Jede ihrer Haarsträhnen war an ihrem Platz, und ihr Gewand sah noch so aus, als mache sie nur einen Spaziergang. »Es hat keinen Sinn zu schreien«, sagte sie ruhig und stemmte die Hände in die Hüften. »Birgitte hat mir erzählt, was es mit diesen großen Vögeln auf sich hat, und ich dachte, wir würden vielleicht besser früher als später aufbrechen, besonders als Ihr alle den Hügel herabranntet, als sei der Dunkle König selbst hinter Euch her. Ich habe allen befohlen, ein sauberes Gewand pro Person, dreimal Wäsche zum Wechseln sowie Strümpfe, Seife,

Nähkörbe und alles Geld, das sie besitzen, einzupacken. Nur das. Die zehn Frauen, die als letzte fertig werden, übernehmen den Abwasch, bis wir an unserem Ziel angelangt sind. Das wird sie zur Eile antreiben. Ich habe den Dienern befohlen, für alle Fälle auch alle verfügbaren Essensvorräte zusammenzutragen. Und Euren Behütern. Die meisten sind vernünftige Burschen. Überraschend vernünftig für Männer. Verändert sie ihr Behüter-Dasein?«

Nynaeve stand mit offenem Mund da, bereit, Befehle zu erteilen, die es nicht mehr zu erteilen gab. Ihre Empfindungen spiegelten sich zu rasch auf ihrem Gesicht, um sie zurückzuhalten. »Sehr gut«, murmelte sie schließlich verärgert. Aber plötzlich strahlte sie. »Die Frauen, die nicht zur Schwesternschaft gehören. Ja! Sie müssen …«

»Beruhigt Euch«, fiel Alise ihr ins Wort. »Die meisten sind bereits gegangen. Hauptsächlich jene, die Ehemänner oder Familien haben, um die sie sich sorgen. Ich hätte sie nicht zurückhalten können, selbst wenn ich es gewollt hätte. Aber gut dreißig von ihnen halten jene Vögel tatsächlich für Schattengezücht und wollen so nahe wie möglich bei den Aes Sedai bleiben.« Ein scharfes Schnauben unterstrich, wie sie darüber dachte. »Nun faßt Euch wieder. Trinkt etwas kühles Wasser. Nur nicht zu hastig. Und spritzt Euch auch etwas ins Gesicht. Ich muß ein Auge auf alles haben.« Sie ließ ihren Blick über die hastige Geschäftigkeit gleiten und schüttelte den Kopf. »Einige würden sich sogar Zeit lassen, wenn Trollocs über den Hügel kämen, und die meisten adligen Frauen gewöhnen sich niemals richtig an unsere Regeln. Ich muß zwei oder drei von ihnen vor unserem Aufbruch noch einmal daran erinnern.« Mit diesen Worten schritt sie heiter in das Gedränge auf dem Hof und ließ Nynaeve mit offenem Mund zurück.

»Nun«, sagte Elayne und strich über ihre Röcke, »du sagtest, sie sei sehr fähig.«

»Das habe ich niemals gesagt«, fauchte Nynaeve. »Ich habe niemals ›sehr‹ gesagt. Pah! Wo ist mein Hut hingeraten? Sie glaubt, sie wüßte alles. Ich wette, daß sie *das* nicht weiß!« Sie stürmte in eine andere Richtung als Alise davon.

Elayne sah ihr verwundert nach. Ihr *Hut*? Sie hätte auch gern gewußt, wo ihr eigener Hut hingeraten war – es war ein wunderschöner Hut –, aber wirklich! Vielleicht war Nynaeves Geist dadurch, daß sie in einem Kreis von Mächtigen gewesen war und dabei ein *Angreal* benutzt hatte, zeitweilig erschüttert worden. Sie fühlte sich auch selbst ein wenig seltsam, als könnte sie kleine Stücke *Saidar* aus der Luft um sich herum pflücken. Aber im Moment mußte sie sich um andere Dinge kümmern. Wie zum Beispiel, sich zum Aufbruch bereitzumachen, bevor die Seanchaner kamen. Nach allem, was sie in Falme gesehen hatte, könnten sie tatsächlich hundert oder mehr *Damane* heranbringen, und ausgehend von dem wenigen, was Egwene über ihre Gefangenschaft verlauten ließ, wären die meisten dieser Frauen tatsächlich bereit, andere Frauen koppeln zu helfen. Sie hatte erzählt, daß der Anblick, wie die *Damane* der Seanchaner mit ihren *Sul'dam* lachten und sie umschmeichelten, sie am meisten abgestoßen hatte, gut dressierte Hunde mit ihren selbstgefälligen Abrichtern. Einige der in Falme gekoppelten Frauen seien genauso gewesen. Diese Vorstellung ließ Elaynes Blut gefrieren. Sie würde eher sterben als zulassen, daß man sie koppelte! Und sie würde eher den Verlorenen als den Seanchanern überlassen, was sie gefunden hatte. Sie lief zu der Zisterne, und Aviendha neben ihr keuchte fast ebenso sehr wie sie selbst.

Anscheinend hatte Alise jedoch wirklich an alles gedacht. Die *Ter'angreale* waren bereits auf den Packpferden verstaut. Die noch nicht durchsuchten Tragkörbe blieben voller durcheinandergerüttelter, noch unbekannter Gegenstände, aber die Tragekörbe, die Aviendha und sie geleert hatten, waren jetzt von groben Säcken Mehl und Salz, Bohnen und Linsen ausgebeult. Eine Handvoll Stallburschen kümmerte sich um die Packpferde, anstatt mit Lasten umherzulaufen. Zweifellos auf Alises Befehl hin. Selbst Birgitte trabte mit einem kläglichen Grinsen auf Anweisungen der Frau davon!

Elayne hob die Segeltuchabdeckungen an, um die *Ter'angreale* so gut wie möglich zu überprüfen, ohne sie wieder auszupacken. Anscheinend war alles da, ein wenig wahllos in zwei Tragkörbe geworfen, die beide nicht voll waren, aber es war nichts zerbrochen. Natürlich konnte nur etwas der Einen Macht selbst sehr Nahekommendes die meisten *Ter'angreale* zerbrechen, aber dennoch …

Aviendha setzte sich mit gekreuzten Beinen auf den Boden und tupfte sich mit einem großen, einfachen Leinentaschentuch, das überhaupt nicht zu ihrem hübschen Seidenreitgewand paßte, den Schweiß vom Gesicht. Selbst sie begann Anzeichen von Erschöpfung zu zeigen. »Was murmelst du vor dich hin, Elayne? Du klingst wie Nynaeve. Diese Alise hat uns nur die Mühe erspart, die Gegenstände selbst einzupacken.«

Elayne errötete leicht. Sie hatte nicht laut sprechen wollen. »Ich will einfach nicht, daß jemand damit umgeht, der nicht weiß, was sie bewirken können, Aviendha.« Einige *Ter'angreale* konnten sogar Menschen, die nicht die Macht lenken konnten, beeinträchtigen, wenn sie falsch handelten, aber in Wahrheit wollte sie, daß *niemand* sie handhaben sollte. Sie gehörten ihr! Der Saal würde sie *nicht* einer anderen Schwester übergeben, nur weil sie älter und *erfahrener* war, oder sie verbergen, weil es zu gefährlich war, *Ter'angreale* zu untersuchen. Bei so vielen Studienobjekten konnte sie vielleicht endlich herausfinden, wie man *Ter'angreale* schuf, die immer funktionierten. Es hatte bei weitem zu viele Mißerfolge und halbe Erfolge gegeben. »Sie brauchen jemanden, der weiß, was er tut«, sagte sie und schlug die Segeltuchabdeckung wieder zu.

Der Tumult wurde schneller wieder zur Ordnung, als Elayne erwartet hatte, obwohl auch wieder nicht ganz so schnell, wie sie sich wünschte. Natürlich hätte, wie sie zugeben mußte, nur Unverzüglichkeit ihren Wünschen entsprechen können. Sie konnte den Blick nicht vom Himmel lösen und schickte Careane eilig auf den Hügel zurück, um die Strecke nach Ebou Dar zu beobachten. Die stämmige Grüne grollte leise etwas, bevor sie einen Hofknicks vollführte, und sah sogar die umhereilenden Frauen der Schwesternschaft stirnrunzelnd an, als wollte sie statt ihrer eine von ihnen vorschlagen, aber Elayne wollte jemanden für diese Aufgabe haben, der nicht beim Anblick von herannahendem Schattengezücht in Ohnmacht fiel, und Careane bekleidete unter den Schwestern den niedrigsten Rang. Adeleas und Vandene führten Ispan heraus, fest abgeschirmt und den Ledersack wieder über den Kopf gestülpt. Sie ging recht leicht, und es war nicht zu erkennen, daß überhaupt etwas mit ihr gemacht worden war, aber … Ispan hielt die Hände an der Taille gefaltet und versuchte nicht einmal, den Sack anzuheben, um darunter hervorzuspähen, und als ihr auf einen Sattel geholfen wurde, streckte sie sogar die Handgelenke aus, damit sie am Sattelknauf festgebunden werden konnten, ohne daß man es ihr befohlen hätte. Wenn sie so bereitwillig war, hatten sie vielleicht etwas von ihr erfahren. Elayne wollte einfach nicht darüber nachdenken, wie ihnen das gelungen sein mochte. Es gab natürlich sozusagen … Zusammenstöße, ungeachtet dessen, was auf sie zukommen mochte. Daß Nynaeve ihren mit blauen Federn versehenen Hut zurückbekam, war kein wirklicher Zusammenstoß, obwohl es fast einer wurde. Alise hatte ihn *tatsächlich* gefunden und gab ihn Nynaeve zurück, wobei sie ihr riet, ihr Gesicht vor der Sonne zu schützen, wenn sie ihre hübsche glatte Haut behalten wollte. Nynaeve sah der Frau mit offenem Munde nach, die davoneilte, um sich wieder um die Vorbereitungen zu kümmern, und schob den Hut dann demonstrativ unter einen Riemen ihrer Satteltaschen.

Nynaeve versuchte von Anfang an, die Zusammenstöße zu mildern, aber Alise war fast immer zuerst da, und wo Alise einem Zusammenstoß begegnete, milderte er sich von selbst. Mehrere adlige Frauen forderten Hilfe beim Packen ihrer Habe. Ihnen wurde nur beschieden, daß sie gemeint hatte, was sie gesagt hatte, und daß sie die Konsequenzen tragen müßten, wenn sie sich nicht beeilten. Sie beeilten sich. Einige, und nicht nur Adlige, änderten ihre Meinung zum Aufbruch, als sie erfuhren, daß ihr Ziel Andor war, doch sie wurden buchstäblich davongejagt. Zu Fuß und mit der Empfehlung weiterzulaufen, solange ihre Füße sie trugen. Jedes Pferd wurde gebraucht, aber sie sollten einen guten Vorsprung haben, bevor die Seanchaner auftauchten. Es stand mindestens zu erwarten, daß sie jedermann in der Nähe des Bauernhofs befragten. Wie ebenfalls zu erwarten stand, ließ sich Nynaeve mit Renaile auf ein Wortgefecht um die Schale und die Schildkröte ein, die Talaan benutzt hatte und die Renaile offensichtlich hinter ihre Schärpe gesteckt hatte. Sie hatten jedoch kaum begonnen, ihre Worte mit Gesten zu bekräftigen, als Alise auftauchte. Kurz darauf befanden sich die Schale wieder in Sareithas und die Schildkröte in Merililles Obhut, woraufhin

Elayne der Anblick gegönnt wurde, wie Alise einen Finger unter der Nase der erstaunten Windsucherin der Herrin der Schiffe der Atha'an Miere schüttelte und eine Schimpftirade zum Thema Diebstahl über sie ergoß, die Renaile entrüstete. Nynaeve zeigte auch ein wenig Entrüstung, als sie mit leeren Händen davonging, aber Elayne dachte, sie hätte noch niemals jemanden gesehen, der so verlassen gewirkt hatte.

Alles in allem dauerte dies jedoch nicht sehr lange. Die noch auf dem Bauernhof verbliebenen Frauen versammelten sich unter den wachsamen Blicken des Frauenzirkels – und Alises, die sich die letzten zehn, die eintrafen, genau merkte, von denen alle außer zweien in kunstvoll bestickte Seide gekleidet waren und sich nicht wesentlich von Elayne unterschieden. Sie waren gewiß keine Frauen der Schwesternschaft. Elayne hatte das sichere Gefühl, daß sie tatsächlich den Abwasch würden machen müssen. Alise würde sich durch nichts, auch nicht durch Kleinigkeiten wie eine adlige Geburt, von der Durchsetzung ihrer Ankündigung abhalten lassen. Die Windsucherinnen stellten sich bis auf Renaile, die Verwünschungen murmelte, wann immer sie Alise sah, überraschend still mit ihren Pferden auf. Careane wurde vom Hügelkamm zurückgerufen. Die Behüter brachten den Schwestern ihre Pferde. Fast alle beobachteten den Himmel. *Saidar* schimmerte um alle älteren Aes Sedai und die Windsucherinnen und auch um einige Frauen der Schwesternschaft.

Während Nynaeve ihre Stute an den Anfang der Reihe zur Zisterne führte, betastete sie das sich noch immer um ihre Hand schmiegende *Angreal*, als wollte sie diejenige sein, die das Wegetor gestaltete, so lächerlich der bloße Gedanke auch sein mochte. Schließlich war sie noch immer unsicher, wenn ihr die Selbstbeherrschung entglitt. Lan blieb stets in ihrer

Nähe, mit der üblichen starren Miene, und wenn jemals ein Mann bereit war, eine Frau aufzufangen, wenn sie fiel, dann war er es. Nynaeve hätte vielleicht selbst mit dem Armband und den Ringen nicht genug Macht heranziehen können, um ein Wegetor zu gestalten. Und was noch wichtiger war – sie war auf dem Bauernhof umhergeeilt, seit sie angekommen waren, während Elayne erhebliche Zeit darauf verwendet hatte, *Saidar* genau dort festzuhalten, wo sie jetzt standen. Sie kannte diesen Fleck. Nynaeve runzelte verdrießlich die Stirn, als Elayne die Quelle umarmte, aber sie besaß zumindest genug Verstand zu schweigen.

Elayne hatte vom ersten Augenblick an gewünscht, sie hätte die Figur der in ihr Haar gehüllten Frau von Aviendha zurückerbeten. Sie war erschöpft, und alles *Saidar*, das sie heranziehen konnte, reichte kaum aus, um das Gewebe so zu gestalten, daß es halten würde. Die Stränge bebten in ihrem Griff fast so, als versuchten sie, sich frei zu winden, und dann rückten sie so jäh an ihren Platz, daß sie zusammenzuckte. Die Macht zu lenken, wenn man erschöpft war, war überhaupt nicht so wie sonst, aber dies war das Schlimmste, was sie in dieser Hinsicht je erlebt hatte. Zumindest erschien der vertraute senkrechte Schlitz, wie er sein sollte, und verbreiterte sich direkt an der Zisterne entlang zu einer Öffnung. Eine Öffnung, die nicht größer war als diejenige, die Aviendha gestaltet hatte, aber Elayne war dankbar, daß sie zumindest ausreichend groß war, daß ein Pferd hindurchgelangen konnte. Sie war nicht sicher gewesen, daß ihr dies gelingen würde. Einige Frauen der Schwesternschaft keuchten beim Anblick einer Hochlandwiese, die sich plötzlich zwischen ihnen und der vertrauten grauen Masse der Zisterne erstreckte.

»Du hättest es mich versuchen lassen sollen«, sagte

Nynaeve leise, aber auch tadelnd. »Du hättest beinahe alles durcheinandergebracht.«

Aviendha warf Nynaeve einen eindeutigen Blick zu, der Elayne fast veranlaßte, ihren Arm zu ergreifen. Je länger sie Nächstschwestern waren, desto häufiger dachte sie anscheinend, sie müßte Elaynes Ehre verteidigen. Wenn sie Erstschwestern wurden, mußte Elayne dafür sorgen, daß sie sich von Nynaeve und Birgitte fernhielt!

»Es ist vollbracht, Nynaeve«, sagte sie rasch. »Das allein zählt.« Nynaeve warf ihr ebenfalls einen eindeutigen Blick zu und murmelte etwas darüber, daß der Tag schwierig sei, als wäre *Elayne* diejenige, die ihre schnippische Seite zeigte.

Birgitte führte ihr Pferd als erste durch das Wegetor, ihren Bogen in der anderen Hand und Lan schamlos anlächelnd. Elayne konnte ihren Eifer spüren, eine Spur Zufriedenheit darüber, daß vielleicht dieses Mal sie und nicht Lan die Führung innehatte – zwischen Behütern bestand stets eine gewisse Rivalität –, sowie eine Spur Wachsamkeit. Aber nur wenig. Elayne kannte diese Wiese gut. Gareth Bryne hatte ihr nicht weit davon das Reiten beigebracht. Ungefähr fünf Meilen jenseits dieser ersten spärlich mit Bäumen bewachsenen Hügel lag das Gutshaus einer der Ländereien ihrer Mutter. Eine ihrer *eigenen* Ländereien, woran sie sich noch gewöhnen mußte. Die sieben Familien, die sich um das Haus und das Land kümmerten, waren in jeder Richtung einen halben Tagesritt weit die einzigen Menschen.

Elayne hatte dieses Ziel erwählt, weil sie Caemlyn von hier aus in zwei Wochen erreichen konnten. Zudem war das Gut so abgelegen, daß sie Caemlyn vielleicht betreten konnte, bevor jemand wußte, daß sie sich in Andor befand. Das konnte sich als überaus notwendige Vorsichtsmaßnahme erweisen. Rivalen um die Rosenkrone waren in Andors Geschichte zu verschiedenen Zeiten als ›Gäste‹ festgehalten worden, bis sie ihre Ansprüche aufgaben. Ihre Mutter hatte selbst zwei solche Rivalen festgehalten, bis sie den Thron einnahm. Mit etwas Glück könnte Elayne eine solide Basis geschaffen haben, wenn Egwene und die anderen eintrafen.

Lan führte Mandarb direkt hinter Birgittes braunem Wallach her, und Nynaeve schwankte, als wollte sie dem schwarzen Schlachtroß hinterhereilen, riß sich aber dann mit unbewegtem Blick, der Elayne zu schweigen gebot, zusammen. Sie machte sich zornig an ihren Zügeln zu schaffen, sichtlich bemüht, irgendwo anders hinzuschauen als durch das Wegetor und hinter Lan her. Ihre Lippen bewegten sich. Kurz darauf erkannte Elayne, daß sie *zählte*.

»Nynaeve«, sagte sie leise, »wir haben wirklich keine Zeit für …«

»Geht weiter!« rief Alise von hinten, und ihr Händeklatschen unterstrich ihre Worte hörbar. »Kein Drängen oder Schieben jetzt, aber auch kein Trödeln! Geht weiter!.«

Nynaeve wandte heftig den Kopf, und quälende Unentschlossenheit prägte ihre Züge. Sie berührte aus einem unbestimmten Grund ihren breiten Hut, auf dem einige Federn gebrochen waren und herabhingen, bevor sie die Hand wieder fortnahm. »Oh, dieser verdammte alte …!« grollte sie, aber ihre restlichen Worte verloren sich, während sie ihre Stute durch das Wegetor zog. Elayne schnaubte. Und Nynaeve besaß die Frechheit, sich bei jedermann über *ihrer* aller *Ausdrucksweise* auszulassen! Sie wünschte jedoch, sie hätte die restlichen Worte auch hören können. Den Anfang kannte sie bereits.

Alise drängte sie weiterhin, aber nach dem ersten Mal schien es nicht mehr nötig zu sein. Selbst die

Windsucherinnen beeilten sich, während sie über die Schultern besorgt den Himmel betrachteten, und sogar Renaile, die etwas über Alise murmelte, was Elayne nur unbewußt registrierte. Obwohl es vergleichsweise milde klang, jemanden einen ›Fische liebenden Aasfresser‹ zu nennen. Sie hatte eigentlich erwartet, daß das Meervolk täglich Fisch aß.

Alise selbst brachte die Nachhut heran, bis auf die verbliebenen Behüter, als wollte sie sogar die Packpferde vorwärts drängen. Sie hielt ausreichend lange inne, um Elayne ihren mit grünen Federn geschmückten Hut zu reichen. »Ihr werdet die Sonne von Eurem hübschen Gesicht fernhalten wollen«, sagte sie mit einem Lächeln. »Solch ein hübsches Mädchen. Eure Haut sollte nicht vorzeitig ledrig werden.«

Aviendha, die neben ihr auf dem Boden saß, fiel hintenüber und ruderte lachend mit den Beinen.

»Ich glaube, ich werde sie bitten, *dir* einen Hut zu besorgen. Mit vielen Federn und Verbeugungen«, sagte Elayne mit süßer Stimme, bevor sie der Frau der Schwesternschaft rasch folgte. Das brachte Aviendha sofort zum Schweigen.

Die sich sanft wölbende große Wiese war von höheren Hügeln umgeben als jene, die sie verlassen hatten. Die hiesigen Hügel waren von ihr bekannten Bäumen bestanden, Eiche und Kiefer und Schwarzholz, Tupelobaum und Lederblatt und Föhre, dichter Wald mit gesunden, hohen Stämmen im Süden und Westen und Osten, obwohl dieses Jahr vielleicht keine Bäume gefällt würden. Die meisten der eher verstreut stehenden Bäume im Norden, auf das Gutshaus zu, waren besser für Feuerholz geeignet. Kleine graue Felsen sprenkelten das dichte braune Gras hier und dort, und nicht einmal ein verwelkter Stengel bezeichnete den Tod einer Wildblume. Das unterschied sich nicht wesentlich vom Süden.

Dieses eine Mal spähte Nynaeve nicht in die sie umgebende Landschaft, um Lan zu finden. Er und Birgitte wären ohnehin nicht lange fort, nicht hier. Statt dessen schritt sie energisch zwischen den Pferden aus, befahl den Frauen mit herrischer Stimme aufzusteigen, hetzte die Diener mit den Packpferden voran, belehrte die Frauen der Schwesternschaft, die keine Pferde hatten, kurz angebunden, daß jedes Kind fünf Meilen laufen konnte, und schrie eine schlanke altarenische Adlige mit einer Narbe auf der Wange und einem Bündel in den Armen, das fast so groß war wie sie selbst, an, daß sie, wenn sie töricht genug gewesen sei, alle ihre Kleider mitzubringen, diese auch tragen könne. Alise hatte die Atha'an Miere um sich versammelt und unterwies sie darin, wie man ein Pferd bestieg. Es war ein Wunder, daß sie anscheinend tatsächlich aufpaßten. Nynaeve schaute in ihre Richtung und schien erfreut, Alise ruhig auf einem Fleck stehen zu sehen, bis Alise ihr ermutigend zulächelte und ihr bedeutete, mit ihrer Arbeit fortzufahren.

Nynaeve stand einen Moment stocksteif da und starrte die Frau an. Dann kam sie durch das Gras auf Elayne zu. Sie griff mit beiden Händen nach ihrem Hut, zögerte, sah durch die Wimpern zu Elayne hoch und rückte den Hut erst dann unwirsch zurecht. »Dieses Mal werde ich alles ihr überlassen«, sagte sie in verdächtig vernünftigem Tonfall. »Wir werden ja sehen, wie gut sie mit diesen … Meervolkleuten zurechtkommt. Ja, das werden wir«, wiederholte sie in entschieden zu vernünftigem Tonfall. Dann betrachtete sie plötzlich stirnrunzelnd das noch geöffnete Wegetor. »Warum hältst du es noch fest? Laß es los.« Aviendha runzelte ebenfalls die Stirn.

Elayne atmete tief durch. Sie hatte darüber nachgedacht, und es gab keine andere Möglichkeit, aber

Nynaeve würde es ihr auszureden versuchen, und es war keine Zeit zu streiten. Der durch das Wegetor sichtbare Hof war verlassen. Sogar die Hühner waren durch den Tumult schließlich vertrieben worden, aber wie lange würde es dauern, bis der Hof wieder lebendig würde? Sie betrachtete ihr Gewebe und ließ es dann so ruhig verschmelzen, daß nur wenige Fäden ausgeprägt blieben. Sie konnte natürlich alle Stränge sehen, aber bis auf jene wenigen schienen sie untrennbar verbunden. »Bring alle zum Gutshaus, Nynaeve«, sagte sie. Die Sonne würde bald untergehen. Ihnen blieben vielleicht noch zwei Stunden Tageslicht. »Meister Hornwell wird über so viele in der Dunkelheit eintreffende Besucher überrascht sein, aber sagt ihm, ihr wärt Gäste des Mädchens, das wegen des Feuertanagra mit dem gebrochenen Flügel geweint hat. Er wird sich daran erinnern. Ich werde nachkommen, sobald ich kann.«

»Elayne«, begann Aviendha mit überraschend ängstlicher Stimme, und Nynaeve sagte gleichzeitig: »Was glaubst du eigentlich, was du …«

Es gab nur eine Möglichkeit, dem Einhalt zu gebieten. Elayne zog einen der unterscheidbaren Fäden aus dem Gewebe heraus. Er flimmerte und bewegte sich wie ein lebendiger Tentakel, zerfaserte und zischte. Winzige Flocken *Saidar* spalteten sich ab und verblaßten. Sie hatte das nicht bemerkt, als Aviendha ihr Gewebe aufgelöst hatte, aber sie hatte auch nur den Rest der Auflösung gesehen. »Geh nur«, wies sie Nynaeve an. »Ich werde warten, bis ihr alle außer Sicht seid.« Nynaeve sah betrübt vor sich hin. »Es muß sein«, seufzte Elayne. »Die Seanchaner werden gewiß innerhalb von Stunden auf dem Bauernhof eintreffen. Und selbst wenn sie bis morgen warten – was ist, wenn eine der *Damane* das Talent besitzt, Rückstände des Wegetors zu deuten? Nynaeve, ich werde den Seanchanern keinesfalls das Schnelle Reisen überlassen. Das werde ich nicht tun!«

Nynaeve äußerte leise grollend etwas über die Seanchaner, was ihrem Tonfall nach zu urteilen besonders drastisch gewesen sein mußte. »Nun, und *ich* werde nicht zulassen, daß du dich ausbrennst!« sagte sie laut. »Jetzt mach das rückgängig! Bevor das Ganze explodiert, wie Vandene sagte. Du wirst uns alle töten!«

»Es kann nicht rückgängig gemacht werden«, sagte Aviendha und legte eine Hand auf Nynaeves Arm. »Sie hat es angefangen, und jetzt muß sie es beenden. Du mußt tun, was sie sagt, Nynaeve.«

Nynaeve senkte die Augenbrauen. ›Muß‹ war ein Wort, das sie auf sich gemünzt gar nicht mochte. Sie war jedoch keine Närrin, so daß sie nach mehreren Blicken – auf Elayne, auf das Wegetor, auf Aviendha, auf die Welt im allgemeinen – die Arme um Elayne schlang und sie heftig an sich drückte.

»Sei vorsichtig, hörst du?« flüsterte sie. »Wenn du dich töten läßt, schwöre ich, daß ich dir bei lebendigem Leibe die Haut abziehen werde!« Elayne brach trotz allem in Lachen aus. Nynaeve schnaubte und schob sie an den Schultern auf Armeslänge von sich. »Du weißt, was ich meine«, grollte sie. »Und denk nicht, daß ich spaße, denn ich meine es durchaus ernst! Ich meine es ernst«, fügte sie sanfter hinzu. »Paß auf dich auf.«

Es dauerte einen Moment, bis Nynaeve sich wieder gefaßt hatte. Sie blinzelte und straffte ihre blauen Reithandschuhe. Tränen schimmerten kaum wahrnehmbar in ihren Augen, obwohl das eigentlich nicht sein konnte. Nynaeve brachte andere Menschen zum Weinen, weinte aber selbst nicht. »Also dann«, verkündete sie laut. »Alise, wenn noch nicht alle bereit sind ...« Sie wandte sich um und brach erstickt ab.

Alle, die inzwischen aufgestiegen sein sollten,

waren tatsächlich aufgestiegen, selbst die Atha'an Miere. Die Behüter waren um die anderen Schwestern versammelt. Lan und Birgitte waren zurückgekehrt, und Birgitte beobachtete Elayne besorgt. Die Diener hatten die Packpferde in einer Reihe aufgestellt, und die Frauen der Schwesternschaft warteten geduldig. Die meisten von ihnen waren zu Fuß. Eine Anzahl Pferde, die zum Reiten hätten verwendet werden können, waren mit Säcken voller Nahrung und Bündeln Habe beladen. Frauen, die mehr mitgenommen hatten, als Alise erlaubt hatte – keine Frauen der Schwesternschaft – trugen ihre Bündel auf dem Rücken. Die schlanke Adlige mit der Narbe war durch ihre Last stark vornüber gebeugt und vermied es, Alise anzusehen. Alle Frauen, welche die Macht lenken konnten, betrachteten das Wegetor. Und alle Frauen, die Vandene von den Gefahren hatten sprechen hören, beobachteten den einzelnen zuckenden Faden, wie sie eine rote Viper beobachtet hätten.

Alise selbst brachte Nynaeve ihr Pferd und richtete ihren Hut mit den blauen Federn, während Nynaeve einen Fuß in den Steigbügel setzte. Nynaeve wandte die gedrungene Stute nordwärts, wobei sie eine zutiefst gekränkte Miene aufsetzte, während Lan auf Mandarb neben sie ritt. Elayne verstand nicht, warum sie Alise nicht einfach zurechtwies. Wenn man Nynaeves Erzählungen glauben durfte, hatte sie Frauen, die älter waren als sie, bereits in frühestem Alter zurechtgewiesen. Und sie war jetzt immerhin eine Aes Sedai. Das sollte sie jeder Frau der Schwesternschaft weit überlegen machen.

Als die Kolonne zu den Hügeln aufbrach, schaute Elayne zu Aviendha und Birgitte. Aviendha stand schweigend da, die Arme unter den Brüsten verschränkt, und hielt das *Angreal* der in ihr Haar gehüllten Frau mit einer Hand fest umklammert. Birgitte nahm Elayne Löwins Zügel ab, band sie mit denen ihres eigenen Pferdes zusammen, ging dann zu einem zwanzig Schritt entfernten Felsen und setzte sich hin.

»Ihr beide müßt …«, begann Elayne und hustete dann, als Aviendha überrascht die Augenbrauen wölbte. Es war unmöglich, Aviendha aus einem Gefahrengebiet fortzuschicken, ohne sie zu beschämen. Vielleicht war es überhaupt unmöglich. »Ich möchte, daß du mit den anderen gehst«, sagte sie zu Birgitte. »Und nimm Löwin auch mit. Aviendha und ich können uns auf ihrem Wallach abwechseln. Ich würde gern vor dem Schlafengehen noch einen Spaziergang machen.«

»Wenn du einen Mann jemals auch nur halb so gut behandelst wie dieses Pferd«, sagte Birgitte trocken, »wird er dir ein Leben lang treu sein. Ich glaube, ich werde einfach eine Weile sitzen bleiben. Ich bin heute lange genug geritten. Ich stehe dir nicht ständig zur Verfügung. Wir können das Spiel vor den Schwestern und den anderen Behütern spielen, um dir eine gewisse Verlegenheit zu ersparen, aber wir beide wissen es besser.« Elayne spürte trotz der spöttischen Worte Birgittes Zuneigung. Nein, etwas Stärkeres als Zuneigung. Ihre Augen brannten plötzlich. Ihr Tod würde Birgitte zutiefst verletzen – der Behüterbund sorgte dafür –, aber jetzt blieb sie wegen ihrer Freundschaft.

»Ich bin dankbar, zwei Freundinnen wie euch zu haben«, sagte sie schlicht. Birgitte grinste sie an, als hätte sie etwas Spaßiges gesagt.

Aviendha errötete jedoch vor Zorn und starrte Birgitte mit geweiteten Augen an, als sei die Gegenwart der Behüterin die Ursache für ihre geröteten Wangen. Sie wandte den Blick hastig zu den Menschen, die den ersten Hügel noch nicht erreicht hatten und noch ungefähr eine halbe Meile davon entfernt waren. »Du solltest besser warten, bis sie außer Sicht sind«, sagte sie, »aber du darfst auch nicht zu lange warten. Wenn du mit der Auflösung erst begonnen hast, werden die Stränge nach einiger Zeit allmählich … glatt. Einen Strang loszulassen, bevor er sich aus dem Gewebe gelöst hat, ist genauso, als würde man das Gewebe loslassen. Es wird dann zu etwas Beliebigem zerfallen. Aber du brauchst dich auch nicht sonderlich zu beeilen. Jeder Faden muß so weit frei gezogen werden wie möglich. Je mehr Fäden sich lösen, desto leichter werden andere zu sehen sein, aber du mußt stets den am besten sichtbaren Faden herauspicken.« Sie lächelte herzlich und drückte ihre Finger fest auf Elaynes Wange. »Du wirst es richtig machen, wenn du vorsichtig bist.«

Es klang nicht so schwierig. Sie mußte nur vorsichtig sein. Es dauerte ziemlich lange, bis die letzte Frau über dem Hügel verschwand, die schlanke Adlige, die unter der Last ihrer Kleider gebeugt ging. Die Sonne schien überhaupt nicht untergehen zu wollen, obwohl schon Stunden vergangen sein mußten. Was hatte Aviendha mit ›glatt‹ gemeint? Das Wort hatte nicht so viele Bedeutungen – es mußte wohl lediglich bedeuten, daß die Stränge dann schwer festzuhalten waren.

Elayne fand es heraus, sobald sie erneut begann. ›Glatt‹ war ein lebendiger Aal, wenn man ihn mit Öl einrieb. Sie knirschte schon bei dem Versuch, den ersten Faden festzuhalten, mit den Zähnen, und dann sollte sie ihn auch noch herausziehen. Nur die Tatsache, daß es noch weitere zu lösen galt, hinderte sie daran, erleichtert aufzuseufzen, als der Strang zu zucken begann und sich schließlich löste. Würden sie noch glatter, war sie sich nicht sicher, daß sie es schaffen könnte. Aviendha beobachtete sie genau, schwieg aber, obwohl sie Elayne stets ermutigend zulächelte, wenn diese es brauchte. Elayne konnte Birgitte nicht sehen – sie wagte es nicht, den Blick von ihrer Arbeit abzuwenden –, und doch konnte sie Birgitte spüren, als kleine Ansammlung felsenfesten Vertrauens in ihrem Kopf, genug Vertrauen, daß es sie erfüllte.

Schweiß lief ihr über das Gesicht, den Rücken und den Bauch hinab, bis sie sich auch selbst ›glatt‹ zu fühlen begann. Ein Bad wäre heute abend *höchst* willkommen. Nein, daran durfte sie jetzt nicht denken. Alle Aufmerksamkeit mußte den Fäden gelten. Sie zitterten in ihrem Griff, sobald sie einen berührte, aber sie lösten sich noch immer, und jedesmal, wenn ein Faden zu zucken begann, schien sich ein weiterer aus der Masse zu lösen, zu plötzlich, um deutlich erkennbar zu sein, da zuvor nur eine feste Masse *Saidar* dagewesen war. Aus ihrem Blickwinkel erinnerte das Wegetor an ein schreckliches, verzerrtes Wesen am Grund eines Teichs, von zuckenden Ranken umgeben, die wuchsen, sich wanden und verschwanden, nur um durch neue ersetzt zu werden. Die für jedermann sichtbare Öffnung dehnte sich an den Rändern und veränderte beständig ihre Gestalt und sogar die Größe. Elaynes Beine begannen zu zittern, und die Anstrengung beeinträchtigte ihr Sehvermögen ebenso wie der Schweiß. Sie wußte nicht, wieviel länger sie noch weitermachen konnte. Sie biß die Zähne zusammen und kämpfte. Ein Faden nach dem anderen. Ein Faden nach dem anderen …

Tausend Meilen entfernt, weniger als hundert Schritt durch das zitternde Wegetor, rannten Dutzende von Soldaten um die weißen Gebäude des Bauernhofs herum, kleine Männer mit Armbrusten, braunen Brustharnischen und bemalten Helmen, die wie die Köpfe riesiger Insekten aussahen. Hinter ihnen kam eine Frau mit roten Abzeichen, einem Silberblitz auf den Röcken und einem Armband um ihr Handgelenk; die daran befestigte silberne Koppel war mit dem Band um den Hals einer Frau in Grau verbunden. Danach kamen eine weitere *Sul'dam* und ihre *Damane* und noch ein weiteres Paar. Eine der *Sul'dam* deutete auf das Wegetor, und plötzlich umhüllte das Schimmern *Saidars* ihre *Sul'dam*.

»Runter!« schrie Elayne und ließ sich rückwärts fallen, außer Sicht des Bauernhofs, als ein silberblauer Blitz mit ohrenbetäubendem Brüllen durch das Wegetor schoß und sich wild in alle Richtungen ausbreitete. Ihre Haare sträubten sich. Alle Strähnen versuchten sich einzeln aufzurichten, und donnernde Erdfontänen brachen auf, wo immer einer der Ausläufer des Blitzes auftraf. Erde und Steine regneten auf sie herab.

Elaynes Hörvermögen kehrte jäh zurück, und sie nahm die Stimme eines Mannes von der anderen Seite der Öffnung in undeutlichem, gedehntem Tonfall wahr, der ihr ebenso eine Gänsehaut verursachte wie die Worte. »... müßt sie lebend gefangennehmen, ihr Narren!«

Plötzlich sprang einer der Soldaten unmittelbar vor ihr auf die Wiese. Birgittes Pfeil bohrte sich durch die auf seinen Lederbrustharnisch gepreßte Faust. Ein zweiter seanchanischer Soldat stolperte über den ersten, als dieser hinfiel, und Aviendhas Gürteldolch stak bereits in seiner Kehle, bevor er sich wieder aufrappeln konnte. Ein Pfeilhagel wurde von Birgittes Bogen abgeschossen. Sie hatte einen Stiefel auf die Zügel ihres Pferdes gestellt und lächelte grimmig, während sie schoß. Die Pferde warfen zitternd die Köpfe hoch und tänzelten, als wollten sie sich losreißen und davonlaufen, aber Birgitte stand nur da und schoß, so schnell sie die Pfeile einlegen konnte. Schreie von jenseits des Wegetors zeigten an, daß Birgitte Silberbogen noch immer mit jedem abgeschossenen Pfeil traf. Die Antwort erfolgte, schnell wie ein schlechter Gedanke. Schwarze Striche, Armbrustpfeile. So rasch, alles geschah so rasch. Aviendha fiel zu

Boden, Blut lief über die Finger, die ihren rechten Arm umklammerten, aber sie ließ ihre Wunde sofort wieder los, kroch vorwärts, suchte auf dem Boden mit angespanntem Gesicht nach dem *Angreal*. Birgitte schrie auf. Sie ließ den Bogen fallen und umfaßte ihren rechten Oberschenkel, aus dem ein Pfeil ragte. Elayne spürte den Schmerz so stark, als wäre es ihr eigener.

Sie ergriff in ihrer halb auf dem Rücken liegenden Stellung verzweifelt einen weiteren Faden des Gewebes. Und erkannte nach einem Zug entsetzt, daß sie nicht mehr tun konnte, als ihn nur festzuhalten. Hatte sich der Faden bewegt? Hatte er sich überhaupt ein Stück gelöst? Wenn dem so war, wagte sie ihn nicht loszulassen. Der Faden zitterte in ihrem Griff.

»Lebend, sagte ich!« brüllte die seanchanische Stimme. »Niemand, der eine Frau tötet, bekommt etwas von dem erbeuteten Gold!« Der Regen von Armbrustpfeilen hörte auf.

»Ihr wollt mich gefangennehmen?« rief Aviendha. »Dann kommt und tanzt mit mir!« Jäh war sie vom Schimmern *Saidars* umgeben, selbst mit dem *Angreal* noch schwach, und Feuerkugeln sprangen vor dem Wegetor auf und stoben immer wieder hindurch. Keine sehr großen Kugeln, aber die Wucht des Aufpralls in Altara war beständig zu hören. Aviendha keuchte jedoch vor Anstrengung, und ihr Gesicht glänzte vor Schweiß. Birgitte hatte ihren Bogen wieder aufgenommen, jeder Zoll die Heldin der Legende. Während Blut ihr Bein hinablief und sie kaum stehen konnte, hatte sie schon wieder einen Pfeil halbwegs herausgezogen und suchte nach einem neuen Ziel.

Elayne versuchte, ihre Atmung zu beruhigen. Sie konnte um keinen Preis mehr Macht heranziehen. »Ihr beide müßt fliehen«, sagte sie. Elayne konnte nicht glauben, daß sie so eiskalt und ruhig klang. Sie wußte, daß sie hätte jammern sollen. Ihr Herz pochte heftig.

»Ich weiß nicht, wie lange ich das hier noch halten kann.« Das galt sowohl für das Gewebe insgesamt als auch für den einzelnen Faden. Entglitt er ihr? »Flieht, so schnell ihr könnt. Auf der anderen Seite der Berge solltet ihr sicher sein, aber jeder Meter, den ihr bewältigen könnt, nützt etwas. Geht!«

Birgitte grollte etwas in der Alten Sprache, aber nichts, was Elayne bekannt war. Es klang wie Sätze, die sie gern lernen würde. Wenn jemals die Gelegenheit dazu bestünde. Birgittes folgende Worte konnte Elayne jedoch verstehen. »Wenn du dieses verdammte Ding losläßt, bevor ich es dir sage, wirst du nicht mehr darauf warten müssen, daß Nynaeve dir die Haut abzieht. Ich werde es selbst tun – dann erst kommt sie an die Reihe. Sei einfach still und halte fest! Aviendha, komm hier herum – hinter dieses Ding! Kannst du es von der Rückseite aus aufrechterhalten? Komm her und steig auf eines dieser verdammten Pferde.«

»Solange ich sehen kann, wo ich weben muß«, erwiderte Aviendha und richtete sich taumelnd auf. Sie wankte seitwärts und fing sich nur mühsam wieder. Blut aus einer bösen Wunde floß ihren Ärmel hinab. »Ich denke, ich kann es.« Sie verschwand hinter dem Wegetor, und die Feuerkugeln barsten weiterhin. Man konnte von der anderen Seite durch ein Wegetor hindurchblicken, aber das Bild erschien dann wie ein Trugbild. Man konnte von jener Seite jedoch nicht hindurchgehen – der Versuch wäre extrem schmerzhaft –, und als Aviendha wieder erschien, wankte sie noch stärker. Birgitte half ihr, auf ihr Pferd zu steigen – *rückwärts*. Auch das noch!

Als Birgitte ihr dringliche Zeichen gab, machte Elayne sich nicht die Mühe, den Kopf zu schütteln. Sie fürchtete, was geschehen könnte, wenn sie es tat. »Ich bin mir nicht sicher, daß ich noch festhalten kann, wenn ich aufzustehen versuche.« In Wahrheit war sie sich nicht sicher, ob sie *überhaupt* aufstehen konnte. Es hatte nichts mehr mit Erschöpfung zu tun – ihre Muskeln hatten jede Kraft verloren. »Reitet, so schnell ihr könnt. Ich werde so lange festhalten wie möglich. Bitte, geht!«

Birgitte murmelte in der Alten Sprache Flüche – es mußten Flüche sein, denn nichts sonst klang jemals so! – und drückte Aviendha die Zügel der Pferde in die Hand. Sie hinkte zu Elayne, wobei sie zweimal beinahe hinfiel, und beugte sich herab, um sie an den Schultern zu fassen. »Du kannst festhalten«, sagte sie, wobei ihre Stimme voller Überzeugung war, die sie auch Elayne gefühlsmäßig vermittelte. »Ich bin vor dir noch niemals einer Königin von Andor begegnet, aber ich habe Königinnen wie dich gekannt. Ihr habt ein Rückgrat aus Stahl und das Herz einer Löwin. Du kannst es schaffen!«

Sie zog Elayne langsam hoch, wartete ihre Antwort jedoch nicht ab. Ihr Gesicht war angespannt, und der Schmerz in ihrem Bein hallte in Elaynes Kopf wider. Elayne zitterte unter der Anstrengung, das Gewebe festzuhalten. Sie war überrascht, sich aufrecht stehend wiederzufinden. Und lebend. Birgittes Bein pochte in ihrem Kopf wie wahnsinnig. Sie versuchte, sich nicht auf Birgitte zu stützen, aber ihre zitternden Glieder wollten sie nicht mehr allein tragen. Als sie auf die Pferde zuwankten, schaute sie beständig über die Schulter zurück. Sie konnte ein Gewebe festhalten, ohne hinzusehen – normalerweise konnte sie es –, aber sie mußte sich versichern, daß sie diesen einen Faden tatsächlich noch unter Kontrolle hielt, daß er ihr nicht entglitt. Das Wegetor erinnerte jetzt an kein ihr bekanntes Gewebe mehr, es wand sich wild und verflocht wirre Tentakel.

Stöhnend hob Birgitte sie eher in den Sattel, als daß sie ihr nur hinaufhalf. Rückwärts, genau wie bei

Aviendha! »Du mußt sehen können«, erklärte sie und hinkte zu ihrem Wallach. Die Zügel aller drei Pferde in Händen zog sie sich mühsam hoch, ohne einen Laut auszustoßen, aber Elayne empfand ihren Schmerz. »Du tust, was getan werden muß, und überläßt es mir, wohin wir reiten.« Birgitte bohrte ihrem Wallach die Fersen in die Flanken, und die Pferde galoppierten in wilder Flucht davon.

Elayne klammerte sich ebenso verbissen an ihren Sattel, wie sie sich an das Gewebe, an *Saidar* selbst klammerte. Das galoppierende Pferd schüttelte sie durch, und sie konnte nur versuchen, im Sattel zu bleiben. Aviendha benutzte den Zwiesel ihres Sattels als Stütze. Sie atmete durch den weit aufgerissenen Mund, und ihr Blick wirkte starr. Das Schimmern um sie herum und der Strom von Feuerkugeln blieben jedoch bestehen. Gewiß nicht mehr so rasch wie zuvor, und einige Kugeln gingen weit am Wegetor vorbei, zogen Flammenspuren durchs Gras oder explodierten auf dem jenseits gelegenen Boden, aber sie wurden noch immer gestaltet und ausgelöst. Elayne sammelte Kraft, zwang sich dazu, Kraft zu sammeln. Wenn Aviendha weitermachte, obwohl sie jeden Moment zusammenzubrechen schien, konnte sie es auch.

Das Wegetor begann schnell zu schwinden, während sich zunehmend braune Grasflächen zwischen ihnen und der Öffnung erstreckten, und dann stieg der Boden an. Sie ritten den Hügel hinauf! Birgitte war ganz konzentriert, kämpfte gegen den Schmerz in ihrem Bein an, drängte die Pferde zu noch größerer Geschwindigkeit. Sie mußten nur den Hügelkamm erreichen.

Aviendha sank keuchend auf ihre Ellbogen, wurde haltlos durchgeschüttelt. Das Licht *Saidars* flackerte um sie herum und schwand dann. »Ich kann nicht mehr«, keuchte sie. »Ich kann nicht.« Zu mehr war sie nicht länger in der Lage. Seanchanische Soldaten sprangen fast unmittelbar, nachdem der Feuerkugelhagel aufhörte, auf die Wiese.

»Es ist in Ordnung«, stieß Elayne mühsam hervor. Ihre Kehle war rauh. Alle Feuchtigkeit bedeckte jetzt ihre Haut und tränkte ihre Kleidung. »Es ermüdet, ein *Angreal* zu benutzen. Du hast es gut gemacht. Sie können uns jetzt nichts mehr anhaben.«

Wie um ihr zu spotten, erschien auf der Wiese unter ihnen eine *Sul'dam*. Die beiden Frauen waren selbst auf die Entfernung von einer halben Meile gut zu erkennen. Die tief im Westen stehende Sonne spiegelte sich noch auf dem *A'dam*, das sie verband. Ein zweites Paar kam dazu, dann ein drittes und ein viertes. Und ein fünftes.

»Der Hügelkamm!« schrie Birgitte freudig. »Wir haben es geschafft! Heute abend wird gefeiert!«

Eine *Sul'dam* auf der Wiese deutete in ihre Richtung, und die Zeit schien sich zu verlangsamen. Das Schimmern der Einen Macht sprang um die *Damane* der Frau auf. Elayne konnte sehen, wie das Gewebe sich formte. Sie wußte, was es war. Man konnte es nicht aufhalten. »Schneller!« schrie sie. Der Schild traf sie. Elayne hätte dafür ausreichend stark sein sollen – sie *hätte* es sein sollen! –, aber erschöpft wie sie war, konnte sie sich kaum noch an *Saidar* klammern, und so durchtrennte er ihre Verbindung zur Quelle. Unten auf der Wiese fiel das Gewebe, das ein Wegetor gewesen war, in sich zusammen. Verstört und scheinbar unfähig, sich zu regen, warf sich Aviendha aus dem Sattel auf Elayne und brachte sie beide zu Fall. Elayne hatte gerade noch Zeit, den jenseitigen Hügelhang unter sich zu sehen, als sie fiel.

Die Luft wurde weiß und verhüllte ihre Sicht. Da waren Geräusche – sie erkannte, daß da Geräusche waren, ein lautes Brüllen –, aber sie hörte sie nicht. Sie prallte auf dem Boden auf, als wäre sie von einem Dach auf hartes Pflaster gestürzt oder von einer Turmspitze.

Sie öffnete die Augen und blickte nach oben. Der Himmel wirkte irgendwie seltsam, verschwommen. Sie konnte sich einen Moment nicht bewegen, und als es ihr endlich gelang, keuchte sie laut. Sie hatte überall Schmerzen. Oh, Licht, sie hatte Schmerzen! Sie hob langsam eine Hand zum Gesicht. Ihre Finger waren rot. Blut. Die anderen. Sie mußte den anderen helfen. Sie konnte Birgitte spüren, den Schmerz genauso stark spüren wie das, was sie gepackt hatte, aber zumindest lebte Birgitte. Und sie war entschlossen – und anscheinend zornig. Sie konnte nicht allzu schlimm verletzt sein. Aviendha.

Elayne drehte sich schluchzend um und erhob sich dann auf Hände und Knie, wobei sich in ihrem Kopf alles drehte und sie Schmerzen in der Seite verspürte. Sie erinnerte sich vage daran, daß es gefährlich sein konnte, sich mit auch nur einer gebrochenen Rippe zu bewegen, aber dieser Gedanke verflüchtigte sich rasch wieder. Denken schien … schwierig. Aber Blinzeln half ihrer Sicht anscheinend. Ein wenig. Sie befand sich fast am Fuß des Hügels! Hoch über ihr stieg Qualm von der jenseitigen Wiese auf. Aber das war jetzt unwichtig. Vollkommen unwichtig.

Dreißig Schritt den Hang aufwärts hatte Aviendha sich ebenfalls auf Hände und Knie aufgerichtet, fiel aber fast wieder um, als sie eine Hand hob, um sich das Blut aus ihrem Gesicht zu wischen, aber sie ließ ihren Blick dennoch ängstlich suchend schweifen. Ihr Blick fiel auf Elayne, und sie erstarrte. Elayne fragte sich, wie schlimm sie aussah. Gewiß nicht schlimmer als Aviendha selbst. Der Rock der Frau war nur noch zur Hälfte vorhanden, ihr Leibchen fast abgerissen, und überall, wo Haut zu sehen war, schien auch Blut zu sein.

Elayne kroch zu ihr. Das schien bei der Benommenheit in ihrem Kopf weitaus leichter als zu versuchen, aufzustehen und zu gehen. Als sie sich ihr näherte, stieß Aviendha ein erleichtertes Seufzen aus.

»Es geht dir gut«, sagte sie und berührte mit blutigen Fingern Elaynes Wange. »Ich hatte solche Angst. Solche Angst.«

Elayne blinzelte überrascht. Was sie an sich selbst erkennen konnte, wirkte ebenso schlimm wie Aviendhas Zustand. Ihre Röcke waren zwar heil geblieben, aber sie blutete anscheinend aus zwei Dutzend Wunden. Dann erkannte sie es. Sie war nicht ausgebrannt. Sie erschauderte bei dem Gedanken. »Es geht uns beiden gut«, sagte sie sanft.

Ein Stück seitlich von ihr wischte Birgitte ihr Messer an der Mähne von Aviendhas Wallach ab und richtete sich dann von dem leblosen Pferd auf. Ihr rechter Arm baumelte herab, ihr Umhang war fort wie auch ein Stiefel, ihre übrige Kleidung war zerrissen. Ihre Haut und Kleidung war genauso blutbefleckt wie die der beiden anderen. Der aus ihrem Oberschenkel ragende Armbrustpfeil schien ihre schlimmste Verletzung verursacht zu haben, aber die übrigen Wunden entsprachen gewiß Elaynes eigenen. »Sein Rückgrat war gebrochen«, sagte sie, indem sie auf das Pferd zu ihren Füßen deutete. »Meinem Pferd geht es wohl gut, denn ich sah es wie der Wind davonlaufen. Ich habe es immer schon für schnell gehalten. Aber Löwin …« Sie zuckte mit den Achseln und schrak daraufhin zusammen. »Elayne, Löwin war tot, als ich sie fand. Es tut mir leid.«

»Wir leben«, sagte Elayne fest, »und nur das zählt.« Sie konnte später um Löwin trauern. Der Qualm über dem Hügelkamm war nicht dicht, stieg aber über einem weiten Gebiet auf. »Ich möchte sehen, was ich getan habe.«

Sie mußten sich alle drei aneinander klammern, um aufstehen zu können, und es war sehr anstrengend, sich unter Keuchen und Stöhnen – sogar von Aviendha – den Hang hinaufzumühen. Sie klangen, als wären sie dem Tod nur knapp entronnen – was Elayne durchaus vermutete –, und sahen aus, als hätten sie sich in einem Schlachthaus gesuhlt. Aviendha hielt das *Angreal* noch immer fest in ihrer Hand, aber selbst wenn Elayne oder sie mehr Talent zum Heilen besessen hätten, so hätten sie die Quelle nicht mehr umarmen, geschweige denn die Macht lenken können. Schließlich standen sie aneinandergelehnt auf dem Hügelkamm und betrachteten die Verwüstung.

Feuer umgab die Wiese, aber in der Mitte war sie geschwärzt, schwelte, sogar die Steine waren verschwunden. Die meisten Bäume auf den umliegenden Hängen waren umgestürzt oder neigten sich von der Wiese fort. Falken erschienen, schwebten auf der vom Feuer aufsteigenden heißen Luft. Falken jagten häufig auf diese Weise, suchten nach kleinen Tieren, die von den Flammen ins Freie getrieben wurden. Von den Seanchanern war nichts zu sehen. Elayne wünschte, es wären Leichen vorhanden, damit sie sicher sein könnte, daß sie alle tot waren. Besonders alle *Sul'dam*. Als sie jedoch auf den verbrannten, qualmenden Boden hinabblickte, war sie plötzlich froh, daß es keinen Beweis dafür gab. Es war eine schreckliche Todesart gewesen. *Das Licht sei ihren Seelen gnädig*, dachte sie. *Allen ihren Seelen.*

»Nun«, sagte sie laut, »ich habe es nicht so gut gemacht wie du, Aviendha, aber ich denke, ich habe mein Bestes gegeben. Ich werde versuchen, es beim nächsten Mal noch besser zu machen.«

Aviendha sah sie von der Seite an. Sie hatte eine

Wunde an der Wange, eine weitere auf der Stirn und einen langen Schnitt am Kopf, der ihren Schädel freigab. »Für einen ersten Versuch hast du es weitaus besser gemacht als ich. Ich habe beim ersten Mal nur einen einfachen, in einen Strang Wind verflochtenen Knoten erreicht. Es hat mich fünfzig Versuche gekostet, auch nur das zu lösen, ohne daß mich etwas anderes bedroht hätte.«

»Ich hätte vermutlich mit etwas Einfacherem beginnen sollen«, sagte Elayne. »Ich habe die Angewohnheit, alles zu überstürzen.« Überstürzen? Das war noch stark untertrieben. Sie unterdrückte ein Kichern, aber nicht früh genug, um Schmerzen in der Seite zu verspüren. Also stöhnte sie leise, anstatt zu kichern. »Letztendlich haben wir eine neue Waffe gefunden. Ich sollte vielleicht nicht froh darüber sein, aber da die Seanchaner zurückgekehrt sind, bin ich es doch.«

»Du verstehst nicht, Elayne.« Aviendha deutete zur Mitte der Wiese, wo das Wegetor gewesen war. »Das hätte nicht mehr als ein Lichtblitz oder noch weniger sein können. Man weiß es nicht, bis es geschieht. Ist ein Lichtblitz das Risiko wert, sich und jede andere Frau im Umkreis von hundert oder mehr Schritten auszubrennen?«

Elayne starrte sie an. Aviendha war geblieben, obwohl sie das wußte? Sein Leben zu riskieren, war eine Sache, aber die Fähigkeit, die Macht zu lenken, zu verlieren … »Ich möchte, daß wir einander als Erstschwestern annehmen, Aviendha. Sobald wir Weise Frauen finden können.« Was sie mit Rand tun sollten, wußte sie beim besten Willen nicht. Allein der Gedanke, daß sie ihn beide heiraten würden – und Min ebenfalls! –, war mehr als lächerlich. Aber dieser Sache war sie sich sicher. »Ich muß nicht mehr über dich wissen. Ich möchte deine Schwester sein.« Sie küßte sanft Aviendhas blutverschmierte Wange.

Aviendha errötete noch weitaus stärker als zuvor. Selbst Aiel-Liebende küßten sich nicht, wenn jemand sie sehen konnte. Flammende Sonnenuntergänge wirkten gegen ihr Gesicht blaß. »Ich möchte dich auch als Schwester haben«, murmelte sie. Aviendha schluckte schwer, beugte sich – mit einem Blick zu Birgitte, die nicht auf sie zu achten vorgab – herüber und drückte ihre Lippen rasch auf Elaynes Wange. Elayne liebte sie für diese Geste ebenso sehr wie für alles andere.

Birgitte hatte über die Schulter an ihnen vorbei geschaut, und vielleicht hatte sie überhaupt nichts vorgegeben, denn jetzt sagte sie plötzlich: »Es kommt jemand. Lan und Nynaeve, wenn ich mich nicht täusche.«

Sie wandten sich unbeholfen um und hinkten und stolperten stöhnend vorwärts, was recht lächerlich aussehen mußte. Helden in Geschichten wurden niemals so stark verletzt, daß sie kaum noch stehen konnten. Nördlich von ihnen erschienen in der Ferne kurz zwei Reiter zwischen den Bäumen, die in ihre Richtung galoppierten. Kurz, aber ausreichend lange, um einen großen Mann auf einem stämmigen Pferd auszumachen und eine Frau auf einem kleineren Tier an seiner Seite. Die drei Frauen setzten sich hin und warteten. Das war noch etwas, was Helden in Geschichten niemals taten, überlegte Elayne seufzend. Sie hoffte, sie würde ihrer Mutter als Königin zur Ehre gereichen, aber unzweifelhaft würde sie niemals eine Heldin werden.

Chulein bewegte leicht die Zügel, und Segani bäumte sich etwas auf und kehrte auf einer geriffelten Schwinge um. Er war ein gut ausgebildeter *Raken*, schnell und lebhaft, ihr Liebling, obwohl sie ihn nicht allein flog. Es gab stets mehr *Morat'raken* als *Raken*, das war eine unumstößliche Tatsache. Auf dem unter ihr liegenden Bauernhof sprangen Feuerkugeln scheinbar aus der Luft und schossen in alle Richtungen. Sie versuchte, nicht darauf zu achten. Ihre Aufgabe war es, nach Schwierigkeiten rund um den Bauernhof Ausschau zu halten. Zumindest stieg kein Qualm mehr von der Stelle auf, wo Tauan und Macu im Olivenhain gestorben waren.

Tausend Schritt über dem Boden fliegend, konnte sie sehr weit sehen. Auch alle anderen *Raken* waren unterwegs und erkundeten die Landschaft. Jede Frau, die davonlief, würde daraufhin überprüft werden, ob sie eine jener Frauen war, die all diese Aufregung verursacht hatten, obwohl in Wahrheit gewiß jedermann in dieser Gegend, der einen *Raken* in der Luft sah, davonlaufen würde. Chulein mußte hier nur auf bevorstehende Schwierigkeiten achten. Sie wünschte, sie verspürte nicht dieses Kribbeln zwischen den Schulterblättern, was stets bedeutete, daß *tatsächlich* Schwierigkeiten bevorstanden. Der Segani umwehende Wind war bei dieser Geschwindigkeit nicht sehr stark, aber sie zog das Zugband der gewachsten Leinenkapuze unter ihrem Kinn dennoch fester, überprüfte die ledernen Sicherheitsgurte, die sie im Sattel hielten, richtete ihre Schutzbrille und straffte ihre Handschuhe.

Über hundert Himmelsfäuste befanden sich bereits am Boden und – noch wichtiger – sechs *Sul'dam* mit *Damane* sowie ein weiteres Dutzend, die Schultertaschen voll überschüssiger *A'dam* trugen. Der zweite Flug mit Verstärkung würde sich südwärts von den Hügeln erheben. Es wäre besser gewesen, wenn mehr am ersten Angriff teilgenommen hätten, aber die Hailene hatten allzu wenige *To'raken*, und ein hartnäckiges Gerücht besagte, daß vielen davon die Aufgabe zugewiesen wurde, die Hochdame Suroth und ihr

Gefolge von Amadicia herab zu begleiten. Man sollte den Adel nicht schlecht beurteilen, aber sie wünschte dennoch, es wären mehr *To'raken* nach Ebou Dar geschickt worden. Kein *Morat'raken* mochte die riesigen, ungelenken *To'raken*, die nur zum Tragen von Lasten geeignet waren, aber sie hätten schneller weitere Himmelsfäuste und *Sul'dam* zu den Bodentruppen bringen können.

»Ein Gerücht besagt, daß es dort unten Hunderte von *Marath'damane* gäbe«, sagte Eliya hinter ihr laut. Im Himmel mußte man laut sprechen, um das Rauschen des Windes zu übertönen. »Weißt du, was ich mit meinem Anteil an dem erbeuteten Gold tun werde? Ich werde mir ein Gasthaus kaufen. Dieses Ebou Dar scheint mir ein vielversprechender Ort zu sein, soweit ich sehen konnte. Vielleicht werde ich sogar einen Mann finden und Kinder haben. Was meinst du dazu?«

Chulein grinste hinter ihrem den Wind abhaltenden Schal. Jeder Flieger sprach davon, ein Gasthaus – oder eine Schänke oder manchmal auch einen Bauernhof – zu kaufen, aber wer konnte den Himmel verlassen? Sie tätschelte Seganis langen, ledrigen Hals. Und jeder weibliche Flieger – drei von vier waren Frauen – sprach von einem Ehemann und Kindern, aber Kinder bedeuteten auch das Ende der Fliegerei.

»Ich meine, du solltest die Augen offenhalten«, sagte sie. Es schadete aber nicht, ein wenig darüber zu reden. Als die am leichtesten bewehrten Soldaten waren sie fast ebenso hart wie die Garde der Totenwache, einige sogar noch härter. »Ich werde mit meinem Anteil eine *Damane* kaufen und eine *Sul'dam* dingen.« Wenn sich dort unten nur halb so viele *Marath'damane* befanden, wie das Gerücht behauptete, würde ihr Anteil für zwei *Damane* reichen. Für drei! »Eine *Damane*, die dazu ausgebildet ist, Himmelslichter zu gestalten.

Wenn ich den Himmel verlasse, werde ich ebenso reich sein wie eine Adlige.« Sie hatten hier etwas, das man ›Feuerwerk‹ nannte – sie hatte einige Burschen gesehen, die sich vergeblich bemüht hatten, den Adel in Tanchico dafür zu interessieren –, aber wer würde etwas, mit den Himmelslichtern verglichen, so Bedauernswertes auch betrachten? Jene Burschen waren gefesselt und außerhalb der Stadt auf die Straße geworfen worden.

»Der Bauernhof!« rief Eliya, und plötzlich wurde Segani schwer von etwas getroffen, schwerer als durch den stärksten Windstoß, den Chulein jemals erlebt hatte, wodurch er ins Taumeln geriet.

Der *Raken* stürzte hinab, stieß seinen heiseren Schrei aus und drehte sich so schnell, daß Chulein fest in ihre Sicherheitsgurte gedrückt wurde. Sie ließ die Hände auf den Oberschenkeln, die Zügel umklammert, aber locker. Segani mußte sich selbst hieraus befreien. Jeder Ruck an den Zügeln würde ihn nur behindern. Sie stürzten, sich drehend, abwärts. *Morat'raken* lernten, nicht zu Boden zu blicken, wenn ein *Raken* hinabstürzte, was auch immer der Grund dafür war, aber sie konnte nicht umhin, jedes Mal ihre Höhe zu bestimmen, wenn ein peitschenähnlicher Ruck den Boden näher in Sicht brachte. Achthundert Schritt. Sechshundert. Vier. Zwei. Das Licht bescheine ihre Seele, und die unendliche Gnade des Schöpfers schütze sie vor …

Segani fing sich mit einem Schlag seiner breiten Schwingen, der Chulein seitwärts riß und ihre Zähne klappern ließ. Die Spitzen seiner Klauen streiften die Baumwipfel, als sie abwärts rauschten. Mit in harter Übung erworbener Ruhe überprüfte sie die Bewegung seiner Schwingen auf Verletzungen. Es war nichts erkennbar, aber sie würde ihn dennoch von einem *Der'morat'raken* genau untersuchen lassen. Ein Meister würde nichts übersehen, was ihrem Blick vielleicht entging.

»Anscheinend sind wir der Schattenlady erneut entkommen, Eliya.« Sie wandte sich um, schaute über die Schulter und brach ab. Ein Stück eines gerissenen Sicherheitsgurtes wehte hinter dem leeren Sitz hinter ihr her. Jeder Flieger wußte, daß die Lady am Ende eines langen Sturzes wartete, aber es zu wissen, erleichterte die Erkenntnis nie.

Sie sprach ein schnelles Gebet für die Tote, besann sich wieder ihrer Pflicht und drängte Segani, wieder aufzusteigen. Sie schwebten langsam in Spiralen aufwärts, falls eine verborgene Kraft sie treffen sollte, aber doch so schnell, wie sie es für sicher hielt. Vielleicht ein wenig schneller, als sie es für sicher hielt. Von jenseits des Hügels vor ihr aufsteigender Rauch gab Anlaß zur Sorge, aber was sie sah, als sie den Kamm überflog, ließ ihren Mund austrocknen. Ihre Hände hielten noch immer die Zügel umfaßt, und Segani stieg weiterhin mit kraftvollem Schwingenschlag aufwärts.

Der Bauernhof war ... fort. Nur noch die Grundmauern der weißen Gebäude, die zuvor dort gestanden hatten, waren zu sehen, während die großen, in den Hang gebauten Gebilde nur noch Schutthaufen waren. Fort. Alles war geschwärzt und verbrannt. Feuer wütete durch das Unterholz der Hänge und schlug hundert Schritt weite Breschen in die Olivenhaine und Wälder, die sich zwischen den Hügeln erstreckten. Jenseits lagen auf weiteren ungefähr hundert Meilen umgestürzte Bäume, alle vom Bauernhof abgewandt. Sie hatte noch niemals etwas Ähnliches gesehen. Nichts konnte dort unten noch leben. Nichts hätte das überleben können. Was auch immer es gewesen war.

Sie faßte sich rasch wieder und lenkte Segani nach

Süden. Sie konnte in der Ferne *To'raken* erkennen, jeder mit einem Dutzend Himmelsfäusten und mit *Sul'dam* besetzt, die alle zu spät kamen. Sie begann im Geiste ihren Bericht zu formulieren. Sicherlich konnte kein anderer ihn verfassen. Jedermann behauptete, dieses Land sei voller *Marath'damane*, die nur darauf warteten, gekoppelt zu werden, aber mit diesen neuen Waffen waren die Frauen, die sich Aes Sedai nannten, eine echte Gefahr. Es mußte etwas mit ihnen geschehen, etwas Entscheidendes. Vielleicht würde die Hochdame Suroth, wenn sie auf dem Weg nach Ebou Dar war, die Notwendigkeit ebenfalls erkennen.

KAPITEL 7

Ein Ziegenpferch

Der ghealdanische Himmel war wolkenlos. Die bewaldeten Hügel wurden von einer gleißenden Sonne beschienen. Das Land schmachtete kurz vor der Mittagszeit. Kiefern und Lederblattbäume wurden durch die Dürre gelblich, wie auch andere Bäume, die Perrin ebenfalls für Immergrüne hielt. Kein Lufthauch regte sich. Schweiß tropfte sein Gesicht herab, lief in seinen kurz geschorenen Bart. Sein gelocktes Haar war stumpf. Er meinte, irgendwo im Westen Donner zu hören, aber er hatte aufgehört zu glauben, daß es jemals wieder regnen würde. Man hämmerte das Eisen auf dem Amboß vor sich, anstatt Tagträumen darüber nachzuhängen, Silber bearbeiten zu können.

Von seinem günstigen Standort des nur spärlich bewachsenen Hügelkamms aus betrachtete er durch ein Fernglas die ummauerte Stadt Bethal. Auch seine Augen konnten auf diese Entfernung Unterstützung gebrauchen. Bethal war eine recht große Stadt mit schiefergedeckten Gebäuden und einem halben Dutzend hohen Steingebilden, die vielleicht die Paläste niederer Adliger oder die Heime betuchter Händler waren. Er konnte das scharlachrote Banner nicht ausmachen, das schlaff auf dem höchsten Turm des größten Palasts hing, die einzige sichtbare Flagge, aber er wußte dennoch, wem sie gehörte. Alliandre Maritha Kigarin, Königin von Ghealdan, weit von ihrer Hauptstadt Jehannah entfernt. Die jeweils von gut zwanzig Soldaten bewachten Stadttore waren geöffnet, und doch kam niemand heraus, und die Straßen, die er einsehen konnte, waren bis auf einen einsamen Reiter, der von Norden eilig auf Bethal zugaloppierte, menschenleer. Die Soldaten waren nervös. Einige verlagerten beim Herannahen des Reiters ihre Langspieße oder Bogen, als wedele er mit einem bluttriefenden Schwert. Weitere Soldaten auf Wache zogen bei den Türmen der Stadtmauer oder auf der Mauer selbst auf. Es gab dort oben auch viele eingelegte Pfeile und erhobene Armbruste. Viel Angst.

Ein Sturm war über diesen Teil Ghealdans hinweggefegt. Er hatte noch immer Bestand. Die Horden des Propheten schufen Chaos, Banditen zogen ihren Vorteil daraus, und Weißmäntel, die zu Überfällen von Amadicia über die Grenze kamen, konnten leicht so weit ausschwärmen. Einige wenige verstreute Rauchsäulen weiter südlich kennzeichneten wahrscheinlich brennende Bauernhöfe, das Werk von Weißmänteln oder des Propheten. Banditen machten sich selten die Mühe, Brände zu legen, und die anderen beiden ließen nur wenig für sie übrig. Das Gerücht, das Perrin in jedem Dorf, durch das er gekommen war, gehört hatte und das besagte, daß Amador gefallen sei – an den Propheten, an die Taraboner oder an die Aes Sedai, je nachdem, wer die Geschichte erzählte –, trug noch zur allgemeinen Verwirrung bei. Einige behaupteten, Pedron Niall selbst sei im Kampf zur Verteidigung der Stadt gefallen. Das war alles in allem Grund genug für eine Königin, um ihre eigene Sicherheit besorgt zu sein. Oder vielleicht befanden sich die Soldaten auch wegen ihm dort unten. Seine Reise nach Süden war trotz all seiner Bemühungen wohl kaum unbemerkt geblieben.

Er kratzte sich nachdenklich den Bart. Schade, daß

die Wölfe in den umliegenden Hügeln ihm nichts erzählen konnten, aber sie achteten selten auf die Belange der Menschen und blieben ihnen fern. Und seit den Brunnen von Dumai hatte er es nicht mehr als richtig empfunden, mehr von ihnen zu erbitten als unbedingt notwendig. Es wäre nach allem vielleicht das beste, wenn er allein hineinritt, mit nur wenigen der Leute von den Zwei Flüssen.

Er dachte oft, Faile könne seine Gedanken lesen, normalerweise wenn er es am wenigsten wollte, und sie bewies es erneut, als sie ihre rabenschwarze Stute Schwalbe dicht neben seinen Braunen führte. Ihr eng geschnittenes Reitgewand war fast so dunkel wie die Stute, und doch schien sie die Hitze besser zu vertragen als er. Sie roch leicht nach Kräuterseife und sauberem Schweiß – nach sich selbst. Nach Entschlossenheit. Der Blick ihrer schrägstehenden Augen wirkte sehr entschlossen, und auch mit ihrer kühn geschwungenen Nase erinnerte sie sehr an ihren Namensvetter, den Falken.

»Ich möchte keine Löcher in dieser edlen blauen Jacke sehen, Gemahl«, sagte sie weich und nur für seine Ohren bestimmt, »und diese Burschen benehmen sich so, als würden sie Fremde vielleicht einfach beschießen, bevor sie fragen, wer sie sind. Wie willst du zudem zu Alliandre gelangen, ohne deinen Namen in die Welt hinauszuposaunen? Denk daran, daß dies im stillen geschehen muß.« Sie sagte nicht, daß sie gehen sollte, daß die Torwächter eine Frau allein für einen Flüchtling vor den Wirren halten würden, daß sie die Königin, die den Namen ihrer Mutter benutzte, erreichen könnte, ohne zuviel Aufmerksamkeit auf sich zu ziehen, aber das war auch nicht nötig. Er hatte all das und mehr jeden Abend von ihr gehört, seit sie Ghealdan betreten hatten. Er war teilweise hier, weil Alliandre in ihrem vorsichtig gehaltenen

Brief an Rand ... Unterstützung? ... Treue? ... anbot. Auf jeden Fall war ihr Wunsch nach Geheimhaltung vorrangig gewesen.

Perrin bezweifelte, daß selbst Aram, der wenige Schritt hinter ihnen auf seinem langbeinigen Grauen saß, ein Wort von dem gehört haben konnte, was Faile gesagt hatte. Berelain führte ihre weiße Stute auf Perrins andere Seite. Schweiß glänzte auf ihren Wangen. Durch eine Wolke von Rosenduft hindurch roch sie ebenfalls entschlossen. Ihm erschien es wie eine Wolke. Welch Wunder, daß ihr grünes Reitgewand nicht mehr Haut offenbarte als nötig.

Berelains beide Begleiterinnen blieben zurück, obwohl Annoura, ihre Aes Sedai-Beraterin, ihn unter ihrer Kappe aus dünnen, schulterlangen, mit Perlen geschmückten Zöpfen mit unlesbarer Miene forschend betrachtete. Nicht ihn und die beiden Frauen an seiner Seite. Besonders ihn. Sie schwitzte nicht. Er wünschte, er wäre nahe genug, um den Geruch der Grauen Schwester mit der Hakennase wahrnehmen zu können. Anders als die anderen Aes Sedai hatte sie niemandem etwas versprochen. Was auch immer solche Versprechen wert waren. Lord Gallenne, Befehlshaber von Berelains Beflügelten Wachen, war anscheinend eifrig damit beschäftigt, Bethal durch ein an sein einziges Auge gehobenes Fernglas zu betrachten und sich auf eine Weise mit seinen Zügeln zu schaffen zu machen, an der Perrin inzwischen erkannte, daß er tief in Überlegungen versunken war. Wahrscheinlich darüber, wie man Bethal gewaltsam einnehmen könnte. Gallenne erwog die schlechteste Möglichkeit stets als erste.

»Ich bin immer noch der Meinung, daß ich diejenige sein sollte, die sich Alliandre nähert«, sagte Berelain. Auch das hatte Perrin jeden Tag gehört. »Deswegen bin ich immerhin gekommen.« Das war einer der Gründe. »Annoura wird sofort eine Audienz gewährt bekommen und mich mit hineinbringen.« Ein zweites Wunder. Ihre Stimme hatte überhaupt nicht kokett geklungen. Sie schien dem Glätten ihrer roten Lederhandschuhe ebensoviel Aufmerksamkeit zu widmen wie ihm.

Welche? Das Problem bestand darin, daß er keine der Frauen erwählen wollte.

Seonid, die zweite Aes Sedai, die auf den Hügelkamm geritten war, stand ein Stück abseits bei ihrem kastanienbraunen Wallach neben einem hohen, von der Dürre ausgetrockneten Schwarzholzbaum und betrachtete nicht Bethal, sondern den Himmel. Die beiden helläugigen Weisen Frauen in ihrer Begleitung bildeten einen scharfen Kontrast dazu, die Gesichter im Gegensatz zu ihrem hellen Teint sonnengebräunt und hellhaarig, während sie dunkelhaarig war, groß, während sie klein war, ganz zu schweigen von ihren dunklen Röcken und weißen Blusen im Gegensatz zu ihrem edlen blauen Tuch. Halsketten und Armbänder aus Gold, Silber und Elfenbein schmückten Edarra und Nevarin, während Seonid nur ihren Großen Schlangenring trug. Sie waren jung, während sie alterslos war. Die Weisen Frauen und Seonid waren sich jedoch in ihrer Selbstbeherrschung gleich, und auch sie betrachteten den Himmel.

»Seht Ihr etwas?« fragte Perrin, womit er die Entscheidung hinausschob.

»Wir sehen den Himmel, Perrin Aybara«, antwortete Edarra ruhig, während ihr Schmuck leise klimperte, als sie die dunkle, über ihre Ellbogen geschlungene Stola richtete. Die Hitze schien die Aiel ebensowenig zu berühren wie die Aes Sedai. »Wenn wir mehr sähen, würden wir es Euch sagen.« Er hoffte es. Er glaubte es. Zumindest wenn es etwas wäre, wovon sie glaubten, daß Grady und Neald es vielleicht auch sehen könnten. Die beiden Asha'man würden es nicht geheimhalten. Er wünschte, sie wären hier anstatt im Lager.

Vor inzwischen mehr als einer halben Woche hatte ein durchbrochenes Gewebe der Einen Macht, das hoch über den Himmel zog, erhebliche Unruhe unter den Aes Sedai und den Weisen Frauen bewirkt. Und bei Grady und Neald. Eine Entwicklung, die wiederum noch größere Unruhe bewirkt hatte – Panik in dem Maße, wie Aes Sedai sie wahrscheinlich verspüren konnten. Asha'man, Aes Sedai und Weise Frauen behaupteten *alle*, sie könnten die Macht noch lange, nachdem das Gewebe verschwunden war, spüren, aber niemand wußte, was es bedeutete. Neald sagte, es erinnere ihn an Wind, obwohl er nicht sagen konnte warum. Niemand wollte eine entschiedenere Meinung äußern, und doch mußten die Verlorenen in großem Umfang am Werk sein, wenn die männliche und weibliche Hälfte der Macht sichtbar waren. Die Frage, was sie vorhatten, hatte Perrin in den vergangenen Nächten wach gehalten.

Er schaute wider Willen gen Himmel und sah natürlich nichts außer einem Paar Tauben. Plötzlich geriet ein Falke in Sicht, und eine der Tauben verschwand in einem Federregen. Die andere floh mit aufgeregtem Flügelschlag in Richtung Bethal.

»Seid Ihr zu einer Entscheidung gelangt, Perrin Aybara?« fragte Nevarin mit scharfem Unterton in der Stimme. Die grünäugige Weise Frau schien noch jünger zu sein als Edarra, vielleicht nicht älter als er selbst, doch sie besaß nicht im gleichen Umfang die Gelassenheit der blauäugigen Frau. Ihre Stola glitt ihre Arme herab, als sie die Hände in die Hüften stemmte, und er erwartete halbwegs, daß sie ihm mit dem Finger drohen würde. Oder mit der Faust. Sie erinnerte ihn an Nynaeve, obwohl sie einander gewiß nicht ähnelten. Nevarin hätte Nynaeve unbeholfen wirken lassen. »Was nützt unser Rat, wenn Ihr nicht zuhören wollt?« fragte sie. »Was nützt er?«

Faile und Berelain saßen aufrecht in ihren Sätteln, beide so stolz wie möglich, und beide rochen erwartungsvoll und verunsichert zugleich. Und verärgert darüber, daß sie verunsichert waren. Dieser Flecken gefiel ihnen beiden nicht. Seonid war zu weit entfernt, als daß er sie hätte riechen können, aber ihre zusammengepreßten Lippen verrieten hinreichend ihre Stimmung. Edarras Befehl, nicht zu sprechen, bis sie angesprochen wurden, erzürnte sie. Dennoch wollte sie gewiß, daß er den Rat der Weisen Frauen annahm. Sie sah ihn angespannt an, als könnte ihr nachdrücklicher Blick ihn in die Richtung drängen, die er einschlagen sollte. In Wahrheit wollte er sie erwählen, aber er zögerte. Wie weit war ihr Treueschwur Rand gegenüber wirklich belastbar? Nach dem, was er bisher gesehen hatte, stärker, als er geglaubt hätte, aber dennoch – wie weit konnte er einer Aes Sedai trauen? Die Ankunft von Seonids beiden Behütern gewährte ihm noch eine kurze Bedenkzeit.

Sie ritten zusammen heran, obwohl sie getrennt losgeritten waren, und hielten ihre Pferde weitgehend zwischen den Bäumen entlang des Hügelkamms, damit sie von der Stadt aus nicht gesehen wurden. Furen war Tairener, sehr dunkel, mit Grau in seinem lockigen schwarzen Haar, während Teryl, ein Murandianer, zwanzig Jahre jünger war, mit dunkel-rötlichem Haar, einem gedrehten Schnurrbart und blaueren Augen als Edarras, aber sie waren aus demselben Holz geschnitzt, groß und hager und hart. Sie stiegen anmutig ab, wobei ihre Umhänge die Farbe veränderten und auf beunruhigende Art unsichtbar wurden, und berichteten Seonid, wobei sie die Weisen Frauen bewußt ignorierten. Und Perrin.

»Es ist schlimmer als im Norden«, sagte Furen angewidert. Einige wenige Schweißtropfen perlten auf seiner Stirn, obwohl beide Männer von der Hitze nicht sehr beeinträchtigt zu sein schienen. »Die hiesigen Adligen sind auf ihren Gütern oder in der Stadt eingeschlossen, und die Soldaten der Königin verweilen innerhalb der Stadtmauern. Sie haben das Land den Männern des Propheten überlassen. Und den Banditen, obwohl sie in dieser Gegend anscheinend rar sind. Die Leute des Propheten sind überall. Ich glaube, Alliandre wird glücklich sein, Euch zu sehen.«

»Unsinn«, schnaubte Teryl und schlug sich mit den Zügeln in die Handfläche. »Ich habe nirgends mehr als fünfzehn oder zwanzig auf einem Fleck gesehen, hauptsächlich mit Mistgabeln und Spießen bewaffnet. Und sie waren abgerissen wie Bettler. Sicherlich geeignet, um Bauern zu ängstigen, aber man sollte denken, die Adligen würden sie ausrotten und reihenweise aufhängen. Die Königin wird sich freuen, eine Schwester zu sehen.«

Seonid öffnete den Mund und schaute dann zu Edarra hoch, die ihr zunickte. Wenn überhaupt eine Reaktion erfolgte, preßte die Grüne den Mund auf die Erlaubnis zu sprechen hin noch fester zusammen. Ihre Stimme klang jedoch butterweich. »Es besteht kein Grund mehr, Eure Entscheidung aufzuschieben, Lord Aybara.« Sie betonte den Titel ein wenig, weil sie genau wußte, daß er ein Anrecht darauf hatte. »Eure Frau entstammt einem großen Hause, und Berelain ist eine Herrscherin, aber die saldaeanischen Häuser zählen hier kaum, und Mayene ist die kleinste Nation. Eine Aes Sedai als Abgesandte wird Euch aus Alliandres Sicht das Wohlwollen der Weißen Burg sichern.« Vielleicht erinnerte sie sich daran, daß Annoura dies auch bewirken würde, denn sie fuhr hastig fort: »Außerdem war ich schon zuvor in Ghealdan, und mein Name ist hier wohlbekannt. Alliandre wird mich nicht nur sofort empfangen, sondern sie wird dem auch zuhören, was ich zu sagen habe.«

»Nevarin und ich werden mit ihr gehen«, sagte Edarra, und Nevarin fügte hinzu: »Wir werden sicherstellen, daß sie nichts sagt, was sie nicht sagen sollte.« Seonid knirschte, für Perrin hörbar, mit den Zähnen und beschäftigte sich damit, ihre geteilten Röcke mit sorgfältig gesenktem Blick zu glätten. Annoura stieß einen mürrischen Laut aus und wandte sich von dem Anblick ab. Sie selbst hielt sich von den Weisen Frauen fern und mochte es nicht, die anderen Schwestern bei ihnen zu sehen.

Perrin hätte am liebsten gestöhnt. Die Grüne zu schicken würde ihm die schwere Verantwortung nehmen, aber die Weisen Frauen trauten den Aes Sedai noch weniger als er und hielten Seonid und Masuri an der kurzen Leine. Es hatte in den Dörfern in letzter Zeit auch Geschichten über die Aiel gegeben. Niemand von diesen Leuten hatte jemals einen Aiel gesehen, aber es kursierten zahlreiche Gerüchte über die Aiel. Die Hälfte der Ghealdaner waren sicher, daß Aiel nur einen oder zwei Tage entfernt waren, und jede neue Geschichte war seltsamer und noch schrecklicher als die vorherige. Alliandre hatte vielleicht zuviel Angst, Perrin in ihre Nähe zu lassen, wenn sie erst erlebte, daß zwei Aielfrauen einer Aes Sedai Befehle gaben. Und Seonid befolgte die Befehle, wenn auch zähneknirschend! Nun, er würde Failes Leben nicht ohne weitere Versicherung außer einem vage gehaltenen Brief, den er vor mehreren Monaten erhalten hatte, aufs Spiel setzen. Die Verantwortung lastete jetzt noch schwerer auf ihm, und doch hatte er überhaupt keine Chance.

»Eine kleine Gruppe wird leichter durch diese Tore gelangen als eine große«, sagte er schließlich, während er das Fernglas in seine Satteltasche stopfte. Sie würde auch weniger Leute zum Reden veranlassen. »Das bedeutet, daß nur Ihr und Annoura gehen werdet, Berelain. Und vielleicht Lord Gallenne. Ihn würden sie wahrscheinlich für Annouras Behüter halten.«

Berelain war erfreut und beugte sich herüber, um mit beiden Händen seinen Arm zu umfassen. Sie beließ es natürlich nicht dabei. Ihre Finger drückten ihn liebevoll, und ihr Lächeln war ein Versprechen. Sie richtete sich mit vollkommen unschuldsvoller Miene wieder auf, bevor er sich regen konnte. Faile konzentrierte sich mit ausdruckslosem Gesicht darauf, ihre grauen Reithandschuhe zu straffen. Ihrem Geruch nach zu urteilen, hatte sie Berelains Lächeln bemerkt. Sie verbarg ihre Enttäuschung gut.

»Es tut mir leid, Faile«, sagte er, »aber …«

Heftiger Zorn flammte in ihrem Geruch auf. »Gewiß hast du noch einiges mit der Ersten zu besprechen, bevor sie geht, Gemahl«, erwiderte sie äußerlich ruhig. Ihre schrägstehenden Augen wirkten vollkommen gelassen, ihr Geruch aber war schneidend. »Am besten kümmerst du dich jetzt um sie.« Sie wendete Schwalbe und führte die Stute zu einer offensichtlich wütenden Seonid und den mit angespannten Gesichtern dastehenden Aes Sedai, aber sie stieg nicht ab und sprach auch nicht mit ihnen. Statt dessen blickte sie stirnrunzelnd auf Bethal hinab, ein Falke, der aus seinem Horst beobachtet.

Perrin erkannte, daß er sich an die Nase faßte, und senkte seine Hand rasch wieder. Es war natürlich kein Blut daran. Seine Nase fühlte sich nur blutig an.

Berelain brauchte keine Anweisungen in letzter Minute – die Erste von Mayene und ihre Beraterin der Grauen wollten aufbrechen, vollkommen überzeugt, daß sie wußten, was sie sagen und tun sollten –, aber Perrin schob alle Vorsicht beiseite und betonte, daß Berelain und nur Berelain mit Alliandre sprechen sollte. Annoura gewährte ihm einen jener kühlen Aes Sedai-Blicke und nickte, was vielleicht Zustimmung oder Ablehnung bedeutete. Er bezweifelte, daß er ihr mehr entlocken könnte. Berelain verzog belustigt den Mund, obwohl sie mit allem, was er sagte, übereinstimmte, oder es zumindest vorgab. Er vermutete, daß sie alles vorgeben würde, um zu bekommen, was sie wollte, und dieses Lächeln zum falschen Zeitpunkt ärgerte ihn. Gallenne hatte sein Fernglas ebenfalls eingesteckt, aber er spielte noch immer mit seinen Zügeln und überlegte zweifellos, wie er für die beiden Frauen einen Weg aus Bethal heraus erzwingen könnte. Perrin hätte am liebsten erneut gestöhnt.

Er beobachtete besorgt, wie sie den Weg hinabritten. Es war eine einfache Botschaft, die Berelain überbringen sollte. Rand verstand Alliandres Vorsicht, aber wenn sie seinen Schutz wollte, mußte sie bereit sein, ihn öffentlich zu unterstützen. Sie würde seinen Schutz bekommen – Soldaten und Asha'man würden es jedermann verdeutlichen und auch Rand selbst, wenn es nötig wäre –, wenn sie zustimmen würde, ihre Unterstützung anzukündigen. Berelain hatte keine Veranlassung, die Botschaft irgendwie zu verändern, trotz ihres Lächelns – das er als vielleicht eine andere Art des Schäkerns deutete –, aber Annoura ... Aes Sedai taten nun einmal, was sie taten, und die Hälfte der Zeit wußte nur das Licht warum. Er wünschte, er wüßte eine Möglichkeit, Alliandre zu erreichen, ohne eine Schwester einsetzen zu müssen oder Gerede zu bewirken. Oder Failes Leben aufs Spiel zu setzen.

Die drei Reiter erreichten die Tore, Annoura voran, und Wächter hoben rasch Langspieße und senkten Bogen und Armbruste, zweifellos sobald sich Annoura als Aes Sedai zu erkennen gab. Nicht viele Menschen besaßen den Mut, diese besondere Herkunft herauszufordern. Sehr bald führte sie ihre Begleiter in die Stadt. Tatsächlich schienen die Wächter bestrebt, sie eilig durch die Tore zu schleusen, außer Sicht jedes Beobachters in den Hügeln. Einige spähten zu den fernen Hängen, und Perrin mußte sie nicht riechen, um ihr Unbehagen darüber zu spüren, wer dort verborgen sein und eine Schwester unwahrscheinlicherweise erkannt haben mochte.

Perrin wandte sich nach Norden dem Lager zu, führte die übrigen den Hügelkamm entlang, bis sie außer Sicht der Türme von Bethal waren, und ritt dann schräg zur festgetretenen Straße hinab. Verstreute Bauernhöfe, strohgedeckte Häuser und lange, schmale Scheunen, verdorrte Weiden und Stoppelfelder und felsige Ziegenpferche mit hohen Mauern säumten die Straße, aber es war nur wenig Vieh und noch weniger Menschen zu sehen. Jene wenigen Menschen beobachteten die Reiter wachsam, Gänse, die Füchse beobachteten, und hielten in ihrer Arbeit inne, bis die Pferde vorüber gelangt waren. Aram beobachtete sie im Gegenzug ebenso wachsam und betastete hin und wieder das über seine Schulter hinausragende Schwertheft, vielleicht in dem Wunsch, noch etwas anderes als Bauern vorzufinden. Trotz seiner grüngestreiften Jacke war er noch immer ein wenig der Kesselflicker.

Edarra und Nevarin gingen neben Traber; sie schienen einen Spaziergang zu machen, denn trotz ihrer sperrigen Röcke hielten sie leicht Schritt. Seonid folgte ihnen auf ihrem Wallach. Furen und Teryl folgten wiederum ihr. Die blaßwangige Grüne gab vor, einfach nur aus Vorsicht zwei Schritt hinter den Weisen Frauen reiten zu wollen, aber die Männer runzelten offen die Stirn. Behüter achteten oft besser auf die Würde ihrer Aes Sedai als die Schwestern selbst, und Aes Sedai besaßen Königinnen angemessene Würde.

Faile hielt Schwalbe auf der anderen Seite der Aiel-Frauen, ritt schweigend und betrachtete anscheinend angestrengt die von der Dürre vernarbte Landschaft. Schlank und anmutig, wie sie war, fühlte Perrin sich neben ihr bestenfalls ein wenig unbeholfen. Sie hatte ein lebhaftes Temperament, wie Quecksilber, und das liebte er normalerweise an ihr, aber … Die Luft hatte sich leicht zu regen begonnen, genügend, um ihren Geruch beständig mit allen anderen Düften zu vermischen. Er wußte, daß er über Alliandre und ihre mögliche Antwort nachdenken sollte, oder noch besser über den Propheten und wie er zu finden wäre, wenn Alliandre erst antwortete – wie auch immer diese Antwort ausfiele –, aber dafür war in seinen Gedanken kein Raum.

Er hatte erwartet, daß Faile zornig sei, als er Berelain erwählte, zumal Rand sie vermutlich für diesen Zweck geschickt hatte. Faile wußte, daß er sie keiner auch noch so geringen Gefahr aussetzen wollte, eine Tatsache, die ihr noch mehr mißfiel als Berelain. Und doch duftete sie sanft wie ein Sommermorgen – bis er sich zu entschuldigen versuchte! Nun, Entschuldigungen schürten ihren Zorn üblicherweise, wenn sie bereits zornig war, aber sie war nicht zornig *gewesen*! Ohne Berelain verlief zwischen ihnen alles überaus sanft. Meistens. Aber seine Erklärungen, daß er die Frau in keiner Weise ermutigte – daß er weit davon entfernt war! –, brachten ihm nur ein kurz angebundenes »Natürlich nicht!« in einem Tonfall ein, der ihn zum Toren stempelte, weil er es erwähnt hatte. Aber sie wurde noch immer jedesmal zornig – auf ihn! –, wann immer Berelain ihn anlächelte oder einen Vorwand fand, ihn zu berühren, gleichgültig wie brüsk er sie abwies, und nur das Licht wußte, daß er es tat. Er stand bereits kurz davor, sie zu fesseln, und wußte nicht, was er noch tun sollte, um sie zu entmutigen. Seine Versuche, von Faile zu erfahren, was er falsch machte, wurden mit einem oberflächlichen »Warum glaubst du, daß du etwas falsch machst?«, einem weniger oberflächlichen »Was glaubst *du*, falsch zu machen?« oder einem tonlosen »Ich möchte nicht darüber reden« beantwortet. Er *machte* etwas falsch, aber er konnte nicht herausfinden, was es war! Er mußte es jedoch herausfinden. Nichts war wichtiger als Faile. Nichts!

»Lord Perrin?«

Arams aufgeregte Stimme unterbrach Perrins düstere Gedanken. »Nennt mich nicht so«, murrte er und blickte dann in die von dem Mann angezeigte Richtung zu einem weiteren aufgegebenen Bauernhof in einiger Entfernung vor ihnen, dessen Haus- und Scheunendächer durch ein Feuer zerstört worden waren. Nur noch die rauhen Steinwände standen. Aufgegeben, aber nicht verlassen, denn verärgerte Rufe erklangen von dort.

Ein Dutzend oder mehr derb gekleidete Burschen mit Speeren und Mistgabeln versuchten über die brusthohe Steinmauer eines Ziegenpferchs zu gelangen, während eine Handvoll Menschen darin sie draußen zu halten versuchten. Mehrere Pferde liefen durch den Lärm erschreckt frei in dem Pferch herum, und drei Reiterinnen waren zu sehen. Sie warteten jedoch nicht einfach ab, wie der Kampf ausgehen würde. Eine der Frauen schleuderte anscheinend

Steine, und noch während Perrin hinsah, schoß die zweite auf die Mauer zu, um mit einer langen Keule zuzuschlagen, während die dritte Frau ihr Pferd steigen ließ, so daß sich ein großer Bursche rückwärts von der Mauer fallen lassen mußte, um den ausschlagenden Pferdehufen zu entgehen. Aber es waren zu viele Angreifer und die zu verteidigende Mauer zu lang.

»Ich rate Euch, in weitem Bogen auszuweichen«, sagte Seonid. Edarra und Nevarin sahen sie grimmig an, aber sie fuhr fort, wobei Eile ihren nüchternen Tonfall überwog. »Dies sind gewiß die Leute des Propheten, und sie zu töten wäre ein schlechter Anfang. Zehntausende, Hunderttausende könnten sterben, wenn Ihr bei ihm versagt. Ist es das wert, um eine Handvoll Menschen zu retten?«

Perrin beabsichtigte niemanden zu töten, wenn er es verhindern konnte, aber er beabsichtigte auch nicht fortzusehen. Er verschwendete jedoch keine Zeit mit Erklärungen. »Könnt Ihr sie in Furcht versetzen?« fragte er Edarra. »Nur in Furcht, sonst nichts?« Er erinnerte sich nur zu gut an das, was die Weisen Frauen bei den Brunnen von Dumai getan hatten. Und die Asha'man. Vielleicht war es ebensogut, daß Grady und Neald nicht mitgekommen waren.

»Vielleicht«, erwiderte Edarra, während sie die Menschen um den Pferch betrachtete. Sie schüttelte kaum merklich den Kopf und zuckte leicht mit den Achseln. »Vielleicht.« Es würde genügen müssen.

»Aram, Furen, Teryl«, befahl er barsch, »kommt mit mir!« Er bohrte seinem Pferd die Fersen in die Flanken und war erleichtert, die Behüter dichtauf folgen zu sehen, als Traber vorwärts sprang. Vier angreifende Männer wirkten gefährlicher als zwei. Er hielt mit den Händen die Zügel umfaßt, fern von seiner Streitaxt.

Er war nicht sehr erfreut, als Faile Schwalbe im Galopp neben ihn trieb. Er öffnete den Mund, und sie sah ihn mit gewölbter Augenbraue an. Ihr schwarzes Haar, das bei ihrem schnellen Ritt im Wind flatterte, war wunderschön. Sie war wunderschön. Eine gewölbte Augenbraue, nicht mehr. Er sagte etwas anderes, als er beabsichtigt hatte. »Gib mir Rückendeckung«, wies er sie an. Sie brachte lächelnd von irgendwoher einen Dolch zum Vorschein. Bei all ihren verborgenen Klingen fragte er sich manchmal, warum er nicht gestochen wurde, wenn er sie zu umarmen versuchte.

Sobald sie wieder nach vorn blickte, gab er Aram ein Zeichen, das er vor Faile zu verbergen versuchte. Aram nickte und beugte sich dann mit blankgezogenem Schwert vor, bereit, den ersten der Männer des Propheten aufzuspießen, auf den er traf. Perrin hoffte, daß der Mann verstanden hatte, daß er Failes Rücken – und sie insgesamt – schützen sollte, wenn sie mit diesen Burschen tatsächlich in einen Kampf verwickelt würden.

Keiner der Schurken hatte sie bisher bemerkt. Perrin rief, aber sie schienen ihn über ihr eigenes Geschrei hinweg nicht zu hören. Einem Mann in einem zu großen Mantel gelang es, auf die Mauer zu klettern, und zwei weitere schienen beinahe hinübergelangt zu sein. Wenn die Weisen Frauen etwas tun wollten, war es höchste …

Ein Donnerschlag fast über ihren Köpfen machte Perrin fast taub, ein gewaltiges Krachen, das Traber zum Stolpern brachte, bevor er sich wieder fangen konnte. Das hatten die Angreifer gewiß bemerkt. Sie taumelten, sahen sich wild um und hielten sich hastig die Hände über die Ohren. Der Mann auf der Mauer verlor das Gleichgewicht und fiel auf die Außenseite. Er rappelte sich jedoch sofort wieder hoch und deutete verärgert auf die Einfriedung, woraufhin einige seiner Begleiter erneut angriffen. Andere sahen Perrin und deuteten auf ihn, wobei sich ihre Lippen bewegten, aber noch immer lief niemand davon. Einige wenige hoben ihre Waffen an.

Plötzlich erschien ein waagerechtes Feuerrad über dem Ziegenpferch, so breit, wie ein Mensch hoch war, das lodernde Flammenbüschel abwarf, während es sich mit an- und abschwellendem Ächzen drehte, von düsterem Stöhnen zu wehklagendem Jammern und umgekehrt.

Jetzt liefen die derb gekleideten Männer wie kopflose Wachteln in alle Richtungen davon. Der Mann in dem zu großen Umhang schwenkte noch einen Moment lang die Arme und schrie sie an, schoß aber dann mit einem letzten Blick auf das Feuerrad ebenfalls davon.

Perrin hätte fast gelacht. Er würde niemanden töten müssen. Und er würde sich keine Sorgen machen müssen, daß Faile eine Mistgabel durch die Rippen gestochen bekäme.

Die Bedrängten in dem Pferch waren offensichtlich ebenso verängstigt wie jene, die sich außerhalb befanden, zumindest eine von ihnen. Die Frau, die ihr Pferd gegen einen Angreifer hatte steigen lassen, ließ das Tor aufgleiten und ritt dann in ungelenkem Galopp die Straße hinauf, fort von Perrin und den übrigen.

»Wartet!« rief Perrin. »Wir wollen Euch nichts antun!« Ob sie ihn nun gehört hatte oder nicht – sie trieb ihr Pferd weiterhin an. Die Männer liefen jetzt so schnell sie konnten, aber wenn die Frau allein blieb, konnten schon zwei oder drei von ihnen ihr Schaden zufügen. Perrin legte sich flach auf Trabers Hals und stieß ihm die Fersen in die Flanken, und der Braune schoß wie ein Pfeil vorwärts.

Er war ein großer Mann, und doch verdiente Traber seinen Namen nicht nur wegen seiner tänzelnden Hufe. Außerdem war das Pferd der Frau, seinem plumpen Gang nach zu urteilen, nicht an einen Sattel gewöhnt. Traber verringerte den Abstand mit jedem Schritt und kam so nahe heran, daß Perrin die Hand ausstrecken und das Zaumzeug des anderen Pferdes ergreifen konnte. Aus der Nähe betrachtet war ihr Kastanienbrauner kaum mehr als ein Klepper, schweißbedeckter und ausgelaugter, als der kurze Ritt es hätte bewirken können. Perrin brachte beide Pferde langsam zum Stehen.

»Verzeiht, wenn ich Euch geängstigt habe, Herrin«, sagte er. »Ich will Euch wirklich nichts antun.«

Zum zweiten Mal an diesem Tag bewirkte eine Entschuldigung nicht die von ihm erwartete Reaktion. Zornige blaue Augen starrten ihn aus einem von langen rotgoldenen Locken umrahmten Gesicht an, ein so hoheitsvolles Gesicht wie das einer Königin, auch wenn es schweiß- und staubbedeckt war. Ihr Gewand bestand aus einfachem Tuch und war von der Reise befleckt und ebenso staubig wie ihre Wangen, aber ihre Miene war sowohl zornerfüllt als auch königlich. »Ich brauche nicht …«, begann sie mit eisiger Stimme, während sie ihr Pferd zu befreien versuchte, brach dann aber ab, als eine weitere Frau, weißhaarig und knochig, auf einer schlaksigen braunen Stute in weitaus schlechterem Zustand als die Kastanienbraune heranritt. Diese Leute waren einige Zeit hart geritten. Die ältere Frau war genauso erschöpft und staubbedeckt wie die jüngere.

Sie sah abwechselnd Perrin strahlend und die Frau, deren Zügel er noch immer festhielt, stirnrunzelnd an. »Danke, mein Lord.« Ihre Stimme stockte einen Moment, als sie seine Augen bemerkte, aber sie zögerte nicht lange. Sie war keine Frau, die vieles störte. Sie hielt noch immer den wuchtigen Stab in der Hand, den sie als Waffe benutzt hatte. »Eine Rettung im letzten Augenblick, fürwahr. Maighdin, was habt Ihr Euch nur gedacht? Ihr hättet getötet werden können! Und wir anderen auch! Sie ist ein eigensinniges Mädchen, mein Lord, das stets übereilt handelt. Denkt daran, Kind, nur ein Narr läßt Freunde im Stich und gibt Silber für schimmerndes Messing auf. Wir danken Euch, mein Lord, und Maighdin wird Euch ebenfalls danken, wenn sie wieder zur Vernunft kommt.«

Maighdin, gut zehn Jahre älter als Perrin, konnte nur im Vergleich zu der älteren Frau als Mädchen bezeichnet werden, aber trotz der erschöpften Miene, die ihrem Geruch entsprach, war die Enttäuschung von Zorn gefärbt. Sie akzeptierte die Tirade, unternahm noch einen halbherzigen Versuch, ihr Pferd zu befreien, und gab dann auf. Sie legte ihre Hände auf den Sattel, sah Perrin anklagend an und blinzelte. Wieder die gelben Augen. Trotz dieses Befremdens roch sie jedoch nicht ängstlich. Die alte Frau schon, aber Perrin glaubte nicht, daß ihre Angst ihm galt.

Ein weiterer von Maighdins Begleitern, ein unrasierter Mann auf einem weiteren armseligen Klepper, einem Grauen mit wulstigen Knien, näherte sich, während die alte Frau sprach, hielt sich aber im Hintergrund. Er war so groß wie Perrin, wenn auch nicht annähernd so breit, und trug eine von der Reise zerschlissene Jacke mit einem darüber befestigten Schwertgürtel. Wie die Frauen hatte auch er ein Bündel hinten auf seinen Sattel gebunden. Die leichte Brise drehte sich und brachte Perrin den Geruch des Mannes heran. Er hatte keine Angst, sondern war wachsam. Und wenn man aus der Art, wie er Maighdin ansah, etwas schließen wollte, galt seine

Wachsamkeit ihr. Vielleicht war dies doch nicht so einfach, wie Reisende vor einer Bande Schurken zu retten.

»Vielleicht solltet Ihr alle mit in mein Lager kommen«, schlug Perrin vor und ließ das Zaumzeug schließlich los. »Dort wärt Ihr vor … Banditen sicher.« Er erwartete halbwegs, daß Maighdin zum nächstgelegenen Waldrand flüchten würde, aber sie wendete ihr Pferd ebenso wie er und ritt mit zum Ziegenpferch zurück. Sie roch … resigniert.

Dennoch sagte sie: »Ich danke Euch für das Angebot, aber ich … wir … müssen unsere Reise fortsetzen. Wir werden weiterziehen, Lini«, fügte sie fester hinzu, und die ältere Frau sah sie so starr an, daß Perrin sich fragte, ob sie Mutter und Tochter waren, obwohl sie die Frau mit ihrem Namen ansprach. Sie sahen sich gewiß in keiner Weise ähnlich. Lini hatte ein schmales Gesicht und pergamentene Haut, ganz sehnig, während Maighdin unter dem Staub vielleicht wunderschön war. Wenn man helles Haar mochte.

Perrin schaute über die Schulter zu dem hinter ihnen reitenden Mann. Ein hart wirkender Bursche, der eine Rasur nötig gehabt hätte. Vielleicht mochte er helles Haar. Vielleicht mochte er es zu sehr. Männer hatten sich und andere aus diesem Grund schon häufiger in Schwierigkeiten gebracht.

Vor ihnen ritt Faile auf Schwalbe und spähte über die Mauer des Pferchs zu den darin befindlichen Leuten. Vielleicht war einer von ihnen verletzt worden. Seonid und die Weisen Frauen waren nirgendwo zu sehen. Aram hatte offensichtlich verstanden. Er hielt sich nahe bei Faile auf, obwohl er ungeduldig zu Perrin blickte. Die Gefahr war jedoch eindeutig vorüber.

Bevor Perrin die Hälfte des Wegs zum Pferch zurückgelegt hatte, erschien Teryl mit einem Mann mit schmalen Augen und stoppeligen Wangen, der neben seinem Rotgrauen her stolperte und dessen Kragen der Behüter fest im Griff hatte. »Ich dachte, wir sollten einen von ihnen gefangennehmen«, sagte Teryl mit hartem Lächeln. »Es ist stets besser, beide Seiten zu hören, was man auch gesehen zu haben glaubt, hat mein alter Vater immer gesagt.« Perrin war überrascht. Er hatte gedacht, Teryl könnte nicht über seine Schwertspitze hinaus denken.

Obwohl der stoppelbärtige Bursche am Kragen hochgehalten wurde, war der abgetragene Mantel eindeutig noch immer zu groß für ihn. Perrin bezweifelte, daß noch jemand anders auf die Entfernung genug hatte sehen können, aber er erkannte auch die hervorstehende Nase. Dieser Mann war als letzter davongelaufen, und er war auch jetzt nicht eingeschüchtert. Sein höhnisches Grinsen schloß sie alle mit ein. »Ihr steckt wegen dieser Geschichte alle tief in der Klemme«, sagte er mit rauher Stimme. »Wir haben auf Befehl des Propheten gehandelt. Der Prophet sagt, wenn ein Mann eine Frau belästigt, die ihn nicht will, muß er sterben. Diese Burschen haben sie gejagt ...«, er reckte sein Kinn in Maighdins Richtung, »und sie lief davon. Der Prophet wird dafür Eure Ohren fordern!« Er spie bekräftigend aus.

»Das ist lächerlich«, verkündete Maighdin mit klarer Stimme. »Diese Leute sind meine Freunde. Der Mann hat vollkommen mißverstanden, was er gesehen hat.«

Perrin nickte, und wenn sie glaubte, er stimme mit ihr überein, war es auch gut. Aber wenn man das, was dieser Bursche behauptete, dem hinzufügte, was Lini gesagt hatte ... Es war überhaupt nicht einfach.

Faile und die anderen schlossen sich ihnen an, gefolgt von den übrigen Reisebegleitern Maighdins, drei weitere Männer und eine weitere Frau, die alle vollkommen heruntergekommene Pferde mit sich führten. Perrin konnte sich nicht erinnern, jemals eine gelungenere Ansammlung von krummen Knien, gebogenen Fesselgelenken, Spat und Senkrücken gesehen zu haben. Sein Blick wanderte, wie stets, zuerst zu Faile – seine Nasenflügel streckten sich nach ihrem Geruch aus –, aber Seonid behinderte seine Sicht. Im Sattel zusammengesunken und zutiefst errötet, blickte sie mürrisch drein; ihr Gesicht wirkte seltsam, die Wangen waren aufgedunsen und der Mund leicht geöffnet. Da war etwas, etwas Rot-Blaues … Perrin blinzelte. Wenn er nicht inzwischen halluzinierte, hatte man ihr ein zusammengerolltes Tuch in den Mund gestopft! Wenn Weise Frauen einem Neuling den Mund zu halten befahlen, selbst einem Aes Sedai-Neuling, dann meinten sie es offensichtlich auch so.

Perrin war nicht der einzige, der ein scharfes Auge besaß. Maighdins Kinn sank herab, als sie Seonid sah, und sie warf Perrin einen langen, nachdenklichen Blick zu, als wäre er für das Tuch verantwortlich. Also erkannte sie eine Aes Sedai auf den ersten Blick? Das war für eine Frau vom Lande ungewöhnlich. Sie klang jedoch auch nicht nach einer Frau vom Lande.

Furen, der hinter Seonid ritt, machte ein sehr finsteres Gesicht, aber Teryl komplizierte alles noch mehr, indem er etwas zu Boden warf. »Das habe ich hinter ihm gefunden«, sagte er, »wo er es vielleicht auf der Flucht fallen gelassen hat.«

Zuerst wußte Perrin nicht, was es war: eine lange Schlinge aus ungegerbtem Leder, die fest mit anscheinend aus brüchigem Leder bestehenden Bändern umwickelt war. Dann erkannte er es und bleckte knurrend die Zähne. »Ihr sagtet, der Prophet fordere unsere Ohren.«

Der stoppelbärtige Mann hörte auf, Seonid anzustarren, und leckte sich die Lippen. »Das ... das ist Haris Werk!« protestierte er. »Hari ist schlecht. Er behält gern alles im Auge, erringt gern Trophäen, und er ...« Er zuckte in seinem Mantel mit den Achseln und sank in sich zusammen wie ein in die Enge getriebener Hund. »Das könnt Ihr mir nicht anhängen! Der Prophet wird Euch aufknüpfen, wenn Ihr mich anrührt! Er hat schon früher Adlige gehängt, edle Herren und Damen. Ich wandele im Licht des gesegneten Lord Drache!«

Perrin führte Traber zu dem Mann und achtete dabei darauf, daß die Hufe seines Pferdes das ... Ding ... auf dem Boden nicht berührten. Er wollte nichts weniger, als den Geruch des Burschen zu riechen, aber er beugte sich herab und näherte sein Gesicht dem des Mannes. Scharfer Schweiß rang mit Angst, Entsetzen und einer Spur Zorn. Schade, daß er keine Schuld erkennen konnte. ›Vielleicht fallen gelassen‹ bedeutete nicht ›fallen gelassen‹. Die dicht zusammenstehenden Augen weiteten sich, und der Mann preßte den Rücken an Teryls Wallach. Gelbe Augen hatten ihren Nutzen.

»Wenn ich Euch das anhängen *könnte,* würdet Ihr am nächsten Baum aufgeknüpft«, grollte er. Der Bursche blinzelte und begann zu strahlen, als er begriff, was das bedeutete, aber Perrin ließ ihm keine Zeit, seine Überheblichkeit zurückzugewinnen. »Ich bin Perrin Aybara, und Euer kostbarer Lord Drache hat mich hierhergesandt. Er hat mich gesandt, und wenn ich einen Mann mit ... *Trophäen* ... finde, hängt er! Wenn ich einen Mann finde, der einen Bauernhof anzündet, hängt er! Wenn mich einer von Euch schief ansieht, hängt er! Und Ihr könnt Masema auch berichten, daß ich das gesagt habe!« Perrin richtete sich angewidert auf. »Laßt ihn gehen, Teryl. Wenn er nicht in zwei Sekunden verschwunden ist ...!«

Teryl ließ den Mantelkragen los, und der Bursche schoß auf die nächststehenden Bäume zu, ohne auch nur einmal zurückzublicken. Ein Teil von Perrins Abscheu galt ihm selbst. Zu drohen! Wenn ihn einer von ihnen schief ansah? Aber wenn der namenlose Mann nicht selbst Ohren abgeschnitten hatte, so hatte er doch zumindest dabei zugesehen und nichts dagegen unternommen.

Faile lächelte, und Stolz schimmerte durch den Schweiß auf ihrem Gesicht. Ihr Blick vertrieb einiges von Perrins Abscheu. Für diesen Blick wäre er barfuß durch Feuer gelaufen.

Aber es hatte natürlich nicht allen gefallen. Seonid preßte die Augen zusammen, und ihre behandschuhten Fäuste zitterten an den Zügeln, als wollte sie verzweifelt dieses Tuch aus ihrem Mund zerren und ihm sagen, was sie dachte. Er konnte es ohnehin vermuten. Edarra und Nevarin hatten ihre Stolen um sich gelegt und betrachteten ihn düster. O ja, er konnte es vermuten.

»Ich dachte, es sollte alles geheim bleiben«, sagte Teryl beiläufig, während sie beobachtete, wie der stoppelbärtige Mann davonlief. »Ich dachte, Masema sollte nicht wissen, daß Ihr hier seid, bis Ihr es ihm selbst in sein rosafarbenes Ohr flüstert.«

So war es geplant gewesen. Rand hatte es als Vorsichtsmaßnahme vorgeschlagen, worauf Seonid und Masuri bei jeder möglichen Gelegenheit beharrt hatten. Aber ob Prophet des Lord Drache oder nicht – vielleicht wollte Masema niemandem von Angesicht zu Angesicht gegenübertreten, den Rand gesandt hatte, wenn man das bedachte, was er angeblich erlaubt hatte. Edarra und die anderen Weisen Frauen sahen Masema als möglichen Feind an, den man in einen Hinterhalt locken sollte, ehe er selbst eine Falle errichten könnte.

»Ich soll ... das aufhalten«, sagte Perrin und deutete verärgert auf die Schlinge aus ungegerbtem Leder auf dem Boden. Er hatte die Gerüchte gehört und nichts getan. Jetzt hatte er es erkannt. »Ich könnte ebensogut jetzt damit beginnen.« Und wenn Masema beschloß, daß *er* ein Feind war? Wie viele Tausende folgten dem Propheten, aus Glaubensgründen oder aus Angst? Es war unwichtig. »Es hört auf, Teryl. Es hört auf!« Der Murandianer nickte zögernd und betrachtete Perrin, als sähe er ihn zum ersten Mal.

»Mein Lord Perrin?« sagte Maighdin. Er hatte sie und ihre Freunde vollkommen vergessen. Die anderen hatten sich ein Stück entfernt um sie versammelt, die meisten noch immer zu Fuß. Es waren noch drei Männer außer dem Burschen darunter, der Maighdin gefolgt war, und zwei davon verbargen sich hinter ihren Pferden. Lini schien die wachsamste von ihnen und betrachtete ihn besorgt. Sie hatte ihr Pferd nahe an Maighdins herangeführt und schien bereit, ihr Zaumzeug selbst zu ergreifen. Nicht um die jüngere Frau am Davonlaufen zu hindern, sondern um selbst davonzulaufen und Maighdin mitzunehmen. Maighdin selbst wiederum schien vollkommen ruhig, aber sie betrachtete Perrin ebenfalls forschend. Das war nach all dem Gerede über den Propheten und den Wiedergeborenen Drachen – zusätzlich zu seinen Augen – nicht verwunderlich. Ganz zu schweigen von der geknebelten Aes Sedai. Er erwartete, daß sie sagen würde, sie wollten sofort aufbrechen, aber stattdessen sagte sie: »Wir werden Euer freundliches Angebot annehmen. Ein oder zwei Tage Rast in Eurem Lager sind vielleicht genau das Richtige.«

»Wir Ihr meint, Herrin Maighdin«, erwiderte er gemächlich. Es fiel ihm schwer, seine Überraschung zu verbergen. Besonders da er gerade die beiden Männer erkannt hatte, die ihre Pferde zwischen sich und ihm zu halten versuchten. War *Ta'veren* am Werk gewesen, sie hierher zu bringen? Es war auf jeden Fall eine seltsame Wendung. »Es ist vielleicht genau das Richtige.«

KAPITEL 8

Eine einfache Frau vom Lande

Das Lager befand sich ungefähr eine Meile weiter, ein gutes Stück von der Straße entfernt zwischen niedrigen, bewaldeten Hügeln unmittelbar jenseits eines Wasserlaufs, der auf zehn Fuß Breite Steine und nur auf fünf Fuß Breite Wasser aufwies und niemals tiefer war als bis zu den Knien eines Menschen. Kleine grüne und silberne Fische schossen vor den Pferdehufen davon. Gelegentlich Vorübergehende würden hier kaum jemanden vermuten. Der nächste Bauernhof war über eine Meile entfernt, und Perrin hatte sich selbst davon überzeugt, daß diese Leute ihr Vieh anderswo tränkten.

Er hatte wirklich versucht, jegliches Aufsehen so weit wie möglich zu vermeiden, indem sie auf Nebenstraßen und kleinsten Landwegen geritten waren, wenn sie nicht in den Wäldern bleiben konnten. Aber es war vergebliche Mühe gewesen. Die Pferde konnten geweidet werden, wo immer es Gras gab, aber sie benötigten zumindest auch etwas Hafer, und selbst ein kleines Heer mußte Nahrung erstehen, viel Nahrung. Jeder Mann verbrauchte vier Pfund am Tag, in Mehl und Bohnen und Fleisch gemessen. Die Gerüchte mußten schon in ganz Ghealdan kursieren, aber mit ein wenig Glück würde niemand vermuten, wer sie waren. Perrin verzog das Gesicht. Vielleicht solange nicht, bis er hinging und den Mund öffnete. Dennoch hätte er niemals anders gehandelt.

Tatsächlich waren es drei Lager, die dicht beieinander lagen und nicht weit vom Wasserlauf entfernt waren. Sie reisten zusammen, folgten alle Perrin, gehorchten ihm vermutlich, aber es waren zu viele Persönlichkeiten im Spiel, und niemand war vollkommen sicher, daß die anderen dasselbe Ziel verfolgten. Ungefähr neunhundert Beflügelte Wächter hatten ihre Herdfeuer zwischen Reihen angepflockter Pferde auf einer weiten Wiese mit niedergetretenem braunem Gras geschürt. Perrin versuchte, seine Nase vor den vermischten Gerüchen von Pferden, Schweiß, Dung und kochendem Ziegenfleisch, die unangenehme Zusammenstellung eines heißen Tages, zu verschließen. Ein Dutzend berittene Wachen umrundeten jeweils zu zweit gemächlich das Lager, ihre langen, mit roten Wimpeln versehenen Speere alle genau im gleichen Winkel gehalten, aber die übrigen Mayener hatten ihre Brustharnische und Helme abgelegt. In der Sonne ohne Jacke und oft auch ohne Hemd, lagen sie ausgestreckt auf ihren Decken oder würfelten, während sie auf das Essen warteten. Einige schauten auf, als Perrin vorüberritt, einige ließen von ihren Tätigkeiten ab, um die Neuzugänge in seiner Gruppe zu betrachten, aber niemand lief herbei. Also waren die Spähtrupps noch immer draußen. Kleine Spähtrupps ohne Speere, die sehen konnten, ohne gesehen zu werden. Nun, das hoffte er zumindest. Das hatte er gehofft.

Eine Handvoll *Gai'schain* verrichteten zwischen den niedrigen, graubraunen Zelten auf dem spärlich bewaldeten Hügelkamm über den Mayenern verschiedene Aufgaben. Auf diese Entfernung schienen die weiß gekleideten Gestalten harmlos, die Augen gesenkt und sanftmütig. Aus der Nähe betrachtet, würden sie ebenso wirken, aber die meisten waren Shaido. Die Weisen Frauen behaupteten, *Gai'schain* seien *Gai'schain*. Perrin traute keinem Shaido außer Sichtweite. An einer Seite des Hangs knieten unter einem kümmerlichen Tupelobaum ungefähr ein Dutzend Töchter des Speers im *Cadin'sor* in einem Kreis um Sulin, die trotz ihres weißen Haars die Zäheste unter ihnen war. Sie hatte ebenfalls Kundschafter ausgesandt, Frauen, die zu Fuß ebenso schnell waren wie die Mayener zu Pferde und wahrscheinlich weitaus weniger Aufmerksamkeit erregen würden. Keine der Weisen Frauen dort oben zeigte sich, nur eine schlanke Frau, die in einem großen Kessel den Eintopf umrührte, richtete sich auf und rieb sich den Rücken, während sie Perrin und die anderen vorüberziehen sah. Eine Frau in einem grünen Seidenreitgewand.

Er konnte den düsteren Ausdruck auf Masuris Gesicht erkennen. Aes Sedai rührten nicht in Kesseln, noch vollführten sie zwanzig weitere Aufgaben, welche die Weisen Frauen ihr und Seonid aufgetragen hatten. Masuri tat es für Rand, aber Rand war nicht hier, doch Perrin war hier. Bekäme sie auch nur halbwegs die Gelegenheit dazu, würde sie ihm das Fell über die Ohren ziehen.

Edarra und Nevarin tauchten aus jener Richtung auf und wirbelten selbst in ihren bauschigen Gewändern kaum die Schichten toten Laubs auf, die den Boden bedeckten. Seonid folgte ihnen, den Knebel noch immer im Mund. Sie wandte sich in ihrem Sattel um und blickte zu Perrin. Wenn er hätte glauben können, daß eine Aes Sedai ängstlich wirken konnte, hätte er dies bei ihr vermutet. Furen und Teryl ritten mit finsteren Mienen hinter ihr her.

Masuri sah sie näher kommen und beugte sich hastig wieder über den schwarzen Kessel, rührte mit neuerlicher Energie darin herum und versuchte den Eindruck zu erwecken, sie hätte niemals damit aufgehört. Solange Masuri den Weisen Frauen diente, glaubte Perrin keine Befürchtung um sein Fell hegen zu müssen. Die Weisen Frauen hielten sie anscheinend sehr kurz.

Nevarin schaute über die Schulter zu ihm zurück, ein weiterer dieser düsteren Blicke, die ihm von ihr und Edarra zugedacht wurden, seit er seine Warnung – seine Drohung – über den stoppelbärtigen Burschen ausgesprochen hatte. Perrin stieß verärgert den Atem aus. Er mußte sich solange nicht um sein Fell sorgen, bis die Weisen Frauen beschlossen, daß sie es *wollten*. Zu viele Persönlichkeiten. Zu viele Ziele.

Maighdin ritt neben Faile und beachtete scheinbar nicht, woran sie vorüberritten, aber er hätte keine Kupfermünze darauf verwettet. Ihre Augen hatten sich kaum merklich geweitet, als sie die mayenischen Wachen gesehen hatte. Sie wußte ebenso gewiß, was rote Brustharnische und Helme, die wie mit einem Rand versehene Töpfe aussahen, bedeuteten, wie sie ein Aes Sedai-Gesicht erkannt hatte. Die meisten Menschen hätten beides nicht vermocht, besonders nicht Menschen, die wie sie gekleidet waren. Diese Maighdin war ein Rätsel. Sie schien ihm aus einem unbestimmten Grund vage vertraut.

Lini und Tallanvor – so hatte er Maighdin den Burschen nennen hören, der hinter ihr hergeritten war, der ›junge‹ Tallanvor, obwohl ihr Altersunterschied höchstens vier oder fünf Jahre betragen konnte – blieben so dicht hinter Maighdin wie möglich, während Aram Perrin dichtauf zu folgen versuchte. Ebenso ein hartnäckiger kleiner Bursche namens Balwer, der noch weniger auf ihre Umgebung zu achten schien, als Maighdin vorgab. Dennoch glaubte Perrin, daß Balwer mehr sah als sie. Er konnte nicht genau sagen warum, aber die wenigen Male, als er den Geruch des hageren kleinen Mannes erhaschte, wurde er an einen in der Luft schnuppernden Wolf erinnert. Seltsamerweise war Balwer nicht ängstlich, ihn durchströmte lediglich eine wellenförmig schnell unterdrückte Verärgerung, begleitet vom zitternden Geruch der Ungeduld. Die dritte Frau, Breane, flüsterte heftig mit einem ungeschlachten Burschen, der die Augen gesenkt hielt, manchmal schweigend nickte und manchmal den Kopf schüttelte. Wenn es jemals einen rauhen Burschen gegeben hatte, dann war er es, aber die kleine Frau strahlte ebenfalls Zähigkeit aus. Der letzte Mann verbarg sich hinter diesen beiden, ein gedrungener Bursche mit einem ramponierten, tief ins Gesicht gezogenen Strohhut. Bei ihm wirkte das Schwert, das alle Männer trugen, genauso fremd wie bei Balwer.

Der dritte Teil des Lagers, der sich unter den Bäumen unmittelbar hinter der Biegung des Hügels der Mayener ausbreitete, nahm genausoviel Raum ein wie die Beflügelten Wachen, obwohl hier weitaus weniger Menschen verweilten. Hier waren die Pferde ein gutes Stück von den Herdfeuern entfernt angepflockt, so daß reiner Essensgeruch die Luft erfüllte. Dieses Mal geröstete Ziege und harte Rüben, welche die Bauern wahrscheinlich ihren Schweinen hatten verfüttern wollen, auch wenn die Zeiten sehr hart waren. Annähernd dreihundert Leute von den Zwei Flüssen, die Perrin von zu Hause gefolgt waren, kümmerten sich um Fleischspieße, flickten Kleidung oder überprüften Pfeile und Bogen, alle in zufälligen Gruppen von fünf oder sechs Freunden um ein Feuer versammelt. Fast alle winkten und riefen Grüße, obwohl zu häufig »Lord Perrin« und »Perrin Goldauge« erklang, als daß es ihm gefallen hätte. Faile hatte jedoch ein Recht auf die Titel, mit denen sie bedacht wurde.

Grady und Neald, die in ihren nachtschwarzen Umhängen nicht schwitzten, grüßten nicht. Sie standen neben dem Herdfeuer, das sie ein Stück von allen anderen entfernt entzündet hatten, und sahen ihn nur an. Erwartungsvolle Blicke, dachte er. Was erwarteten sie? Das war die Frage, die er sich bei ihnen stets stellte. Die Asha'man bereiteten ihm mehr Unbehagen als die Aes Sedai oder die Weisen Frauen. Es war natürlich, daß Frauen die Macht lenkten, auch wenn ein Mann sich dabei nicht wirklich wohl fühlte. Grady mit dem gewöhnlichen Gesicht wirkte trotz Umhang und Schwert wie ein Bauer und Neald mit seinem gezwirbelten Schnurrbart wie ein Geck, und doch konnte Perrin nicht vergessen, was sie waren und was sie an den Brunnen von Dumai getan hatten. Aber andererseits war er auch dort gewesen. Das Licht helfe ihm, so war es. Er nahm seine Hand von der Streitaxt an seinem Gürtel und stieg ab.

Diener – Männer und Frauen von Lord Dobraines Ländereien in Cairhien – liefen von den Reihen angepflockter Pferde herbei und übernahmen ihre Reittiere. Keiner reichte über Perrins Schulter hinaus, ländlich gekleidete Leute, die sich ständig willfährig verbeugten und Hofknickse vollführten. Faile sagte, er verwirre sie, wenn er sie aufforderte, damit aufzuhören oder es ihm gegenüber nicht mehr so häufig zu tun. Tatsächlich rochen sie verwirrt, wenn er es tat, und verbeugten sich eine oder zwei Stunden später doch wieder. Andere, fast so viele wie die Leute von den Zwei Flüssen, beschäftigten sich mit den Pferden oder mit den langen Reihen hochrädriger Karren, auf denen sämtliche Vorräte transportiert wurden. Einige wenige eilten in ein großes rot-weißes Zelt oder kamen daraus hervor.

Dieses Zelt veranlaßte Perrin, wie üblich düster zu stöhnen. Berelain besaß im mayenischen Teil des Lagers ein noch größeres Zelt sowie eines für ihre beiden Dienerinnen und ein weiteres für die beiden Diebefänger, die sie unbedingt mitbringen wollte. Auch Annoura hatte ein eigenes Zelt und Gallenne ebenfalls, aber nur er und Faile besaßen hier eines. Was ihn betraf, so hätte er wie die anderen Männer von zu Hause unter freiem Himmel geschlafen. Sie hatten nachts nichts außer einer Decke über sich. Es war gewiß kein Regen zu befürchten. Auch die cairhienischen Diener schliefen im Freien neben den Karren. Er konnte Faile jedoch nicht darum bitten, wenn Berelain ein Zelt hatte. Wenn er Berelain nur in Cairhien hätte zurücklassen können. Aber dann hätte er Faile nach Bethal hineinschicken müssen.

Zwei Banner an hohen, frisch zugeschnittenen Pfählen inmitten einer freien Fläche in der Nähe des Zelts verdüsterten seine Stimmung noch mehr. Die Brise war ein wenig aufgefrischt, obwohl es noch immer zu warm war. Er glaubte, den Donner erneut zu hören, ein schwaches Grollen im Westen. Die Banner entfalteten sich wellenförmig langsam, sackten unter ihrem eigenen Gewicht wieder zusammen und öffneten sich erneut in Wellen. Sein karmesinrot gesäumter Roter Wolfskopf und der Rote Adler des lange versunkenen Manetheren wurden entgegen seinen Befehlen erneut öffentlich gezeigt. Vielleicht hatte er es in gewisser Weise aufgegeben, sich zu verbergen, aber unbestreitbar war, daß Ghealdan ein Teil von Manetheren gewesen war. Alliandre würde nicht beruhigt sein, wenn sie von *diesem* Banner hörte! Es gelang ihm, eine freundliche Miene und ein Lächeln für die stämmige Frau aufzusetzen, die einen tiefen Hofknicks vollführte und Traber davonführte.

Die Fäuste in die Hüften gestemmt, stand Maighdin da und betrachtete die sich entfaltenden Banner, während ihr Pferd mit den anderen fortgeführt wurde. Überraschenderweise trug Breane ihre beiden Bündel, hielt sie jedoch unbeholfen fest. Sie betrachtete verdrießlich die anderen Frauen. »Ich habe von solchen Bannern gehört«, sagte Maighdin unvermittelt. Kein Zorn klang in ihrer Stimme mit, die ebenso glatt war wie ihr Gesicht, aber Perrin konnte ihre Wut riechen. »Sie wurden von Männern in Andor gehißt, in den Zwei Flüssen, die sich gegen ihren rechtmäßigen Herrscher auflehnten. Aybara ist wohl ein Name aus den Zwei Flüssen.«

»Wir wissen nicht viel über rechtmäßige Herrscher in den Zwei Flüssen, Herrin Maighdin«, grollte er. Er würde jedem das Fell über die Ohren ziehen, der sie dieses Mal gehißt hatte. Wenn sich die Geschichten über die Aufstände schon so weit verbreitet hatten … Er stand bereits zu vielen Schwierigkeiten gegenüber, als daß er noch mehr hätte gebrauchen können. »Morgase war vermutlich eine gute Königin, aber wir mußten uns allein durchs Leben schlagen, und das haben wir getan.« Ihm wurde jäh bewußt, an wen sie ihn erinnerte. An Elayne. Nicht daß es etwas bedeutet hätte. Er hatte Männer tausend Meilen von den Zwei Flüssen entfernt gesehen, die zu Familien gehören konnten, die er zu Hause gekannt hatte. Dennoch mußte es einen Grund für ihren Zorn geben. Ihr Akzent konnte andoranisch sein. »Die Dinge stehen in Andor nicht so schlecht, wie Ihr vielleicht gehört habt«, belehrte er sie. »In Caemlyn war es friedlich, als ich das letzte Mal dort war, und Rand – der Wiedergeborene Drache – will Morgases Tochter Elayne auf den Löwenthron bringen.«

Maighdin war absolut nicht besänftigt, vielmehr drehte sie sich mit blitzenden Augen zu ihm um. »Er beabsichtigt, sie auf den Thron zu *bringen*? *Niemand bringt* eine Königin auf den Löwenthron! Elayne wird den Thron von Andor *rechtmäßig* beanspruchen!«

Perrin kratzte sich den Kopf und wünschte, Faile würde aufhören, die Frau lediglich aufmerksam zu beobachten, und etwas sagen. Aber sie steckte nur ihre Reithandschuhe hinter ihren Gürtel. Bevor er darüber nachdenken konnte, was er erwidern sollte, mischte sich Lini ein, ergriff Maighdins Arm und schüttelte sie so fest, daß ihre Zähne klapperten.

»Ihr werdet Euch entschuldigen!« befahl die alte Frau barsch. »Dieser Mann hat Euch das Leben gerettet, Maighdin, und Ihr vergeßt Euch. Wie kann eine einfache Frau vom Lande so mit einem Lord sprechen! Erinnert Euch daran, wer Ihr seid, und bringt Euch mit Euren Worten nicht in Teufels Küche! Wenn dieser junge Lord Streit mit Morgase hatte – nun, jedermann weiß, daß sie tot ist, und es geht Euch gewiß nichts an! Jetzt entschuldigt Euch, bevor er ärgerlich wird!«

Maighdin sah Lini an, ihre Lippen bebten, und sie war noch bestürzter als Perrin. Sie überraschte ihn jedoch erneut. Anstatt die weißhaarige Frau zurechtzuweisen, richtete sie sich langsam auf, straffte die Schultern und sah ihm in die Augen. »Lini hat vollkommen recht. Es war ungehörig von mir, so mit Euch zu sprechen, Lord Aybara. Ich entschuldige mich. Demütig. Und ich bitte Euch um Verzeihung.« Demütig? Ihr Kinn war angespannt, ihr Tonfall dem Stolz einer Aes Sedai angemessen, und ihr Geruch besagte, daß sie noch immer äußerst wütend war.

»Es ist verziehen«, sagte Perrin hastig. Was sie anscheinend auch nicht besänftigte. Sie lächelte, und vielleicht wollte sie damit Dankbarkeit zeigen, aber er konnte sie mit den Zähnen knirschen hören. Waren Frauen *alle* verrückt?

»Diese Leute sind von der Reise erhitzt und schmutzig, mein Gemahl«, sagte Faile schließlich einlenkend, »und die letzten Stunden waren gewiß anstrengend für sie. Aram kann den Männern zeigen, wo sie sich säubern können. Ich werde die Frauen mit mir nehmen. Ich werde feuchte Tücher bringen lassen, damit Ihr Euch Gesicht und Hände waschen könnt«, sagte sie an Maighdin und Lini gewandt. Sie bedeutete Breane mit einer Geste, sich anzuschließen, und drängte sie zum Zelt. Auf ein Nicken von Perrin hin forderte Aram die Männer auf, ihm zu folgen.

»Sobald Ihr Euch erfrischt habt, Meister Gill, würde ich gern mit Euch sprechen«, sagte Perrin.

Er hätte ebensogut das sich drehende Feuerrad gestalten können. Maighdin fuhr herum und starrte ihn an, und die anderen beiden Frauen erstarrten in der Bewegung. Tallanvor ergriff plötzlich erneut sein Schwertheft, und Balwer stellte sich auf Zehenspitzen und spähte über sein Bündel hinweg, den Kopf einmal hierhin und einmal dorthin geneigt. Vielleicht nicht wie ein Wolf, sondern eher wie ein Vogel, der sich vor Katzen in acht nimmt. Der untersetzte Mann, Basel Gill, ließ seine Habe fallen und schrak zusammen.

»Warum, Perrin?« stotterte er und riß sich den Strohhut vom Kopf. Der Schweiß hinterließ Spuren im Staub auf seinen Wangen. Er beugte sich herab, um sein Bündel aufzuheben, überlegte es sich dann aber anders und richtete sich erneut hastig auf. »Ich meine, Lord Perrin, ich … ehm … ich dachte, Ihr wärt es, aber … aber als sie Euch Lord nannten, war ich mir nicht mehr sicher, ob Ihr einen alten Wirt noch kennen wolltet.« Er rieb sich mit einem Taschentuch über seinen fast kahlen Kopf und lachte nervös. »Natürlich werde ich mit Euch sprechen. Das Waschen kann noch eine Weile warten.«

»Hallo, Perrin«, sagte ein ungeschlachter Mann. Lamgwin Dorn wirkte wegen seiner schweren Lider trotz der Muskeln und der Narben auf Gesicht und Händen träge. »Meister Gill und ich haben davon gehört, daß der junge Rand der Wiedergeborene Drache ist. Wir hätten uns denken können, daß Ihr auch auftaucht. Perrin Aybara ist ein guter Mann, Herrin

Maighdin. Ich denke, Ihr könnt ihm alles anvertrauen, was Ihr wollt.« Er war nicht träge, und er war auch nicht dumm.

Aram machte eine ungeduldige Kopfbewegung, und Lamgwin und die beiden anderen folgten ihm, aber Tallanvor und Balwer ließen sich Zeit und warfen Perrin und Meister Gill verwunderte Blicke zu. Besorgte Blicke. Und den Frauen. Faile drängte sie ebenfalls vorwärts, wenn sie Perrin, Meister Gill und den Aram folgenden Männern auch viele rasche Blicke zuwarfen. Plötzlich waren sie nicht mehr so erfreut darüber, getrennt zu werden.

Meister Gill wischte sich über die Stirn und lächelte unbehaglich. Licht, warum roch er ängstlich? fragte sich Perrin. Aus Angst vor ihm? Vor einem an den Wiedergeborenen Drachen gebundenen Mann, der sich Lord nannte und ein Heer anführte, wie klein auch immer es war, und somit den Propheten bedrohte? Man könnte auch noch das Knebeln von Aes Sedai erwähnen. Dafür würde er auf die eine oder andere Art verantwortlich gemacht werden. *Nein,* dachte Perrin, *daran ist nichts, was jemanden ängstigen könnte.* Wahrscheinlich hatten diese Menschen Angst, daß er sie alle töten könnte.

In dem Versuch, Meister Gill zu beruhigen, führte er den Mann zu einer hundert Schritt von dem rotweißen Zelt entfernten Eiche. Die meisten der großen Blätter des Baumes waren abgefallen, und die Hälfte des verbliebenen Laubs war braun, aber tief herabhängende Zweige spendeten ein wenig Schatten, und einige der knorrigen Wurzeln ragten so weit über die Erde, um als Bänke dienen zu können. Perrin hatte eine davon bereits benutzt und Däumchen gedreht, während das Lager errichtet wurde. Wann immer er etwas Nützliches zu tun versuchte, entrissen es ihm stets zehn Hände.

Basel Gill war jedoch nicht beruhigt, wie bemüht sich Perrin auch nach dem Wohlergehen der Königin und seinem Gasthaus in Caemlyn erkundigte oder seinen eigenen Besuch dort in Erinnerung rief. Andererseits erinnerte sich Gill vielleicht daran, daß sein Besuch durch Aes Sedai und Gerede vom Dunklen König und einer nächtlichen Flucht nichts Beruhigendes gehabt hatte. Meister Gill schritt besorgt hin und her, preßte das Bündel an seine Brust, wechselte es von einem Arm in den anderen und antwortete nur sehr einsilbig, während er zwischendurch seine Lippen benetzte.

»Meister Gill«, sagte Perrin schließlich, »nennt mich nicht immer Lord Perrin. Es ist kompliziert, aber ich bin kein Lord. Das wißt Ihr.«

»Natürlich«, erwiderte der rundliche Mann, der sich schließlich auf einer der Eichenwurzeln niederließ. Er schien sein Bündel nicht gern abzulegen und zog die Hände nur zögernd davon zurück. »Wie Ihr meint, Lord Perrin. Ehm, Rand … der Lord Drache … er will die Lady Elayne wirklich auf den Thron bringen? Natürlich möchte ich Eure Worte nicht anzweifeln«, fügte er eilig hinzu. Er nahm seinen Hut ab und begann erneut, sich über die Stirn zu wischen. Er schien selbst für einen solch rundlichen Mann doppelt so stark zu schwitzen, wie es die Hitze gerechtfertigt hätte. »Gewiß wird der Lord Drache genau das tun, was Ihr gesagt habt.« Er lachte unsicher. »Ihr wolltet mit mir sprechen. Und sicher nicht über mein altes Gasthaus.«

Perrin stieß erschöpft den Atem aus. Er hatte geglaubt, nichts könnte schlimmer sein als alte Freunde und Nachbarn, die katzbuckelten, aber sie vergaßen es zumindest gelegentlich und sprachen dann frei heraus. Und keiner von ihnen hatte Angst vor ihm. »Ihr seid weit von zu Hause fort«, sagte er freundlich.

Es bestand kein Grund zur Eile, nicht bei einem Mann, der bereits fast außer sich war. »Ich frage mich, was Euch hierher geführt hat. Hoffentlich keine Schwierigkeiten?«

»Redet gerade heraus, Basel Gill«, forderte Lini ihn barsch auf, während sie auf die beiden zukam. »Keine Umschweife.« Sie war noch nicht allzu lange fort gewesen, und doch hatte sie irgendwie die Zeit gefunden, sich Gesicht und Hände zu waschen, ihr Haar im Nacken zu einem ordentlichen weißen Knoten aufzustecken und sich den meisten Staub von ihrem einfachen Tuchgewand zu klopfen. Sie vollführte vor Perrin einen flüchtigen Hofknicks, wandte sich dann zu Meister Gill um und drohte ihm mit einem knorrigen Finger. »›Drei Dinge ärgern über alle Maßen: ein schmerzender Zahn, ein zu enger Schuh und ein geschwätziger Mann.‹ Haltet Euch also an das Wesentliche und erzählt dem jungen Lord nicht mehr, als er hören will.« Sie bedachte den staunenden Wirt mit einem warnenden Blick und vollführte dann vor Perrin jäh einen weiteren Hofknicks. »Er liebt den Klang seiner eigenen Stimme – die meisten Männer tun das –, aber er wird Euch jetzt angemessen antworten, mein Lord.«

Meister Gill sah sie finster an und murmelte leise etwas, als sie ihm barsch zu sprechen bedeutete. »Knöcherne, alte ...«, verstand Perrin. »Was geschehen ist ... *einfach* und *gerade heraus* ...«. Der rundliche Mann sah Lini erneut an, aber sie schien es nicht zu bemerken. »... ist, daß ich geschäftlich in Lugard zu tun hatte. Eine Gelegenheit, Wein einzuführen. Aber das wird Euch nicht interessieren. Ich habe Lamgwin natürlich mitgenommen, und Breane, weil sie ihn keinen Moment aus den Augen läßt, wenn es nicht unumgänglich ist. Unterwegs begegneten wir Herrin Dorlain – Herrin Maighdin, wie wir sie nennen – und

Lini und Tallanvor. Und natürlich Balwer. Auf der Straße. In der Nähe von Lugard.«

»Maighdin und ich waren in Murandy in Stellung«, warf Lini ungeduldig ein. »Bis die Unruhen begannen. Tallanvor war Waffenträger des Hauses und Balwer der Schreiber. Räuber zündeten das Gut an, und unsere Herrin konnte es sich nicht mehr leisten, uns zu behalten, so daß wir beschlossen, aus Sicherheitsgründen zusammen zu reisen.«

»Das wollte ich gerade erzählen, Lini«, brummte Meister Gill, während er sich hinter dem Ohr kratzte. »Der Weinhändler war aus einem unbestimmten Grund von Lugard aufs Land gegangen, und …« Er schüttelte den Kopf. »Es würde zu weit führen, alles zu erzählen, Perrin. Lord Perrin, meine ich. Verzeiht. Ihr wißt, daß es heutzutage überall Unruhen der einen oder anderen Art gibt. Anscheinend trafen wir jedes Mal, wenn wir Unruhen der einen Art entronnen waren, auf Unruhen der anderen Art und entfernten uns immer weiter von Caemlyn. Bis wir hierher kamen, müde und für ein wenig Ruhe dankbar. Das ist die Geschichte in wenigen Worten.«

Perrin nickte gemächlich. Das konnte die einfache Wahrheit sein, obwohl er gelernt hatte, daß Menschen hundert Gründe haben mochten, zu lügen oder die Wahrheit schlicht zu verschleiern. Er verzog das Gesicht und fuhr sich mit den Fingern durchs Haar. Licht! Er wurde langsam so mißtrauisch wie ein Cairhiener, und je tiefer Rand ihn in alles hineingezogen hatte, desto schlimmer war es geworden. Warum, um alles in der Welt, sollte Basel Gill ihn belügen? Die Dienerin einer Lady, die an Privilegien gewöhnt war und dann harte Zeiten erlebte – das erklärte Maighdins Verhalten. Einiges war einfach.

Lini hatte die Hände an der Taille gefaltet, aber sie beobachtete ihn genau, erinnerte selbst überaus an einen Falken, und Meister Gill begann unruhig zu werden, sobald er seine Erzählung beendet hatte. Er schien Perrins Miene als Aufforderung zu verstehen, noch mehr zu berichten. Er lachte nervös. »Ich habe seit dem Aiel-Krieg nicht viel von der Welt gesehen, und ich war damals erheblich magerer. Nun, wir sind bis Amador gekommen. Natürlich haben wir es wieder verlassen, nachdem die Seanchaner die Stadt einnahmen, aber sie sind in Wahrheit nicht schlimmer als die Weißmäntel, soweit ich …« Er brach ab, als sich Perrin jäh vorbeugte und seinen Rockaufschlag ergriff.

»Seanchaner, Meister Gill? Seid Ihr Euch dessen sicher? Oder ist das nur wieder eines dieser Gerüchte wie das über die Aiel oder die Aes Sedai?«

»Ich habe sie gesehen«, erwiderte Gill und wechselte unsichere Blicke mit Lini. »Sie haben sich sogar selbst als Seanchaner bezeichnet. Es überrascht mich, daß Ihr nichts davon wißt. Die Nachricht ist uns den ganzen Weg von Amador vorausgeeilt. Diese Seanchaner wollen, daß die Menschen wissen, was sie vorhaben. Seltsame Leute mit seltsamen Wesen.« Seine Stimme wurde angespannter. »Wie Schattengezücht. Große, lederartige Flugwesen, die Menschen tragen, und Wesen, die Eidechsen ähneln, nur daß sie so groß sind wie Pferde und drei Augen haben. Ich habe sie gesehen! Wahrhaftig!«

»Ich glaube Euch«, sagte Perrin und ließ die Jacke des Mannes los. »Ich habe sie auch gesehen.« In Falme, wo tausend Weißmäntel in Minuten starben, und es waren tote Helden aus der Legende nötig gewesen, vom Horn von Valere herbeigerufen, um die Seanchaner zurückzudrängen. Rand hatte gesagt, sie würden zurückkehren, aber wie konnte ihnen das so bald gelungen sein? Licht! Wenn sie Amador besetzt hielten, mußten sie auch Tarabon in ihrer Gewalt haben, oder zumindest den größten Teil Tarabons. Nur ein Narr tötete einen Hirsch, wenn er wußte, daß ein verletzter Bär hinter ihm war. Wie viele Städte hatten sie bereits eingenommen? »Ich kann Euch nicht sofort nach Caemlyn schicken, Meister Gill, aber wenn Ihr noch ein wenig bei mir bleibt, werde ich dafür sor-gen, daß Ihr in Sicherheit seid.« Wenn es überhaupt noch sicher war, bei ihm zu bleiben. Der Prophet, Weißmäntel und jetzt vielleicht auch noch Seanchaner.

»Ich glaube, Ihr seid ein guter Mann«, sagte Lini plötzlich. »Ich fürchte, wir haben Euch nicht die ganze Wahrheit gesagt, aber vielleicht sollten wir es jetzt tun.«

»Lini, was redet Ihr da?« rief Meister Gill aus und sprang auf. »Ich glaube, die Hitze macht ihr zu schaffen«, sagte er zu Perrin. »Und die lange Reise. Sie hat manchmal seltsame Anwandlungen. Ihr wißt, wie alte Leute werden können. Still jetzt, Lini!«

Lini wehrte seine Hand ab, die er ihr über den Mund legen wollte. »Vorsicht, Basel Gill! Ich habe Euch gewarnt! Maighdin *ist* sozusagen vor Tallanvor davongelaufen, und er *ist* ihr nachgejagt. Wir alle sind seit inzwischen vier Tagen unterwegs und hätten beinahe uns selbst und die Pferde getötet. Nun, es ist kein Wunder, daß sie häufig wie abwesend ist. Ihr Männer verwirrt den Verstand einer Frau, so daß sie kaum noch denken kann, und dann gebt Ihr vor, überhaupt nichts getan zu haben. Ihr solltet alle aus Prinzip geohrfeigt werden. Das Mädchen fürchtet ihr eigenes Herz! Die beiden sollten verheiratet werden, je schneller, desto besser.«

Meister Gill starrte sie an, und Perrin konnte nicht ausschließen, daß nicht auch er mit offenem Mund dastand. »Ich bin nicht sicher, ob ich genau verstanden habe, was Ihr von mir erwartet«, sagte er zögerlich, doch die weißhaarige Frau antwortete fast schon, bevor er ganz geendet hatte.

»Stellt Euch nicht dumm. Das würde ich Euch keinen Moment abnehmen. Ihr seid klüger als die meisten. Das ist die schlimmste Angewohnheit von Männern, daß sie vorgeben, nicht zu bemerken, was vor ihrer Nase passiert.« Was war aus all den Hofknicksen geworden? Sie verschränkte ihre dünnen Arme vor der Brust und sah ihn streng an. »Nun, wenn Ihr Euch doch dumm stellen wollt, werde ich es Euch erklären. Euer Lord Drache tut, was immer er will, soweit ich gehört habe. Euer Prophet wählt Leute aus und verheiratet sie augenblicklich. Sehr gut. Ihr nehmt Maighdin und Tallanvor und verheiratet sie. Er wird es Euch danken, und sie ebenfalls. Wenn sie wieder zu sich kommt.«

Perrin blickte verblüfft zu Meister Gill, der mit den Achseln zuckte und kläglich grinste. »Entschuldigt mich«, sagte Perrin zu der finster dreinblickenden Frau, »ich muß mich um einiges kümmern.« Er eilte davon und schaute nur einmal zurück. Lini drohte Meister Gill mit dem Finger und schalt ihn trotz seines Protests aus. Die Brise verhinderte, daß Perrin ihre Worte verstand. Aber das wollte er in Wahrheit auch nicht. Sie *waren* alle verrückt!

Berelain hatte vielleicht ihre beiden Dienerinnen und ihre Diebefänger, aber Faile hatte gewissermaßen auch Bedienstete. Fast zwanzig junge Tairener und Cairhiener saßen mit gekreuzten Beinen in der Nähe des Zelts, die Frauen in Jacken und Hosen und genau wie die Männer mit Schwertgürteln. Niemand trug das Haar länger als bis zur Schulter, und sowohl Männer als auch Frauen hatten es mit einem Band zurückgenommen in Anlehnung an den Aiel-Pferdeschwanz. Perrin fragte sich, wo die übrigen waren. Sie entfernten sich selten weit aus der Reichweite von

Failes Stimme. Er hoffte, daß sie keine Schwierigkeiten machten. Sie hatte sie unter ihre Fittiche genommen, um sie aus Schwierigkeiten *heraus*zuhalten, sagte sie, und das Licht wußte, daß sie hineingeraten wären, wenn sie mit einer Menge weiterer junger Toren wie sie in Cairhien zurückgeblieben wären. Perrins Meinung nach brauchten sie alle einen raschen Tritt in die Kehrseite, um ein wenig zu Verstand zu kommen. Sich zu duellieren, Ji'e'toh zu spielen und vorzugeben, eine Art Aiel zu sein! Dummheit!

Lacile erhob sich, als Perrin näher kam, eine blasse kleine Frau mit roten Bändern an ihren Aufschlägen, kleinen goldenen Creolen in den Ohren und einem herausfordernden Blick, der Leute aus den Zwei Flüssen manchmal zu der Annahme veranlaßte, sie würde trotz ihres Schwerts gern geküßt. Im Moment lag knallharte Herausforderung in ihrem Blick. Kurz nach ihr erhob sich auch Arrela, groß und dunkel, das Haar so kurz geschnitten wie bei einer Tochter des Speers und die Kleidung einfacher als die der meisten Männer. Anders als Lacile wirkte Arrela vollkommen abweisend. Die beiden machten Anstalten, vor das Zelt zu treten, um Perrin den Weg zu versperren, aber ein Bursche mit kantigem Kinn in einer Jacke mit bauschigen Ärmeln stieß einen barschen Befehl aus, und sie setzten sich wieder hin. Widerwillig. Parelean hatte einen Bart getragen, als Perrin ihn zum ersten Mal gesehen hatte – das galt für mehrere der tairenischen Männer –, aber Aiel trugen keine Bärte.

Perrin murrte leise etwas über Torheit. Sie waren Faile absolut treu ergeben, und die Tatsache, daß er ihr Ehemann war, bedeutete ihnen wenig. Er konnte den Blick der jungen Dummköpfe auf sich spüren, als er das Zelt betrat. Faile würde ihm das Fell über die Ohren ziehen, wenn sie jemals erführe, daß er gehofft hatte, sie würden *sie* vor Schwierigkeiten bewahren.

Das Zelt war hoch und geräumig und mit einem mit Blumen verzierten Teppich und spärlichen Möbeln ausgestattet, die man überwiegend zusammengeklappt auf einem Karren verstauen konnte. Der schwere Standspiegel gehörte jedoch nicht dazu. Bis auf mit bestickten Tüchern verzierte und als zusätzliche Tische zu zweit zusammengestellte messingbeschlagene Kisten wurde alles von den geraden Linien funkelnder Goldverzierungen dominiert, die alles bis hin zum Waschgestell und dem dazugehörigen Spiegel schmückten. Ein Dutzend widergespiegelte Lampen machten das Innere des Zelts fast ebenso hell wie die Außenwelt, wenn es auch erheblich kühler war, und es hingen sogar zwei Seidenvorhänge von den oberen Zeltstangen herab – für Perrins Geschmack zu überladen und zu starr, da die Vögel und Blumen in Reihen und Winkeln angeordnet waren. Dobraine hatte sie bedrängt, wie cairhienische Adlige zu reisen, aber Perrin war es gelungen, das Schlimmste zu verhindern. Es war beispielsweise lächerlich, das große Bett mit auf eine Reise zu nehmen. Es hatte allein fast einen Karren beansprucht.

Faile und Maighdin saßen zusammen etwas abseits, verzierte Silberbecher in Händen. Sie schienen einander auf den Zahn zu fühlen, äußerlich lächelnd, aber doch mit einer gewissen Schärfe in den Augen, ein Hinweis darauf, daß sie auf etwas hinter den Worten lauschten, aber nicht darauf lauerten, ob sie sich im nächsten Moment umarmen oder die Dolche ziehen würden. Nun, er glaubte, daß die meisten Frauen nicht soweit gehen würden, tatsächlich den Dolch zu ziehen, aber Faile könnte es. Maighdin schien sich weitgehend von der Reise erholt zu haben, hatte sich inzwischen gewaschen und gekämmt und den Staub von ihrer Kleidung geklopft. Auf einem kleinen Tisch mit einer Mosaikoberfläche zwischen ihnen standen mehrere Becher und ein Silberkrug, der den Geruch von herbem Minztee verströmte. Beide Frauen sahen sich um, als er eintrat, und sie wiesen einen Augenblick fast die gleichen Mienen auf, kühle Verwunderung darüber, wer sich da hereindrängte, und überhaupt nicht erfreut über die Unterbrechung. Zumindest milderte Faile ihre Miene sofort durch ein Lächeln.

»Meister Gill hat mir Eure Geschichte erzählt, Herrin Dorlain«, sagte er. »Ihr habt harte Zeiten durchgestanden, aber seid versichert, daß Euch hier nichts geschehen kann, bis Ihr Euch zu gehen entschließt.« Die Frau murmelte über den Rand ihres Bechers hinweg einen Dank, aber sie roch wachsam und versuchte, ihn mit ihrem Blick wie ein offenes Buch zu lesen.

»Maighdin hat mir ihre Geschichte auch erzählt, Perrin«, sagte Faile, »und ich möchte ihr ein Angebot machen. Maighdin, Ihr und Eure Freunde habt bedrückende Monate durchgestanden und mir gesagt, daß Ihr keine Aussichten auf Besserung seht. Warum tretet Ihr nicht alle in meinen Dienst ein? Ihr werdet weiterhin reisen müssen, aber die Umstände werden weitaus angenehmer sein. Ich zahle gut, und ich bin keine strenge Herrin.« Perrin zeigte sich sofort einverstanden. Wenn Faile ihren Launen nachgehen wollte, indem sie Heimatlose aufnahm, wollte er diesen Leuten auch helfen. Vielleicht wären sie zudem bei ihm sicherer, als wenn sie allein umherzogen.

Maighdin verschluckte sich an ihrem Tee und hätte beinahe den Becher fallen lassen. Sie sah Faile blinzelnd an, während sie mit einem spitzengesäumten Leinentaschentuch die Flüssigkeit von ihrem Kinn tupfte, und ihr Stuhl knarrte leise, als sie sich seltsamerweise zu Perrin umwandte. »Ich ... danke Euch«, sagte sie schließlich zögernd. »Ich denke ...« Sie blickte Perrin weiterhin prüfend an und sprach dann weiter. »Ja, ich danke Euch, und ich nehme Euer freundliches Angebot gerne an. Ich muß es sogleich meinen Begleitern erzählen.« Sie erhob sich, zögerte, bevor sie ihren Becher auf das Tablett stellte, und richtete sich dann nur auf, um ihre Röcke in einem Hofknicks auszubreiten, der jedem Palast zur Ehre gereicht hätte. »Ich werde versuchen, Euch eine gute Dienerin zu sein, Herrin«, sagte sie ruhig. »Darf ich mich zurückziehen?« Auf Failes Erlaubnis hin vollführte sie erneut einen Hofknicks und wich zwei Schritte zurück, bevor sie sich umwandte und ging! Perrin kratzte sich den Bart. Noch eine Frau, die es auf ihn abgesehen hätte, wann immer Faile sich umdrehte.

Der Zelteingang war kaum hinter Maighdin zugefallen, als Faile ihren Becher absetzte, auflachte und mit den Fersen auf den Teppich trommelte. »Oh, ich mag sie, Perrin. Sie hat Mut! Ich wette, sie hätte dir über jene Banner hinweg den Bart versengt, wenn ich dich nicht gerettet hätte. O ja. Mut!«

Perrin brummte. Das war genau das, was er brauchte – noch eine Frau, die ihm den Bart versengte. »Ich habe Meister Gill versprochen, mich um sie zu kümmern, Faile, aber … Kannst du dir vorstellen, was Lini gesagt hat? Sie wollte, daß ich Maighdin mit diesem Burschen Tallanvor verheirate. Sie einfach verheirate, egal, was sie sagen! Sie hat behauptet, die beiden wollten es.« Er goß Tee in einen Silberbecher und ließ sich auf den von Maighdin verlassenen Stuhl fallen, ohne auf sein alarmierendes Knarren unter seinem plötzlichen Gewicht zu achten. »Auf jeden Fall ist dieser Unsinn nur die geringste meiner Sorgen. Meister Gill sagt, die Seanchaner hätten Amador eingenommen, und ich glaube ihm. Licht! Die Seanchaner!«

Faile legte die Fingerspitzen aneinander und starrte

darüber hinweg ins Leere. »Vielleicht ist es genau das«, sann sie. »Die meisten Diener arbeiten besser, wenn sie verheiratet sind. Vielleicht sollte ich es arrangieren. Und auch für Breane. So wie sie hier herausgestürmt ist, um diesen großen Burschen abzufangen, sobald ihr Gesicht gesäubert war, vermute ich, daß sie bereits verheiratet sein sollten. Ihre Augen schimmerten. Ich will ein solches Verhalten bei meinen Dienern nicht, Perrin. Es führt nur zu Tränen und Beschuldigungen und Schmollen.«

Perrin starrte sie an. »Hast du mir zugehört?« fragte er leise. »Die Seanchaner haben Amador eingenommen! Die Seanchaner, Faile!«

Sie zuckte zusammen – sie hatte wirklich darüber nachgedacht, diese Frauen zu verheiraten! – und lächelte ihn dann belustigt an. »Amador ist noch weit entfernt, und wenn wir diesen Seanchanern begegnen, wirst du gewiß mit ihnen fertig werden. Immerhin hast du mich gezähmt, nicht wahr?« Das behauptete sie, obwohl er niemals ein Anzeichen davon bemerkt hatte.

»Sie sind vielleicht ein wenig schwieriger, als du es warst«, sagte er trocken, und sie lächelte erneut. Sie roch aus einem unbestimmten Grund höchst erfreut. »Ich erwäge, Grady oder Neald loszuschicken, um Rand zu warnen, egal was er gesagt hat.« Sie schüttelte heftig den Kopf, und ihr Lächeln schwand, aber er fuhr fort. »Wenn ich wüßte, wie ich ihn finden könnte, würde ich es tun. Es muß eine Möglichkeit geben, ihm eine Nachricht zukommen zu lassen, ohne daß jemand etwas davon erfährt.« Rand hatte darauf noch nachdrücklicher beharrt als auf der Geheimhaltung um Masema. Perrin war aus Rands Umgebung verbannt worden, und niemand sollte wissen, daß zwischen ihnen noch etwas anderes als Feindschaft geblieben war.

»Er weiß es, Perrin. Dessen bin ich mir sicher. Maighdin hat überall in Amador Taubenschläge gesehen, aber die Seanchaner haben ihnen anscheinend keinen zweiten Blick gegönnt. Inzwischen hat jeder Händler, der in Amador Handel betreibt, davon gehört, und die Weiße Burg ebenfalls. Glaub mir, Rand muß es auch erfahren haben. Du mußt darauf vertrauen, daß er am besten weiß, was zu tun ist. In diesem Fall weiß er es.« Sie war sich dessen nicht immer so sicher.

»Vielleicht«, murmelte Perrin verärgert. Er versuchte, sich nicht um Rands geistige Gesundheit zu sorgen, aber Rand ließ Perrin, wenn er am mißtrauischsten war, wie ein argloses Kind wirken. Wie weit vertraute ihm Rand? Er hielt Dinge zurück und hatte Pläne, die er niemals verlauten ließ.

Perrin atmete geräuschvoll aus, lehnte sich auf seinem Stuhl zurück und trank einen Schluck Tee. Tatsächlich aber hatte Rand, ob wahnsinnig oder nicht, *recht*. Wenn die Verlorenen ahnten, was er vorhatte, oder wenn die Weiße Burg es ahnte, würden sie eine Möglichkeit finden, ihm Steine in den Weg zu legen. »Zumindest kann ich den Augen-und-Ohren der Burg weniger Grund zum Reden geben. Dieses Mal werde ich das verdammte Banner *verbrennen*.« Und den Wolfskopf ebenfalls. Er mußte vielleicht einen Lord spielen, aber er konnte es ohne ein verdammtes Banner tun!

Faile schürzte die vollen Lippen und schüttelte leicht den Kopf. Sie glitt von ihrem Stuhl, kniete sich neben ihn und nahm seine Hand. Perrin erwiderte ihren ruhigen Blick bedachtsam. Wenn sie ihn so intensiv ansah, so ernst, wollte sie ihm etwas Wichtiges mitteilen. Entweder das oder ihn kräftig zurechtweisen. Ihr Geruch vermittelte ihm nichts. Er versuchte aufzuhören, sie riechen zu wollen. Er konnte sich in ihrem Geruch nur zu leicht verlieren, und dann *würde* sie ihn zurechtweisen. Eines hatte er seit ihrer Heirat gelernt: Ein Mann brauchte seinen ganzen Verstand, wenn er mit einer Frau zu tun hatte. Und nur allzu häufig genügte nicht einmal das. Frauen taten ebenso gewiß wie Aes Sedai, was sie wollten.

»Du willst es dir vielleicht noch einmal überlegen, Gemahl«, murmelte sie. Ein leises Lächeln umspielte ihre Mundwinkel, als wüßte sie erneut, was er dachte. »Ich bezweifle, daß irgend jemand, der uns gesehen hat, seit wir Ghealdan betreten haben, erkannt hat, was der Rote Adler bedeutet. In der Nähe einer Stadt von der Größe Bethals werden jedoch einige das Banner erkennen. Und je länger wir Masema verfolgen müssen, desto größer ist die Wahrscheinlichkeit.«

Er machte sich nicht die Mühe zu erwähnen, daß dies um so mehr ein Grund dafür wäre, das Banner loszuwerden. Faile war keine Närrin, und sie dachte viel rascher als er. »Warum sollten wir es also behalten«, fragte er gemächlich, »wenn es nur bewirkt, Aufmerksamkeit auf den Dummkopf zu ziehen, von dem alle glauben werden, er wolle Manetheren aus seinem Grab befreien?« Männer hatten das früher schon versucht, und Frauen ebenfalls. Der Name Manetheren barg mächtige Erinnerungen, und er kam jedermann recht, der einen Aufstand anzetteln wollte.

»Weil es *tatsächlich* Aufmerksamkeit erregen wird.« Sie beugte sich angespannt zu ihm. »Aufmerksamkeit für einen Mann, der Manetheren wieder auferstehen lassen will. Das niedere Volk wird dir ins Gesicht lächeln, hoffen, daß du bald weiterziehst, und versuchen, dich so schnell wie möglich zu vergessen. Und die Höhergestellten haben im Moment zu viele andere Sorgen, um zweimal hinzusehen, es sei denn, du zwingst sie dazu. Verglichen mit den Seanchanern oder dem Propheten oder den Weißmänteln ist ein

Mann, der versucht, Manetheren wieder auferstehen zu lassen, unwichtig. Und ich glaube, man kann mit Gewißheit sagen, daß die Burg im Moment auch nicht zweimal hinsehen wird.« Ihr Lächeln verstärkte sich, und das Funkeln in ihren Augen besagte, daß sie nun auf den Punkt käme. »Aber das wichtigste ist, daß niemand denken wird, daß dieser Mann etwas anderes vorhat.« Ihr Lächeln schwand jäh. »Und bezeichne dich nicht als Dummkopf, Perrin t'Bashere Aybara. Nicht einmal beiläufig. Du bist kein Dummkopf, und ich mag es nicht, wenn du es sagst.« Ihr Geruch erinnerte an winzige Dornen. Es war nicht wirklicher Zorn, aber entschiedenes Mißfallen.

Quecksilber. Ein schneller als ein Gedanke vorüber huschender Eisvogel. Sicherlich schneller als seine Gedanken. Es wäre ihm niemals in den Sinn gekommen, sich so … schändlich zu verbergen. Aber er konnte den Sinn erkennen. Es war, als würde man die Tatsache verbergen, daß man ein Mörder war, indem man vorgab, ein Dieb zu sein. Und doch könnte es funktionieren.

Er kicherte und küßte ihre Fingerspitzen. »Das Banner bleibt«, sagte er. Vermutlich bedeutete das, daß auch der Wolfskopf blieb. Blut und blutige Asche! »Alliandre muß jedoch die Wahrheit erfahren. Wenn sie glaubt, Rand wolle mich zum König von Manetheren ernennen und ihr Land einnehmen …«

Faile erhob sich so jäh und wandte sich so plötzlich ab, daß er befürchtete, er hätte einen Fehler begangen, als er die Königin erwähnt hatte. Alliandre konnte nur zu leicht zu Berelain führen, und Faile roch … heikel … wachsam. Aber sie sagte über die Schulter: »Alliandre wird Perrin Goldauge keinerlei Schwierigkeiten bereiten. Dieser Vogel ist so gut wie gefangen, Gemahl, also sollten wir überlegen, wie wir Masema finden.« Sie kniete sich anmutig neben eine Kiste an der Zeltwand, die als einzige nicht abgedeckt war, hob den Deckel an und begann zusammengerollte Landkarten hervorzuholen.

Perrin hoffte, daß sie mit ihrer Einschätzung Alliandres recht hatte, weil er nicht wußte, was er tun sollte, wenn sie sich irrte. Wenn er nur halbwegs der wäre, für den sie ihn hielt. Alliandre war ein gefangener Vogel, die Seanchaner würden für Perrin Goldauge wie Puppen katzbuckeln, und er würde sich den Propheten greifen und ihn zu Rand bringen, während Masema zehntausend Männer um sich geschart hatte. Er erkannte nicht zum ersten Mal, daß er ihre Enttäuschung fürchtete, wie sehr ihr Zorn ihn auch verletzte und verwirrte. Wenn er jemals Enttäuschung in ihren Augen sähe, würde es ihm das Herz brechen.

Er kniete sich neben sie, half ihr, die größte Karte auszubreiten, die den Süden Ghealdans und den Norden Amadicias zeigte, und betrachtete sie so, als würde ihn Masemas Name von dem Pergament anspringen. Er hatte mehr Grund als Rand, erfolgreich sein zu wollen. Was auch immer geschehen mochte – er durfte Faile nicht enttäuschen.

Faile lag in der Dunkelheit, lauschte, bis sie sicher war, daß Perrin fest schlief, und schlüpfte dann unter den Decken hervor, die sie miteinander teilten. Reumütige Belustigung vereinnahmte sie, während sie sich ihr Leinennachtgewand über den Kopf zog. Glaubte er wirklich, sie würde nicht herausfinden, daß er das Bett eines Morgens tief in einem Gebüsch verborgen hatte, während die Karren entladen wurden? Nicht daß es ihr etwas ausmachte. Zumindest nicht viel. Sie hatte sicherlich ebenso häufig auf dem Boden geschlafen wie er. Sie hatte natürlich Überraschung geheuchelt und die Geschichte heruntergespielt. Bei jeder anderen Reaktion hätte er sich entschuldigt und wäre vielleicht sogar zurückgegangen, um das Bett wieder zu holen. Zu wissen, wie man einen Gemahl zu nehmen hatte, war eine Kunst, hatte ihre Mutter stets gesagt. Hatte Deira ni Ghaline es jemals als so schwierig empfunden?

Sie schlüpfte barfuß in ihre Pantoffeln, zog ein Seidengewand über, zögerte dann und schaute auf Perrin hinab. Er würde sie deutlich sehen können, wenn er aufwachte, aber er war für sie nur eine umschattete Erhebung. Sie wünschte, ihre Mutter wäre jetzt hier, um ihr einen Rat zu geben. Sie liebte Perrin mit jeder Faser ihres Seins, aber er verwirrte sie vollkommen. Es war natürlich nicht möglich, Männer wirklich zu verstehen, aber er war so anders als alle, mit denen sie aufgewachsen war. Er prahlte niemals, und anstatt über sich selbst zu lachen, war er … bescheiden. Sie hatte nicht geglaubt, daß ein Mann bescheiden sein *konnte*! Er beharrte darauf, daß nur der Zufall ihn zum Anführer gemacht hatte, behauptete nicht zu wissen, wie man Menschen führte, obwohl Menschen, die ihm begegneten, ihm bereits nach einer Stunde bereitwillig folgten. Er tat sein Denken als schwerfällig ab, obwohl er so einfühlsam war, daß sie sich sehr anstrengen mußte, wenn sie überhaupt irgendwelche Geheimnisse vor ihm bewahren wollte. Er war ein wundervoller Mann, ihr Wolf mit dem lockigen Haar. So stark und so sanft. Sie seufzte und schlich auf Zehenspitzen aus dem Zelt. Sein scharfes Gehör hatte ihr schon früher Probleme bereitet.

Das Lager der Soldaten lag still unter einem zunehmenden Mond, der am wolkenlosen Himmel ebensoviel Licht spendete, wie es ein Vollmond vermocht hätte, eine Helligkeit, welche die Sterne verblassen ließ. Verschiedene Nachtvögel schrien schrill und wurden dann beim Ruf einer Eule still. Eine leichte Brise wehte, und sie schien wundersamerweise tatsächlich ein wenig kühl. Wahrscheinlich bildete sie sich das nur ein. Die Nächte waren nur im Vergleich zu den Tagen kühl.

Die meisten Männer schliefen, dunkle Erhebungen in den Schatten unter den Bäumen. Einige wenige blieben wach und unterhielten sich um die spärlichen noch brennenden Feuer. Sie gab sich keine Mühe, im Verborgenen zu bleiben, aber niemand achtete auf sie. Einige schienen im Sitzen mit gesenkten Köpfen halbwegs zu schlafen. Wenn sie nicht gewußt hätte, wie gut die wachhabenden Männer aufpaßten, hätte sie vielleicht geglaubt, das Lager könnte sogar von einer Herde wilder Tiere überrascht werden. Natürlich würden die Töchter des Speers in der Nacht ebenfalls wachen. Aber es war auch bei ihnen unwichtig, ob sie von ihnen gesehen wurde.

Die hochrädrigen Karren bildeten lange, beschattete Reihen, unter denen die Diener bereits wohlig schliefen und schnarchten. Die meisten Diener. Ein Feuer brannte auch dort noch, um das Maighdin und ihre Freunde saßen. Tallanvor sprach gerade und gestikulierte wild, aber anscheinend hörten ihm nur die anderen Männer zu, obwohl sein Blick auf Maighdin gerichtet zu sein schien. Es überraschte nicht, daß sie in ihren Bündeln bessere Kleidung mit sich trugen als die lumpenähnliche, die sie vorher am Körper getragen hatten, und ihre frühere Herrin mußte sehr großzügig Seide an ihre Leute verteilt haben, denn Maighdin trug tatsächlich sehr gut geschnittene Seide in einem gedämpften Blau. Niemand von den anderen war so gut gekleidet, so daß Maighdin vielleicht von ihrer Herrin bevorzugt worden war.

Ein Zweig knackte unter Failes Fuß, Köpfe fuhren herum, und Tallanvor sprang auf und zog beinahe sein Schwert, bevor er sie im Mondlicht ihr Gewand raffen sah. Sie waren wachsamer als die Leute aus den Zwei Flüssen hinter ihr. Einen Moment sahen alle sie nur an. Dann erhob sich Maighdin anmutig und vollführte einen tiefen Hofknicks, und die übrigen folgten ihrem Beispiel rasch mit unterschiedlicher Geschicklichkeit. Nur Maighdin und Balwer schienen entspannt, während sich auf Gills Gesicht ein nervöses Lächeln zeigte.

»Laßt Euch nicht stören«, wies Faile sie freundlich an. »Aber bleibt nicht zu lange wach. Morgen wird ein anstrengender Tag sein.« Sie ging weiter, aber als sie zurückschaute, standen sie noch immer da und spähten hinter ihr her. Ihre Reisen mußten sie zu äußerster Wachsamkeit erzogen haben, so daß sie ständig auf der Hut waren. Sie fragte sich, wie gut sie sich einfügen würden. Sie würde während der nächsten Wochen damit beschäftigt sein, ihnen ihre Art beizubringen, wie auch selbst deren Art kennenzulernen. Das eine war für einen gut funktionierenden Haushalt ebenso wichtig wie das andere. Die Zeit mußte man sich nehmen.

Sie dachte in dieser Nacht jedoch nicht mehr lange an sie. Faile war bald an den Karren vorbei gelangt, noch nicht ganz bis zu der Stelle, wo Leute aus den Zwei Flüssen von den Baumkronen aus aufmerksam wachen würden. Nichts Größeres als eine Maus würde ungesehen an ihnen vorbeikommen – selbst einige der Töchter des Speers waren gelegentlich bemerkt worden –, aber sie hielten nach jedermann Ausschau, der ins Lager zu schleichen versuchte. Ihre Leute warteten auf einer kleinen mondbeschienenen Lichtung.

Einige der Männer verbeugten sich, und Parelean fiel dabei fast auf ein Knie, bevor er sich wieder fing. Mehrere Frauen vollführten ohne nachzudenken Hofknickse, was in ihrer Männerkleidung recht seltsam wirkte, und senkten dann ihre Blicke oder regten sich verlegen, als sie erkannten, was sie getan hatten. Sie waren mit höfischem Verhalten aufgewachsen, obwohl sie sich sehr bemühten, die Art der Aiel anzunehmen. Zumindest, was sie für die Art der Aiel hielten. Manchmal erschreckten sie die Töchter des Speers mit ihren Vorstellungen. Perrin nannte sie Narren, und das waren sie in gewisser Weise auch, aber diese Cairhiener und Tairener hatten ihr Treue geschworen – sie nannten es den Wassereid, in versuchter Nachahmung der Aiel –, und dadurch waren sie ihre Leute. Untereinander nannten sie ihre Gemeinschaft *Cha Faile,* die Klaue des Falken, hatten aber die Notwendigkeit eingesehen, dies geheimzuhalten. Sie waren nicht in jeder Beziehung Narren. Tatsächlich waren sie den jungen Männern und Frauen, mit denen Faile aufgewachsen war, in mancherlei Hinsicht gar nicht so unähnlich.

Jene, die sie heute morgen ausgesandt hatte, waren gerade zurückgekehrt, denn die Frauen unter ihnen wechselten soeben die aus Notwendigkeit getragene Kleidung. Selbst eine wie ein Mann gekleidete Frau hätte in Bethal Aufmerksamkeit erregt, ganz zu schweigen von fünf. Auf der Lichtung wirbelten Röcke und Jacken, Hemden und Hosen umher. Es machte den Frauen scheinbar nichts aus, vor den andern, einschließlich den Männern, unbekleidet zu sein, da es den Aiel offensichtlich nichts ausmachte, aber ihre Eile und ihr heftiges Atmen straften sie Lügen. Die Männer regten sich unbehaglich und wandten die Köpfe, hin- und hergerissen zwischen den Möglichkeiten, anstandshalber fortzublicken oder hinzusehen. Faile hielt ihr Gewand fest über ihrem Nachthemd geschlossen. Sie hätte sich nicht weiter anziehen können, ohne Perrin aufzuwecken, aber sie behauptete nicht, sich wohl zu fühlen. Sie war keine Domani, die ihre Gefolgsleute im Bad empfing.

»Verzeiht unsere Verspätung, Mylady Faile«, schnaufte Selande, während sie ihre Jacke anzog. Die kleine Frau sprach mit scharfem cairhienischem Akzent. Sie war selbst für eine Cairhienerin nicht groß, vermittelte jedoch in der Neigung ihres Kopfes und der Haltung ihrer Schultern glaubwürdigen Stolz und eine angemessene Kühnheit. »Wir wären schon eher zurückgekehrt, aber die Torwächter wollten uns nicht hinauslassen.«

»Sie wollten Euch nicht hinauslassen?« fragte Faile scharf. Wenn sie es nur mit eigenen Augen hätte sehen können, und nicht nur diese Frauen. Wenn Perrin nur sie anstatt dieses Frauenzimmers hätte gehen lassen. Nein, sie würde nicht über Berelain nachdenken. Es war nicht Perrins Schuld. Das sagte sie sich zwanzigmal am Tag, wie ein Gebet. Aber warum war der Mann so blind? »Mit welcher Begründung wollten sie Euch daran hindern?« Sie schnaubte verärgert. Schwierigkeiten mit dem Ehemann sollten den Ton, den man gegenüber seinen Untergebenen anschlug, nicht beeinflussen.

»Mit nichts Wichtigem, Mylady.« Selande schloß ihren Schwertgürtel und richtete ihn. »Sie ließen einige Burschen vor uns mit ihren Wagen passieren, ohne sie eines zweiten Blickes zu würdigen, aber sie wollten Frauen nicht ohne weiteres in die Nacht hinausgehen lassen.« Einige der anderen Frauen lachten, und die fünf Männer, die mit nach Bethal gegangen waren, regten sich unbehaglich, zweifellos, weil man sie nicht als ausreichenden Schutz angesehen hatte. Die restlichen *Cha Faile* bildeten hinter jenen zehn einen dichten Halbkreis, beobachteten Faile genau und hörten aufmerksam zu. Mondlicht beschien ihre Gesichter.

»Erzählt mir, was Ihr gesehen habt«, befahl Faile in jetzt ruhigerem Tonfall. Viel besser.

Selande berichtete kurz, und trotz Failes Wunsch, selbst gegangen zu sein, mußte sie zugeben, daß sie fast soviel gesehen hatten, wie sie sich nur hatte wünschen können. Die Straßen von Bethal waren selbst zur geschäftigsten Stunde des Tages fast leer. Die Leute blieben soweit wie möglich in den Häusern. Es wurde etwas Handel getrieben, aber nur wenige Händler wagten sich in diesen Teil Ghealdans, und es wurde kaum genug Nahrung vom Land hereingebracht, um alle zu ernähren. Die meisten Stadtbewohner waren wie betäubt, hatten Angst vor dem, was außerhalb der Mauern lag, und versanken immer tiefer in Teilnahmslosigkeit und Verzweiflung. Alle hielten aus Angst vor den Spionen des Propheten den Mund und – aus Angst davor, für Spione gehalten zu werden – auch die Augen geschlossen. Der Prophet besaß starke Wirkung. Beispielsweise waren alle Taschendiebe und Straßenräuber aus Bethal verschwunden, auch wenn unzählige die Hügel durchstreiften. Es hieß, die Strafe des Propheten für einen Dieb wäre das Abschlagen der Hände. Obwohl das für seine eigenen Leute anscheinend nicht galt.

»Die Königin zeigt sich jeden Tag in der Stadt, um den Leuten Mut zu machen«, sagte Selande, »aber ich glaube nicht, daß es viel hilft. Sie reist auch hierher in den Süden, um die Menschen daran zu erinnern, daß sie eine Königin haben. Vielleicht hatte sie woanders mehr Erfolg. Die Wache auf den Stadtmauern wurde verstärkt, und auch die Anzahl ihrer Soldaten. Vielleicht bewirkt dies, daß sich die Stadtbewohner sicherer fühlen. Bis sie weiterzieht. Anders als ihre Untertanen empfindet Alliandre selbst anscheinend keine Angst davor, daß der Prophet über die Mauern stürmen könnte. Sie geht morgens und abends allein in den Gärten von Lord Telabins Palast spazieren und behält nur wenige Soldaten in ihrer Nähe, die ihre

Zeit zumeist in den Küchen verbringen. Jedermann in der Stadt macht sich anscheinend ebenso viele Sorgen über die schwindenden Nahrungsvorräte wie über den Propheten. In Wahrheit, Mylady, denke ich, daß sie trotz all der Wachen auf den Mauern Masema die Stadt übergeben würden, auch wenn er allein an den Toren erschiene.«

»Das würden sie wahrhaftig tun«, warf Meralda verächtlich ein, während auch sie ihren Schwertgürtel schloß, »und noch um Gnade bitten.« Meralda war dunkel und stämmig und so groß wie Faile, aber die Tairenerin zog auf einen finsteren Blick von Selande hin den Kopf zwischen die Schultern und murmelte eine Entschuldigung. Es bestand kein Zweifel, wer die *Cha Faile* – nach Faile – anführte.

Faile war froh gewesen, daß kein Grund bestanden hatte, die Rangordnung zu ändern, die sie aufgestellt hatten. Selande war, von Parelean vielleicht abgesehen, die klügste von allen, und nur Arella und Camaille waren flinker. Selande besaß zudem noch eine zusätzliche Eigenschaft, eine Unerschrockenheit, als hätte sie bereits der schlimmsten Bedrohung in ihrem Leben gegenübergestanden, so daß nichts jemals wieder so schlimm werden könnte. Natürlich wollte sie eine Narbe haben, wie die Töchter des Speers sie hatten. Faile besaß mehrere kleine Narben, fast alle Ehrenmale, aber es war Dummheit, eine Narbe regelrecht anzustreben. Zumindest war die Frau in dieser Angelegenheit nicht allzu eifrig.

»Wir haben eine Landkarte erstellt, wie Ihr gefordert habt, Mylady«, bemerkte die kleine Frau mit einem letzten warnenden Blick zu Meralda. »Wir haben die Rückseite von Lord Telabins Palast so deutlich wie möglich aufgeführt, aber ich fürchte, es handelt sich nur um Gärten und Ställe.«

Faile versuchte nicht, die Linien auf dem Papier,

das sie im Mondlicht entfaltete, zu erkennen. Schade, daß sie nicht selbst hatte gehen können. Sie hätte auch das Innere aufzeichnen können. Nein. Was geschehen war, war geschehen, wie Perrin gerne sagte. Und es genügte. »Und Ihr seid sicher, daß niemand die aus der Stadt hinausfahrenden Wagen durchsucht?« Sie konnte selbst in dem fahlen Licht Verwirrung auf vielen der vor ihr befindlichen Gesichter erkennen. Niemand wußte, warum sie einige von ihnen nach Bethal geschickt hatte.

Selande wirkte nicht verwirrt. »Ja, Mylady«, sagte sie ruhig.

Der Wind frischte einen Moment auf und ließ das Laub auf den Bäumen und das tote Laub am Boden rascheln. Faile wünschte, sie besäße Perrins Gehör und auch seine Nase und Augen. Es war unwichtig, wenn jemand sie hier mit ihren Gefolgsleuten sah, aber Lauscher wären etwas anderes. »Ihr habt es sehr gut gemacht, Selande. Ihr alle.« Perrin kannte die Gefahren, die hier genauso real waren wie irgendwo weiter im Süden. Er wußte darum, aber er dachte wie die meisten Männer ebenso oft mit dem Herzen wie mit dem Verstand. Eine Ehefrau mußte praktisch denken, um ihren Gemahl aus Schwierigkeiten herauszuhalten. Das war der allererste Rat gewesen, den ihre Mutter ihr zum Thema Ehe gegeben hatte. »Ihr werdet beim ersten Tageslicht nach Bethal zurückkehren, und wenn Ihr Nachricht von mir erhaltet, werdet Ihr Folgendes tun …«

Selbst Selandes Augen weiteten sich entsetzt, während Faile fortfuhr, aber niemand äußerte auch nur den geringsten Protest. Es hätte Faile auch überrascht, wenn jemand dies getan hätte. Ihre Anweisungen waren sehr genau. Ihr Vorhaben würde Gefahren bergen, aber unter den gegebenen Umständen nicht annähernd so viele, wie sonst zu erwarten waren.

»Gibt es noch Fragen?« sagte sie schließlich. »Haben alle verstanden?«

Cha Faile antwortete einstimmig. »Wir leben für den Dienst an unserer Lady Faile.« Und das würde bedeuten, daß sie ihrem geliebten Wolf dienen würden, ob er diese Leute nun wollte oder nicht.

Maighdin regte sich unter ihren Decken auf dem harten Boden, während sich der Schlaf ihr entzog. Das war jetzt ihr Name. Ein neuer Name für ein neues Leben. Maighdin für ihre Mutter und Dorlain für eine Familie auf Ländereien, die ihr gehört hatten. Ein neues Leben für ein altes, vergangenes, aber Herzensbande konnten nicht getrennt werden. Und jetzt ... jetzt ...

Das schwache Knacken von totem Laub ließ sie den Kopf heben, und sie beobachtete, wie ein dunkler Schatten durch die Bäume schlich. Lady Faile, die von dort, wo auch immer sie gewesen war, zu ihrem Zelt zurückkehrte. Eine angenehme junge Frau, freundlich und höflich im Ausdruck. Woher ihr Gemahl auch stammen mochte – sie war gewiß adliger Herkunft. Aber jung. Unerfahren. Das half vielleicht.

Maighdin ließ den Kopf wieder auf die Jacke sinken, die sie als Kissen zusammengerollt hatte. Licht, was tat sie hier? Den Dienst für eine Lady aufzunehmen! Nein. Sie würde letztendlich an ihrer Zuversicht festhalten, die konnte sie noch immer finden. Sie konnte es. Wenn sie tief genug forschte. Sie hielt beim Geräusch von Schritten in der Nähe die Luft an.

Tallanvor kniete sich anmutig neben sie. Er trug kein Hemd, und das Mondlicht glänzte auf seinen geschmeidigen Brust- und Schultermuskeln, während sein Gesicht im Schatten lag. Eine leichte Brise zauste sein Haar. »Welcher Wahnsinn ist das?« fragte er leise. »In *Dienst* zu treten? Was habt Ihr vor? Und erzählt mir nichts von dem Unsinn, ein neues Leben beginnen zu wollen. Ich glaube es nicht. Niemand glaubt es.«

Sie versuchte, sich abzuwenden, aber er legte ihr eine Hand auf die Schulter. Er übte keinen Druck aus, und doch ließ er sie sofort innehalten. Licht, bitte laß mich nicht zittern. Das Licht hörte nicht auf sie, aber es gelang ihr zumindest, ihre Stimme ruhig zu halten. »Falls Ihr es noch nicht bemerkt habt – ich muß jetzt meinen Weg in der Welt gehen. Besser als Dienerin einer Lady denn als Schankmädchen. Ihr könnt gern allein weiterziehen, wenn Euch der Dienst hier nicht gefällt.«

»Ihr habt Euren Verstand oder Euren Stolz nicht abgelegt, als Ihr den Thron aufgegeben habt«, murrte er. Verdammt sei Lini, daß sie das enthüllt hatte! »Wenn Ihr vorgeben wollt, das getan zu haben, solltet Ihr Lini lieber aus dem Weg gehen.« Der Mann verspottete sie! Er spottete – und wie! »Sie will sich mit Maighdin unterhalten, und ich argwöhne, daß sie mit ihr nicht so sanft umgehen wird wie mit Morgase.«

Sie setzte sich verärgert auf und streifte seine Hand ab. »Seid Ihr blind und taub? Der Wiedergeborene Drache hat Pläne für Elayne! Licht, es würde mir schon nicht gefallen, wenn er auch nur ihren Namen wüßte! Es muß mehr als ein Zufall sein, was mich zu einem seiner Gefolgsleute geführt hat, Tallanvor. So muß es sein!«

»Verdammt, ich wußte, daß es das sein mußte. Ich hoffte, ich würde mich irren, aber …« Er klang ebenso verärgert wie sie. Er hatte kein Recht, verärgert zu sein! »Elayne ist in der Weißen Burg in Sicherheit. Der Amyrlin-Sitz wird sie nicht in die Nähe eines Mannes gelangen lassen, der die Macht lenken kann, selbst wenn er der Wiedergeborene Drache ist – besonders wenn er es ist! –, und Maighdin Dorlain kann am

Amyrlin-Sitz, dem Wiedergeborenen Drachen *oder* dem Löwenthron nichts ändern. Ihr kann nur das Genick gebrochen oder die Kehle durchschnitten werden, oder ...!«

»Maighdin Dorlain kann aufpassen!« unterbrach sie ihn, um diese schreckliche Litanei zu beenden. »Sie kann zuhören! Sie kann ...!« Sie brach verärgert ab. Was konnte sie *tatsächlich* tun? Plötzlich erkannte sie, daß sie nur in ihrem dünnen Nachthemd dasaß, und schlug rasch die Decken um sich. Die Nacht schien wirklich ein wenig kühl. Oder vielleicht kam die Gänsehaut von Tallanvors unsichtbar auf ihr ruhendem Blick. Der Gedanke ließ sie erröten, was er hoffentlich nicht sehen konnte. Glücklicherweise verlieh es aber auch ihrer Stimme Kraft. Sie war kein Mädchen mehr, das errötete, weil ein Mann es ansah! »Ich werde tun, was ich kann, was auch immer das ist. Die Gelegenheit wird kommen, etwas zu erfahren oder zu tun, was Elayne helfen wird. Und ich werde die Gelegenheit ergreifen!«

»Eine gefährliche Entscheidung«, belehrte er sie ruhig. Sie wünschte, sie könnte sein Gesicht in der Dunkelheit erkennen. Natürlich nur, um seine Miene zu ergründen. »Ihr habt gehört, wie er gedroht hat, jedermann zu hängen, der ihn schief ansähe. Ich kann das einem Mann mit solchen Augen glauben. Augen wie ein Tier. Ich war überrascht, daß er diesen Burschen gehen ließ. Ich dachte, er würde ihm die Kehle herausreißen! Wenn er entdeckt, wer Ihr seid, wer Ihr früher wart ... Balwer könnte Euch verraten. Er hat niemals glaubhaft erklärt, warum er uns geholfen hat, aus Amador zu entkommen. Vielleicht hoffte er, Königin Morgase würde ihm eine neue Stellung geben. Jetzt weiß er, daß er keine Aussicht darauf hat, und will bei seinem neuen Herrn und seiner neuen Herrin vielleicht um Gunst buhlen.«

»Habt Ihr Angst vor *Lord* Perrin Goldauge?« fragte sie verächtlich. Licht, der Mann versetzte sie in Angst! Diese Augen gehörten zu einem Wolf. »Balwer weiß genug, um den Mund zu halten. Alles, was er sagt, wird auf ihn zurückfallen. Er kam immerhin mit mir. Wenn Ihr Angst habt, dann reitet doch weiter!«

»Das schleudert Ihr mir immer ins Gesicht«, seufzte er und setzte sich auf die Fersen zurück. Sie konnte seine Augen nicht sehen, aber sie konnte seinen Blick spüren. »Ihr sagt, ich solle weiterreiten, wenn ich wollte. Es gab einmal einen Soldaten, der eine Königin aus der Ferne liebte, wohl wissend, daß es hoffnungslos war, wohl wissend, daß er niemals wagen dürfte, darüber zu sprechen. Jetzt ist die Königin fort, und nur eine Frau ist geblieben, und ich hoffe. Ich brenne vor Hoffnung! Wenn Ihr wollt, daß ich gehe, Maighdin, dann sagt es. Ein Wort. ›Geh!‹ Ein einfaches Wort.«

Sie öffnete den Mund. *Ein einfaches Wort*, dachte sie. *Licht, es ist nur ein Wort! Warum kann ich es nicht sagen? Licht, bitte!* Das Licht ließ sie zum zweiten Mal in dieser Nacht im Stich. Sie saß in ihre Decken gekauert wie eine Närrin, den Mund geöffnet, das Gesicht gerötet.

Wenn er sie erneut verspottet hätte, dann hätte sie ihren Gürteldolch in ihn versenkt. Wenn er gelacht oder irgendein Zeichen des Triumphs von sich gegeben hätte … Statt dessen beugte er sich vor und küßte sie sanft auf die Augenlider. Sie stieß tief in der Kehle einen Laut aus. Sie konnte sich anscheinend nicht bewegen. Sie beobachtete mit geweiteten Augen, wie er sich erhob. Er ragte im Mondlicht über ihr auf. Sie war eine Königin – sie war eine Königin gewesen –, die es gewohnt war zu befehlen, die es gewohnt war, in schweren Zeiten harte Entscheidungen zu treffen, aber in diesem Moment überwog ihr pochender Herzschlag ihre Gedanken.

»Wenn Ihr gesagt hättet ›geh‹«, bemerkte er, »hätte ich die Hoffnung begraben, aber ich könnte Euch niemals verlassen.«

Erst als er wieder unter seine eigenen Decken gekrochen war, konnte sie sich dazu bringen, sich wieder hinzulegen und ihre Decken um sich zu ziehen. Ihr Atem flog. Die Nacht *war* kühl. Sie schauderte eher, als daß sie zitterte. Tallanvor war zu jung. Zu jung! Schlimmer noch – er hatte recht. Verdammt sei er dafür! Die Dienerin einer Lady konnte die Ereignisse in keiner Weise beeinflussen, und wenn der wolfsäugige Mörder des Wiedergeborenen Drachen erfuhr, daß er Morgase von Andor in Händen hatte, konnte sie gegen Elayne benutzt werden, anstatt ihr helfen zu können. Er hatte kein Recht, recht zu haben, wenn sie wollte, daß er sich irrte! Die Unlogik dieses Gedankens erzürnte sie. Es bestand *wirklich* die Möglichkeit für sie, etwas Gutes zu tun! So mußte es sein!

Eine leise Stimme lachte in ihrem Hinterkopf. *Du kannst nicht vergessen, daß du Morgase Trakand bist,* belehrte sie die Stimme verächtlich, *und selbst nachdem sie ihren Thron aufgegeben hat, kann Königin Morgase nicht damit aufhören, sich in die Angelegenheiten der Mächtigen einzumischen, gleichgültig, wieviel Schaden sie dadurch bisher schon angerichtet hat. Und sie kann einen Mann auch nicht fortschicken, weil sie nicht aufhören kann, daran zu denken, wie stark seine Hände sind und wie sich seine Lippen kräuseln, wenn er lächelt und …*

Sie zog sich wütend die Decken über den Kopf und versuchte auf diese Weise, die Stimme auszuschließen. Sie blieb *nicht*, weil sie nicht von der Macht lassen konnte. Und was Tallanvor betraf …

Sie würde ihn energisch an seinen Platz verweisen. Dieses Mal würde sie es tun! Aber … Wo war sein Platz in Gegenwart einer Frau, die keine Königin mehr war? Sie versuchte, ihn aus ihren Gedanken zu verbannen, und sie versuchte, diese spöttische Stimme zu ignorieren, die keine Ruhe geben wollte, aber als der Schlaf schließlich kam, konnte sie noch immer den Druck seiner Lippen auf ihren Augenlidern spüren.